정글짐

- 나는 중2다 -

정글짐_ 나는 중2다

초판 1쇄 인쇄 2012년 07월 09일
초판 1쇄 발행 2012년 07월 16일

지은이 | 김영복
펴낸이 | 손형국
펴낸곳 | (주)에세이퍼블리싱
출판등록 | 2004. 12. 1(제2011-77호)
주소 | 153-786 서울시 금천구 가산동 371-28 우림라이온스밸리 C동 101호
홈페이지 | www.book.co.kr
전화번호 | (02)2026-5777
팩스 | (02)2026-5747

ISBN 978-89-6023-925-8 03810

에세이 작가 총서 425

정글짐

나는 중2다

김영복 지음

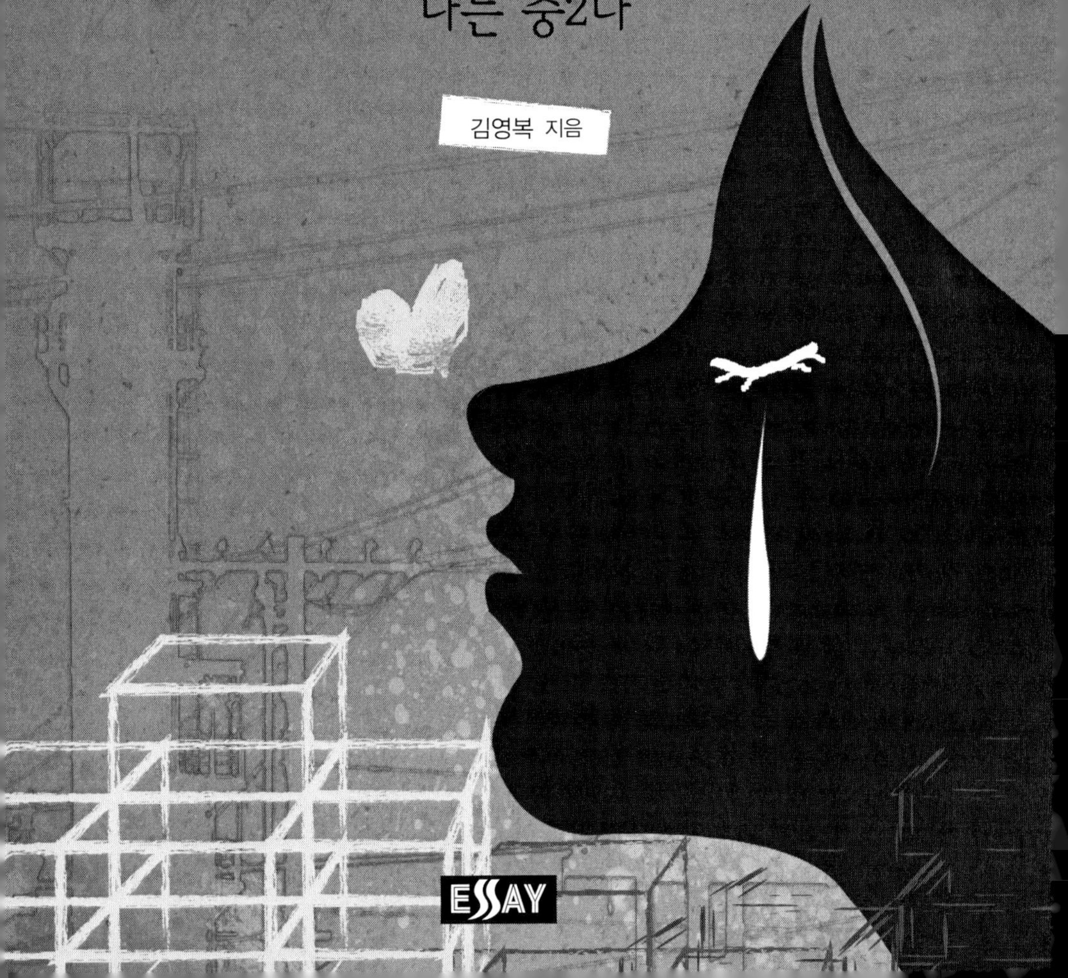

ESSAY

밤의 어린이 놀이터 정글짐 위에
아무도 보지 않으니까 스커트 차림으로 올라
어린 시절에는 높다고만 생각했던
가장 꼭대기에 걸터앉았지만
무서움을 못 느끼네
나는 벌써 어른이니까

사랑 따위는 귀찮아, 항상 나 자신이 아니게 돼
안타깝게도 가슴 어딘가로 멀어져 가
그런 건 필요 없어 혼자라도 괜찮아
여기에 와서도 그날의 별이
여전히 손이 닿지 않는 곳에 있다면
이건 정말 아닌 거야

작은 시소가 오른쪽으로 기울어진 채
내려버린 사람을 계속 생각하고 있어
다시 만났을 땐 아무 말도 못한 채
겸손한 척 교만을 떨다가
이렇게 좋아하게 되다니

사랑 따위는 서툴러
슬픈 얼굴이기만 한
단지 안타깝게도 이런 시간엔
바람에 닿고 싶어져

서늘해지는 엉덩이 아래 철봉
이렇게 해도 반드시 당신은
정글짐에 오른 것 따윈
잊었겠지요

일본 아이돌 그룹 NMB48의 멤버
가수 야마모토 사야카(山本 彩)의 노래, '정글짐'

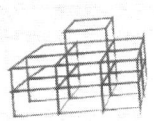

머리말

지난 3월 초, 넉넉하지 못한 마음으로 남도의 한 곳을 지나다가 비산비야에 고즈넉이 자리 잡고 있는 남루한 초등학교를 발견하고선 나는 무엇에 이끌리기나 한 듯 교정에 들어섰다.

이미 땅거미가 지고 있는 운동장 앞으로 너른 소금밭이 펼쳐져 있었는데 낙조로 물든 광활한 염전은 구획마다 다른 음영을 띠고 있는 탓에 그야말로 놀랄 만큼 아름다웠다.

하지만 정작 나의 눈을 끈 것은 운동장 한켠에 자리 잡고 있는 정글짐이었다. 그러고 보니 정글짐을 본 게 정말 오랜만이라는 생각이 들었다. 아마도 위험하다는 이유로 학교 운동장에서 밀려난 것이 아닐까 짐작은 해보지만 어쨌거나 정글짐이란 기구에 나름 만만치 않은 추억을 가지고 있던 터라 감회가 아주 새로웠다.

그렇게 다가선 정글짐의 맨 꼭대기 칸에는 얼핏 중학생 또래로 보이는 소녀가 걸터앉아 불쑥 나타난 나를 개의치도 않고 나지막이 노래를 부르고 있었다. 바람에 날리는 긴 생머리와 낙조에 물든 얼굴, 아이의 자태는 숨 막힐 듯 아름다웠고 그래 그런지 그녀의 입에서 흘러나오는 '노을'이란 동요가 내게는 가슴이 먹먹해질 만큼 아주 처연하게 들렸다.

세상은 온통 그 아이 또래의 연이은 자살로 한창 시끄러울 때였고, 이제 갓 중3이 된 내 막내딸 녀석 역시 그 강팍한 성격만큼이나 꽉꽉하기 그지없는 이 땅에서 중학생으로 살아간다는 거에 마냥 힘겨워하고 있는 걸 그저 안타까움으로 무력하게 바라보고 있던 때였다.

그날 나는 석양의 정글짐 위에 홀로 앉은 그 소녀가 어쩜 지고 있을지도 모르는 그 무거운 짐이 무엇일까 하고 잠깐 상상해 보다가 그 순간 이 책을 쓰기로 작정을 했다. 우리가 아는 것보다 훨씬 어른이면서 동시에 훨씬 어린애이기도 한, 한없이 천진무구하면서도 때론 믿을 수 없을 만큼 교활하면서 사악하기도 한 중학교 2학년, 그들의 이야기를 말이다.

나는 이 책을 통해 감히 무너진 학교 현장을, 잔인한 학교 폭력을 사회에 고발하거나 주제넘은 해결책을 제시하고자 함이 아니며, 저마다 상처투성이인 아이들의 마음을 섣불리 아울러 줄 생각도 없다.

나는 그저 우리 아이들이 이런 세상에서 이런 마음으로 커가고, 살아가고 있다는 걸 내 나름의 방식으로 담담하게 보여주는 것으로 우리가 그 아이들만의 세상을 이해하는 데 조금이라도 일조했으면 하는 마음뿐이라는 걸 밝히고 싶다.

아쉬운 게 있다면 이왕이면 좀 더 생생하게, 하는 마음을 가지다 보니 글에 차마 막내 녀석에게 보여주기 민망한 욕설이나 속어들이 상당히 많이 등장한다는 것이다.

어쨌거나, 나름 거른다고 거른 게 그 정도라는 사실이 또 한 번 이 땅의 암담한 현실에, 우리 아이들의 실상에 대해 우리 모두 더 깊은 성찰을 하여야 한다는 것을 깨달았으면 하는 마음으로 그 아쉬움을 달랜다.

조금 오글거리기는 하지만 또 두 달여간, 세상에서 가장 비경제적이고 비생산적인 '소설 쓰기'라는 멍청한 짓에 매달려 있는 걸 타박 없이 지켜봐 준 아내에게 고마움을 전한다.

2012. 6월. 하짓날.
파주에서.

차례

제 1장 프롤로그_전학············ 9

제 2장 3월 ···················· 31

제 3장 4월 ···················· 187

제 4장 5월 ···················· 207

제 5장 6월 ···················· 255

제 6장 7월 ···················· 387

제 7장 에필로그_이별 ········429

제1장

프롤로그_전학

제1장 프롤로그_전학

어쩌면 파주가 살 만한 곳일지도 모른다는 생각이 들었다.

#01

"이야기했어?"

"뭘요?"

"이 사람이? 아, 뭐긴 뭐겠어? 몰라서 태연하게 물어?"

금요일 저녁, 정말 모처럼 세 식구가 함께 한 식사자리였다. 내게는 사실 별로 오붓하다 할 자리도 아니었다. 그때 나는 어이없이 망쳐버린 시험 탓에 내내 신물이 올라와 그렇지 않아도 젓가락으로 밥알을 세고 있던 참이었으니까.

"연지야!"

부대에서 뭔 일이라도 있었던 걸까? 평소대로라면 살갑게 시험을 잘 보았느냐고 묻고선 망쳤다는 나의 대답을 기다리기나 한 듯(초등학교 때인가, 하여튼 시험이라는 걸 의식하고서부터 나의 대답은 늘 똑같았다) '괜찮아, 아빠 봐, 아빠 옛날에 공부 무지 잘했었거든, 알지? 공부 잘해보았자 참모밖에 못 하는 거라고' 하면서 나를 위로하고 다독거리는 설레발이 제 격인 자리답지 않게 아빠의 말에는 전혀 웃음기가 없었다.

"김연지!"

"왜?"

"하여튼 버르장머리하고는, 넌 중학교까지 다니면서 아빠한테 왜가 뭐니? 왜가."

새삼스러운 말본새도 아니었건만 오늘따라 유독 정색을 하는 엄마를 보는 순간 나는 뭔가 심상치 않기는 하다는 느낌에 그렇지 않아도 무겁던 젓가락을 내려놓았다.

"아냐, 밥 먹어."

"뭔데 그래?"

"너, 엄마한테 아무 소리 못 들었구나?"

"뭐냐니까?"

"얘는 밥 먹다 말고 젓가락은 왜 내려놓고선 어른한테 눈을 똥그랗게 뜨는지 몰라, 그러는 거 아니라니까."

"……"

"우리 이사 갈 거야."

"이사? 어디로?"

"파주. 너 파주 알지? 원래 아빠 고향 말이야. 알잖아?"

알다마다. 나는 내가 태어난 곳이 파주라는 것도 알고 있었다.

"거길 왜?"

"응, 이번에 아빠가 거기에 있는 부대로 전출이 될 것이거든."

"부대를 또 옮겨?"

"그럴 때 됐잖아. 벌써 여기서 몇 년인데."

"그런데 이사를 왜 가는데?"

"뭘 왜 가? 아빠가 발령이 나니까 당연히 이사를 가는 거지."

"옛날엔 안 그랬잖아. 그냥 아빠 혼자 가면 되지, 이사를 왜 가?"

"연지야!"

"……"

"연지, 너 아빠가 몇 살인지 알아?"

"……"

"아빠 말이야, 이번이 마지막 발령이야. 거기서 얼마 있다가 옷 벗을 거야."

"제대한다고? 왜?"

"뭘 왜야? 아빠 나이가 다 차서 그렇지."

"아빠가 그만큼 늙은 거야? 군인도 못 할 정도로?"

"이 자식 봐라. 인마, 늙긴 뭘 늙어, 그냥 나이가 되었다니까. 와, 자기, 지금 연지가 하는 말 들었지? 나보고 늙었다네."

"그럼 늙은 것도 아닌데 왜 그만두는데?"

"어, 그런 게 있어, 계급 정년이라고."

사실 아빠가 아파트 사택에 사는 중령들 중 제일 나이가 많다는 걸, 그건 곧 하루빨리 진급을 하지 못하면 강제로 밀려나야 한다는 걸 말한다는 걸 내가 모르는 것은 아니었다. 군인 가족끼리 모여 사는 환경에 있다 보면 적어도 계급이라는 것에 대해서는 늘 의식하면서 살게 마련이었다. 나는 나이와 아무런 상관이 없이 가족들도 가장의 계급과 같은 계급장을 달고 살아야 하는 숙명에 아주 어릴 적부터 익숙해진 군인의 딸이었다.

#02

어느새 밥을 다 먹었는지 아빠는 양치를 하더니만 테니스 가방을 챙겨 밖으로 나가 버렸다. 아마도 아빠는 훤한 조명 아래에서 동료 군인 아저씨들과 희희낙락 운동을 즐기다가 또 술을 마신 후 엄마나 내가 창피해하건 말건 늘 그러하듯 큰 소리로 트로트를 흥얼거리며 집으로 돌아올 터였다.

나는, 지금 자기가 던져버린 말에 만날 '나는 우리 연지만 생각하면 이 세상이 아무리 안 풀려도 원망은커녕 고맙기만 하다니까' 하고 떠벌이는, 그 끔찍이 생각하는 자기 딸이 이 순간에 얼마나 커다란 충격을 받았는지는 아랑곳도 안 하는 아빠 생각에 본격적으로 속이 뒤틀려왔다. 이 와중에 태연하게 테니스라니, 도저히 이럴 수는 없는 것이다.

"그럼 나는?"

정글짐 _나는 중2다

"아니, 얘 말투 좀 봐. 왜? 너는 뭘?"

"우리 집 이사 가면 나는 어떻게 되는 거냐고?"

"어떻게 되긴 뭘 어떻게 돼? 이사 간다니까."

"그럼 학교는?"

"학교? 전학 가야지."

"뭐?"

"전학 간다고. 뭔 말인지 몰라?"

"지금 그게 말이 돼?"

"왜 말이 안 되는데?"

"전학 가면 된다는 말이 그렇게 쉽게 나오느냐고."

나는 여전한 엄마의 미소를 보면서 절대로 울지 않기로 했다. 울기라도 하면 하나밖에 없는 딸의 인생 따위에는 전혀 아랑곳하지 않는 저 가증스러움에 또 지는 것이라는 생각으로 표정 하나 흔들리지 않도록 마음을 다잡았다.

"쉽게 안 나오면? 세상이 다 형편 따라 사는 거지, 안 그래?"

"나는 안 가."

"안 가면 어떻게 할 건데? 여기서 혼자 살려고?"

"응, 여기서 나 혼자 살면서 학교 다닐게."

"여기 어디서 혼자 사는데?"

"방 하나만 얻어 줘."

순간, 나 혼자 살면서 혼자 밥 해먹고 혼자 학교엘 다니는 멋진 삶이 떠올랐다. 나는, 내가 하고 싶은 것도 무진장 많고, 하기 싫은 것도 지긋지긋하게 많은 내년이면 열다섯 소녀라는 사실도 새삼 깨우쳤다.

"우리 학교 앞에 원룸 많잖아. 그거 하나만 얻어 주면 돼. 학교는 내가 알아서 다닐게."

"어이구, 그래서? 아예 아파트 한 채 사줄까?"

"원룸이 비싸면 그냥 자취방 하나만 얻어 줘. 내가 알아서 할게."

"네가 뭘 알아서 하는데?"

나는 엄마의 가소롭지도 않다는 듯 아주 천연덕스러운 반응에 막 바로 단꿈에서 깨어났다. 그러고선 나는, 늘 이루지 못할 꿈에 헉헉대기만 하고 그런 나를 코웃음으로 마냥 비웃기만 하는 무심하고 냉정한 엄마를 둔 나 자신이 불쌍하고, 또 그런 엄마에게 항상 무력하게 휘둘리기만 하는 나 자신이 한심하고 또 미워서 결국 바보같이 눈물을 쏟고 말았다.

맞다. 엄마, 아빠에게 나는 아직 나 혼자 결정할 수 있는 건 단 하나도 없는 비참한 어린애에 불과했다. 어차피 중1, 지금의 나의 삶은 엄마, 아빠의 마리오네트(marionette)[1] 속 인형에 지나지 않은 것이다.

그런 인형에게 '내 주장'이란 것은 가당치도 않은 고집이요, 기껏 사춘기 소녀의 가소로운 반항으로나 치부되었다. 나는 그나마 마지막 자존심이라도 지키기 위해선 죽어가면서도 '짹' 하는 소리라도 내야 된다고 생각했다. 물론 덧없는 몸부림에 불과할 터지만……

"언제 가는데?"

"이제 학기말 시험도 다 끝났잖아. 겨울방학 되자마자 가서 수속 밟아야지."

"겨울방학은 왜?"

"그때 가야 개학한 후 봄방학 될 때까지라도 학교에 다닐 수 있잖아."

"그러니까 왜 그때 가냐고?"

"단 며칠이라도 학교 분위기도 파악하고 좀 익숙해지고 그럴 수 있잖아. 그런 다음에 새 학년 올라가야지."

"싫어."

"싫어? 왜?"

---

1) 여러 가지 인형에 실이나 끈을 달아 위에서 조종하는 형식의 인형극

정글집 _나는 중2다

"생각해 봐. 그때 가면 반 아이들한테 전학생이라고 인사도 하고 그래야 하잖아. 엄마는 그 썰렁한 분위기 몰라? 난 그런 거 안 해."

"그럼?"

"아예 새 학기부터 들어가면 적어도 그럴 일은 없을 거 아니냐고. 여러 반 아이들이 모일 테니까 말이야. 무슨 소리인지 몰라?"

"어? 그거 말 되네."

"당연한 거 아니야?"

"하기는. 그런데 1학년 때 아이들이 흩어지지 않고 그냥 그대로 올라가면 어떻게 하지? 그런 학교들 있잖아."

"그거야 모르지. 어쨌든 난 봄방학 그때는 안 가."

"알았어. 그럼 그때 가는 거로 하지 뭐."

"그나저나 학교는 정한 거야?"

"정하고 말고 할 것도 없이 우리 집 부근에는 그 학교밖에 없는데 뭘."

"우리 집?"

"우리가 가서 살 집 말이야."

"그럼 벌써 집까지 다 구해놓고선 나한테는 이제 말한 거야? 웃겨, 정말."

"구해 놓기는 뭘 구해놔? 거기가 원래 아빠 집인데. 너 태어난 집이기도 하고."

"나, 병원에서 태어났다며."

"엄마, 아빠가 그 집에 살 때 태어났다는 말이잖아."

"하여튼 그 시골집 말하는 거잖아? 그런 집에서 어떻게 산다고?"

"시골집은 무슨. 다시 지은 지가 언제인데."

"그랬나? 이상하다. 내 기억으로는 완전 촌스러운 시골집인데."

"그게 벌써 언제 이야기인데 기억이 남아있다고 그래. 네가 그 집 마지막으로 가본 게 너 초등학교 들어가기도 전 일인데."

"무슨 소리야. 나 다 기억난다고."

"그건 네 기억이 남아 있어서 그런 게 아니라 엄마, 아빠가 가끔 거기 이야기를 하니까 네가 상상 속에서 그렇게 생각하고 있는 거야. 네가 스스로 만들어 낸 이미지."

자신의 생각이 옳다고 굳게 믿고 있는 엄마가 영 마뜩치 않았지만 뭐 피곤하게 그걸 따지고 들 만큼 중요한 문제도 아닌 터라 나는 엄마 입에서 또 어려운 전문용어가 튀어 나오기 전 이쯤에서 그냥 물러나기로 했다. 하여튼 벽과도 같은 엄마랑은 말을 길게 섞을수록 손해라는 걸 나는 아주 오래전에 이미 깨달은 터였다.

"아, 못 믿으면 관 둬. 분명 기억난다니까 되게 안 믿네. 그나저나 학교는 어때? 교복은 예쁜가?"

"교복? 지금 교복 예쁜 게 중요해?"

"나한테는 중요해. 왜?"

"참 가지가지 한다. 몰라, 내가 보기엔 지금 너네 학교 것이랑 비슷해 보이던데."

"엄마가 봤어?"

"그럼, 벌써 인터넷으로 다 찾아 봤지, 어떤 학교인가."

"어떤 학교인데?"

"네가 직접 찾아 봐. 파주 대군중학교야."

"무슨 중학교?"

"대군중학교. 거기가 옛날에 무슨 대군인가가 살아서 동네 이름이 그렇다나 봐."

나는 얼른 인터넷에 대군중학교라고 쳐봤다.

"뭐야? 삼릉읍 대군리? 읍이면 시골이잖아?"

"잘 찾아보라니까. 말만 읍이지, 거기에 신도시가 들어서서 학교는 여기 학교들보다 더 크더라."

"우와, 학교 이름 완전 쩌네. 대군중학교가 뭐야. 삼릉읍은 또 뭐고."

사실 내가 중1 소녀에게는 그야말로 충격적이고 잔인하달 수밖에 없는 전학 이야기에 그나마 이 정도로 순응하고 넘어간 것은 어느새 엄마, 아빠의 삶이 조금씩 내 눈에 들어오고 있던 참이었기 때문이었다. 아주 조금씩 어른이 되어 가던 참, 그러니까 씩씩한 군인으로만 알았던 아빠가 아주 살짝 불쌍한 남자(?)일 수도 있겠구나 하는 택도 없는 생각이 들기 시작하던 참 말이다.

따지고 보면 갑작스런 이사에는 분명 그럴 만한, 그럴 수밖에 없는 이유가 분명 있을 터였다. 게다가 친구고, 학교고, 뭐고 간에 세상사 참 피곤하고 절대 내 마음 같지 않구나 하는 자각으로 나의 삶 역시 시나브로 팍팍해져가고 있을 때이기도 했으니 어쩜 나는 '이사' '전학'이란 단어에서 살짝 새로운 희망을 꿈꾸었는지도 모른다.

#03

아빠가 고등학교 2년 후배가 사단장으로 있는 곳으로 가서 그 밑의 무슨 참모인가 하는 직책을 맡기로 했다는 이야기를 하면서 엄마는 그예 눈물을 보였다.

나는 지금 이 동네에서는 발에 걸릴 정도로 흔한 별이기는 하지만 그래도 그게 두 개인 사단장이라면 아빠는 감히 쳐다보기도 어려울 정도의 높은 계급이라는 것 정도는 아주 잘 알고 있었다. 아빠는 휴일 날 벼르고 별러 테니스장에 갔다가도 별을 단 아저씨들이 테니스장에 있기라도 하면 슬며시 집으로 돌아와 혼자서 낚시터를 가곤 하는데 나는 그것이 진급이 늦은 아빠가 자기보다도 젊은 상관들을 대하는 게 자존심이 상해 그렇다는 것도 대충은 짐작하고 있었다.

다른 집 아빠들은 그런 분들이 코트에 나온 날이면 집에 있다가도 아이스박스에 차가운 음료수를 채워 나가 넉살좋게 끼어든 후 하다못해 심판이라도 봐주려고 하건만 아빠는 전혀 그렇지 못했다.

내가 아는 더욱 슬픈 사실은 엄마의 믿음대로 아빠가 아부라는 걸 잘 못하는 올곧은 성품을 가져서가 아니라 이제 그런 일을 해보았자 진급 같은 것은 절대 바라지 못하는 처지가 되어 버렸기 때문에 그렇다는 것이었다. 엄마의 눈물은 그 센 자존심을 버리고 퇴직 후의 삶을 위해 수모를 감수하는 당신의 남편이 가여워 흘리는 것이겠지만 나는 아직 그런 아빠의 결정이 영 언짢을 뿐인 소녀에 불과했으니 엄마는 결국 나의 짜증을 더욱 돋게 할 뿐이었다. 나 같으면 절대 그런 결정은 안 내렸을 것이었다.

어쨌거나, 엄마의 구구절절한 설명을 요약하자면 아빠는 1년 정도 그 부대에 근무하면서 시간이 날 때마다 그 동네에 있는 대기업-엄마는 '세계에서 제일 큰'이라는 소리를 여러 번 곁들였다-에서 '사실상 출근이나 다름없는' 교육을 받고선 제대와 동시에 그 회사의 자재 관리를 담당하기로 했다는 소리고, 그 모든 게 아빠 후배인 사단장의 배려 때문에 가능하다는 소리였다.

어이없게도 엄마는 이 모든 게 즉 아빠가 어쩔 수 없이 비굴해져야 하는 게 모두 나 때문이라고 했다. 정말로 어처구니없고 화딱지 나는 그리고 한두 번 들어 본 래퍼토리도 아닌 아주 신물 나는 그놈의 소리, 나는 하마터면 엄마에게 '왜 만날 내 핑계를 대는데? 내가 뭘 어쨌다고? 뭐 그렇다고 나를 아주 특별나게 키운 것도 아니잖아? 내가 뭘 해 달래? 나는 다 필요 없다니까. 나는 됐으니까 제발 내 핑계대지 말고 엄마, 아빠 살고 싶은 대로 살래.' 하고 쏘아 붙일 뻔했으나 이번에도 용케 참았다.

나는 내 실체와는 상관없이 엄마, 아빠가 믿는 대로 또 주위 사람들이나 선생님들이 인정하는 대로 그저 착하고 수더분한 게다가 공부까지 잘하는 딸로 남는 것이 굳이 이 마음속의 잉금을 엄마에게 꺼내 보임으로써 파국을 맞이하는 것보다는 훨씬 현명한 처신이라는 정도는 알고 있을 만큼은 교활했다.

엄마는 남들 다 듣는다는 연대장 사모님 소리도 한번 못 듣고 끝나는 게 못내 분한 기색이기는 했으나 그래도 이제부터는 다 헐거워진 좁은 사택을 전전하지도 않아도 되고, 게다가 전역을 하면 매달 제법 많은 연금에다 대기업 간부사원의 월급까지 받음으로써 그 지긋지긋한 돈 걱정에서는 완전 벗어날 수 있다는 사실이 기꺼웠던지 마스카라로 얼룩진 눈과는 달리 제법 들떠 있는 것 같기도 해보였다.

나는 또 예의 그 비수를 그런 엄마에게 들이밀었다.

"엄마, 솔직히 아빠 어쩌고저쩌고 하면서 울긴 하지만 속으로는 좋지?"

"뭐?"

"좋잖아. 이젠 번듯한 내 집에서 돈 걱정 같은 건 전혀 안 해도 된다며? 그럼 됐지, 괜히 울긴 왜 우는데?"

"관둬라, 이 못된 계집애야. 하나밖에 없는 딸년이 엄마 친구가 돼주기는 고사하고. 하여튼 계집애 심성하고는 참."

"내 말은 괜히 내 핑계 대지 말고 괜히 아빠 걱정하는 척하지 말라, 이거야. 엄마가 늘 솔직하라면서? 나 자신에게 당당해지라고 했잖아?"

"내가 너 솔직하고 당당하게 살라고 했지 매번 엄마 속 긁어 놓으라고 했니? 하여튼 공부 좀 한답시고 시건방이 아주 하늘을 찌른다니까."

"알았어. 내가 엄마하고 무슨 말 하겠어. 관두자고."

"연지, 너 만약에, 아주 만약에 엄마가 조금쯤 좋아한다면 왜 좋아하는지 알기나 해?"

"아까 말했잖아. 우리 집, 연금, 월급 뭐 이런 거 생각하니까 좋은 거라고. 그러니까 졸지에 전학가야 되는 딸이야 어떻게 되건 말건 아무 상관 없이 말이야. 엄마 원래 이기적이잖아."

"설마 너만큼 이기적일까? 순 자기밖에 모르는 게 누굴 보고 이기적 이래?"

"엄마 닮아 그럴걸?"

"엄마는 말이야, 이제 얼마 안 있으면 아빠가 군인이 아니라는 게 좋은 거야. 무슨 말인지 모르지? 그러니까 별것도 아닌 여자들한테 사모님, 사모님, 이딴 속 뒤집어지는 소리 안 하게 돼서 좋은 거라고. 너, 이 마음 알아?"

"알기는 아는데 그렇게 따지면 엄마도 늘 사모님 소리 듣고 살았거든?"

"내가 듣는 거랑 마음에도 없는 여자에게 억지로 하는 건 다르지."

"그러니까 엄마가 이기적이라는 거지."

"야, 그래도 난 나름 조심하면서 살았거든? 유세 떨지 않고."

"엄마한테 사모님 소리 했던 사람들이 과연 그렇게 생각할까?"

"그러니까 이제 닭살 돋게 그런 말 안 들어도 되고 억지로 안 해도 된다는 거잖아. 만약에 내가 지금 정말 좋아하고 있다면 아마 나는 그런 사실이 제일 좋은 것일 거야."

"꼭 남의 이야기하듯 한다니까."

그래도 나는 그간 응어리졌던 엄마의 마음 정도는 이해할 수 있었다.

#04

겨울방학이 되자마자 여태 전출 발령이 나지 않은 아빠만 남겨두고 나와 엄마는 파주로 올라왔다. 아니, 대도시인 대전에서 파주라는 자그마한 시로 왔으니 내려왔다고 해야 맞을지도 모르겠다.

하지만, 비록 '시'라는 명칭이 붙어있기는 했으나 휴전선 바로 아래에 붙어있는 전방지역이라 인구도 얼마 안 될 것 같고, 거리에는 맨 군인들만 보일 것만 같았던 나의 엉뚱한 선입견과는 달리 우리 집과 내가 가야 할 학교가 있는 삼릉읍이라는 곳은 가히 평야라고 불러도 좋을 만큼 너른 들판 가운데 고층 아파트가 즐비해 멀리서 보면 마치 사막 위의 신기루를 보는 듯도 싶었고, 바다 위로 불쑥 솟은 높은 산을 지닌 섬 같아 보

정글짐 _나는 중2다

이기도 했다.

하여튼 시골이라 말하기는 좀 모호한 곳이었다. 읍 외곽, 공설운동장 뒤편의 작은 구릉에 자리 잡고 있는 우리 집은 믿겨지지 않을 정도로 예쁜 2층이었는데, 그 2층 경사진 천장 아래 내 방은 내가 늘 꿈꾸던 바로 그 모습을 하고 있었다. 너른 창을 통해 잔디가 깔린 우리 집 정원을 내려다보는 순간, 그리고 내 방과 붙어 있는 화장실에 들어가 거울 속의 나와 눈이 마주친 순간에도 나는 이곳 파주에서의 생활이 여태까지와는 비교도 안 될 정도로 행복할 것만 같은 예감에 빠졌고, 내 방, 우리 집, 그리고 이 자그마한 도시 파주를 진심으로 사랑하게 될 것이라는 확신이 들었다.

이제야 제대로 내 격에 맞는 옷을 입었구나, 하는 깨달음에 여태껏 전전하던 군인 아파트들이 새삼스럽게 떠오르고, 내가 나와는 절대 어울리지 않는 그렇게 초라한 곳에서 대체 어떻게 버티면서 살아왔지? 하는 의문으로 스스로를 불쌍히 여기고 또 대견해 하고 있을 때 엄마가 방문을 열고 들어섰다.

원래 내 분위기와 감정을 무참히 깨는 데는 도가 튼 엄마인지라 딱 이때쯤이면 나타날 것이라는 예상을 하고 있던 터라 이번에는 엄마의 그 어김없음이 밉지도 않았다.

"방 좋지?"

"아까 집 좋다고 말했잖아."

"니 방 좋으냐고."

"그럭저럭, 나 원래 공주과 아니잖아."

"좋으면 그냥 좋다고 하면 어디 덧나니? 어때? 춥지도 않지?"

"좀 썰렁하기는 한데."

"여긴 기름으로 보일러 때서 전처럼 마음 놓고 못 틀어. 알지? 기름 값 만만치 않은 거. 사택 아파트가 좋긴 좋았는데."

"오늘 아침에 집을 나설 때만 해도 이제 지긋지긋한 사택에서 더 안 살아도 돼서 좋다더니 금방 딴소리야?"

"거긴 적어도 가스나 전기 같은 건 마음 놓고 썼잖아."

"무슨 소리야? 만날 아끼라고 한 게 누구인데?"

"그거야 돈 걱정 때문이 아니라 다 옆에 사람들 눈치 때문에 그런 거고."

"누가 우리 집 가스 얼마나 썼는가를 감시하나 보지?"

"관리실에서 다 알잖아. 거긴 유난하면 다 말 나오는 곳이라는 거 알면서 왜 자꾸 시비야?"

"정리할 짐도 별로 없고, 뭐 하지?"

"읍내 나가서 점심 먹고 너네 학교나 한번 가볼까?"

"되게 웃긴다."

"뭐가?"

"읍내 나간다고 하니까 말이야. 그 말 들으니까 우리가 완전 시골 사람이 된 것 같잖아."

"시골 사람이 어때서?"

"또 말꼬리 잡는다."

"나가자. 가서 밥도 먹고 읍내 구경도 하고 학교도 한번 들러보지 뭐."

"학교는 됐어."

물론 가보고는 싶었지만 늘 사람들 앞에서 유난히 애정 어린 눈으로 나를 쳐다보곤 해 내 속을 뒤집어 놓는 엄마랑은 학교는 절대 아니었다.

"너 다닐 학교인데?"

"아까 차 타고 오다 보니까 학교 다 보이던데 뭘. 그렇게 봤으면 되지 굳이 찾아가고 그러면 너무 촌스럽잖아."

"학교 제법 크지?"

"그러게."

"너도 벌써 인터넷 찾아보고 다 알고 있겠지만 그 학교가 그래도 파주 이쪽에서는 제일 명문이라는 거 있지? 서울 강남에 있는 학교 못지않다고 말이야."

"명문은 무슨?"

사실 인터넷을 통해 알아 본 학교는 내 예상과는 달리 한 학년에 열 개 반이 있을 정도로 규모도 크고, 외고(외국어고)나 민사고(민족사관고) 같은 일류 자사고(자립형 사립고) 입시 성적도 뛰어나게 좋아 파주 이외의 지역에서 일부러 전학을 올 정도로 명성이 자자했다.

불과 십여 년 전만 해도 인원도 적고 학생들 대부분 고입 연합고사 통과를 걱정할 정도로 낙후된 시골 학교에 불과했는데 파주 곳곳에 대규모 신도시 급 아파트 단지가 들어서고 서울에 살던 중산층 사람들이 대거 이주해 오면서부터 생긴 변화라고 했다.

물론 절대로 촌스러운 시골 소녀로 전락하고픈 마음이 없는 내게는 아주 다행스런 일이기는 했으나 사실 마냥 다행이라 할 수도 없는 일이었다. 그건 이곳에서도 '공부', '성적'이라는 짐은 절대 벗어 버릴 수 없다는 걸 의미하는 것이기도 했으니까. 그렇게 머릿속에 '시험' '공부' '성적' 이런 단어들이 맴돌기 시작하니 예쁜 집과 방 덕분에 마냥 풀어졌던 나의 마음은 금방 굳어졌다.

맞다. 내가 좋아하는 것은 아니지만 내가 잘하는 건 공부뿐이고, 그 공부라는 것 때문에 결코 예쁘다 할 수 없는, 평범함 그 자체인 나의 얼굴, 별로 크지도 않은 키, 그리고 결코 풍요롭다 할 수 없는 우리 집의 형편, 이런 모든 것들에서 내가 비교적 자유로울 수 있다는 걸 나는 아주 오래 전에 깨달은 터였다. 물론 새롭게 시작하는 이곳 파주에서도 분명 공부만이 나를 온전히 지킬, 나아가 어쩜 누군가를 지배할 유일한 힘이 될 터였다.

"역시 다르긴 다르지?"

"뭐가?"

"노을 말이야. 여기가 원래 석양이 아름답기로 유명한 곳이잖아. 봐봐."

"나는 별론데?"

엄마에게 말은 이렇게 했으나 나는 인정하지 않을 수 없었다. 내 기억에 저렇듯 아름다운 노을은 정말 처음이었다. 아스라이 먼 곳의 아파트 단지 위의 하늘은 말 그대로 타고 있는 중이었다. 나는 왠지 먹먹해진 가슴으로 엄마와 함께 조금씩 보랏빛으로 변해가는 노을을, 아파트의 불빛들이 하나둘 작은 별이 되고 조금씩 더 반짝이는 걸 한참동안이나 망연히 바라보았다.

"저쪽이 한강이랑 임진강이랑 만나는 곳이거든. 그 뒤가 바로 서해 바다고. 원래 서해바다 석양이 굉장히 예쁘다는 거 너도 알지? 왜 엄마가 자란 강화의 주문도란 섬에 갔을 때도 그랬고, 태안에 꽃지 해수욕장 갔을 때도 정말 엄청 예뻤잖아? 여기도 그래서 더 예쁘게 보이는 거야."

나는 엄마의 말을 듣고서야 비로소 왜 이곳의 노을이 대전에서와는 이렇게도 달리 보이는지 그 이유를 깨닫게 되었다. 강은 안 보이지만 서쪽으로 높은 산이 전혀 없었던 것이다. 그런 탓에 저 먼 곳 허허벌판의 아파트 단지가 텅 빈 커다란 무대 막을 배경으로 무대 위에 혼자 서있는 사람처럼 보이고 어스름한 무대가 점차 오렌지 빛으로, 붉은빛으로, 그리고 마지막엔 보랏빛으로 시시각각 변해감에 따라 더더욱 비현실적으로까지 아름답게 보인다는 것을 알게 된 것이다. 나는 하마터면 눈물을 흘릴 뻔했으나 말 많은 엄마가 곁에 있다는 사실을 깨닫고선 거우 정신을 차렸다. 기껏 노을 보고 눈물을 흘린 걸 엄마가 알아차렸다면? 생각만 해도 피곤했다. 암튼 나는 2층의 내 방에서와 같이 어쩌면 파주는 살 만한 곳일지도 모른다는 생각이 다시 들었다.

봄방학 기간 중이었지만 담임선생님이 되실 분이라면서 새 학기가 시작되기 전 교복을 입고 학교에 한번 나오라는 전화가 왔다.

"어, 왔구나. 춥지?"

그렇지 않아도 이건 맹세코 내가 태어나서 처음 느껴보는 추위라는 생각에 오는 내내 마음까지 바싹 얼어붙어 있던 참이었다.

뒷머리를 올려 묶은 머리 스타일이나 안경 속의 그윽한 눈매가 비슷해서 그런지 담임은 어딘가 엄마를 연상케 했다. 말투도 교무실 온도만큼이나 따뜻했다.

나는 왠지 꼭 그래야만 될 것 같아 교복 위에 걸쳤던 거위 털 파카를 벗어 옆 의자에 얌전히 걸쳐 놓았다. 어쩜 꼭 교복을 입고 나오라는 말이 교복 입은 모습을 보여주어야만 할 것 같은 생각이 들었던지 모르겠다.

선생님은 앞에 놓인 서류와 나의 얼굴을 번갈아가며 찬찬히 살피더니 가지런한 이를 드러내며 활짝 웃었다.

"사진보다 실물이 훨씬 더 예쁘네."

나는 내 얼굴이 결코 예쁘다는 소리를 들을 정도는 아니라는 걸 알기에 그 말을 듣자 좀 민망해졌다.

"연지 너, 선생님이 왜 웃는지 모르지?"

"예."

"요샌 사진만 봐서는 좀체 누가 누군지를 가늠할 수가 없거든. 사진을 얼마나 예쁘게 찍어오는데. 다 비슷해 보이는 게 탈이지만 말이야. 하여튼 사진보다 실물이 나은 경우는 정말 오랜만인 거 있지?"

"아, 예."

"교복 잘 어울리네. 마음에 들어?"

"예."

"그거 처음에 입으면 좀 어색할지도 몰라. 디자인이 조금 튀어서 말이야, 그렇지?"

사실 인터넷에서 처음 보았을 때는 조금 튀긴 하지만 그런대로 예쁜 편이라 생각했었는데 막상 실물을 대하고 보니 그 디자인이 더더욱 유아틱해 보이는 게 조금 정도가 아니라 엄청 튄다는 생각에 입기가 영 거슬렸던 교복이었다.

"그래 봐도 그게 유명한 디자이너가 디자인한 거야. 그 양반이 올해 졸업한 애 학부형이었거든."

"……."

"아빠가 군인이시라고?"

"예."

"그럼 여기저기 전학을 많이 다녔겠네."

"초등학교 2학년 때 한 번 한 적이 있고 그 후에는 계속 대전에 살았는데요."

"아빠는 어디 근무하시지?"

"아직 대전에 계시는데 곧 여기 사단인가 어디로 오신대요."

"아, 그럼 엄마랑 먼저 올라온 거구나."

"예."

"엄마는 직장 안 다니시고?"

"예."

"그랬구나."

별로 특별한 내용도 없건만 선생님은 계속 고개를 끄덕였다.

"공부, 참 잘했네."

"……."

"그 학교 계룡대 근무하는 군인들 아이들이 많이 다니는 학교 맞지?"

"예."

"그 학교에서 이 정도 성적이면 여기서도 톱 수준일 거야."

"……"

"알지? 여기서는 성적 떨어지면 안 된다는 거?"

"예?"

"여기 입시 제도는 도시랑은 다르잖아. 고등학교들도 떨어져 있고, 성적 안 나오면 여기서 동두천이나 연천까지 학교 다니게 된다고. 동두천, 연천 이런데 모르지?"

"예. 잘……"

"학교 가는 데만 두 시간 가까이 걸린다고. 당연히 대학 가기도 좀 어렵고."

"예."

"뭐 이 성적만 유지하면 그럴 일은 없겠지만……,음, 혹시 희망하는 고등학교는 있니? 외고나 과학고 같은 특목고라든지 아니면 민사고 같은 자사고 라든지 말이야."

"아직은 잘……"

나는 대화가 길어질 것 같아 내 마음속에 담아 둔 고등학교 이름을 대지 않았다.

"학원은 다니니?"

"아직요."

"대전에서는 다녔고?"

"예."

"여기도 괜찮은 학원이 몇 군데 있는 것 같더라. 잘 생각해서 결정하고."

"예."

"부모님께서 어련히 알아서 하시겠지만 이제 너도 2학년이니까 미리 진로를 결정해 놓아야지. 웬만한 학교는 2학년 내신 성적도 다 들어가거든."

"……."

"뭐 전학절차야 다 끝나기는 했지만 그래도 어머니께 혹 시간 나시면 학교 한번 들르시라고 해. 절대 부담 갖지 마시고. 들었지? 우리 학교는 절대 촌지니 뭐니 하는 건 일체 없다는 거. 어머니께 그대로 말씀드려."

"예."

"치마 조금만 내려 입고."

"예."

"그래, 우리 잘해 보자. 가 봐."

깊숙이 머리를 숙인 후 파카를 들고 돌아서려는 나를 선생님이 다시 잡았다.

"김연지!"

"예."

"차차 알겠지만 말이야, 여기 아이들이 조금 거칠어. 뭐 그런 애들만 그렇긴 하지만. 무슨 말인지 알지?"

"예."

"뭐 우리 학교만 특별히 그런 게 아니니까 너도 잘 알겠지만 말이야. 네가 처음에 잘해야 돼. 처음에."

"예."

"새 학기부터 다니니까 좀 늦게 알려지긴 하겠지만 말이야. 어차피 네가 전학생이라는 거 아이들이 알게 될 거거든. 아무래도 전학생들은 처음에는 좀 힘들게 마련이라고."

"예."

"너 다니던 학교도 그렇지?"

전학생을 어떻게 대하는지 내가 모를 리 없었다.

"예."

"아무래도 여긴 그 학교보다 좀 심할지도 몰라. 1학년 때 같은 반이었

정글짐 _나는 중2다

던 아이들이 거의 대부분이라 텃세 같은 게 있을 수도 있거든."

"예."

"너무 강해도 안 되고 그렇다고 너무 약하게 보여서도 안 되는 것도 알고?"

"예."

"조금 지나면 다 친해질 테니까 힘든 일이 생겨도 조금만 참고 견뎌내봐."

"예."

"그나마 여긴 공부 잘하는 아이들은 조금 내버려두는 편이니까 좀 나을 거야. 고입 성적 때문에 그런 아이들은 학교에서 좀 특별히 관리를 해주거든. 아무래도 선생님들이 관심을 기울이는 아이들은 함부로 못하지 않겠어?"

"예."

"무슨 소리인지 알지? 흔들리지 말고 여태 해 온대로 공부만 열심히 하면 별 문제 없을 거라는 거. 만일에 무슨 일 생기면 혼자 삭히지 말고 얼른 나 찾아오고,"

"예, 감사합니다."

"으음, 그리고 말이야. 그 파카, 그게 좀 그러네."

"예?"

"거기서도 노스페이스, 그 브랜드가 유행이지? 아니 이럴 땐 유행보다 대세라 해야 하나?"

물론 대전의 학교에서도 '북벽'은 대유행이었다. 다만 나는 그저 추위를 피하기 위해 엄마의 등산복을 빌려 입은 것이었고 마침 그게 북벽이었을 뿐이다. 사실 대전에서의 나는 딱히 예쁘지도 않은데 굳이 비싼 돈 들여 그 옷을 사 입는 아이들을 조금은 경멸하는 편이었다.

"내가 아까 말했지? 좀 거친 아이들이 있다고. 여기서는 그런 아이들이

주로 그 브랜드를 많이 입거든. 그것도 색깔별로 다 따져가면서 말이야. 그런데 네 꺼 같은 빨간색은 좀 더 특별한 아이들만 입을 수 있지. 특별한 아이, 이거 무슨 말인지 알지?"

물론 '일진'이라 불리는 '짱 급'의 아이들을 말할 터였다. 그러니까 선생님의 말씀은 그건 일진 아이들이나 입는 옷이라는 소리였다.

"예, 이거 엄마 옷이에요."

"아니야. 그렇다고 무조건 입지 말라는 건 아니고 여기는 그렇다는 걸 너도 알고는 있어야 할 것 같아 말한 거야."

"예."

"괜히 옷 하나 입는 것도 따져 봐야할 정도로 힘들겠구나. 이런 걱정까지 미리 할 필요는 없고."

"예."

"아참, 전에 다니던 학교도 남녀 공학이었지?"

"예."

"남자 여자 합반이고?"

"예."

"그래, 잘됐다. 여기도 그런데 그렇지 않은 학교에서 전학 오는 아이들은 처음엔 좀 당황스러워 하더라고."

"……."

"그래, 가 봐. 감기 조심하고 며칠 있다 보자."

담임선생님의 특별한 당부나 시시콜콜한 이야기들 모두 다 이유가 있어서라는 걸 알기까지에는 그리 긴 시간이 필요하지 않았다.

제2장

3월

제2장 3월

3월의 학교는 치열한 전쟁터였다.

나는 교실 뒤편에 앉아 삼삼오오 모여서 떠들기도 하고 어린아이들 같은 장난을 치고 있는 아이들을 물끄러미 바라보고 있었다. 다행히도 그런 나를 주목하는 아이들은 전혀 없는 듯싶었다.

"화장실 같이 안 갈래?"

옆자리에 앉아 있던 아이였다. 생전 처음 보는 아이에게 느닷없이 화장실을 같이 가자니, 좀 웃겼지만 장난기 가득 생글거리는 아이를 외면키는 어려웠다. 사실 나도 내 치마만 유난히 길다는 사실을 발견하고선 화장실에 가서 허릿단을 접어 입을까 말까, 하고 망설이고 있던 참이기도 했다.

"난 이슬이야."

화장실로 향하는 복도에서 갑자기 멈춰 서서 자신의 교복 가슴에 붙은 이름표를 손바닥으로 탁탁 친 후 그 아이가 한 말이었다.

"웃기지? 성이 따로 있고 이름이 이슬이 아니라 성은 이, 이름은 슬이, 웃기잖아?"

별로 웃기는 일도 아니었지만 그 아이의 싱그러운 웃음은 절로 따라 웃게끔 만들었다.

"내 이름은 한문으로도 못 써. 다 우리 아빠 덕분이야."

"아빠?"

"글쎄 우리 아빠가 말이야. 나를 아주 특별한 아이라고 생각했대. 그래서 이름도 남이랑은 다르게 좀 특별히 지어주는 바람에 이 지경을 만들었잖아. 웃기지?"

"이름 예쁜데 뭘."

"예쁘다고? 너, 내 별명이 뭔지 알아? '이슬 먹는 돼지' 그리고 '참이슬' 알지? 소주 이름 참이슬 말이야 이렇게 두 개가 내 별명이라고. 웃기지?"

아마도 이 아이가 제일 자주 쓰는 단어가 '웃기지?'일 것이라는 생각을 하니 정말 웃겼다.

"돼지? 돼지는 무슨. 날씬하기만 하구만."

"내가 초등학교 때는 한 몸매 했었거든. 어마어마했었다고."

"다이어트 한 거야?"

"중학교 들어오면서 갑자기 키가 크더니 살이 다 빠지더라고. 그러니까 옆에 붙어있던 살이 위로 가서 키가 된 거지. 덕분에 돈도 번 셈이고."

아닌 게 아니라 그 아이의 키는 나보다 상당히 컸다.

"백칠십."

"뭐?"

"내 키 말이야. 키 백칠십. 몸무게 오십사. 또 뭘 말해 줄까?"

슬이와의 대화는 복도, 화장실을 거쳐 다시 돌아 온 교실에서도 내내 이어졌다.

"가만있어 봐. 김연지, 너 1학년 때 몇 반이었니?"

"너는?"

"나? 난 그대로 4반이었잖아. 몇 반이었는데?"

"6반."

"뭐 6반? 얘가 구라치고 있네. 여보세요, 내가 6반 아이들은 다 알거든? 아니 우리 학교 아이들 거의 다 알거든?"

"신도안중학교 1학년 6반이었다고."

"뭐? 그럼 너 전학 온 거야?"

"응."

"언제?"

"오늘 처음 학교 온 거야."

"그래? 어쩐지 처음 보는 애 같더라니까."

"잘 부탁해."

"알았어. 오늘부터 이 언니만 믿어. 그런데 너네 학교도 이름 졸라 웃긴다. 신도안중학교가 뭐니, 신도안중학교가?"

"대군중은 어떻고?"

"대중은 말이 딱 맞아 떨어지잖아. 그런데 거기가 어디니? 혹시 시골?"

"뭐 딱히 시골은 아니고, 대전 변두리야. 거기에 우리나라 군대 본부가 다 있거든."

"아, 그럼 군인들 아이들만 가는 학교인가 보지?"

"뭐 다 그런 것은 아니고, 하여튼 군인 집 아이들이 많아."

"넌?"

"나도."

"어? 우리 아빠도 군인인데. 되게 신기하다, 얘."

대전에서는 특별할 일도 아니건만 갑작스레 두 손을 잡는 슬이를 보자니 정말 신기한 일 같기도 했다.

"아빠 계급이 뭔데?"

대전 학교에서는 서로 다 알고 있음에도 입 밖으로 꺼내기는 금기시하는 질문인 터라 나는 적잖이 당황이 되었다.

"으응, 중령. 곧 제대하실 거야."

"중령? 와, 높다. 우리 아빠는 원사야, 원사. 너 원사라는 계급 알아? 아니지, 아빠가 군인이시니까 너도 당연히 알겠지. 그치?"

"응, 알아."

"우리 아빠 여기 사단 주임원사야. 주임원사도 알지?"

"그래? 그럼 우리 아빠보다도 더 높으시네."

정글짐 _나는 중2다

"뭐 중령보다는 낮지만 그래도 높은 편이지. 계급장 위에 별도 하나 달고. 아니 별은 원사는 다 붙어있지. 맞아, 가슴에 주임원사 휘장이라는 것도 달고, 똥 폼으로 총알도 없는 권총도 차고 다니는 데다 아빠 앞으로 차도 한 대 있잖아. 어떨 땐 나 그 차타고 학교 오거든. 헤헤!"

"그래?"

"너, 그거 모르지?"

"뭘?"

"주임원사라고 다 같은 주임원사가 아니라는 거. 대대나 연대 같은 데도 다 주임원사가 있거든. 하지만 사단 주임원사랑은 비교도 안 된다는 거 말이야. 우리 아빠도 군단이나 사령부같이 높은 곳의 주임원사님들한테는 꼼짝도 못하더라고. 괜히 여기서만 폼 잡는 거지."

뭐 내가 주임원사가 그냥 부사관들 중에서 가장 높은 사람이라 것, 하지만 결국 부사관 일뿐이라는 거, 때문에 이렇게 스스럼없이 먼저 밝힐 정도의 높은 계급까지는 아니라는 걸 모르는 건 아니었으나 나는 생뚱맞은 주임원사 타령으로 자기 아빠에 대해 이렇게 솔직하고 밝게 말할 수 있는 슬이가 부럽기도 하고 아주 살짝 존경스럽기도 해 한 번도 보지 못한 그 아이의 아빠까지도 왠지 좋아져 버렸다.

"그럼 너 혹시 우리 아파트에 사는 거 아니니? 전진 아파트?"

아마도 이곳 사택 아파트의 이름이 전진일 터였고 그렇다면 필시 부대 이름 또한 전진부대일 것이라는 생각이 들었다.

"아니야. 저기 공설운동장 뒤에 우리 집 따로 있어."

"그래? 세 얻은 거야?"

"아니야. 여기가 원래 우리 아빠 고향이야. 뭐 내 고향도 되고. 그래서 할아버지 때부터 살던 집이 있어."

"그래? 되게 잘됐네. 너네 아빠 말이야, 고향에서 근무하시니까 뭐 그 좁은 아파트에 안 들어가도 되고 말이야."

아홉 시가 넘어서야 담임선생님이 들어와 가나다순으로 이름 따라 반 번호를 매기고 자리를 정해준 후 별다른 이야기도 없이 자리를 뜬 후 곧바로 영어 선생님이 들어오는 것으로 2학년의 첫날은 그렇게 시작되었다. 슬이는 임시 반장이 되었다. 물론 담임선생님의 지명에 의해서였다.

#07

내가 전학생이라는 사실은 첫 시간인 영어가 끝나자마자 모두에게 알려졌다. 물론 슬이 때문이었다. 선생님이 나가자 슬이가 교단에 섰다.

"어이, 주목! 야! 너 김기성이, 너 주목하라는데 어디 가? 네 자리에 앉아 주목 안 할래?"

"화장실."

"화장실? 나중에 가. 알았지?"

기성이라는 아이가 비칠비칠 다시 자기 자리로 돌아가 앉았다. 놀랍게도 웅성거리던 아이들 모두 심지어는 남자아이들까지도 모두 자기 자리로 돌아가 앉은 채 슬이를 바라보기 시작했다.

"김연지!"

나는 느닷없이 나를 부르는 소리에 깜짝 놀랐다.

"응, 왜?"

"야, 야, 잘 봐. 쟤가 오늘 우리 학교로 전학 온 김연지야. 아빠가 군인이시라 아빠 따라 이곳으로 왔다더라. 이제 우리 반 친구가 된 거니까 모두들 인사해."

'안녕' 하며 소리 내어 인사하는 애, 휘파람을 부는 애, 두 손으로 책상을 마구 두드리거나 발을 구르는 애, 박수를 치는 애……. 나는 이 갑작스런 습격에 그만 얼이 빠졌다.

"연지야, 너 뭐 해? 너도 인사해야지. 간단히 자기소개도 좀 하고."

이런 웃기는 상황을 피하기 위해 애써 전학도 늦춘 것이었건만, 나는 자기 멋대로 구는 슬이에게 부아가 치밀었다. 하지만 내가 한 일이라고는 일어나 우물거리며 내 소개를 한 것뿐이었다. 치욕스러웠으나 왠지 거부할 수 없는 힘이 느껴지고 내가 한없이 무력해지는 느낌이었다.

"됐고. 우리 4반 말이야, 앞으로 잘해 보자. 친하게들 지내자고. 무슨 말인지 알지? 자, 자, 이제 화장실 갈 사람은 가."

교실 뒤쪽에서 날카로운 소리가 들려온 것은 슬이가 막 교단에서 내려오고 아이들이 웅성거림과 함께 자리에서들 일어나는 순간이었다.

"야, 이슬이! 너, 너무 나대는 거 아냐? 응?"

일순 교실에 적막이 돌았다.

"누구야?"

소리를 지른 아이는 자리에서 일어나지 않은 채 무엇이라도 찾는지 태연하게 자기 책가방 안을 들여다보고 있었다.

"정민지! 너 죽는다!"

정민지라는 아이의 눈에서 파란 불이 떨어지는 듯했다.

"야, 이슬이! 너 내가 첫날이라 웬만하면 참고 있는 거 알지?"

"놀고 있네. 뭐 참는다고? 병신, 아주 꼴값을 떨어요."

"누가 꼴값 떠는 건지 한번 볼까? 한번 봐?"

"너, 2학년 되더니 아주 미쳤구나. 아, 그렇지. 너, 불개미 들어갔다며? 하여튼 불개미고 뭐고 간에 설치면 죽는다? 니 말대로 첫날에 한번 죽어 볼래? 어? 죽어 봐? 옥상 한번 올라갈까?"

내 눈에는 자신의 가방을 움켜쥐고 있는 민지라는 아이의 손등에 파란 핏줄이 돋는 게 똑똑히 다 보였다.

"눈, 안 깔지?"

민지가 결국 고개를 떨구더니 자리에서 일어나 교실 밖으로 나갔다.

"씨발년, 첫날부터 되게 설치네."

이번엔 남자아이였다. 녀석은 교실 바닥에 카악 소리를 내며 침을 뱉었다.

"뭐?"

"씨발아, 좀 적당히 좀 하라고. 왜? 내 말 틀렸어?"

녀석의 말이 채 끝나기도 전에 녀석은 그 자리에서 고꾸라져 버렸다. 어디에 앉아 있었는지도 모르는 또 다른 남자아이가 득달같이 달려와 녀석의 가슴을 발로 냅다 차버린 것이었다.

"이런 개씹새가 어디서 아가리를 벌리는 거야?"

아이는 쓰러져 두 손으로 머리를 감싸 쥔 채 바동거리는 녀석을 마구 걷어찼다.

"이해천! 왜 그래? 그만 하라고!"

"씨발, 학년이 바뀌니까 별 좆밥 찌질이 새끼들이 다 까부네. 니들 정말 다 죽는다?"

"이해천! 그만하라니까!"

"니들 말이야, 앞으로 행동 조심해. 나대다가는 아주 죽는 수 있어. 알았어?"

"……."

"이런 씹새들이 왜 대답이 없어? 알았어, 몰랐어. 알았지?"

정말 놀랍게도 모두들 '예' 하며 존댓말로 대답을 했다. '응'도 아닌 '예'라니!

"이해천! 내가 그만하라고 했다?"

나는 슬이가 이해천이라는 아이를 명령조로 제지는 하고 있지만 다른 아이들에게 하는 것과는 달리 상당히 조심스러워한다는 느낌을 받았다.

녀석도 밖으로 나가버렸다.

"화장실들 가라니까."

슬이의 말에 그때서야 얼어붙었던 아이들이 움직였다.

"야, 김연지! 놀랐지?"

"놀라긴. 어디나 학교는 다 똑같다는 생각만 들었어."

놀랄 정도가 아니었으나 나는 자존심상 차마 놀란 기색을 내보일 수는 없었다.

"그래? 센데? 아무튼 우리 학교가 좀 그래."

"으음, 혹시 너……?"

"나? 내가 왜?"

"일진……."

"아, 일진? 아냐, 난……."

그때 2교시 시작 벨이 울리고 잠시 후 사회 선생님이 들어옴으로써 우리들의 대화는 일단 중지가 되었다. 나는 수업에 집중을 하려 했으나 콩닥거리는 가슴은 좀체 진정되지 않았다.

#*08*

이슬이가 일어났다.

"다들 차렷. 선생님께 경례!"

아이들은 일제히 고개를 숙이며 큰 소리로 외쳤다.

"안녕하세요."

"그래, 모두들 반갑다. 이슬이가 이 반 반장인가 보지?"

"임시입니다."

"왜? 이왕 하는 거 정식으로 하지?"

"나중에 정식 선거를 할 거래요."

"선거? 그래, 선거 좋지. 인마, 너네들 선거가 얼마나 중요한 건지 알지? 알아, 몰라?"

"알아요―."

"그래, 앞으로 살아가면서 선거할 일 무지 많을 거야. 사람은 말이야, 딱 자기 수준에 맞는 투표를 하거든. 그러니까 대통령이고 반장이고 간에 딱 자기 수준 정도밖에 못 뽑게 된다, 이거지. 이게 무슨 말인지 알아?"

"······."

"좋은 사람을 뽑으려면 자기 수준을 높여야 된다, 이 말이잖아. 내가 수준이 높아져야 사람 보는 안목도 생겨서 좋은 반장, 좋은 국회의원, 좋은 대통령을 뽑을 수 있다, 이거라고. 나중에 말이야, 기껏 자기들이 뽑아 놓은 사람에게 실망을 하고선 손가락을 분질러 버리고 싶다고 후회해 보아야 아무런 소용이 없다는 거. 초이스 이퀄 리버티 앤드 리스폰시빌리티(Choice=Liberty & responsibility). 내 발음이 좀 그렇지? 어쨌든 이게 무슨 말이냐 하면 선택은 자유면서 책임이다. 무슨 말인지 알겠지?"

"예."

"아무튼 괜히 휩쓸려서 줏대도 없이 그저 남 하는 대로 하면 그건 말만 사람이지 정신적 노예에 불과하다는 거 명심하고 어떤 선거든 간에 신중하게 잘 뽑아라. 이게 바로 공자님 말씀이다, 이거지. 알겠나?"

"예~."

"선거 이야기는 그 정도로 하고. 음, 오늘이 2학년 사회 첫 시간이니까 지루한 수업은 다음으로 미루고 오늘은 재미삼아, 이것도 공부야. 알지? 하여튼 우리가 어떤 곳에 살고 있는지나 한번 알아보자고. 싫어? 싫으면 진도 나가고."

"좋아요."

"으음, 그래. 반장!"

"예."

"우리 학교 주소 좀 말해 봐. 번지수까지는 필요 없고."

"경기도 파주시 삼릉읍 대군리입니다."

"그래. 자, 경기도가 무슨 의미인지 아는 사람?"

아이들 모두 '경기도가 그냥 경기도를 말하는 것이지 의미는 무슨 의미' 하는 듯한, 지금은 뜨악한 표정으로 일제히 입을 닫았다.

"아는 놈 없어?"

"……."

"이놈들 봐. 지들이 어디에 사는지도 모른다니까. 잘 들어. 경기도의 '경'은 한문으로는 서울 경, 그러니까 서울을 말하고, '기'는 쉽게 말해서 서울 주변의 땅을 말한다. 그러면 경기도의 의미는 일단 대충 이해되지?"

"예!"

"그럼 넘어가고. 다음은 파주. 파주에 대해 아는 사람?"

"……."

"없어?"

"……."

"이놈들. 인마, 틀려도 좋으니 한번 말이라도 해 봐. 니들도 들은 게 있을 수도 있잖아?"

"파주에는 파주, 파평면, 장파리, 금파리 등 '파' 자가 들어가는 곳이 많은데 아마 그 '파' 자랑 관계가 있는 것 같습니다."

"어? 너, 이름 뭐니?"

"예, 장재근입니다. 19번 장재근."

"장재근? 잘했어. 뭐 완전한 설명이라고 할 수는 없지만 일단 어프로치가 아주 정확해. 수행평가 가점 준다."

가점이라는 말에 녀석은 벌떡 일어나 고개를 숙였다.

"감사합니다."

"다음 사람. 다른 의견 있는 사람 없어?"

"……."

"안 되겠어. 지금부터 숙제를 준다. 노트에 적어. 다음 시간까지 파주시, 삼릉읍, 대군리, 그리고 임진각, 통일로, 통일로 알지? 우리 학교 앞 저 도로 이름, 이 다섯 가지에 대한 어원이나 유래, 하여튼 관계되는 것을 자세히 조사해 오도록. 성의도와 정확도에 따라 1학기 수행평가에 반영할 테니까. 다들 알았지?"

"예."

"공부는 말이야, 꼭 책에 있는 것만 하는 게 아니라고. 물론 니들이야 입시에 치어서 경황이 없긴 하겠지만 공부만큼 상식이나 견문을 넓히는 것도 아주 중요하거든. 나중에 공부만 잘하는 바보 되면 되겠어? 뭐 그 정도로 하고, 그럼 이제 진도 좀 나가볼까? 자, 교과서들 펴고."

"선생님!"

"뭐야?"

"질문 있습니다."

"질문? 해 봐."

"장파리, 금파리면 똥파리는 없습니까?"

아이들이 일제히 웃음을 터뜨렸고 질문을 한 녀석은 그런 아이들을 의기양양 둘러보며 씨익 웃었다.

"일어 서!"

선생님의 목소리에 분노가 잔뜩 묻어있건만 자리에서 일어선 녀석의 얼굴에는 웃음기가 가시지 않고 있었다. 놀랍게도 녀석은 바로 지난 쉬는 시간에 슬이에게 욕을 했다가 이해천이라는 아이에게 발길질을 당했던 바로 그 아이였다.

"다시 질문해 봐."

"장파리, 금파리가 있으면 똥파리는 없냐고요? 아니면 왕파리나 초파리."

느닷없이 벌어진 사태에 놀라 숨을 죽이고 있던 아이들에게서 다시 폭소가 터져 나왔다.

"너, 이리 나와!"

"왜요?"

녀석은 기가 죽지 않았다.

"너, 이리 안 나와? 선생님이 나오라면 나오지 '왜요'가 뭐야?"

정글쥐 _나는 중2다

"난 그냥 질문한 건데 왜 열폭하세요?"

녀석은 이제 대놓고 선생님에게 이죽거렸다.

"뭐? 이 자식이 감히 선생님한테 뭐 열폭이 어쩌고 저째?"

뚜벅뚜벅 녀석에게 다가오는 선생님의 얼굴은 하얗게 질려 있었고, 한쪽 입 꼬리 부근에서 작은 경련이 일고 있는 게 눈에 똑똑히 들어왔다. 나는 놈의 귀에도 미치지 못하는 선생님의 키가 영 슬펐다.

"너, 이 새끼, 지금 뭐라고 했어. 엉?"

"욕하시면 안 되는 거 아녜요?"

분을 못 이긴 선생님이 녀석의 뺨을 내려쳤다.

"야, 이 호로 자식아. 그래, 욕했다. 뭐 욕하면 안 된다고? 그렇게 눈을 치켜뜨고 쳐다보면 어쩔 건데? 응, 어쩔 거냐고?"

"어이, 참 재수가 없으려니까. 씨발."

"뭐? 씨발?"

선생님이 놈의 뺨을 다시 치려는 순간 뒤에서 선생님을 껴안은 아이가 있었다. 이해천이었다.

"참으세요, 선생님."

"이해천. 인마, 너 이거 못 놔?"

나는 그 선생님에게서 말과는 달리 해천이란 아이를 전혀 나무라는 기색이 전혀 보이지 않는 것 같아 좀 어색하다는 느낌이 들었다.

"놓으라고, 인마!"

해천은 들은 체도 안 하고 선생님을 거의 들다시피 해 교단 위까지 질질 끌고 가고서야 팔을 풀고선 교탁 아래에 묵묵히 서 있었다.

"이해천, 들어 가."

해천이 머리를 숙여 인사를 하고 자기 자리로 들어갔다. 선생님은 양손으로 교탁을 짚은 채 한참 동안이나 말없이, 짓눌려 곧 숨이 막힐 듯 무거운 공기가 내려앉은 교실을 초점 잃은 눈으로 둘러보다가 주섬주섬 당신이 들고 왔던 출석부와 교재들을 챙겨 들었다.

"반장! 오늘 수업은 여기까지."

선생님의 목소리는 언제 무슨 일이나 있었냐는 듯 나지막하고 또 차분했다.

"차렷, 경례!"

그래서 그런지 어깨가 유난히 처져 보이는 선생님이 문을 열고 나간 후에도 정적은 한참이나 계속되었다. 그 터질 것만 같은 팽팽한 적막을 깬 것은 방금 소동을 일으킨 바로 그놈이었다. 녀석은 소리 내어 가래를 끌어 올린 후 그걸 바닥에 뱉었다.

"씨발, 첫날부터 완전 좆 됐네."

"야, 송기열, 그거 닦아."

슬이였다. 놈은 그런 슬이를 무섭게 쩨려봤다.

"야, 이 씨방새야, 눈 깔고 빨리 바닥 닦으라고. 안 들려?"

놈은 그대로 자리에서 일어나 교실 밖으로 나가 버렸다. 놈의 침을 닦은 것은 엉뚱하게도 놈의 옆에 앉아 있던 아이였다.

#09

수업이 예기치 않게 일찍 끝나는 바람에 결과적으로 쉬는 시간이 엄청 늘었음에도 아이들은 모두 자기 자리에 앉아 조용하게 제 할 일만 하고 있었다. 물론 나는 안다. 나처럼 지금 저 아이들의 머릿속도 상당히 복잡할 것이라는 걸 말이다.

뭐 하지만 따지고 보면 전혀 별일이 아니었다. 슬이에게 도발을 한 정민지라는 아이도, 송기열이가 괜히 폼 잡으며 나섰다가 이해천에게 언어 맞음으로써 구겨질 대로 구겨진 자존심을 회복한답시고 정말 뜬금없이 애꿎은 선생님의 속을 뒤집어 놓은 이유 모두 낮은 서열의 동물이 새로운 때를 노려 강한 자에게 반기를 들었다가 자신의 위치를 재차 확인을 하고선 허망하게 물러서는 서열 싸움에 지나지 않았고, 그런 건 나나 우리 반 아이들 모두 중2까지 올라오면서 숱하게 겪은 터라 이미 익숙하게 알고 있는 것이다.

단지 내가 못내 궁금한 건 이슬이와 이해천, 이 두 아이의 관계나 위치, 이 것이었다. 내 눈에 둘은 같은 편이기도 했고, 적이기도 했으며 상대적으로 서로 더 강자로 보이기도 했다. 아마도 분명 둘 다 남자거나 아니면 둘 다 여자라면 좀체, 아니 절대 나오지 않을 광경들을 보면서 나는 어쩜 두 아이가 서로를 이성으로 생각하고 있을지도 모른다는 느낌을 가지게 되었다. 그렇게 생각하니 이상하게도 왠지 가슴이 먹먹해지는 듯했다.

굳은 얼굴로 나타난 담임선생님이 송기열이를 찾다가 허탕을 치고 나가자 곧 쉬는 시간임을 알리는 벨이 울렸다. 아이들은 마치 그 소리가 '이제 너네에게 자유를 허하노라' 하는 계시라도 된 양 그때서야 중2 본연의 모습으로 돌아가 와자지껄하며 교실을 난장판으로 만들기 시작했다. 하지만 혼돈 속의 자유와 평화는 결코 오래가지 않았다.

3학년 명찰(학년마다 색이 달랐다)을 단 아이 셋이 교실 문을 열고 들어섰기 때문이었다.

"전부 자리에 앉아."

교탁 양 옆에 호위병을 세운 아이의 목소리는 중3답지 않게 낮고 묵직했다. 아이들은 화장실에 안 간 자신을 원망하며 모두들 자리에 앉아 숨을 죽였다.

"나, 학생부장이다. 다들 나 알지?"

"예-."

아마 하늘 같은 선생님이 물어도 이렇게 크고 일사불란한 대답은 못 들으리라.

"조금 전 이 반에서 '에스씨' 짓한 놈 있다고?"

"……"

"그건 됐고, 아무튼 2학년이 된 걸 축하한다. 어때? 좋지?"

"예-."

"그래, 말 간단히 할게. 2학년이 되었으면 2학년답게 행동한다. 1학년 동생들 잘 보살펴주고, 자기보다 약한 친구 왕따 안 시키고, 선배 말에 복종하고 특히 선생님 말씀엔 괜히 에스씨 하면서 나대지 않고 무조건 복종한다. 알겠나?"

"예-."

"남자는 절대 여자 아이들 괴롭히지 않는다는 것도 알고?"

난 그만 목이 메어버렸다. '알겠지?'도 아니고 '알겠나?'라니! 어떻게 기껏 나보다 한 살밖에 더 안 먹었을 중3 아이의 입에서 저렇게 멋있는 말이 자연스럽게 나올 수 있단 말인가? 어떻게 말 한 마디 한 마디에 저렇게 힘이 실리면서 천방지축 중2 아이들을 이렇듯 완벽하게 장악할 수 있단 말인가?

한 녀석이 손을 번쩍 들었다.

"왜? 할 말 있어?"

"저기요, 우리 반은 거꾸로 여자들이 남자를 괴롭히는데요, 그건 괜찮은 건가요?"

아이들이 일제히 웃음을 터트리고 녀석은 자기가 아주 센스 있는 질문으로 분위기를 띄웠다는 듯 의기양양 교실을 둘러보았다.

"야, 그건 3학년도 똑같아. 나도 만날 당하기만 하고 꼼짝도 못하거든. 그건 우리 대군중학교 전통이니까 뭐 그러려니 해야지. 안 그래?"

"예……."

"그렇게 알면 됐고. 아, 그리고 말이야, 오늘부터 너네 2학년 학년부장은 바로 너네 반에 있는 이해천으로 정했다. 알겠나?"

아이들이 모두 우렁차게 대답을 하며 모두들 이해천을 돌아보았다. 그 아이들의 눈에서 나는 자랑스러움이, 그러니까 그 '학년부장'이라는 직책

정글짐 _나는 중2다

의 아이와 같은 반이라는 뿌듯함이 묻어 나오는 걸 나는 똑똑히 보았다. 나 역시 웃기게도 왜 그래야 하는지도 모르면서 이해천이와 한 반이라는 사실이 막 흐뭇해지려고 하고 있었다.

"2학년 학년부장이 누구?"

"이해천이요-."

"그래, 여기가 4반이지? 자, 4반, 다 같이 파이팅 한번 하자. 파이팅!"

아이들이 모두 손을 들어 파이팅을 외치는 가운데 나의 얼을 쏙 빼어 놓은 그 선배들은 표표히 사라져 버렸다. 그들이 나가자마자 아이들은 모두 심지어는 여자아이들까지도 이해천에게 몰려들었다.

"축하해!"

"잘 부탁해!"

자리에 남아있는 아이는 나와 슬이, 그리고 정민지라는 아이뿐인 것 같았다. 나와 눈이 마주 친 슬이는 미소를 띤 채 두 손을 옆으로 펼치고 선 고개를 주억거렸다. 서양 사람들이 잘 쓰는 제스처. 슬이는 내게 '이게 다 무슨 미친 짓이람.' 하고 말하는 듯했다. 수업 시작을 울리는 벨이 다시 울렸다. 이젠 수학이었다. 나는 그 시간 내내 좀체 수업에 집중을 하지 못했다. 이해천과 이슬이에 대한 복잡 미묘한 감정에 더하여 새롭게 등장한 학생부장이란 선배의 얼굴이 자꾸 떠올랐기 때문이다.

#10

급식 시간이 되었다. 세상 어디를 가나 그곳 나름대로의 문화가 있고 규칙이 있는 법. 이럴 때 제일 중요한 건 역시 눈썰미다.

작년, 대전 학교에도 급식 시간에는 아주 특별한 규칙이 암묵적으로 존재했다. 당번 선생님과 급식 도우미 봉사 활동을 나온 엄마들이 빤히 쳐다보고 있음에도 힘 있는 아이들이 줄을 무시하고 먼저 배식을 받아 제일 구석져서 제일 오붓한 자기들만의 자리에 앉아 안하무인 떠들어가며 먹어도 절대 누구 하나 제지하거나 이의를 제기치 않는 게 대전의 규칙이었다.

선생님들이 바라는 것, 그래서 아이들에게 요구하는 것은 단 하나였다. 자기가 감독을 하는 시간에는 그저 아무런 말썽 없이 넘어가는 것. 때문에 그 아이들에게서는 늘 짐짓 눈을 돌렸다.

선생님들은 기회만 있으면, 아니 일부러 기회를 만들어 가면서까지 시도 때도 없이 자신들을 자극한 후 절대 기죽지 않고 대듦으로서 다른 아이들에게 자기들의 용기와 힘을 과시하려고 하는, '내놓은' '갈 데까지 간' 아이들의 희생양이 되는 걸 두려워했다.

뭐 모두 다 그러는 것은 아니었지만 많은 선생님이 스승이 되기를 스스로 거부했다.

아빠는 이 말을 전해 듣고선 '말도 안 된다. 그럴 리 없다. 정말이라면 당장 옷을 벗겨야 된다'고 흥분을 했었지만 실제로 아이들에게 대놓고 '나는 먹고 살기 위해 마지못해 학교에 나와 선생질 하는 몸이니 나를 건들지만 말아 달라'고 말하는 선생님들까지도 있었다.

점심시간, 식사를 마치기라도 하면 3학년에서 잘나가는 아이들은 학교 운동장 구석에 삼삼오오 모여 태연하게 담배 연기를 날려 보냈지만 매번 스피커로 '지금 운동장에서 담배 피우는 학생들, 빨리 끄고 교실로 들어가세요.' 하는 교감 선생님의 어눌한 기계음만 내 보낼 뿐 직접 뛰쳐나와 제지하거나 꾸중을 하는 선생님들은 단 한 명도 없었다.

언제인가 물정 모르는 신임 체육 선생님이 그 광경을 보고선 몽둥이를 들고 뛰쳐나왔다가 도망도 안 가고선 운동장에 침을 뱉어가며 비웃는 아이들 틈에서 개망신을 당한 후 우리들에게 들려 온 소식은 교감 선생님으로부터 '설치지 마라'는 훈계를 받았다는 어이없는 이야기뿐이었다. 담배를 피운 아이들을 나무라지 않고 그걸 나무라는 선생님을 나무라는 세상. 그게 대전, 우리 학교의 모습이었던 것이다.

정글짐 _나는 중2다

어쨌거나 내가 '신도안중'이 아닌 '대군중'이라는 새로운 사회에 적응하기 위해서 제일 필요한 건 최대한 눈썰미를 발휘하여 많이 관찰하는 것이었으니 급식 줄 제일 뒤에 선 것은 아주 당연한 선택이었다. 당번 선생님 대신 하얀 가운을 입은 영양사가 팔짱을 낀 채 심드렁한 표정으로 아이들을 둘러보고 있는 것 외에 식판에다 도우미로 나선 엄마들이 밥이나 반찬을 담아주고 아이들은 저마다 편한 자리에 앉아 식사를 하는 것은 대전에서와 전혀 다를 바 없었다.

배식을 받은 내가 어디에 앉을까 두리번거리다가 그나마 듬성듬성 빈 자리가 있는 식탁을 발견하고선 식판을 내려놓으려는 순간 나를 부르는 소리가 들려왔다.

"김연지!"

슬이였다. 슬이는 나와 눈이 마주치자 이쪽으로 오라는 듯 손짓을 했고 나는 그 아이 곁에 앉아 식판을 내려놓았다. 나는 슬이가 나를 부르는 소리를 듣는 순간 밀려온 묘한 안도감이 싫었다.

신도안중에서의 내 별명이 생각났다. '터프 걸', 그곳에서의 터프 걸은 늘 먼저 불렀지, 불림은 당하지 않았었다.(고백하자면 내가 진짜로 터프해서 생긴 별명은 아니었다. 입학식 날 짓궂은 장난을 친 남자아이의 뺨을 살짝 한 대 때렸는데 어떻게 된 건지 코피를 흘리는 바람에 졸지에 붙었을 뿐이다).

만약에 누군가가 이리 와서 같이 먹자는 뜻으로 나를 큰 소리로 불렀다면 나는 그 아이를 약간 못마땅한 표정으로 한번 바라본 후 짐짓 다른 자리에 앉았을 것이다. 물론 나를 부른 아이는 자기가 괜한 건방을 떨었구나 하는 자각에 멈칫했을 것이고……

그런 내가 '불러줌'에 고마워하다니 슬프고 참담한 현실이었다. 하지만 역시 '현실'이었다.

"늦었네."

그러고 보니 슬이의 식판은 거의 비어가고 있었다.

"이 학교 급식 원래 이러니?"

어처구니없게도 좀스러운 반찬 타령이 한심한 현실에 놓인 나에 대한 내 스스로의 응징이었다. 한심한 현실에 한심한 응징, 나는 정말 바보가 돼 가고 있는 듯했다.

"거긴 잘 나오나 보지?"

"뭐 잘은 아니지만 그래도 이 정도는 아니지. 그런데 다들 잘 먹네."

사실 급식은 대전보다 전혀 나쁘지 않았다.

"한참 먹을 때잖아."

마치 엄마들이 우리 또래들을 두고서 하는 것 같은 슬이의 의젓한 대답을 듣자니 내게서 적의도, 전의도 사라져 버렸다. 싸워보지도 못한 패배였다. 그것도 기껏 어린애 같은 반찬 투정을 무기로 덤비려 했다니 헛발질 연속 작렬, 내가 더 싫어졌다.

"먹어. 나가야 돼."

"나가? 왜?"

"조금 있으면 3학년 배식이잖아."

"여기서?"

"왜?"

"급식실이 여기 하나야?"

"응. 거긴 어땠는데?"

"거긴 학년마다 따로 있거든."

"우리 학교는 지은 지 오래 됐잖아. 거기다가 갑자기 학급 수도 늘었고."

"……"

"뭐해? 시간 없다니까."

"입맛이 없어서."

"이 아줌마야. 입맛 없으면 밥맛으로라도 먹어."

보채는 아이 달래듯 하는 차분한 소리에 나의 식욕은 완전히 가서 버렸다. 나는 수저를 내려놓고 식판을 앞으로 밀었다.

"왜?"

"그만 먹으려고."

"뭘 그만 먹어? 하나도 안 먹었으면서."

"입맛이 없다니까."

슬이는 나를 그윽한 눈빛으로 바라보다니 씨익 웃었다.

"그래? 그럼 우유라도 마셔."

나는 팩을 따 우유를 마셨다.

"가자."

식판을 들고 슬이를 따라 일어났다.

"그거 이리 줘."

"뭐?"

"네 식판 말이야."

"왜?"

"그냥."

"그냥 왜?"

"그냥 달라니까. 나한테 주고 너 먼저 나가 현관 앞에 가 있어."

나는 거역하지 못하고 슬이한테 식판을 주고선 급식실 밖으로 나와 운동장으로 통하는 현관에 서서 먼 시야 끝에 걸리는 눈 쌓인 산을 바라보았다.

"북한산이야."

어느새 슬이가 내 곁에 있었다.

"서울 북한산이라고, 교과서에도 나오잖아. 저기 가봤어?"

"아니."

"진달래 필 때쯤 한번 가자. 저 산, 참 좋아."

"진달래를 보러 일부러 간다고?"

"아니, 등산가는 거지. 저기 꼭대기가 백운대거든. 거기 올라가면 얼마나 좋은데."

나는 등산은 어른이나 하는 것이지 나와는 아무 상관이 없는 일이라 생각했었다. 학교에서 별로 멀지 않은 계룡산도 큰 절이 있는 중턱까지 겨우 한 번 올랐을 뿐이다. 물론 그것도 소풍을 그곳으로 갔기 때문이었다.

대체 중학교 소녀들이 갈 곳이 얼마나 많은데 재미로 산을 오른다는 말인지. 나는 그렇지 않아도 큰 슬이의 키가 지금 내 앞에서 마구 자라는 것 같았다.

"그런데 아까 식판 왜 달라고 했어?"

"잔반 버리려고."

"내가 버리면 되잖아."

"잔반 많이 남기면 야단맞잖아."

"너는 야단 안 맞고?"

"나?"

슬이는 대답하지 않고 예의 그 그윽한 미소만 지어 보였다. 나는 '네가 내 언니니? 다음부터 그러지 마. 자존심 상하거든' 하고 쏘아 붙이고 싶었으나 절대 그러지 못했다.

#11

"불개미가 뭐야?"

"뭐?"

"아까 네가 정민지라는 아이한테 그랬잖아. 불개미 들어갔냐고."

"아, 그 불개미? 우리 학교 양아치 아이들 이름이야. 일진이랍시고 몰려 다니는 양아치들."

"이름 진짜 촌스럽다."

"야, 여기가 촌이거든?"

"3학년도 있고?"

"있지, 당연히."

"남자 아이들은?"

"남자들도 있지. 학교에서는 나름 좀 먹어주기는 하는데 사실 다 찌질
이들이야."

"찌질이?"

"솔직히 일진도 못되는 것들이 일진 흉내 내고 다니니까 찌질이들이지
뭐야?"

"일진이야 원래 좀 그런 애들만 있는 거 아닌가? 싸움 좀 하는 애들."

"싸움? 그 새끼들 좆도 아니야. 그냥 몰려다니니까 센 것같이 보일 뿐
이지. 병신새끼들, 학교 망신은 다 시키고 다닌다니까."

"학교 망신?"

"작년에 거기에서 짱 먹는 애가 있었거든. 근데 그 병신이 금촌 짱이랑
맞짱 떴다가 존나 밟히고선 그것도 모자라 나중에 지네 엄마가 경찰에
신고까지 했잖아. 그 순간 우리 학교는 완전 개 쪽 된 거지. 우리 학교 아
이들 교복 입고선 금촌에도 잘 못 가잖아."

"금촌?"

"금촌 몰라? 금촌, 거기가 우리 파주에서 나름 제일 번화가거든. 근데
도 거길 못 나간다니까. 병신 새끼 하나 때문에 뭐 하나 사려면 꼭 일산
까지 가야 된다니까."

"……"

"그래도 일진인데 아까 일 괜찮은 거야? 학교 안에서는 좀 먹힌다며."

"뭐가?"

"아까 민지 일 말이야."

"괜찮아. 먹히는 아이들만 먹히지 우린 상관없어."

"우리?"

"그런 게 있어."

"그게 뭔데?"

"아줌마, 아줌마는 그런 거 몰라도 되거든요."

좀 서운했으나 슬이의 말투에서 나를 무시하는 건 아니라는 것이 느껴져 나는 곧 평상심을 되찾았다.

"아까 말이야, 우리 교실에 들어왔던 3학년들. 그 선배들은 뭐야?"

"선배들?"

"선배 맞잖아."

"맞긴 맞지. 그래도 선배라고 하니까 좀 웃긴다야."

"선배한테 선배라고 하는 게 뭐가 웃기냐?"

"근데 뭐가 또 궁금한데?"

"뭐라고 했더라? 에스씨, 에쓰씨가 뭐야?"

"영어 SC. SC 몰라?"

"뭔데?"

"센 척이잖아."

"센 척? 아, 그래서 SC라고 한 거구나. 난 또."

"난 또 뭐?"

"학생부장은 뭔데?"

"학생부장이 학생부장이지 뭐긴 뭐야?"

"학생회장을 말하는 건가?"

"아니, 회장은 따로 있어. 조금 있으면 뽑겠지 뭐."

"그럼 뭔데? 학년부장은 또 뭐고?"

"점심시간 끝나간다. 들어가자."

"말 안 해줄 거야?"

"김연지, 나 너네 집에 가도 되니?"

"우리 집? 오늘?"

뜬금없는 제의에 좀 당황스러웠으나 전학하자마자 친구를 데리고 온 나의 적응력에 엄마가 놀라는 모습이 떠올랐다.

"응, 오늘. 왜? 안 돼?"

"안 되긴, 놀라서 그렇지."

"놀랄 것도 많다. 알았어. 그럼 이따 너네 집에 가는 거다?"

"그러지 뭐."

슬이와 함께 교실로 향하다가 나는 참 신기한 것을 보았다. 아이들 모두, 심지어는 새로 전학 온 나조차도 신고 있는 삼선 슬리퍼 대신 슬이는 하얀 실내화를 신고 있었던 것이다. 나는 학교 앞 문방구에서도 단 3천 원이면 살 수 있는 그 흔한 실내화가 그렇게 예쁘다는 것을 처음 알았다. 슬이는 내가 자신의 발을 힐끗거리는 것을 알아챘던 모양이었다.

"왜? 내 실내화?"

"응."

"편하잖아. 소리도 안 나는데다 발까지 안 시렵다니까."

"완전 예쁜데?"

"예쁘긴. 그럼 너도 하나 사 신든지."

"1학년도 아닌데 좀 튀잖아."

"실내에서 실내화 신는 게 튄다고? 똑같은 쓰레빠 질질 끌고 다니는 게 더 웃기는 거지."

"그런가?"

"아무튼, 학생부장이 뭐냐 하면 우리 학교 진짜 짱이야. 학년부장은 그 학년에서 짱 먹는 거고."

"선도 부장 같은 거?"

"아니, 선도 부장은 학교에서 정하잖아. 이건 지들이 정하는 거야."

"지들?"

"학생부, 우리 학교 진짜 일진."

"진짜 일진?"

"응, 쩐(일진)."

"그런데 이름이 학생부야? 안 어울리지 않나?"

"학교에서 붙여준 이름이거든. 좀 범생이들 같지?"

"학교에서 일진 이름을 붙여 줬다고?"

오후 수업이 시작되는 것을 알리는 차임벨이 울렸다.

"이따 너네 집에나 가자니까."

#12

오후 첫 시간은 국어, 바로 담임선생님의 시간이었다.

"송기열!"

"예."

사회 시간에 바닥에 뱉은 침을 닦으라는 굴욕적인 슬이의 명령에 교실을 뛰쳐나갔던 놈은 언제 들어왔는지 제 자리에 앉아 있었다.

"선생님이 왜 불렀는지 알지?"

"예."

"넌 오늘 수업 다 끝나면 남아서 반성문 써서 제출하고 집에 가."

"청소는요?"

"뭐?"

"수업 끝나면 아이들이 청소를 할 텐데 어디서 써요?"

"청소 끝난 후 쓰든지 운동장에서 쓰든지 그건 네가 알아서 하고. 알았지?"

"……."

"왜 대답이 없어?"

"예."

놈은 우물우물 잘 들리지도 않는 목소리로 겨우 대답이란 걸 했다.

"송기열!"

"……"

"송기열, 너네 아빠 연세가 어떻게 되니?"

"……"

"너, 선생님 말 안 들려?"

"들려요."

"너네 아빠 몇 살이냐고 선생님이 물었잖아?"

"마흔일곱이요."

"너, 사회 선생님 연세는 어떻게 되는지 알아?"

"몰라요."

"쉰여덟이셔. 알아? 쉰여덟이시라고."

왠지 나는 어쩌면 선생님이 울지도 모른다는 생각이 들었다.

"씨발"

고개를 숙인 놈이 나지막이, 하지만 마치 들으라는 듯 내뱉은 말이었다.

"뭐?"

"예?"

"너, 지금 뭐랬어? 욕했지?"

"욕 안 했는데요."

담임은 말없이 송기열이를 쏘아보다가 안경을 벗어 손수건으로 알을 닦기 시작했다.

"교과서들 펴."

수업이 시작되었다. 얼마쯤 흘렀을까? 그러니까 내가 수업에 본격적으로 빠져들 무렵, 누군가가 뒤에서 내 머리를 고개가 뒤로 젖혀질 만큼 세게 잡아당겼다. 뒤를 돌아보니 김기성이라는 아이, 아침에 슬이가 반 아이들에게 나를 소개시키기 위해 화장실 가는 것을 막았던 그 아이가 나를 보고 씩 웃고 있었다.

"왜 그러는데?"

놈은 아무런 말없이 계속 웃고 있었고 그 옆의 슬이가 나를 보고 참으라는 듯 고개를 저었다. 나는 다시 고개를 돌려 선생님을 바라보았다. 불과 채 이삼 분도 되지 않아 놈은 또 나의 머리를 잡아당겼다. 나는 화가 치밀어 수업 중이라는 것도 잊고선 뒤돌아 소리를 질렀다.

"뭐야? 왜 그러는 거냐고?"

놈의 웃음은 여전했다.

"뭐야? 누구야?"

나는 다시 고개를 돌리고 책을 내려다보았으나 너무 화가 난 나머지 그예 눈물을 쏟고 말 것 같은 예감에 열심히 눈을 깜박거렸다.

"뭐냐니까?"

대답을 한 건 슬이였다.

"아니에요, 선생님. 김기성이가 앞에 아이 머리를 잡아당겼어요."

"김기성이 앞에 고개 숙이고 있는 아이, 누구야?"

"연지입니다. 김연지."

책 위로 눈물이 후드득 떨어져 내리는 걸 보고 있으면서 나는 고개를 들지 않았다. 별 대수롭지 않은 일이라는 양 말을 한 슬이에 대한 서운함이 '울면 지는 거다'라는 엄마의 말을, 남의 앞에서 결코 눈물을 보이지 않으리라는 나의 결심을 잊게끔 만들었다.

"이해천!"

"예."

"기성이 책상 좀 옮겨줘라. 저 뒤에 따로 좀 앉혀 놔."

"예."

"김연지!"

"……."

"연지야!"

"예."

"화장실 가서 세수하고 들어 와. 너무 속상해하지 말고."

나는 교실 밖으로 나오면서 선생님의 침착한 말투도, 슬이의 심드렁한 태도도 다 이해를 할 수 없었다. 나를 위로해주지는 않을망정 적어도 놈은 따끔하게 야단이라도 쳐야 되는 거였다. 분명 이건 전학생이라고 무시하는 것이었다. 나는 다시 교실에 들어가지 않고 그 시간 내내 화장실 안에서 몇 번인가 연거푸 세수만 했다.

#13

수업 종료 벨이 울리자 곧 아이들이 부산하게 떠드는 소리가 들려왔다. 당연히 이 화장실로도 몰려올 터인데 마냥 이러고 있을 수만은 없다는 생각에 나는 화장실을 나와 교실로 돌아왔다.

"눈 빨갛다 얘"

나는 마치 아무 말도 못들은 것처럼 슬이에게 눈길도 안 주고 내 자리에 앉는 것으로 나의 서운함을 대신했다.

"로션 줄까?"

살가운 말에 대답도 않는 내 꼬라지를 보면 내 기분을 알 것이건만 슬이는 태연했다.

"로션 있어?"

"응. 있어."

서운한 건 서운한 것이고, 그렇다고 금방 삐치는 속 좁은 어린아이로 보이는 건 또 싫어 나도 나름 의젓하게 대답을 했다.

"영어로 무슨 이름이 있던데……."

고개를 갸우뚱거리며 슬이가 한 말이었다.

"뭐가?"

"뭐라더라? 하여튼 발달장애, 발달장애 뭐 그런 거야."

"뭔 소리야?"

"김기성이 말이야, 발달장애라고. 우리랑 좀 다른 거지."

"……"

"우리는 익숙한데 너만 모르고 있어서 그런 거야. 그냥 그러려니 해."

"우리랑 좀 다른 거라고? 그게 좀이야?"

"응, 왜 그런 애들 있잖아? 그래도 걔, 알고 보면 착해."

"착한 아이가 수업 중에 남의 머리를 막 잡아당기니? 두 번만 착했다간 목도 조르겠네."

"네가 마음에 들었나 보지 뭐."

"여보세요, 됐거든요?"

"걔, 원래 마음에 드는 여자아이들 머리 잡아당기는 거로 유명하거든."

"됐다니까."

"아무튼 너무 기분 나빠 하지는 마. 우리 학교 여학생 중에서 걔한테 머리채 안 잡힌 애 거의 없으니까."

"너도 잡혀 봤어?"

"나? 당근이지."

"그런데? 어떻게 했는데?"

"뭘 어떻게 해? 고마워했지."

"고마워했다고?"

"걔한테 머리채 안 잡히면 얼마나 억울한데. 못 생긴 거, 인증이거든. 헤헤."

"너네 학교 애들 정말 웃기는 거 알아?"

"우리 학교."

"뭐?"

"너네 학교가 아니라 우리 학교라고."

"관두자, 관둬."

"어때? 기분 좀 풀리지? 가서 고맙다고 하지 그래."

"그런데 여기는 특수학급 없어? 저런 아이들을 그냥 놔둬도 되나?"

"있긴 있는데 기성이 엄마가 사정해서 그냥 일반학급에 두는 거야. 특수학급에 들어가면 진짜 영영 못 고친다고, 제발 부탁드린다고 교무실에서 정말로 펑펑 울었다고 하더라고."

"불쌍하다."

"그치? 생긴 건 잘생겼는데."

"관심 있나 보네."

"그럼 뭐 하니? 사랑이 변했는데."

"뭐?"

"너한테로 떠나갔잖아."

담임선생님으로부터 교무실로 오라는 전갈을 받은 건 조금 풀어진 마음으로 슬이와 그런 수다를 떨 때였다.

"속상하지?"

"이슬이한테 이야기 들었어요."

"그래? 이해는 되고?"

"예."

"연지, 오늘 보니까 눈물이 많네."

"……."

"눈물이 많은 건 여리고 착하다는 것이기도 하지만 한편으론 자기 마음속을 제대로 표현할 수 없는 바람에 그게 눈물이 돼서 나오는 경우도 많다는 거, 알아?"

"……."

"선생님이 말이야, 너 만할 때 무지 울보였거든. 그래서 나는 무슨 일을 당하면 목이 메어 눈물부터 쏟는 그 마음 잘 알아. 잘못은 내가 안 했는데 사람들은 내 마음도 몰라주고, 그래서 늘 억울하고 늘 상처 받아야 되는 그 마음 말이야."

나는 내 심정을 너무나도 정확히 짚으면서 위로해주는 선생님 때문에 바보같이 또 눈물을 쏟을 뻔했다.

"선생님한테 아들이 하나 있는데 자폐가 좀 있어. 그래서 다른 선생님들이 다 곤란해 하시는데 기성이를 내가 맡겠다고 했어. 그러니까 연지가 앞으로 또 속상한 일이 생겨도 선생님 생각하고 아주 큰 게 아니라면 좀 넓게 이해 좀 해 줬으면 좋겠어? 그래 줄래?"

"예."

"그래. 벌써 수업 시작했다 얘. 빨리 가보고 선생님이 뭐라고 하시면 내 이야기 하고. 알았지?"

"예."

#14

그날 슬이는 우리 집엘 못 왔다. 중요한 일이 생겼다며 교실 청소 도중 가방도 그대로 놔둔 채 심지어는 그 실내화 바람 그대로 어딘가로 뛰어 갔기 때문이었다. 그렇다고 그날 슬이를 못 본 건 아니었다. 슬이를 다시 만난 것은 정말 신기한 우연이었다. 어쩜 동네가 너무 좁다 보니 생긴 필연이었을지도 모르지만⋯⋯.

이야기인즉슨 이랬다.

학교를 마치고 집엘 가보니 아빠가 와 있었던 것이다. 아빠는 사단 군수참모로 정식 발령을 받아 내일부터 새 부대로 출근을 해야 한다고 했다. 모처럼의 해후를 즐기기 위해 우리 식구는 그날 저녁 읍내에 있는 돼지갈빗집을 갔다.

사람들이 바글거리는 널찍한 홀을 벗어나 방 한 개를 잡은 우리는 문까지 닫고선 오붓한 시간을 보내고 있었는데 누군가가 문을 빼꼼이 열고선 들여다보더니만 거침없이 방문을 열고 들어섰다. 덩치가 거의 산만한 아저씨였다.

"대대장님, 대대장님 아니세요?"

잠시 그 사내를 물끄러미 올려다보던 아빠가 괴성을 지르며 벌떡 일어섰다.

"이 상사. 와! 이 상사 맞네."

"전진!"

그 사내는 아빠에게 거수경례를 했다.

"아니 이게 몇 년 만이오? 응? 이 상사는 하나도 안 늙었네."

"군수참모 발령 문건 보고서 혹시나 했는데 진짜로 대대장님이시네요."

"앉아. 앉읍시다. 자기야, 이 상사, 이동문 상사 알지?"

"안녕하십니까? 사모님. 정말 오랜만에 뵙습니다."

"앉자니까."

아빠가 그 아저씨의 옷깃을 잡고 강제로 앉혔다.

"어머, 옛날 동경사(동해경비사령부) 때 뵌 이 상사님 맞으시지요?"

"예, 사모님. 정확히 기억하시네요."

"그럼요. 그때 우리가 얼마나 신세를 많이 졌는데요. 그런데 더 젊어지신 것 같네요."

"젊어지긴요. 머리가 다 벗겨져 가는데요."

사내는 쑥스러운 표정을 지으며 큰 손으로 자신의 머리를 연방 쓰다듬었다.

"자, 자, 한잔합시다. 잔 받아요, 이 상사."

"아닙니다. 제가 먼저 따라드려야지요."

"거 변함이 하나도 없구먼. 병권을 쥔 사람은 나니까 빨리 잔 받으시라니까."

사내가 갑자기 무릎을 꿇은 후 두 손으로 아빠에게 공손히 빈 잔을 내밀었다.

"이 양반 큰일 날 사람이네. 빨리 편히 앉아요."

"아닙니다. 이게 당연하지요."

"여보세요, 이 상사. 우리 오래간만에 만난 친구인데 꼭 이렇게 흥을 깨야 되겠어요?"

하지만 사내가 고집을 꺾지 않는 바람에 결국 아버지도 무릎을 꿇고선 술을 따랐다. 사내는 고개를 돌린 채 그 술을 단숨에 들이켠 후 상에 있던 냅킨으로 잔을 닦은 후 다시 아빠에게 내밀었다.

"거 왜 그러십니까? 편히 앉으십시오. 잔 받으시고요."

"나, 이 상사가 그 자세를 하고 계시면 잔 못 받습니다. 나도 계속 무릎 꿇고 있을 것이고요."

결국 아빠는 두 분 다 편하게 앉은 상태가 되어서야 비로소 술잔을 받았다.

"이 상사, 아직 예편 안 했지요? 아, 당연히 안 했을 것이고, 지금은 어디에 근무하시나?"

"사단 사령부에 있습니다."

"아, 그래서 내 발령 문건을 보았다는 소리였구나."

"사단 주임원사입니다."

"뭐요? 사단 주임원사? 와, 잘됐네, 잘됐어. 내 그럴 줄 알았다니까. 정말 축하드립니다. 대단하시네. 대단해서."

"뭘 그게 대단하다고."

"이봐요, 이 상사. 아니, 주임원사님, 내가 민간인이오? 민간인이야?"

"아무튼 좋아해 주시니 감사합니다."

"아, 좋다마다. 내 술친구가 사단 주임원사라는데 누군들 안 좋겠어요. 당연히 좋지."

"이 상사. 아니 이 원사님, 축하드려요. 그때도 하도 성실하셔서 꼭 잘될 줄 알았어요."

"감사합니다, 사모님."

"자기야, 자기도 우리 주임원사님께 한 잔 따라 드려야지. 알지? 우리 전우인 거?"

"전우는 무슨? 전시도 아닌데?"

"어허, 이 사람 보게나. 아, 옛날 동경사 때 북한새끼들 잠수함 넘어온 거 기억 안 나? 그때 얼마나 열심히 싸웠는데 그래."

"맨 특전사분들이 와서 싸웠지 뭐. 자기네는 부대 경계근무만 하고."

"이 사람이 이렇다니까. 그때 우리 부대에서도 전사자가 세 명이나 나왔는데 무슨 딴소리야. 자기도 영결식 때 와서 실컷 울어 놓고선."

"그랬었나?"

"뭐가 그랬었나야? 죽기 살기로 싸운 사람들한테."

"따님이신가 보지요?"

"아차, 미안. 연지야, 인사드려야지."

"안녕하세요?"

"응, 안녕? 그때 서너 살 된 따님이 하나 있었는데 혹시……?"

"맞아요. 얘가 걔예요."

"우와, 세월 빠르네. 참 잘 자랐네요."

"가만있어봐. 그때 당신, 아차, 아니지. 주임원사님한테도 아들 말고 얘만 한 딸도 있었잖아. 맞지요?"

"예, 아들놈은 군 생활 중이고 딸년은 지금 중2입니다."

"어머, 혹시 그 따님 여기 대군중학교 다녀요?"

"예."

"어머, 우리 애도 거기 다니는데. 중2이고."

"아, 잘됐네요. 둘이 친구하면 되겠네."

"아차, 주임원사님 오늘 누구랑 같이 온 거요?"

"저도 식구들하고 왔습니다. 지금 저 바깥에서 먹고들 있을 겁니다."

"그래요? 사모님도 오시고?"

"예."

"그럼 그냥 있으면 안 되지. 갑시다. 가서 모셔 오게."

"사모님 불편하실 텐데."

"무슨 말씀을. 아, 나가자니까."

물론 내 짐작대로 주임원사라는 분이 슬이의 아버지였다. 말했듯 참 신기한 우연이었다.

#15

예상대로 아빠랑 슬이 아빠와의 술자리는 마냥 늘어지고 덕분에 어른들이 있는 방에서 나와 홀의 빈자리를 하나 차지한 슬이와 나도 하릴없이 또 긴 수다를 떨어야만 했다. 궁금한 게 무척이나 많았던 내게는 참 좋은 기회였다.

"아, 그랬구나. 그건 그렇고 아까는 어디를 그렇게 급히 갔었니? 담임이 막 찾았는데."

"나를? 아, 괜찮아. 나중에 담임 만났어."

"어디 가는데 가방도 안 들고 실내화 바람으로 사라진 건데?"

"응, 그럴 일이 좀 있었어."

"무슨 그럴 일?"

"이해천이 문제."

"이해천이가 뭘 어쨌는데?"

"별거 아니거든."

"별거 아니라도 해 봐, 이야기."

"수업 끝나고 우리 청소할 때 말이야, 3학년 불개미들이 집에 가는 이해천이를 그래이드로 데리고 갔다고 하잖아."

"그래이드? 거기가 어딘데?"

"학교 뒷산에 군인들이 만들어 놓은 공터가 있거든. 거기가 그래이드
야."

"영어인가?"

"그럴걸? 영어로 그래이드가 숲속의 빈터라는 뜻이라고 하더라고. 아
무튼."

"너네 학교 정말 웃긴다. SC니 그래이드니 뭔 영어를 그렇게 많이 쓰
냐?"

"그러게. 파주에 미군 부대가 많아서 그런가?"

마치 남 이야기하듯 넉살을 떠는 슬이를 보니 갑자기 기분이 좋아
졌다.

"그런데 3학년이 이해천이를 왜?"

"뭘 왜야? 정민지 그 병진 때문이겠지."

"정민지랑 이해천이랑 무슨 일이 있었나?"

"있기는 뭐가 있어. 아침에 봤잖아. 정민지가 설친 거."

"걔는 너랑 싸웠잖아. 해천이는 송기열이만 때렸고."

"정민지 그 찌질이 년은 말이야, 자기 일 때문에 나서게 되었던 송기열
이가 해천이한테 밟히니까 그걸 자기에 대한 모욕으로 생각했다, 이거 아
니겠어? 주접을 싼 거지."

"헐, 뭐가 그리 복잡하냐?"

"복잡할 것 없어. 어차피 벌어질 일이었으니까."

"뭐가?"

"불개미가 해천이 건드린 거 말이야."

"그게 왜 어차피 벌어질 일인데?"

"야, 복잡할 것 없다고 한 거 취소. 무지 복잡하거든. 그 이야기 하려면

오늘 밤새도 모자라겠다."

"말해 봐. 아빠들 아마 거의 밤새 저럴 텐데 뭐."

"너네 아빠도 술 좋아하시니?"

"우리 아빠? 거의 매일 밤이지 뭐."

"우리 아빠는 완전 중독 수준이야. 그런데 엄마는 만날 잔소리는 하면서 속으로는 괜찮다고 생각하나 봐. 툭하면 둘이 같이 마신다니까."

"집마다 다 똑같네 뭐."

"우리 엄마는 말이야, 그나마 피엑스에서 술을 사니까 돈은 훨씬 덜 든다고 좋아한다니까. 웃기지? 웃기잖아?"

"아까 우리 방에 들어온 아저씨가 너네 아빠라는 것을 아니까 되게 신기하더라."

"그게 뭐? 직업군인들이잖아. 돌아다니다 보면 만난 사람 또 만나고 그러는 거 당연한 거 아니니?"

"그런가? 그건 그렇고 불개미 3학년들이 이해천이를 건드린 게 왜 어차피 일어날 일이었느냐니까?"

"하여튼 이 아줌마 기억력도 좋아요."

"왜 그런데?"

"들어 봐. 이해천이가 학년부장이 됐잖아. 그리고 학생부장 '양'이고. 그러니까 불개미들이 이해천이를 통해서 학생부한테 선전포고를 한 거라고. 걔네들은 그럴 기회를 노리고 있었던 거지."

"양이 뭔데?"

"양? 양 몰라? 선배가 후배 하나를 1:1로 보살펴주는 거."

"……"

"그래도 이해가 안 가? 학년이 바뀌었잖아. 그러니까 작년의 학생부한테는 불개미가 꼼짝도 못하고 넘어갔었지만 지들 생각엔 올해 학생부는 아무래도 좀 찌그러지는 편이다, 이거지. 당연히 불개미 애들이 간을 한

번 보는 거고."

"그럼 한판 붙겠네?"

"당연하지. 어느 학교든 학기 초가 되면 찐짱(일진 중 우두머리) 먹을 아이들이 나와야 되는 거 아니겠어?"

"이해천 걔는 괜찮아? 많이 맞았겠네."

"별로. 내가 그래이드로 뛰어 가면서 학주한테 전화를 했거든."

"학주?"

"학생주임."

"쌤한테 전화를 했다고?"

"왜? 안 돼? 하여튼 학주랑 교감이랑 막 뛰어오고 그래서 뭐 별로 안 맞았어."

"그래서 어떻게 되었는데?"

"뭘 어떻게 돼? 쌤들이 오니까 다 도망갔지."

"해천이도?"

"걔는 피해자인데 왜 도망을 가니?"

"그럼 그렇게 끝난 거야? 학생부 쪽에서는 아무도 안 오고?"

"오늘 못 올 일이 있었어."

"무슨 일?"

"뭘 궁금한 게 그리 많냐?"

"말해 봐. 무슨 일이 있었는지."

"좋은 일."

"무슨 좋은 일?"

"오늘 금촌 짱이랑 우리 학생부장이랑 맞짱 뜨는 날이었거든."

"그래서 맞짱을 떴어?"

"떴지."

"어떻게 됐는데?"

"좋은 일 있었다고 했잖아."

"이겼구나?"

"완전 밟아놨다고 하더라고. 이제 우리 학교 아이들 금촌 막 나가도 돼."

"그깟 게 좋은 일인 거야?"

"아무튼 금촌이랑 우리 대군이랑 이제 서로 절대 터치 안 하기로 했어. 작년에 불개미 짱이라는 새끼가 우리를 완전 새 만들어 놓은 거, 다 풀린 거지."

"그런데 너는 우리 학교랑 우리 반 돌아가는 걸 어떻게 그렇게 잘 아냐?"

"나? 알 만하니까 아는 거지."

"어떻게 알 만한데?"

"그런 게 있어. 아, 그리고 우리 반 말이야, 몇 명 빼고는 1학년 때도 다 같은 반이었거든."

"그럼 그대로 2학년으로 올라온 거야?"

"자기가 다른 반으로 가길 원하는 아이들 빼고는 원래 반 안 바꾸잖아."

"너, 이해천이랑 사귀지?"

"뭐?"

"이해천이랑 사귄다고."

"야, 내가 미쳤니? 걔가 얼마나 재수 없는데."

"정말?"

"나는 걱정 말고 너 가져. 아니지, 너는 김기성이가 있지. 헤헤."

"죽는다?"

"나, 이해천이랑 아무 상관없으니까 아줌미 가지시라고."

"이해천이가 끌려갔다고 네가 달려간 게 이상하잖아. 너한테 먼저 연락이 온 것도 그렇고."

"나, 학생부야."

"네가? 학생부에 여자도 있어?"

"당연하지."

"학생부는 어떻게 되는 건데?"

"학생부? 으음, 3학년 학생부에서 정하면 되는 거지."

"그러니까 어떤 아이들을 학생부로 정하느냐니까? 너, 싸움 잘하는구
나?"

"나? 나야 일단 키가 먹히잖아. 으음, 싸움 잘하는 애들은 따로 있어."

"불개미?"

"아니, 학생부 안에 싸움 잘하는 아이들이 따로 있다고."

"그럼 너는 어떻게 학생부가 되었는데?"

"나? 글쎄."

"어떻게 됐는데?"

"공부."

"뭐?"

"나는 일단 공부라고."

"너, 공부 잘하는구나?"

"응, 좀 해."

"어느 정도?"

"그냥 좀 한다니까."

"전교에서 몇 등 했는데?"

"1등."

"전교 1등?"

"왜? 나는 전교 1등하면 안 돼?"

"……"

"너도 공부 잘하는구나?"

"뭔 소리야?"

"보통 사람들은 말이야, 전교 1등, 이런 소리 들으면 우와, 하고 놀라거든. 아니면 놀라는 척이라도 하던지. 그런데 너는 안 놀란다, 이거지. 그 소리가 뭐냐 하면 너도 전교 1등을 해보았다, 이 소리 아니겠어?"

"……."

"내 말 맞지?"

나는 고개를 끄덕였다. 솔직히 나는 내 앞에 있는 슬이라는 이 아이한 테서 느껴야만 하는 어쩔 수 없는 열등감에 동의하고픈 마음은 없었다. 하지만 나와는 비교조차 안 될 정도로 어른스러운 이 아이가 공부까지 그렇게 잘한다는 사실을 알게 되니 나는 정말 아무것도 아닌 어린아이 에 불과하다는 걸 인정치 않을 수 없었다.

"여기 공부 잘하는 아이들 많아. 완전 장난 아니라니까."

"그럼 너는 순전히 전교 1등 한 것 때문에 학생부가 된 거야?"

"학생부는 말이야, 처음부터 공부면 공부, 싸움이면 싸움, 운동이면 운동, 하여튼 뭐 하나라도 완전 잘하는 아이들 중에서 나름 뭣 좀 있는 아이들로 짠 거야. 그렇다고 학교나 아이들한테 큰 피해도 안 주는 아이들."

"그래서 학교에서 인정해 주는 거구나?"

"인정은 아니고 그냥 모르는 척 놔두는 거지. 우리가 있으면 지들이 편하거든."

"왜?"

"자기들이 할 일 우리가 대신 해주잖아."

"어떤 일을 대신하는데?"

"뭐 이것저것 다."

"그러니까 어떤 거?"

정글짐 _나는 중2다

"적어도 학교 안에서는 싸우거나 담배 못 피우게 하는 거, 웬만하면 왕 따 못 만들게 하는 거, 셔틀 안 시키게 하는 거. 음, 또 핸드폰 관리, 뭐 이런 것들. 그나저나 너 되게 꼬치꼬치 묻는다. 나, 지금 무지 피곤하거 든?"

"핸드폰 관리는 뭔데?"

"3학년."

"3학년 뭐?"

"3학년들은 아침에 학교 오자마자 학급부장한테 핸드폰 맡기거든."

"왜?"

"뭘 왜야? 수업 중에 못 쓰게 하려고 하는 거지."

"그걸 왜 학생부에서 하는데? 그냥 선생님이 걷으면 되는 거 아닌가?"

"야, 쌤들이 걷는다고 하면 아이들이 말을 듣니, 말을 들어? 학생 인권 이니 뭐니 하면서 떠드는 찌질이들이 얼마나 많은데?"

"학생부 말은 듣고?"

"당연히 들어야지. 학생부잖아."

"잘나가는 아이들은? 불개미라든지."

"그러니까 학기 초에 한판 뜨는 거라고 했잖아. 학생부가 밟으면 말 듣 는 거고. 불개미가 밟으면 그땐……."

"그때는 뭐?"

"와, 생각하기도 싫다."

"뭐가?"

"만일 불개미한테 밟히면 말이야, 완전 피곤해질 거거든."

"우리 반에 이해천이랑 너 말고 학생부 또 있어?"

"학생부는 한 반에 한 명이 원칙이야. 이해천이는 학년부장이니까 상관 없고."

"알았다."

"뭘?"

"담임이 왜 너를 임시 반장으로 뽑았는지."

"그거야 원래 학기 초 임시는 그냥 성적 보고 뽑는 거지. 어차피 선거할 건데 뭘."

"이해천이는 어떻게 학년부장이 된 건데? 싸움인가?"

"걔는 싸움도 싸움이지만 공부도 잘해. 운동도 잘하고."

"무슨 운동?"

"걔가 우리나라 초등학교 100m 달리기 기록 가지고 있었잖아. 중학교 들어 와서도 잘 뛰어서 툭하면 학교에 플래카드 걸린다고. 근데 너 자꾸 이해천이 물어보는 거 보니까 정말 수상한데?"

"학교에 육상부도 있나 보지?"

"정식 육상부는 아니고, 체육 쌤이 아깝다면서 개인적으로 가르쳐. 그래도 기록이 워낙 좋으니까 선수 등록시켜서 무슨 대회 같은 것도 자주 나가고, 여기저기서 장학금도 받고 그래."

"아, 그렇구나. 그건 그렇고 어떻게 될 것 같아?"

"뭐가?"

"올해 불개미랑 학생부 말이야."

"붙어봐야 알지. 하지만 뭐 일단 금촌 아이들 밟아놨으니까 별일이야 있겠어? 지금 불개미 짱 된 아이가 금촌 짱한테 먹히고 있었는데."

"그럼 붙을 것도 없겠네?"

"그래도 싸움은 붙어봐야 아는 거지."

"학생부장, 그 선배 멋있더라."

"야, 그 오빠 쳐다보았다가는 그 즉시 죽음이야. 꿈도 꾸지 마."

"누구한테?"

"있어."

"누구? 너?"

"미쳤니? 조혜실이라고 있어. 3학년 여학생부장."

"여학생부장? 아차, 이상한 게 작년에 불개미가 금촌 일진한테 밟혀서 우리 학교 아이들이 금촌에도 잘 못 나가고 있었다고 했잖아. 그럼 불개미는 그렇다 치고 우리 학생부는 뭐 한 건데? 학생부도 금촌한테 밟힌 건가?"

바로 어저께까지만 해도 단 한 번도 써 본 기억이 없는 '밟혔다'와 같은 단어들을 자연스레 내뱉고 있는 나는 내가 한층 자란 느낌이 들었다. 그래서 그런지 어째 좀 어색한 것 같으면서도 입에 잘 달라붙었다.

"작년엔 안 붙었었어."

"왜?"

"그거 이야기하려면 되게 복잡해. 나중에 말해줄게. 저기 아빠들 나오시잖아."

"너네 아빠 보니까 네가 왜 키가 큰지를 알겠더라."

"내가 유일하게 고마워하는 거잖아."

그날 우리 식구는 슬이 아빠의 차를 타고 집으로 돌아왔다.

#16

그냥 평범한 열흘이 지났다. 뭐 특별하다면 내게도 몇 명의 친구가 생겼다는 거, 그리고 슬이가 다니는 학원엘 다니게 되었다는 거 정도랄까? 아니 김기성이의 엄마가 학교로 찾아와 반 아이들에게 피자를 돌리고선 내게 지나칠 정도로 여러 번 사과를 하는 바람에 너무나도 곤혹스러웠던 것도 있겠다.

나는 덜컥 앞으로 기성이를 '잘 돌봐주겠다'는 시건방진 약속까지 해야 했다. 내가 누구를 돌봐주다니, 남을 돌봐주기는커녕 나는 슬이의 돌봐줌 속에 더더욱 어린아이가 돼 가고 있던 참이었다.

슬이는 '당연히' 정식 반장이 되었다. 좀 웃기지만 김기성이가 불쑥 출마를 하는 바람에 박수와 환호 속에서 부반장이 되었고……. 덕분인지 기성이는 한결 의젓해졌다. 가끔 느닷없이 내 머리를 잡아당기는 바람에 나를 놀래키고 또 슬이에게 놀림을 받게 만들긴 했지만 말이다.

아쉽고 또 아쉬운 것은 못내 가슴 졸여가며 기다렸던 학생부와 불개미와의 대결이 너무나도 싱겁게 끝나버렸다는 것이었다. 서로의 실체를 인정하고 서로 터치 안하기, 단 학교 내에서는 학생부에게 전적으로 협조하기, 그러니까 불개미의 자존심만은 살려주되 실질적인 지배권은 학생부가 갖는, 학생부의 일방적인 승리로 끝난 것이다.

불꽃 튀는 맞짱 같은 것도 없이 불개미 측의 제의에 학생부가 동의한 것이라 했다. 뭐 굽히고 들어오는데 굳이 맞짱을 뜰 필요는 없었을 것이다. 하지만 평안의 날은 그리 오래 가지 않았다. 그 시작은 바로 우리 반에서였다.

종례를 마친 후 담임이 나가자 슬이가 교탁 앞에 섰다.

"잠깐, 할 말 있으니까 자리에들 앉아."

"에이, 내일 하지 그래. 집에 가자."

"어, 미안. 잠깐이면 돼."

구시렁대기는 했으나 모두들 자리에 앉았다.

"모두들 반 티 디자인 봤지?"

"응."

"내일 맡기면 한 이삼 일 걸릴 거야. 그러니까 전에 말한 대로 내일까지만 원씩 나한테 내고. 으음, 부비 말인데 올해는 한 학기에 오천 원으로 정했거든. 그것도 내일 반 티 값 낼 때 같이 좀 내줬으면 좋겠어. 그리고 말이야, 부비 가지고 오해하는 애들이 있는 모양인데 절대 강제로 내는 거 아니니까 내기 싫은 사람은 당연히 안 내도 되거든? 괜히 뒤에서 돈을 건네 마네 이런 소리하지 말고 내기 싫은 사람은 내지 마라, 이거지. 어차피 명단도 안 적거든. 그리고 말이야……"

부비? 나는 옆자리의 아이에게 물었다.

"부비가 뭐야?"

"부비, 부비 몰라?"

"뭔데?"

"학생부비."

"그게 뭔데?"

"뭐긴 뭐야? 학생부에 내는 거지."

"그걸 왜 내는데?"

"원래 2학년 되면 내거든. 학생부에서 쓰겠지 뭐."

나는 도저히 이해가 안 갔다. 학생부 아이들이 쓸 돈을 내다니! 그날 나는 일부러 슬이를 피해 그 아이와 함께 교문을 나섰다.

"아까 말이야, 부비가 뭐라고?"

"학생부비라니까."

"그러니까 학생부 아이들이 쓸 돈을 우리가 내는 거냐고."

"그게 낫지. 어차피 강제도 아니잖아."

"낫다니. 뭐가?"

"그게 마음 편하잖아. 내기 싫으면 안 내면 되는 거고."

"학생부는 그 돈 걷어서 어디다 쓰는데?"

"모르지 뭐. 지들이 알아서 쓰겠지."

"그럼 우리들한테 삥 뜯는 거네?"

"안 내도 되는데 삥은 무슨 삥."

"너는 낼 거야?"

"나? 응."

"안 내도 된다며?"

"내는 게 마음 편하잖아."

"그러니까 왜 내는 게 마음 편하냐고."

"아 일단 불개미니 뭐니 하는 아이들이 우리를 건드리지 않잖아. 학생부도 그렇고."

"학교에서 알면 가만히 안 있을 텐데?"

"너도 참 답답하다. 강제로 걷는 게 아니라니까."

"야, 강제나 다름없는 거 아니야? 너도 낸다며."

"어쨌든 내고 싶은 사람만 자발적으로 내는 거니까 강제는 아니지. 학교에서 뭔 말을 하겠어?"

"학교에서 알긴 알아?"

"알겠지 뭐. 그냥 모른 척하는 거고."

"웃긴다, 정말."

"야, 그깟 오천 원 그냥 내버리면 편한데 뭘 그렇게 깊게 생각해?"

"그래도 웃기잖아. 같은 학생끼리 말이야."

"학생부잖아, 학생부!"

"학생부는 돈 뺏어도 되냐?"

"너야말로 진짜 웃긴다. 내기 싫으면 안 내면 된다니까 뺏긴 누가 뺏어?"

"……."

"너, 조심해야겠더라."

"나? 내가 뭘?"

"궁파 아이들이 너 언제 한번 터치한다고 하더라고."

"궁파? 그게 뭔데?"

"정말 몰라?"

"뭐냐니까?"

"궁내초 출신 아이들 말이야."

"……."

"너 정말 모르는구나? 우리 학교에 궁파, 조파, 대파, 잡파, 이렇게 4개

파가 있는 거."

"나, 전학 왔잖아."

"궁파는 궁내초, 조파는 조리초, 대파는 대군초, 잡파는 너같이 다른 데서 온 아이들. 이런 거거든."

"그러니까 자기가 나온 초등학교 별로 파가 있다는 거네?"

"우리 학교는 그 세 군데 초등학교 나온 아이들이 거의 다잖아. 어릴 때부터 친구니까 지들끼리 더 뭉치는 거지."

"그런데 궁파가 왜 나를 싫어하는데?"

"민지가 궁파거든. 불개미는 거의 다 궁파야."

"불개미가 거의 다 궁파라고?"

"거기가 원래 이 동네 사람들이고 조리랑 대군은 아파트 단지가 생기면서 생긴 학교거든. 궁파는 좀 가난한 아이들이 많은 편이야."

"이해천이랑 이슬이는?"

"이해천이는 나랑 같은 조파, 이슬이는 잡파, 걔는 적성인가 어디 초등학교 나왔다고 하더라고."

"나, 정민지랑 엮인 적 한 번도 없는 데……."

"너, 걔가 이해천이 좋아하는 거 알아, 몰라?"

"그래?"

"걔, 완전 해천이 스토커 수준이거든?"

"근데 나를 왜?"

"네가 이해천이를 좋아하니까 그렇지. 이슬이랑도 붙어 다니고."

"내가 걔를 좋아한다고? 아닌데? 나, 그런 적 없거든."

"야, 우리 반 아이들 다 아는데 뭘 그러냐? 좋아하는 게 어때서."

"알긴 뭘 알아? 아니라니까."

"됐어. 하여튼 조심해."

그 아이랑 헤어지고선 버스도 안 타고 근 한 시간을 걸어서 집으로 왔

다. 뭐 내가 이해천이에게 전혀 관심이 없다고 말할 수는 없지만 그렇다
고 좋아한다니……. 나는 그 아이랑 여태 말 한번 제대로 섞은 적도 없
고, 그 아이에 대해 호감이건 비호감이건 간에 그 누구에게도 나의 마음
을 전한 적이 없는데 반 아이들은 다들 그렇게 알고 있다니 아무리 생각
해봐도 도저히 이해가 안 됐다.

　이해가 안 가는 것은 또 있었다. 부비. 완전한 갈취임에도 돈을 낼까
말까 계산을 하는 나 자신이 서글펐다. 슬이에 대한 전적인 믿음도 어느
새 사라지고 그 아이를 다시 봐야겠다는 생각. 그리고 보니 내가 너무 정
신없이 그 아이에게만 빠져 있었다는 생각도 들었다.

　학생부가 겉만 그럴듯하지 어쩜 아이들의 돈이나 뺏는 양아치일지도
모른다는 생각에다 어이없게도 애꿎은 나를 벼르고 있다는 정민지와 궁
파 아이들에 대한 불안감. 하지만 이번에는 이슬이에게 그 이야기를 전함
으로써 은근히 보호를 바라는 짓 같은 것은 절대 하지 않기로 결심했다.

　머리가 빠개질 듯 아프고 으슬으슬 추운 것이 몸살이 오고 있는 게 틀
림이 없었다.

#17

　몸도 몸이지만 복잡하고 착잡함 그리고 정체모를 불안함 때문에도 영
가기 싫었던 학교였고, 차라리 가지 말았어야 할 날이었다. 버스에서 내
려 학교로 올라가는 긴 언덕길을 걸어 오를 때였다.

　"야, 너!"

　세 명, 3학년들이었다. 내 옆으로는 무수히 많은 아이들이 무심한 표정
으로, 그러나 마치 '너 큰일 났다'는 눈빛으로 나를 곁눈질하며 지나갔다.

　"저요?"

　"그래, 너. 따라 와."

　나는 내 곁을 스치는 수많은 아이들을 의식하며 애써 무서움을 감춘

채 담담한 얼굴로 그들을 따라 골목길로 들어섰다. 골목 입구에는 그들 중 한 명이 서서 연신 '뭘 봐? 빨리 안 갈래?'라고 외치고 있는 가운데 나는 어정쩡한 자세로 그들 앞에 섰다.

"너, 누가 이 옷 입고 다니래?"

입을 벌리지 않고 위아래 이 틈으로 '찍' 하는 소리를 내며 바닥에 침을 뱉은 아이였다. 담임선생님이 경고해 준 바로 그 옷, 그 이후 그 추운 날에도 여태 단 한 번도 안 입고 다닌 그 옷을 아침에 엄마가 건네준 대로 무심코 받아 입고 나온 나의 불찰이었다.

사실 내가 잘못한 것은 전혀 없었다. 하지만 비겁하고 그래서 교활해진 나의 머리는 지금 이 자리에서 내가 어떻게 처신을 해야 할지를 막 바로 알려주었다. 나는 일단 고개를 숙이고 눈을 깔았다.

"야, 이 씹새야, 누가 그 옷 입으라고 했냐고?"

나는 '무슨 말씀인지 이해할 수 없어요'라고 읽히길 바라며 최대한 순진한 표정과 눈빛으로 그녀를 바라봤다.

"어? 눈 안 깔지?"

나는 얼른 다시 고개를 숙였다.

"너, 이 옷이 뭔 옷인지 알아, 몰라?"

"모르는데요."

"이 씨방새가 지금 장난하나. 너, 죽을래?"

"저, 전학 왔거든요?"

"뭐라고? 언제?"

"며칠 전 2학년 첫날에요."

"어디서?"

"대전에서요."

"진짜야? 아니면 죽는다?"

"진짜예요."

"거기선 이 옷, 개나 소나 다 입냐?"

"엄마 건데요."

"너, 지금 일부러 순진 떠는 거지?"

"……."

나는 정말 순진해 보이기 위해 울까 말까 망설이고 있었다.

"알았어. 벗어."

"예?"

"두 번 말하게 하지 말고 그 옷 빨리 벗으라고!"

순간적으로 '연지야, 사람은 어차피 다 죽어. 비굴해지고 싶을 때는 더 강하게 나가. 속으로는 이게 아닌데 하면서 굽히면 안 돼. 아닌 거는 아닌 거야'라는 아빠의 말과 '누가 뭘 달라면 얼른 줘버려. 괜히 반항하다 큰일 당하면 그게 정말 바보야' 하는 엄마의 말이 동시에 떠올랐다.

나는 엄마를 선택했다. 물론 나다운 선택이었다. 옷을 벗어 그 아이에게 주었다.

"어? 김연지? 너 4반이지?"

나의 명찰을 본 것이었다.

"예."

"너, 이슬이 걔 따까리라며?"

"따까리 아닌데요."

따까리라니! 이건 도저히 참을 수 없는 모욕이었다.

"이게 어디서 눈을 치켜. 눈 안 깔지?"

나는 다시 비겁함을 택했다.

"어, 이 씹쌔 한숨 쉬는 거 봐라. 야, 김연지. 너 지금 꼽냐?"

"아니요."

바보같이 또 그놈의 지긋지긋한 눈물이 후드득 땅으로 떨어졌다. 이런 양아치들 앞에서 일부러 순진한 척하려고 했고, 눈물을 다 보이다니, 대체 나란 인간은 왜 이리 한심한 거지? 나는 어떻게든 눈물만큼은 멈추게 하려고 이를 앙다물었다.

"가 봐."

"옷은요?"

"가라고. 가서 옷 뺏겼다고 꼰대들한테 일러."

치마 주머니에서 담배를 꺼내는 걸 보면서 나는 골목길을 뛰쳐나왔다. 이런 기분으로는 도저히 학교를 갈 수 없었다. 나는 수많은 아이들의 물결을 거스르며 타박타박 언덕길을 걸어 내려왔다.

횡단보도 앞에 두 명의 군인이 서 있는 것이 보였다. 아빠 나이 또래의 늙수레한 부사관 2명. 시간으로 보아 아마도 출근길인 모양이었다. 순간, 나는 몸을 돌려 언덕길을 뛰어 올랐다. 어깨를 짓누르던 그 무거운 가방도 전혀 무거운지도 몰랐다. 아마도 체육 수행평가 점수에 반영되는 100m 달리기를 했어도 절대 그보다는 빠르지 않았으리라.

그 아이들은 희희낙락하며 막 교문을 들어서고 있었다. 그중 골목길 입구에서 망을 보았던 아이는 태연하게 내 거위털 파카를 입고 있었다. 가방이 크게 부풀어 있는 것으로 보아 그 안에는 분명 자기가 입고 있던 점퍼가 들어있을 터였다.

나는 바로 뒤에서 소리를 질렀다. 내가 생각해도 지나치다 싶을 정도로 큰 소리였다.

"저기요!"

세 아이가 동시에 나를 돌아다보았다.

"저기요. 제 옷 주세요!"

"뭐?"

"제 옷 달라고요!"

지나치던 아이들이 모두 걸음을 멈추고 나와 그 세 아이들을 호기심 어린 눈으로 바라보았다.

"이 씹새, 너 죽을래?"

"씨발, 내 옷 내놓으라고!"

내 입에서 그동안 끔찍이 여기던 '씨발'이라는 욕이 다 튀어나오다니! 나는 나 자신에게 놀라고 있었다. 어쨌든 단언컨대, 그들은 분명 나의 눈에서 살기를 보았을 것이다. 그들의 당황한 표정을 보자 나는 지금 내가 하는 일이 옳다는, 아빠의 말이 100% 맞는다는 확신이 들었다.

"너, 학교 다니기 싫구나?"

"학교고 뭐고 간에 내 옷 내놓으라고! 내 옷!"

우리를 지켜보고 있었는지 교문에서 학생들 복장을 점검하던 선생님이 우리에게 다가왔다.

"뭐야?"

나는 차마 선생님한테 저 아이들한테 내 옷을 뺏겼다는 구차스런 이야기는 할 수 없었다.

"니들 왜 그래?"

"아는 동생이에요."

"동생 같은 소리 하고 있네. 옷 달라는 게 무슨 소리야?"

"아, 제가 저 아이한테 옷을 잠깐 빌려 입었거든요. 교실 가서 벗어 준다니까 되게 그러네."

"이 새끼들, 니들 내가 양아치 짓하면 가만 안 놔둔다고 했지? 빨리 옷 돌려 줘. 지금."

내 옷을 입고 있던 아이가 옷을 벗어 나한테 던졌다.

"니들 셋, 교무실에 가 있어. 빨리!"

그들이 사라졌다.

"너, 이리 와 봐."

나는 천천히 내 옷을 입고선 선생님 앞에 섰다. 옷은 아주 따뜻했다.

"옷, 어디서 뺏겼어?"

"안 뺏겼는데요."

"그럼?"

"빌려줬었거든요."

"정말이야?"

"예."

"걔가 누군데? 걔, 이름 대 봐."

"……."

"이 자식 이거 무지 웃기는 놈이네. 야, 김연지(내 명찰을 보았겠지), 너 되게 웃긴다?"

"예?"

"잘했어. 자식, 참 물건이네."

"……."

"들어가 봐. 아, 그리고 이 일로 그 아이들이 혹시 너 괴롭히면 나한테 찾아 와."

"예."

"너, 내가 누군지 알아?"

"……."

"인마, 내가 너네 2학년 체육 선생님이잖아. 아직 체육 수업 안 했던 가?"

물론 그동안 체육 시간이 없었던 것은 아니었다. 단지 체육 대신 담임 선생님이 들어와 반장 선거를 했을 뿐이었다.

"예, 반장 선거……."

"아, 너 4반이구나. 맞아. 내가 그때 교육청에 갈 일이 있어서…….

아무튼 무슨 일 있으면 혼자 삭히지 말고 나한테 오는 거다. 알지?"

"예."

"그리고 말이야, 너 웬만하면 그 옷 입고 다니지 마. 무슨 소리인지 알아?"

"예."

"자신 있으면 입든지. 하긴 오늘 너 하는 거 봐서는 그 옷 입을 자격 있
네 뭘."

#18

교실로 들어서다가 나는 깜짝 놀랐다. 어느새 교문 앞에서의 나의 한
바탕 소동이 다 전해졌던 모양이었는지 나를 보고선 아이들이 두 손으
로 책상을 마구 내려치며 소리를 질러댔던 것이다.

"와, 김연지, 죽이는데!"

나는 그럴 환호를 즐길만한 개선장군이 아니었다. 3학년 선배들에게
욕까지 쓰며 반말로 마구 대들었다는 것, 나 때문에 그 아이들이 교무실
로 불려 갔다는 것, 그러니까 앞으로 겪어야 될 고초가 만만치 않다는
것, 이런저런 불안한 생각에 솔직히 별로 좋아하지도 않는 옷, 차라리 뺏
기고선 마음 편히 학교엘 다니는 게 훨씬 잘하는 짓일 거라는 생각으로
교실로 들어서던 참이었던 거다.

어쨌거나, 모든 사람의 시선이 나에게 쏠리는 판에 다른 표정을 지을
수도 없었다. 결국 나도 씨익 웃어주는 것으로 아이들의 열렬한 환호에
답했다.

"연지야, 잘했어. 대단해. 역시 대한민국 군인의 딸이야."

슬이였다.

"잘하긴 뭐?"

나는 조금은 떨떠름한 심경으로 슬이가 원하는 대로 그녀와 하이파이
브를 했다. 어느새 어제 학생부비라는 걸 알게 된 이후 슬이에게 가졌던
뜨악한 감정은 사라지고 없었다. 솔직히 슬이의 격려는 나의 불안감을
제법 가시게 만들었다. 물론 줏대 없이 갈팡질팡하는 나 자신이 못마땅

한 건 사실이었지만 슬이의 말 한 마디 때문에 안도했다는 것 또한 감출
수 없는 사실이었다.

"너, 걔네들이 누군지 알긴 하니?"

"누군데."

"불개미잖아. 그러니까 3학년 불개미가 2학년 범순이한테 당했다는 거
아니겠어? 어때. 하이파이브 할 만하지?"

"……."

불개미! 나는 다시 불안감이 들기 시작했다.

"야! 이슬이, 너, 지금 걔네라고 했지?"

정민지였다.

"그래, 했다. 왜? 가서 꼰지르려고?"

"너, 학급부장인가 뭔가 되더니 아예 막 내지르는구나."

"놀고 있네. 너나 가서 언니, 언니 하면서 똥구멍 빨아 줘. 나는 더러워
서 안 할라니까."

"붙자."

"뭐?"

"이 씨발새끼야, 다이 다이로 맞짱 한번 뜨자고! 왜? 쫄려?"

슬이는 어이없다는 듯 껄껄 웃었다. 나는 그 순간에도 뭔 열다섯밖에
안 되는 여자아이의 웃음소리가 뭐 저럴까 싶은 어이없는 생각이 들었
다.

"그래, 쫄려. 왜?"

"웃지 마. 씨발년아."

"자꾸 욕하지 마라. 아주 죽는다?"

"한번 죽어보지 뭐. 죽기밖에 더하겠어?"

"알았어. 죽여줄게. 수업 끝난 후 그래이드로 와."

"씨발새끼, 수업 같은 소리 하고 있네. 나와! 지금 가자고!"

"지금? 너나 가서. 나는 할 일이 무지 많거든. 수업도 들어야 하고."

"좆같은 년. 공부 좀 한다고 되게 지랄 떠네."

"난 너같이 머리를 데커레이션으로 달고 다니는 게 아니거든."

"야, 니들 아가리 안 다물래? 씨발, 어떻게 된 게 우리 반은 계집년들이
더 나대요."

이해천이었다.

"좆 까네. 야, 이해천, 너도 머지않았어. 이 씨방새야."

"와, 요새 우리 정민지 무서워서 씨발, 학교도 못 다니겠네. 아이, 무서
워."

"좆같은 새끼. 그래, 지금 실컷 웃어둬라."

"미친 년, 좆은 무지 좋아하네."

정민지는 나에게도 어김없이 화살을 보냈다.

"야, 김연지, 너 조심해. 좆밥이면 좆밥답게 찌그러져 있으라고. 알았
어?"

나는 3학년 선배한테 반말로 덤빈 그 순간 이미 갈 데까지 가버린 몸,
방금 전 반 아이들에게 영웅 대접까지 받고선 정민지의 그런 굴욕적인
소리에 막 바로 고개를 숙일 수는 없었다.

"내가 뭘? 내가 너한테 뭘 어쨌는데?"

"어쭈, 말대답하는 거 봐라. 너 죽을래?"

"말대답? 네가 뭔데 내가 말대답을 못하니? 웃겨. 네가 뭐라도 되니?"

"뭐 웃겨? 안 되겠구나. 너, 죽어봐야 정신 차리겠다, 이거지?"

정민지가 내게로 걸어오고 있었다.

"야, 정민지. 니 자리로 안 갈래? 응?"

어김없이 이해천이었다. 민지는 자신에게 소리를 지르는 해천을 돌아보
았다. 나는 봤다. 그 아이의 복잡 미묘한 눈빛을. 방금 전 '좆 까는 새끼'
라며 자기가 막말을 퍼붓던 남자아이를 쳐다보는 여자아이의 눈빛. 나는

'걔, 완전 이해천이 스토커 수준이잖아' 하던 말이 사실이라는 걸 알았다.

신기한 것은 그 아이의 눈빛에서 이해천이에 대한 마음을 읽은 그 순간부터 그 아이가 왠지 조금은 가엽다는 느낌이 든 것이었다. 그리고선 나만 보면 쥐 잡아먹을 듯 하는 아이를 가엽게 여기다니, 나는 정말 웃기는 놈이라는 생각이 들었다. 어쨌든 정민지는 일단 순순히 자기 자리로 돌아갔다. 물론 나는 안도의 한숨을 쉬었다. 눈 하나 깜박이지 않은 채 속으로만……

아침 조례를 하려고 담임이 들어왔다. 역시 담임은 나부터 찾았다.

"김연지! 괜찮아?"

"예."

"너, 몸살 걸렸다면서?"

"예?"

"너네 엄마한테 전화 왔더라. 정 힘들면 보건실 가서 쉬어. 나한테 허락받았다고 하고."

참 주책도 없는 엄마. 학교를 드나들거나 전화를 해대면 아이들한테 말 그대로 좆밥이 되는지도 모르는 엄마. 나는 한숨이 나왔다.

"괜찮아요."

"이해천!"

"예."

"너, 오늘 김연지 일 들었지?"

"예."

"어떻게 해야 되는지 알고?"

"예."

'어? 이게 뭐야? 이해천이한테 나를 보호해 주라는 소리 아니야?'

자존심이 확 상했다.

"저, 선생님!"

"응, 왜?"

"제 일은 제가 알아서 할게요."

"무슨 소리인지 알았어. 됐어."

담임의 목소리가 갑자기 차갑게 변했다.

#19

드디어 유난히 길고 지루하게만 느껴졌던 수업이 끝났다. 종례를 마친 담임선생님이 나가자 슬이가 자기 책상에 앉아 반 티 값이랑 부비를 받기 시작했다. 그 아이의 말대로 반 티 값은 아이들 명단에 일일이 O표를 하며 받았으나 부비는 책상 위에 놓인 작은 바구니에 알아서 낼 수 있게 끔 했다. 물론 슬이가 관심을 가지고 본다면 누가 내고 누가 안 냈는지는 알아챌 수 있을 것이라 생각되었지만 그 아이는 거기에 전혀 신경을 쓰지 않는 듯했다.

어제 밤부터 계속 망설이고 고민한 일이기는 했지만 결론부터 말하자면 나는 돈을 안 냈다. 하지만 내가 반 티 값만 내고 돌아선 걸 슬이가 분명 봤으리라는 생각으로 마음이 계속 찝찝했다. 솔직히 '낼 걸 그랬나? 겨우 5천 원인데' 하면서 갈등도, 후회도 많았다.

슬이는 덤덤했다.

"어, 모두들 고마워. 그리고 반 티 값, 오늘 안 가지고 온 애들, 내일은 꼭 내야 돼. 그래야 찾아오지."

어느새 나갔는지 정민지는 눈에 안 띄었다.

"너네들 말이야, 오늘 그래이드로 오지 마. 알았지?"

이해천이었다.

"에이!"

아이들은 좋은 구경거리를 놓친 아쉬움에 일제히 탄식을 했다.

"나, 분명히 말했다? 오지들 말라고."

사실 반 아이들 중에서 그 누구보다도 내가 제일 이슬이와 정민지의 결투 장면을 보고 싶었을 것이다. 어쨌든 나로 인해 촉발된 일이고 또 그 결과에 따라서 내 학교생활이 천양지차로 달라질 터였다.

　슬이를 다시 만난 건 그날 저녁 학원에서였다. 사실 나는 부비를 안 냄으로써 슬이를 보는 게 영 떳떳치 못한 것 같고, 마치 내가 슬이한테 무슨 잘못이라도 저지른 것 같은 마음 때문에 학원을 안 갈까도 생각해 보았지만 그러면 내가 진짜로 잘못한 게 된다는 오기가 일어서, 그리고 솔직히 정민지와의 일이 궁금하기도 해서 애써 내키지 않은 걸음을 재촉했던 것이었다.

　슬이는 의외로 멀쩡했다. '의외로'라니! 나는 내가 그런 생각을 한 게 그럼 대체 어떤 예상을 했던 것인지, 마치 눈을 피해 몹쓸 짓을 했다가 들킨 기분이었다.

　"일찍 왔네."

　"나도 방금 왔어."

　"연지야, 첫 시간 영어지? 우리 들어가지 말까?"

　"안 들어가고 뭐 하게?"

　"노래방이나 갈까?"

　"나, 노래 잘 못하는데."

　"나도 잘 못해. 노래 잘하면 오유진이처럼 가수가 되지 뭣 하러 이런 학원이나 다니냐?"

　"오유진이가 가수야?"

　"걔? TV에서 못 봤어?"

　"TV? 난 못 본 거 같은데?"

　"걔 원래 아역 탤런트잖아. 그리고 가수도 하거든. 뭐 가수는 아직은 연습생이긴 하지만 조금 있으면 데뷔한다고 하더라고."

　나는 어저께 하굣길에 슬이를 놔두고 동행했던 오유진이를 떠올렸다.

그러고 보니 그 아이가 참 예쁘다는 생각을 했던 기억이 났다. 거울을 너무 자주 들여다보는 게 이상하다는 생각을 했던 기억도 함께 났다.

"왕 재수."

"왕 재수?"

"아냐. 그런 게 있어. 어떻게 할래?"

"가지 뭐, 노래방."

"괜찮겠어? 너, 공부 잘했다며? 괜히 나 때문에 시험 망쳤다고 하기 없기다."

"설마 한 시간 땡땡이쳤다고 한 달이나 남은 시험을 망치겠어?"

"어쨌든 나중에 나 원망하기 없기다?"

"잘됐네 뭐."

"뭐가?"

"핑계거리 하나 정도는 만들어 놓아야지."

"너, 수학 진짜 잘하더라."

"내가? 내가 뭘?"

"어저께 수학 시간 말이야. 너, 앞에 나가 문제 풀었잖아. 되게 잘 풀더라."

"배운 건데 뭘. 너는 전교 1등이라며?"

"순 운이지 뭐."

"너 순전히 운만으로는 절대 안 되는 게 뭔지 알아?"

"뭔데?"

"전교 1등이랑 전교 꼴등, 이건 절대로 운으로는 안 되거든. 공을 들여야지."

"꼴등하는 데 무슨 공을 들이니? 그냥 백지 내면 되지."

"백지 내면 쌤들이 가만히 있겠니? 반항한다고 난리들 죽이겠지."

"것도 그러네."

노래방에 앉았으나 우리는 노래를 할 생각을 안 했다.

"슬이야, 나 말이야, 솔직히 부비 안 냈어. 미안해."

"그거 원래 내고 싶은 사람만 내는 거니까. 안 낸 애 많아."

"너를 생각하면 내긴 내야 하는 데 이상하게 약이 오르더라."

"약? 왜?"

"솔직히 그거 뺏기는 거잖아."

"뭐 그렇게 생각할 수도 있고."

"고마워."

"뭐가?"

"이해해 줘서."

"그거 내키는 사람만 내는 거니까. 나도 거둬야 될 입장이라서 걷은 것뿐이거든. 하여튼 됐고, 우리 노래할까?"

"오늘 어떻게 됐니?"

"뭐가?"

"정민지."

"아, 그거. 걔 불개미이긴 하지만 원래 좆밥이야. 3학년들이 시켜서 괜히 덤빈 거라고. 이해천이 문제도 좀 있고."

"이해천이 문제?"

"아무것도 아니야."

"그래서 이겼어?"

"좀 밟아줬지."

"3학년들이 보복 안 할까?"

"나, 학급부장이잖아."

"아까 이해천이는 뭐 했어? 심판 본 거야?"

"동영상 찍었어."

"동영상을 찍었다고?"

"그래야 나중에 딴말 못 하지."

"그런데 애들은 왜 못 오게 한 건데?"

"애들 몰려다니면 쌤들도 알게 되잖아. 쪽도 팔리고."

"쪽이 팔려? 누가?"

"누가 됐건. 민지 걔도 깡으로는 나름 먹히는 아이인데 나한테 밟히는 거 다른 아이들이 보게 하면 걔, 학교 못 다녀."

"민지가 이해천이를 좋아한다며? 완전 스토커라 그러더라."

"누가?"

"누구긴. 아이들이 다 그러던데."

"오유진이가 그랬구나?"

나는 슬이가 자기를 젖혀두고 오유진이랑 동행한 사실을 이미 알고 있다는 걸 눈치챘다.

"오유진이가 그런 게 아니고."

"괜찮아. 사실인데 뭐."

"이해천이는?"

"이해천? 이해천이가 뭘?"

"걔도 정민지 좋아하냐고."

"걔, 내가 전국적인 스타라고 안 했던가? 걔 좋아하는 애들이 얼마나 많은데⋯⋯."

"⋯⋯."

"왜? 속상해?"

"뭐가?"

"이해천이 좋아하는 여자애들 많다니까."

"그럼 그런 거지, 내가 왜 속상해? 무슨 상관 있다고."

"내가 말해줄까?"

"뭘?"

"이해천이한테 말이야."

"뭔 말을?"

"네가 좋아한다는 말."

"야, 너는 내가 아니라는데 왜 자꾸 나를 걔랑 엮으려고 하냐? 아니라고."

"그래? 그럼 말고."

"……."

"뭐 또 궁금한 거 없어? 말해 봐. 내가 다 말해 게."

"없어."

"있을 텐데?"

"없다니까."

"에이, 있잖아."

"뭐가?"

"너 솔직히 오늘 아침에 그 3학년 불개미들 걱정되지?"

"아니거든!"

"걱정 마. 학생부장이 다 해결했어."

"내 일을 왜 학생부장이 해결하고 다니니? 웃기네."

"너, 학생부장 아빠가 여기 사단장인지 모르지? 별 두 개."

갑자기 아빠가 생각났다.

"그게 뭐?"

"너네 아빠가 군인이신 거 다 알고 있거든."

"그러니까 그게 뭐 어쨌냐고?"

"아무튼 불개미에서 너 못 건들게 만들어 놓았어. 그리고 말이야, 이동네에선 그 옷 절대 입고 다니지 마."

"왜?"

"대고 있잖아, 거기에도 양아치들 무지 많거든. 빨간 북벽은 거기서도 짱 먹는 아이들이나 입는 거야. 너 무조건 뺏겨."

"다른 색은 괜찮고?"

"아무튼 북벽은 입지 마. 여기선 그거 입고 다니면 다 양아치 아니면 찌질이라고 보거든."

"양아치는 알겠는데 찌질이는 왜?"

"괜히 SC 좋아하는 찌질이들 말이야."

"나도 SC 해보지 뭐."

"맞아. 너, 정말 웃긴다?"

"뭐가?"

"오늘 아침에 말이야. 무섭지도 않았어?"

"……"

"걔들, 불개미에서도 짱급이야. 잘나가는 애들이라고. 너보고 정말 어이가 없다고 그러더라."

"네가 들었어?"

"아니. 학생부장한테 그랬대. 자기들이 완전 똥 밟았다고."

"……"

"병진들. 진짜 똥 밟기는 했지."

"뭔 소리야?"

"걔들, 지들 짱이 보는 가운데서 학생부장한테 무릎 꿇었잖아. 얼마나 쪽팔리겠냐고."

"정말? 여자잖아."

"여자고 남자고 간에 하여튼 우리 학교 애들은 절대 삥 안 뜯기로 바로 얼마 전에 서로 약속했었잖아. 설마 너 같은 범순이 때문에 걸릴 생각은 전혀 못 한 거지. 병진들."

치마를 입은 채 또래 남학생 앞에서 무릎을 꿇고 있을 때의 그 아이들이 느꼈을 비참함 때문에 가슴이 아팠다.

"다음에 또 마주치면 괜히 SC 하지 말고 무조건 죄송합니다, 하고 사과해. 괜히 진짜 꼭지 돌면 학생부장이고 뭐고 없을 테니."

무서워서가 아니라 가여워서 꼭 사과를 해야겠다는 마음이 들었다. 시간이 다 되는 바람에 우리는 노래 한 곡도 못한 채 노래방을 나서야만 했다.

"오늘 아침에 말이야, 나, 무지 기분 나쁜 소리 들었어. 솔직히 그 말 듣고선 3학년한테 덤빈 거야."

"무슨 말?"

"내가 니 따까리라고 그러더라."

"정민지가 그랬겠지 뭐."

"암튼 무지 자존심 상하더라."

"따까리. 그거 우리 아빠한테 있는 건데. 그 오빠 진짜 잘생겼다, 너."

그날 나는 학원 수업에도 전혀 집중하지 못했다. 내가 이해천이를 좋아한다는 근거 없는 소문이 혹시 슬이한테서 비롯된 게 아닐까 하는 생각에 빠져 있었기 때문이다. 만일 나의 의심이 사실이라면 도대체 그 이유가 뭘까. 나는 도저히 헤아려 낼 수 없었다.

#20

나만, 아니 나같이 평범한 아이들만 모르고 있었지 학교는 완전 전쟁 중이었다. 슬이 말에 따르면 우리 학교만 그런 것은 아니고 아마 전국의 모든 중학교가 지금 똑같을 것이라고 했다.

일단 학기 초인 3월 달은 학급, 학년, 학교에서 주도권을 잡기 위한, 그러니까 최종적인 '일짱'이 되기 위한 싸움을 벌인 후, 그렇게 정리가 되면 4월에는 같은 지역 학교의 일짱끼리 대결을 해 '지역 짱'을 뽑고, 그런 식으로 계속 지역을 넘어 마지막으로는 전국 일짱을 뽑는 것이라 했다.

슬이는 자기는 솔직히 전국, 이런 거는 말만 들었지 잘 모르지만 작년

경기도 짱은 의정부에 있는 어떤 중학교 아이였는데 에버랜드라는 놀이 공원에 갔을 때 자기가 실제로 만난 적도 있었다고 했다. 그 아이는 도짱까지 오르기 위해 싸움을 열댓 번이나 해야 했으며 칼로도 두 번 찔린 적이 있고, 심지어는 작은 손도끼에 어깻죽지를 찍힌 적도 있다고 했다.

그러니까 올해에도 그런 식으로 하나하나 계단을 밟아가며 각 학교, 각 지역에서 치열한 전쟁이 벌어지고 있는 것이라는 것이다. 물론 이런 것은 3학년이 되었을 때의 이야기이기는 하지만 적어도 각 학교 안에서는 2학년은 또 2학년 나름대로의 전쟁을 치러야만 그 정돈된 질서 속에서 1년이 평온하게 흘러간다고도 했다.

사실 내가 약간은 과장된 듯한 슬이의 말을 다 믿은 것은 아니었다. 하지만 하루하루 날이 가면서 적어도 우리 학교에서는 정민지와 슬이의 대결에서 보는 것과 같이 슬이의 말대로 착착 진행이 되고 있다는 건 어렴풋이 느낄 수 있었다.

그리고 이미 말했듯 꼭 그 일은 우리 학급에서부터 시작되고 했으니 가만히 생각해 보면 학년부장인 이해천이 우리 반인데다 역시 학생부인 이슬이가 불개미인 정민지와 불안한 동거를 하고 있었으니 어쩜 그게 필연일 수도 있겠다.

그러니까 이해천이가 학생부 2학년 학년부장이면서 3학년인 학생부장의 '양'이라는 막강한 위치에 있기 때문에 3학년 불개미들도 학생부장과의 뻑전(양을 맺은 동생이 괴롭힘을 당할 때 대신 싸워주는 것)을 각오하지 않으면 쉽사리 건드리지 못하기는 하지만, 오히려 같은 2학년들로서는 3학년을 의식치 않고 얼마든지 학년짱, 그러니까 학생부장에 의해 학년부장에 임명됨으로써 저절로 얻게 된 그 위치를 깨부수고 싶은 욕망과 충동을 느끼는 것은 아주 당연했다.

2학년 불개미 짱이 이해천이에게 도전장을 내밀었다는 말을 들은 것은 3월의 마지막 금요일이었다. 학교는 온통 노란 산수유로 뒤덮이고 학교

정글짐 _나는 중2다

로 오르는 언덕길엔 양옆으로 빽빽하게 늘어진 개나리 꽃망울이 터져 나오기 시작하여 이제 막 꽃, 자연의 아름다움을 알고 취해가기 시작한 내가 널널하게 봄을 음미하고 있을 때도 그런 나와는 전혀 상관없이 아이들은, 그러니까 좀 나가는 아이들은 그렇게 잔인한 봄을 준비하고 있었던 것이다.

어쨌거나 월요일, 이해천이와 불개미 짱과의 대결 결과에 궁금해 하며, 그리고 내가 왜 이러지 하면서도 이해천이의 안위를 살짝 걱정하면서 - 사실 그 결과를 다 알고 있을 슬이와 학원 때문에 내내 주말을 거의 함께 했음에도 나는 절대 물어보지 않았다. 아쉽게도 슬이도 내게 먼저 말해주지도 않았다- 등교한 학교는 내 안달과는 달리 아무런 변화도 없는 듯 보였다.

특별한 일이라면 정민지와 오유진이가 결석을 했다는 것이었는데 알고 보니 정민지는 금요일에도 무단결석을 했던 상태라 담임이랑 학주(학생주임) 선생님이 주말 내내 피시방이며 찜질방이며, 하면서 열심히 찾아다녔다고 했고, 오유진이는 TV 드라마에 출연하게 되어 촬영 때문에 결석을 한 것이라고 했다.

좀 의아했던 건 기껏 금요일 단 하루 결석을 했다고 선생님들이 민지를 찾아 사방을 헤맸다는 소리였는데 그것 역시 알고 보니 지난 목요일 밤부터 집에도 안 들어왔다고 하며 경찰에까지 실종 신고를 했기 때문에 주말에 궁파와 불개미 아이들 몇 명이 경찰서까지 다녀와야 했다는 이야기였다.

경찰에서는 그냥 가출이라 하고 부모님들은 실종이라고 하고, 어쨌든 민지 일 때문에 주말 내내 전 선생님이 학교에 출근을 해야 하는 곤욕을 치렀던 모양인데 슬이는 분명 우리가 모르는 다른 내막이 있을 것이라 단정을 지었다. 마치 뭔가 알고 있기나 한 것 같은 슬이의 표정을 보면서 이상하게도 나는, 나를 못 잡아먹어 안달을 하던 민지는 은근히 걱정이 되고, 내게 늘 따뜻하게 대해주고 심지어는 나를 보호까지 해주는 슬이에겐 꽤 먼 거리감이 느껴져 슬이에게 아주 잠깐 살짝 미안한 마음이 들었다.(곧 내가 왜 미안해야 하지? 하는 생각이 들어 접었다.)

이해천이와 불개미 짱과의 대결은 이뤄지지 않았다고 했다. 도전을 받은 이해천이가 어떤 아이, 그러니까 학생부로서 자기보다 서열이 낮은 1반 학급부장을 지목하여 그 아이를 먼저 꺾은 다음에야 도전을 받아준다고 했다는 소리였다.

토요일, 1반 학급부장은 그야말로 무참히, 그러니까 제대로 주먹 한번 못 뻗어보고 두들겨 맞고 급기야는 기절까지 하는 비참하고 굴욕적인 패배를 당하는 바람에 학생부, 학급부장에서 단칼에 잘렸다고 하고, 이해천이는 약속대로 오늘 그 아이와의 대결을 벌이려고 했으나 정민지 문제 때문에 일단 연기하기로 했다는 소리를 나는 슬이에게서 결국 들을 수 있었다.(나는 내가 먼저 묻지 않았음에 나 자신에게 감사했다.)

한 시간 한 시간이 지나면서 학교는 점차 더 뒤숭숭해져가고 있었다. 가장 놀라운 소식은 점심시간이 끝난 후 이해천이가 담임선생님이랑 경찰서로 불려 갔다는 소식이었다.

사실 이해천이는 곧 있을 육상대회 때문에 지난주부터는 아예 오후 수업에 빠지고 나보고 물건이네 어쩌네 하면서 감탄을 했던 그 체육 선생님과 운동장에서 훈련을 했기 때문에 나는 수업 중임에도 늘 그래왔듯 열심히 운동장을 힐끗거리고 있었다. 그런 나를 보고선 슬이가 고개를 좌우로 흔들며 손가락으로 X자 모양을 만들어 보였다.

슬이의 표정은 그런 나를 볼 때마다 짓던, 예의 마치 네 머릿속을 다 알고 있다는 그런 장난기가 어리지 않고 단단히 굳어있었다. 나는 슬이의 그 얼굴을 보면서 분명 뭔가 심상치 않은 일이 생긴 것이라는 걸 직감할 수 있었는데 그게 바로 이해천이의 경찰서 행 소식이었던 것이다.

이해천이는 물론 담임도 종례 시까지 모습을 보이지 않아 우리는 교무실에 다녀온 슬이로부터 집에 가도 좋다는 전갈을 받고서야 다들 조금은 어두운 마음으로 교문을 나섰다. 이해천, 이슬이, 정민지, 이 세 아이 생각으로 머리가 꽉 차버린 나의 눈에는 산수유도 개나리도 하나도 예뻐 보이지 않았다. 몇 시간 만에 꽃이 변해버렸다.

그날 슬이는 학원엘 나오질 않았다. 나는 그 이유가 분명 이해천 또는 정민지와 관련된 일 때문일 것이라는 확신이 들었으나, 그리고 정말로 엄청 궁금하였으나 슬이에게 전화를 하지 않았다. 아주 특별한 일이 아니라면 가급적이면 먼저 전화를 걸지 않아야 하겠다는 결심에 따른 것이었다.

#21

다음 날 아침, 나는 버스에서 내려 발을 땅에 딛자마자 뭔가 심상치 않은 공기가 흐른다는 것을 알아차렸다. 학교 언덕길에 그 어떤 변화가 있는 것도 아니고, 그 길을 혼자서 혹은 삼삼오오 수다를 떨어가며 분주히 오르는 그 수많은 아이들이 눈에 띄게 평소와는 다른 행동을 하는 것도 아니었으며, 아이들을 태워다 주고 그 좁은 도로에서 서투르게 차를 돌리느라 애를 쓰는 아이들의 부모와 막 언덕을 오르는 차의 운전자가 실랑이를 벌이는 모습도 여전했다.

그럼에도 나는 분명 뭔가 석연치 않은, 음습한 기운이 아이들을, 그 언덕길을 덮고 있다는 확신을 가졌다.

그때 내 곁으로 다가서는 아이가 있었다. 손민서, 우리 반에서 가장 키가 작은 여자아이, 교복 앞섶에 늘 국이나 반찬 국물을 묻히고 다니면서도 전혀 부끄러움을 타지 않고선 그런 걸 지적하는 아이들을 도리어 의아한 표정으로 바라보곤 하던 아이. 하지만 그 아이를 중2 중에선 심심치 않게 볼 수 있는 신체적, 정신적 발달이 유난히 늦은 아이라 치부했던 나의 첫 시각은 100% 틀렸다.

놀랍고 신기하게도 그 아이는 대파, 즉 대군초등학교 출신 아이들의 우두머리였던 것이다. 그 아이는 우리 반 내의 같은 대파 8명이, 인원도 15명으로 가장 많고, 결속력도 가장 강해 반의 분위기를 거의 좌지우지 하다시피 하고 있는 궁파(궁내초교 출신) 아이들에게 치이는 꼴을 절대 그냥 두고 보지 않았다. 대신 따지고 심지어는 대신해서 싸움까지 불사하면서 그는 꿋꿋하게 그리고 악착같이 대파의 엄마 노릇을 해나가고 있는 아이였다.

심지어 그 아이는 단순히 궁파의 우두머리를 넘어 당당히(?) 불개미에 속해있는, 그래서 이해천이나 이슬이를 비롯한 대가 센 몇몇 아이들을(물론 나는 '센' 아이가 아니었다. 가급적, 그러니까 내게 치욕만 안겨 주지 않는다면 민지의 말을 따르려 하는 편이었으니까) 제외하고는 거의 완벽하게 반 아이들을 장악하고 있는 정민지도 절대 두려워하지 않았다. 이상하게도 정민지도 그 아이 앞에서는 좀 꼬리를 내리는 느낌이었다.

들리기로는, 사실인지는 모르겠으나 어쨌든, 그 아이의 아빠가 파주 일대에 있는 성인오락실 거의 전부를 가지고 있는 유명한 조직폭력배인데 그런 오락실에 근무하는 사람들이 모두 파주 각 학교의 일진들 출신이기 때문에 자기 후배들에게 무슨 일이 있어도 그 아이는 건드리지 말라는 엄명을 내려놓아 그렇다고 했는데 나는 '그럴 수도 있겠구나' 하는 생각을 하면서 그 아이의 외모와는 어울리지 않는 결기와 카리스마를 거의 경외의 눈으로 보고 있던 참이었다.

어색하다 싶을 정도로 커서 마치 자기 아빠 옷을 입고 나온 게 아닌가 싶은 느낌의 바람막이 파카를 입고 있어 그런지 내 곁의 민서는 오늘따라 더욱 작게 보였다. 그렇게 작을 리는 없겠지만 마치 내 어깨에나 닿는 듯 보이는 작은 키, 커다란 옷, 단발머리(우리 반 여학생 중 긴 생머리 아닌 단발을 고수하고 있는 유일한 아이였다), 자기 몸만큼이나 커다란 가방을 등에 멘 모습, 스타킹을 신지 않아 맨살이 고스란히 드러난 얇은 종아리, 그리고 그 털털하고 씩씩한 웃음, 민서의 등장은 이유도 모른 채 축축하고 불길한 느낌으로 언덕을 오르고 있던 나의 마음속에서 순식간에 그 어두운 찌꺼기들을 앗아가 버렸다.

하지만 나한테 허락된 그 널널함의 시간은 아주 순식간에 불과했다.

"야, 김연지. 너, 들었어?"

"뭘를?"

"못 들었구나?"

"내가 뭘 못 들었는데?"

"정민지 자살 이야기 말이야."

"뭐라고? 정민지 자살 이야기가 뭔데?"

"정민지 죽었잖아. 어저께 저녁에."

"어저께 저녁에 죽다니, 그게 뭔 소리야?"

"야, 너, 정말 웃긴다. 어떻게 전 파주 바닥이 다 알고 있는 이야기를 너만 모르냐?"

"정민지가 정말 죽었어? 정말 자살한 거야?"

"그렇다니까. 지금 학교 완전 뒤집어졌잖아."

"왜?"

"뭘 왜야? 정민서 걔 때문이지."

"자살해서?"

나는 정민지의 죽음, 그것도 자살, 그 엄청난 이야기를 가지고 그게 마치 우리 주변에서 늘 일어나는 일이나 되는 양 이렇듯 태연하게 대화를 나누고 있는 나 자신에게 상당히 놀라고 있었다. '자살이라니! 그런데 지금 나는 왜 이렇게 별것도 아니 것처럼 놀지?'

나는 곧 그 이유를 알아차렸다. 소식을 전하고 있는 손민서라는 이 아이가 '그게 뭐 대단하다고?' 하는 식으로 아주 심드렁하게 이야기를 하는 바람에 내가 깜박 정신 줄을 놓았던 것이다.

그때부터 내 가슴은 본격적으로 벌렁대기 시작했다. 배 속에서 목으로 뜨거운 무언가가 치밀어 오르는 것 같기도 했고 어쨌거나, 버스에서 내리자마자 가졌던 그 정체 모를 느낌에는 결국 다 이유가 있었던 것이다.

"……."

"완전 대박 아니니?"

나는 가던 길을 멈추고 손민서의 얼굴을 빤히 들여다보았다. 대박이라니! 아무리 그래도 이건 좀 심했다.

"왜?"

민서의 눈은 '내가 뭘 어쨌길래?' 하고 되묻고 있었다. 하긴 내가 '넌 아무리 그래도 그렇지, 대박이 뭐니? 대박이.' 하고 따져 물을 게재도 아니었다.

"아냐."

다시 발길을 옮겼다.

"그런데 어떻게 자살했대?"

"아파트에서 뛰어내렸잖아."

"아파트?"

"저기 보이지? 설악아파트. 거기 십오 층에서."

민서가 가리킨 곳은 전에 슬이가 말한 북한산이라는 곳을 가리고 있는, 그다지 멀지 않은 곳의 커다란 아파트 단지였다.

"저기가 걔네 집인가?"

"아니."

"근데 왜?"

"모르지 뭐. 자기는 3층으로 된 빌라에서 사니까 죽으려고 일부러 간 건지."

아파트 십오 층에서 몸을 날리면? 바닥에 닿았을 때의 광경을 그리니까 순간적으로 온몸의 잔털이 곤두선다는 느낌이 들었다. 나는 나도 모르게 몸을 부르르 떨었다.

"왜? 무서워?"

"……."

"어떻게 보면 잘한 건지도 몰라."

"뭐가?"

"민지 말이야. 솔직히 세상 좀 좆같지 않니?"

물론 나도 세상 참 만만치 않다는 걸 눈치챈 지는 이미 오래에다 특히 요즈음에는 이래저래 내 마음 같지 않다는 깨달음에 산다는 게 정말 외롭고 팍팍하다는 생각, 차라리 확 죽어버리면 이 꼴 저 꼴 안 보고 마음 편하지 않을까 하는 생각, 거기다가 내가 죽어버리면 그때서야 이 무남독녀 외동딸이 얼마나 소중하고 사랑스런 존재인지를 깨닫고선 후회에 몸 부림칠 엄마를 생각할 때의 쾌감 같은 걸 안 그려본 건 아니지만 그래도 동갑내기 소녀 입에서 나오는, 그것도 아주 건조하고 음산한 목소리의 '세상 참 좆같다'는 말은 거북스러울 정도로 생경했다.

아쉽게도 한편 다행스럽게도 나와 손민서와의 대화는 거기서 끝났다. 어느새 우리 둘은 교실에 들어와 있었던 것이다. 나는 우리가 어떻게 교문을 지나쳤고, 내가 현관에서 어떻게 신발을 벗어 신발장에 넣은 후, 삼선 슬리퍼로 갈아 신고선 계단을 오르고 제법 긴 복도를 지나 우리 반 교실로 들어왔는지 전혀 기억이 없다. 단지 아주 순간적이기는 했지만 이해천이의 얼굴이 얼핏 머리를 스쳐 지나간 건만은 분명했다.

#22

교실은 분명 아이들이 군데군데 모여 수군거리고 있기는 했지만 그렇다고 시끄러운 건 또 아니었다. 나는 내 자리에 앉자마자 교실을 찬찬히 둘러보았다. 나는 한 책상을 둘러싸고 있는 여러 명의 아이들 중 이해천이의 모습이 눈에 들어오는 순간 안도하는 나 자신을 보면서 내가 그 아이를 짐짓 찾고 있었다는 걸 깨달았다.

그리고 그 이유는 아무래도 상관없다는, 내가 그 아이를 왜 찾았던 것인지를 굳이 복잡하게 따질 필요는 없다는 생각도 했다.

슬이 역시 해천의 무리 속에 있었다. 나와 눈이 마주 친 슬이가 나를 손짓으로 불렀다. 이미 말했듯 나는 또래의 누구에게 부름을 받고선 그 부름에 따라 비척비척 다가가는 것은 나 자신에 대한 모욕이라고 생각하기로 했었다. 게다가 그게 말도 아니고 손을 들어 까닥거리는 것이라면 무조건 거부하기로, 아니 못 본 체하기로 마음을 굳게 먹었던 아이였다.

하지만 나는 슬이의 손짓에 나 자신에게 아무런 이의도 제기하지 않은 채 부리나케 그 무리로 다가갔다. 호기심이 자존심을 이긴 것이었다. 아이들은 신문을 보고 있었다. 노란 형광펜으로 표시를 해 놓아 그냥 한눈에 들어오는 기사, 그것은 정민서의 자살을 알리는 내용이었다.

그 기사는 내가 느꼈던 놀라움이나 충격과는 전혀 어울리지 않게, 순간적으로 배반감이 확 들 정도로 아주 짧았다. 그리고 잔인하게도 메말랐다. 그러니까 '파주 모 중학교 2학년 정 모양이 집에서 멀지 않은 삼릉읍 소재의 한 아파트에서 뛰어내려 사망을 했는데 경찰은 현장에서 유서는 발견되지 않았으나 타살의 증거도 없고, 혼자서 엘리베이터에 오른 CCTV 화면도 확보했기에 자살로 추정하고 있으며 자살의 원인은 파악 중에 있다.' 대충 이런 내용이 전부였다.

그 기사를 보고 나서의 내 느낌은 허망하다 그럴까, 분노라고 할까? 하여튼 있을 내용은 분명 다 있기는 한데 '어떻게 이렇게 무성의할 수 있지?' 하는 느낌을 지을 수 없었다.

나는 조용히 내 자리로 돌아와 앉은 후 무심히 운동장을 내다보았지만 내 머릿속은 온통 15층에서 뛰어내려 끔찍하게 죽었다는 민지의 모습으로 꽉 차 버리는 바람에 하루 이틀 만에 활짝 꽃을 피워 산수유와 개나리를 눌러버린 진달래 무리에서도 아무런 감흥도 못 받고 있었다.

자기가 그리도 열렬하게 짝사랑한다던 이해천이를 향해 '좆 까네. 야, 이해천, 너도 멀지 않았어. 이 씨방새야.' 하며 거친 악담을 내뱉던 정민지. 나는 그 아이의 눈에서 아이들의 말 그대로 그 아이의 가슴앓이가 고스란히 느껴져 미워하고 경원시한 것과는 전혀 상관이 없이 가여워 했었다. 왠지 이해가 되는 듯도 싶었었다.

'얼마나 무서웠을까? 얼마나 아팠을까?'

나는 그예 눈물을 내보이고야 말았다. 몇 년을 친구로 지내온 아이들도 비추지 않는 눈물을……. 그러다가 문득 이게 웬 가당치도 않는 오버람, 하는 생각이 들어 황급히 교실을 빠져나와 화장실로 향하는데 운동장으로 미끄러져 들어오는 두 대의 차가 내 눈에 들어왔다.

'파주 경찰'

나는 차 옆의 글귀를 보고 곧 그게 경찰 형사들이 타고 다니는 승합차라는 걸 깨달았다. 그리고선 민지의 죽음이 그 짧은 신문기사로 다 끝나는 것은 아니라는, 앞으로 정말로 많은 일이 벌어지겠구나, 하는 당연한 예상과 거기에 따른 어두운 예감에 몸을 떨었다.

나의 불길한 예감은 오래지 않아 딱 맞아 떨어졌다. 교무실로 불려가 교감으로부터 '너네 담임은 일이 있어 조례랑 수업에 들어가지 못하니 이상한 소문에 함부로 동요하지 말고 조용히 자습을 하고 있으라'는 전갈을 받고 온 슬이가 그 내용을 다 전하지도 못했을 때 교감이 직접 우리 교실로 들어와 이해천이를 데리고 나갔던 것이다.

그 후, 슬이가 웅성거리는 아이들에게 서너 번이나 고함을 질러서야 진정이 된 후 어색한 적막과 간혹 이어지는 헛기침 소리만이 교실 안을 가득 채우고 있을 때 창밖으로 나는 보았다. 형사임이 틀림없는 남자들 몇 명이 학생들 여럿을 타고 왔던 차에 태우는 모습을……

그 안에는 분명 내 옷을 뺏던 여자아이들도 그리고 이해천이도 있었다. 나의 가슴은 무섭게 뛰기 시작했다. 교실 스피커를 통하여 '모든 선생님들은 수업을 중단하고 즉시 교무실로 모여 달라는, 학생들은 절대 교실 밖으로 나오지 말고 조용히 자습하며 대기해 달라.'는 교감의 말이 흘러 나왔다.

곧이어 각 반에서 문이 열리는 소리. 아마도 방송을 들은 선생님들이 수업을 중단하고 교무실로 향하는 모양이었다. 하지만 선생님이 교실 문을 나서기라도 하면 그 즉시 늘 들려오는 중학교 특유의 시끄러운 소리가 오늘은 좀체 들려오지 않았다. 평소 같으면 교감 아니라 교장의 아버지가 와 간곡히 당부를 해도 낡은 학교 건물이 터져 나갈 듯 떠들던 바로 그 아이들이었다.

그날은 오전 내내 단 한 시간도 수업을 받지 않고선 자습, 자습의 연속이었다가 급식을 하고선 '교장의 재량에 의해' 전격적인 전 학년 하교가 결정이 되었다. 나는 오전 시간 동안 슬이가 아주 자주 교실을 슬며시 빠져 나가 복도 한 쪽 끝에서 숨을 죽인 채 누군가와 통화를 한다는 것을 알고 있었다. 물론 소리 없이 분주한 아이가 슬이만이 아니었다.

전 학교가 겉으로는 무겁게 그리고 아주 조용히 가라앉자 있음에도 온갖 소식과 소문이 조금씩 살을 불리면서 학교를 마구 헤집고 다녔다. 제일 처음 들려온 소식은 형사들에게 연행된 학생들이 3학년 불개미들이라는 것이었는데 시간이 지나면서 그 아이들, 그리고 이해천이가 민지의 죽음과 아주 직접적인 관련이 있다고 하더라, 하면서 구체적인 이름과 행적이 조금씩 나오는 것으로 발전이 되더니 급식 시간이 되었을 때는 민지의 아빠가 어제 밤늦게 유서를 발견했는데 그 유서에 자기가 왜 죽어야 했는지를 소상하게 밝혀 놓는 바람에 이해천이를 비롯한 아이들이 잡혀 간 것이다, 라고까지 나아갔다.

결국 전적으로 타의에 의해 목련꽃이 뚝뚝 듣는 학교 문을 심란한 마음으로 일찍 나서야 했을 무렵에는 급기야 '강간', '임신'이라는 수상한 단어까지 슬며시 고개를 내밀었다. 그중 내가 가장 참담하고 복잡한 마음으로 들은 이야기는 민지가 뛰어내린 아파트가 바로 이해천이 살고 있는 아파트라는 소리였다.

그리고 언제나 그렇듯, 학교 안을 돌아다니던 믿을 수 없는 이야기는 결국 모두 사실로 밝혀졌다.

#23

내가 정민지의 죽음, 그리고 뒤늦게 발견된 유서와 관련해 비교적 자세한 이야기를 들을 것은 그날 저녁 학원엘서였다. 사실 나는 학원엘 가고 싶은 마음이 전혀 없었다. 오전 중에 학교에서 얼마나 많은 생각에 시달렸는지 너무나도 피곤하고 머리가 복잡해서 학원이고 민지고 뭐고 간에 모든 걸 내팽겨 처두고 그저 방문을 걸어 잠근 채 이불을 뒤집어쓰고선 푹 자고 싶었을 뿐이었다.

하지만 나는 잠은커녕 저녁도 제대로 못 챙겨먹은 채 학원엘 와 버렸다. 얼마 남지 않은 중간고사가 걱정이 되어서는 당연히 아니고 그렇다고 민지의 죽음과 관련된 일련의 이야기가 궁금해서도 아니라 엄마, 엄마 때문이었다. 엄마는 정민지의 자살, 연행된 불량배들(엄마의 시각에서), 특히 죽은 아이도 그렇고 그렇게 만든 불량배 중 하나인 아이, 그러니까 이해천이도 그렇고, 모두 나와 같은 반 아이이며 때론 내 이야기에 잠깐씩 등장하곤 했던, 간접적으로나마 자기가 아는 아이들이라는 사실에 엄청 흥분을 한 상태였다.

엄마는 모든 것을 무조건 당장 이실직고해 주길 바랐다. 나는 엄마가 혹 딸인 내가 어떤 형태로든 그 사건과 관련이 되어 있을까를 염려해서도 아니고, 어떤 심적 타격을 받았을까를 걱정해서도 아니라 우선 급한 자기의 호기심을 채워 주기만을 간절히 원하는 것이라는 것 정도는 알고 있었다.

때문에 절대 그 저급한(내 생각에) 호기심을 만족시켜주고 싶은 마음이 전혀 없었다. 그렇기에 계속해서 짜증을 내며 '나는 몰라, 모른다니까'를 연발하다가 결국 중간고사 핑계를 대고서야 학원으로 엄마를 피해 나온 것이었다.

어이없게도 엄마는 얼마나 궁금한 게 많았던지 '그깟 중간고사'라는 망언도 서슴지 않았다. 평소 같으면 학원 한 번 빠지면 성적도 성적이지만 아빠 뼛골 깎아 만든 돈을 얼마나 손해 보는 건지 아니? 하며 종주먹을 들이댈 엄마 입에서 서슴없이 그런 말이 나온다는 것은 그 궁금함이 얼마나 크다는 것이지를 말해주는 것이어서 조금은 안쓰럽기도 해 사실 내가 아는 대로 말을 해줄까? 하는 생각이 안 든 것도 아니었지만 진저리 날 정도로 끝없을 물음을 생각해 보면 한번 살가운 딸이 돼 볼까 하는 마음이 저만치 달아나 버린 것이었던 것이다.(엄마는 내게 '참으로 느자구 없는 년'이라는 말로 나를 배웅해 주었다. ㅎㅎ)

그리고 솔직히 문득 문득 떠오르는 이해천이와 죽은 정민지에 대한 생각 탓에 엄마와 한가하게 말을 섞고 있을 심정도 아니었다.

예상대로 슬이는 학원엘 오지 않았다. 나는 그 이유가 민지의 자살과 관련된 여러 상황 때문이 아니라 어쩌면 오로지 이해천이 때문일지도 모른다는 느낌에 가슴이 저렸다.

그래도 애써 털어버리고 수업에 집중하려 애를 썼으나 학교 선생님들과는 비교도 안 될 정도의 열정 가득 찬 강의가 도통 귀에 들어오지 않았다. 새삼스러운 일도 아니었다. 더듬어 보니 이 학원엘 다니게 된 그날부터 여태껏 단 하루도 수업에 제대로 집중한 적이 없었다는 생각이 들었다.

나는 전학을 오자마자 슬이를 알게 되고, 그 아이로 인하여 학교나 아이들과 관련된 여러 일에 직간접으로 엮이거나 또는 알게 된 게 결과적으로 이렇게 마음을 흔들고 있는 것이라는 건 알고 있었다. 그러니까 아마도 대전에서라면 적어도 학원엘 오면 잡생각 없이 공부에만 매달렸을 것이라는 것, 그리고 지금 중간고사가 서서히 다가오고 있다는 깨달음에 그야말로 애꿎은 슬이까지 자꾸 원망이 되는 것이었다.

겨우 겨우 세 시간을 마치고 허기를 달래려고 학원 옆 편의점에 들렀다가 우연히 박인영이라는 반 아이를 만났는데 알고 보니 그 아이 역시 우리 학원엘 다니고 있었다. 아마도 성적이 좀 떨어져 다른 층에 있는 A반을 다니다 보니 여태 몰랐던 모양이었다.

당연하게(오늘 같은 날 공부에만 매달릴 수 있는 게 더 신기한 일 아니겠는가?) 그 아이의 기분도 좀 그랬는지 어쨌든 우리는 즉시 의기가 투합, 각자 마지막 시간을 들어가지 않기로 하고선 편의점 옆에 있는 초등학교 안으로 들어갔다. 아이들의 온기가 완전히 빠져나간 밤 10시에 가까운 시간의 학교는 그야말로 무서움 덩어리였다. 우리는 감히 깊게 들어가지 못하고 교문 바로 옆의 벤치에 앉았다.

"너, 공부 무지 잘한다며?"

"내가?"

"응, 너 말이야. 하기는 그러니까 심화반에 다니겠지."

"그 소리를 어디서 들었는데?"

"응, 있어."

"내가 뭐 공부 잘해서 심화반인지 아니? 개강하고선 한참 후에 다니게 되는 바람에 거기만 자리가 비었다고 해서 간 거지."

"얘는? 공부 잘하는 게 뭐 어때서? 너, 거기 들어갈 때 1학년 성적표 냈지?"

사실 그랬다. 학원엘 다니겠다고 마음먹고선 슬이의 권유대로 엄마와 함께 이 학원엘 왔을 때 내게 제일 먼저 물은 게 작년 성적이었던 것이다. 물론 용의주도한 엄마는 예상이라도 했는지 대전 학교에서의 나의 1학년 성적표를 챙겨 왔고 나는 그 자리에서 심화반으로 결정이 되었던 것이다.

한 반에 20여 명 남짓한 보통반들과 달리 심화반은 딱 한 개 반에다 달랑 8 명, 모두 학교에서 상위 5% 안에 드는 아이들이라고 했다. 나는 학원 선생님들이, 그중에서도 특히 원장 선생님이 심화반에 쏟는 그 무시무시한 열정을 처음에는 잘 이해할 수 없었다. 그냥 돈을 받고 지식을 나눠주는 학원이라기보다는 마치 부잣집 아이가 우수한 과외 선생님한테 개별적으로 특별 지도와 관리를 함께 받는 느낌? 그렇다고 다른 반에 비해 학비가 더 비싼 것도 아니었다.

며칠이 지나서야 나는 그 이유를 어렴풋이 짐작을 할 수 있었다. 아마도 제일 큰 이유는 우리(심화반)를 다른 학원에 비해 우수하다는 것을 광고하는 데 쓰는, 그러니까 일종의 모델로 생각한다는 것이지 않나 싶었다. '요번 중간고사 전교 1등이 또 상아탑 학원 애라 하네요. 1등뿐인지 아세요? 전교 10등 중 7명이 거기에 다닌다는데, 아무래도 우리 애도 거기로 옮겨야 할 까 봐요.' 뭐 이런 유의 대화가 가능할 수 있게끔 만드는 모델 말이다.

만일 그렇다면 그게 시간이 되었건, 열정이 되었건 간에 우리에게 충분히 투자할 가치가 있을 터였다. 엄마가 들고 나온 이유는 뜬금없는 내용이 엄마답기는 했지만 어쨌든 좀 달랐다.

"너네 원장 선생님 말이야, 몇 년 전까지만 해도 일산에 있는 중학교 선생님이었다고 하더라고."

"그게 뭐?"

"나는 그 기분 알 것 같거든?"

"어떤 기분?"

"있잖아? 일종의 보상심리랄까. 어쩌면 열등감일 수도 있고, 또 순수한 열정일 수도 있는 거고."

"뭐가 그리 복잡한데? 하여튼 잘 갖다 붙인다니까."

"무슨 말인지 모르면 모른다고 하지 건방은……. 자, 봐. 학교 선생 하다가 학원에서 아이들 가르치려면 아무리 먹고 살기 위해서라도 그렇지. 어쨌든 네 말대로 생각 복잡할 거 아니냐고? 그러니까 자신의 존재 가치를 확인하기 위해 더 열심히 하는 걸 수도 있고. 그리고 말이야, 내가 비록 학원 선생이기는 하지만 너네들보다 훨씬 더 잘 가르치거든? 무시하지 마서, 하는 마음, 이런 걸 솔직히 열등감이라고 하는데, 에이 관두자. 내가 널 앉혀놓고 뭔 말을 한다니……."

"말하지 마. 안 하면 될 거잖아?"

나는 엄마의 말에 충분히 일리가 있다는 생각이 들었다. 어쩜 단순히 광고효과를 위해서가 아니라 학교 교사였을 때의 못 다한 교육자로서의 열정 같은 걸 생각할 수도 있겠구나, 하는 자각이었던 것이다.(이런 생각을 하니 왠지 원장 선생님한테 미안한 마음이 들었다.)

"느자구 없기는. 아무튼 지금 너네 원장 선생님은 그냥 돈이나 벌려고 하는 학원 원장이 아니더라고. 학교 선생님들보다 훨씬 더 성의도 있고 진심으로 너네들을 잘 가르쳐 보려고 노력하는 거 보이거든. 건방 떨지 말고 예의 바르게 잘해. 알지?"

"나도 알거든."

#24

나는 박인영이와 나란히 앉아 어둠이 깔려있는 교정을 바라보다가 내가 전학 온 지 한 달이 다 되어 감에도 얼굴만 익을 뿐, 이 아이와 특별히 말을 섞은 기억이 거의 없다는 것을 깨닫고선 왜 그랬을까를 생각해 보았는데 그냥 모든 것이 평범해 보이는, 있어도 없어도 별로 표가 안 나는 그런 타입이기도 했고 무엇보다도 내 기억으로는 인영은 교실에서 말수가 적었기에 그랬던 거 같았다. 하지만 나의 기억은 완벽히 틀렸다. 인영이란 이 아이는 결코 말수가 적었던 게 아니었던 것이다. 알고 보니 인영은 엄청난 수다쟁이였다.

"대전이란 데가 여기서 머니?"

"뭐?"

"대전 말이야, 여기서 머냐고?"

'대전이란 데?'

나는 솔직히 어이가 없었다. 기껏 파주라는 촌(?)에 사는 아이가 감히 대전을 마치 강원도 오지에나 있는 작은 마을 정도로 생각하는 듯한 말투였기 때문이었다. 하기는 나도 이곳 파주와 붙어 있는 일산에 가서 우리나라의 TV 방송국들이 다 그곳에 몰려있는 것을 보고선 일산이란 이 커다란 도시가 세상에 있는지도 모르고 살았던 나 자신을 황당하게 생각했던 게 불과 며칠 전이었으니 박인영이의 그 천진스러울 정도로 태연한 말을 타박할 마음은 들지 않았다. 솔직히 그래도 '대전이란 데'는 좀 심했다, 라는 생각이 잘 지워지지는 않았지만······.

빨간 벽돌로 된 예쁜 건물들과 체육관, 대전의 학교를 그리움으로 떠올리며 결국 나는 그 물음은 대답을 안 하고 넘어갔다.

"여기선 어디 사니?"

"응, 저기 공설운동장 뒤."

"무슨 아파트인데?"

"아파트 아니고 그냥 집이야."

"마당 있고 그런 집?"

"응."

"그렇구나."

"뭐가?"

"난 아파트에서 태어나 아파트에서만 살잖아."

"그게 뭐? 요샌 거의 다 그러지 않나?"

"그래도 어저께 같은 일 또 보게 되니까 정말 싫어지는 거 있지? 난 사람이 아파트에서 뛰어내린 걸 벌써 두 번째 본 거거든."

'뭘 봐? 그럼 이 아이가 혹시 정민지가 뛰어내렸다는 그 아파트에 산단 말인가?'

나는 가슴이 두근거렸다.

"어저께 뭘 봤다고? 너 혹시?"

"맞아. 나, 설악에 살잖아."

"정민지를 봤어?"

"어저께가 월요일이잖아. 우리 학원에 조금 늦게 오는 날, 내가 학원엘 오려고 밖엘 나왔는데 말이야, 경찰차랑 앰뷸런스랑 막 큰 소리를 내면서 우리 아파트 단지 안으로 들어가더라고. 궁금하잖아. 당연히 쫓아 가 봤지. 가보니까 화단에⋯⋯. 아이, 무서워. 하여튼 정민지가 누워 있었던 거야."

"정민지 얼굴을 직접 본 거야?"

"아니. 내가 갔을 때는 경비가 그랬는지 하여튼 누가 이불을 덮어 놨더라고. 그래서 그냥 사람이 떨어져 죽었구나, 그렇게 생각했지."

"⋯⋯."

"솔직히 나도 어저께까지는 그냥 우리 학교 여자아이라는 것만 알았지. 엄마가 그러더라고. 오늘 아침 학교에 와서는 얼마나 놀랐는지."

"민지, 걔 거기서 안 산다며?"

"글쎄 말이야. 하필 왜 우리 아파트에 와서 죽냐? 무섭게."

"너네 아파트에 우리 학교 아이들 많이 살지?"

"그럼. 아마 제일 많이 살걸? 단지가 크잖아."

"⋯⋯."

"이해천이도 우리 아파트 산다, 너."

나는 박인영, 이 아이가 그런 말을 해놓고선 나를 유심히 살피는 것 같아 낚싯밥을 던진 것이라는 걸 알아채고 짐짓 심드렁하게 대답을 했다.

"그래?"

"으음, 아니다."

"뭐가? 말해 봐."

"있잖아, 너, 정민지 유서에 이해천이 이름도 올라가 있다는 소리 들었지?"

"유서가 정말 있기는 있대?"

"당연하지. 어저께 밤늦게 정민지 아빠가 그걸 경찰서로 가져가는 바람에 난리가 났었잖아."

"왜?"

인영은 적막한 학교 안임에도 마치 누가 들을세라 사방을 살피면서 갑자기 소리를 죽였다.

"있잖아. 거기에 적혀 있는 아이들이 민지를 계속 강간을 해 가지고 임신이 됐다고 하더라."

"정말?"

"조용히 해. 그럼 정말이지 않고."

"……."

"완전 대박 아니니? 오늘 아침에 3학년 선배들 그래서 잡혀간 거래잖아."

"여자도 있던데?"

"아, 그 언니들. 그 언니들이 같이 있었대. 헐."

"정말?"

"당근이지. 그런데 더 웃기는 건 그렇게 하는 게 불개미 전통이라더라."

"어떻게 하는 거?"

"그러니까 처음 불개미에 들어가면 여자 아이들은 선배 여자들이 보고 있는 데서 남자 선배들이랑 그거 하는 거."

"설마, 어떻게 그걸 보고 있냐? 같은 여자가."

"뭐? 같은 여자? 야, 너 섹스 머신 알아?"

"뭐?"

"섹스 머신."

"그게 뭔데? 무슨 섹스 기계 같은 거야?"

나는 내 입에서 '섹스'라는 단어가 이렇게 태연하게 나온다는 사실에 적잖이 놀랐다. 어쩜 내 입으로 직접 그 단어를 입 밖으로 내보는 것은 이번이 처음이라는 생각이 들었다.

"그게 아니고 일진들 여럿이 함께 그거 하는 걸 보고 그렇게 부르잖아. 들어도 못 봤어?"

"……."

"난 말이야, 말은 들어 봤지만 진짜 그런지는 몰랐어. 야, 이게 말이 되냐? 하여튼 완전 대박이라니까."

"넌 그 이야기를 언제 들은 건데?"

"뭘?"

"불개미 전통 이런 거."

"오늘 학교에서 들었지 어디서 들어?"

"걔는 어디서 듣고?"

"걔라니?"

"너한테 그 이야기를 해 준 아이 말이야. 걔는 어떻게 알게 되었느냐고."

"글쎄, 나야 모르지. 근데 왜?"

"말이 안 되잖아. 아무리 일진들이라도 그렇지."

"뭐 학생부가 있으니 진짜 일진은 아니지만, 하여튼 정말이라니까. 사실 저번에도 비슷한 이야기들이 학교에 돌았었는데 그땐 뭐 별일 없으니까 그냥 그런가 보다 하고 넘어갔었거든."

"유서에 그 명단을 진짜로 다 적어 놨대?"

"그러니까 잡혀간 거지."

"이해천이는 2학년이잖아."

제멋대로 생각하고 몰아가는 아이들 때문에 내 입으로 이해천이라는 단어를 입 밖으로 꺼낸다는 게 영 마뜩치 않았으나 그렇다고 너무 의식한다는 것도 우습게 느껴졌다.

"이해천? 몰라. 하여튼 그 명단에 들어있대. 그러니까 걔도 잡혀 간 거고. 진짜 웃기지?"

"뭐가?"

"이해천이 말이야. 걔 학년부장이니 뭐니 하면서 완전 정의의 사도같이 굴었잖아. 위선자."

"……."

"완전 위선자 아니니? 하기는 걔가 원래 좀 그렇긴 했지만."

"원래 그렇다고?"

"응, 나랑 초등학교 같이 다녔잖아. 걔가 원래 좀 심하게 나댔거든. 달리기랑 싸움 잘하는 바람에 일진도 먹고. 걔 일진할 때 어떻게 했는지 모르지? 모를걸?"

"초등학교에 무슨 일진?"

"초등학교에 왜 일진이 없냐? 당연히 있지. 하여튼 나는 다 알고 있거든."

"뭐를?"

"아니야."

갑자기 인영의 어조에는 당황함이 묻어 나왔다. 그러니까 분명 이해천이에 대해 알고 있는 뭔가가 있는 기색인데 상대가 나라서 일부러 말을 피하는 것인 거다. 물론 나도 더 이상 관심을 보임으로써 내가 이해천이를 좋아한다는 낭설에 홀려 있는 저들의 호기심을 채워 줄 마음은 추호도 없었다. 단지 내가 그 순간 또 궁금하게 생각했던 것은, 그리고 다짐을 했던 것은 그따위 이야기를 대체 누가, 무슨 까닭으로 지어서 퍼트렸

을까 하는 것과, 반드시 알아내고 적절한 응징을 해주리라는 것뿐이었
다. 순간 슬이의 얼굴이 떠올랐다.

나는 자리를 털고 일어났다.

"가자. 학원 끝날 때 됐어."

"우리 앞으로 친하게 지내자. 어때?"

"나야 좋지."

#25

엄마는 나를 굳은 얼굴로 맞이해 주었다.

"너, 학원 빠지고 어디 쏘다니다 오는 거니?"

"뭔 소리야?"

"학원 수업 빠졌다면서?"

나는 마지막 시간을 빼먹은 사실을 원장 선생님이 엄마에게 전화로 알
려주었다는 것을 알아챘다.

"마지막 한 시간 빠진 거야, 수학."

"왜?"

"뭘 왜야? 너무 앞서가서 뭔 소리 하는지 몰라서 짜증나서 빠졌지."

"선행 수업 받으려고 다니는 학원을 앞서간다고 빠져? 네 맘대로?"

"빠지면 내 마음대로 빠지지, 그럼 누구 마음대로 빠져야 하는데?"

"얘 말하는 것 좀 봐. 그리고 너, 전화는 왜 안 받는데?"

"전화? 핸드폰 두고 갔잖아."

"뭐?"

"핸드폰 내 방에다 두고 갔다고."

"왜?"

"그냥."

"그냥 왜?"

"그냥 두고 간 거라고."

"너 밤늦게 다니는 거 걱정돼서 사 준 핸드폰을 두고 다닌 게 잘한 일이다, 이거니?"

"걱정은 무슨 걱정. 학원이 얼마나 멀다고."

"그럼 핸드폰 아예 내 놔. 그렇게 필요 없으면 괜히 비싼 요금 물 필요 없잖아."

"마음대로 해. 가져 가."

"김연지!"

거실 소파에 앉아 있는지도 몰랐던 아빠가 나를 향해 고함을 질렀다.

"……"

"빨리 올라가 자."

"……"

나는 그대로 내 방으로 올라와 버렸다. 기분 같아서는 엄마랑 제대로 한 판 붙어야 하겠지만 적어도 웬만하면 엄마 편인 척하면서 오버하는 아빠 앞에서는 아니었다. 하지만 엄마는 금방 내 방문을 밀고 들어 온 것으로 보아 휴전을 할 마음이 없었던 모양이었다.

"왜, 또?"

그래도 엄마는 한층 누그러져 있었다.

"너, 괜찮은 거니?"

"뭐가?"

"학교 일 말이야. 심란하지?"

"내가 뭘? 나 하나도 안 심란하거든. 그러니까 내려 가. 나 피곤해."

"무슨 학교가 그러니?"

"뭐가?"

"명문이라고 들어보냈더니 순 깡패 학교니까 그렇지."

"그러니까 누가 전학 시키래?"

"하여튼 넌 괜찮지? 아이들 막 잡혀 가고 그랬다며?"

"몰라, 난 그런 거."

"학교에서 수업 중 막 바로 잡아 갔다는데 모른다고?"

"나는 모른다니까. 피곤하니까 빨랑 내려 가."

"하여간 말버릇 좀 봐. 뭐라고? 엄마한테 빨리 내려가라고?"

"왜 또 시비야. 피곤하다니까."

"네가 뭘 했는데 그렇게 피곤한 건데, 응? 뭔 대단한 일을 하고 다닌다고 그렇게 유세니? 유세는. 학생이 공부하는 게 그렇게 유세 떨 일이니? 어떻게 된 게 애가 점점 더 못돼 가는지 몰라."

"알았어. 나 못된 아이니까 빨리 내려가라고."

"야, 김연지!"

드디어 엄마가 터졌다. 다행히 아빠의 목소리가 들려 온 것은 바로 그 때였다.

"남연수! 어이, 남연수! 내려오시지 그래."

"알았어. 오늘 학원 빠진 시간에는 어디 갔었는데?"

엄마의 목소리가 다시 한층 낮아졌다.

"가긴 뭘 어딜 갔다고 그래. 편의점 가서 삼각 김밥 먹었다. 왜? 됐지?"

"무슨 김밥을 한 시간이나 먹니?"

"그냥 김밥 먹고선 시간 좀 보내다가 온 거라고."

"너, 오늘만 그런 게 아니잖아. 며칠 전에도 수업 빠졌지? 내가 모를 줄 알고?"

슬이와 노래방 갔던 날의 이야기인 모양이었다.

"그날은 빠진 게 아니고 늦게 간 거야. 지각해서 첫 수업만 못 들어간 거라고."

"집에서 제 시간에 멀쩡히 잘 나가고선 지각은 무슨 지각. 말도 안 되는 소리 하고 있네."

"그냥 어쩌다 좀 늦은 거라고. 수업하는데 중간에 들어가기 싫어서 그냥 한 시간 보내다가 들어간 거라니까."

"너, 그날 슬이랑 같이 빠졌다며?"

"누가 그래?"

"누가 그러긴? 학원에는 분명히 제 시간에 왔는데 가방만 놔두고선 슬이랑 어딜 갔다 왔다면서?"

"알았어, 노래방 갔었어. 이젠 됐지?"

"노래방? 공부하라고 비싼 돈 들여 학원 보냈더니 노래방 갔다는 말이 태연히 나오니?"

"알았어. 잘못했어. 그날 그럴 만한 일이 있어 그랬거든? 내가 잘못했고 앞으로는 안 그럴게. 이제 시원해?"

"슬이, 걔, 오늘 학원엘 완전히 안 나왔다며?"

"난 모르거든."

"한 반에 열 명도 안 되는데 모르긴 뭘 모르니?"

"난 걔한테 관심 없거든. 됐지?"

"슬이, 걔가 너네 학교 진짜 일진이라며?"

"난 그런 거 몰라."

"작년에 전교 1등을 했다는 아이가 일진이라니, 참."

"엄마, 난 일진 그런 거 알지도 못하고 관심도 없다고 했잖아. 나, 잠 좀 자자. 됐지?"

"걔도 남한테 막 돈 뺏고 그러니?"

"미쳤어?"

"하긴 그럴 리는 없겠지만."

학생부비, 학생부비…….

"엄마, 일진이 뭔지나 알고 일진, 일진, 그러는 거야?"

"일진? 깡패들이지 뭐야?"

"아니거든. 요새 일진은 공부도 잘하고, 집도 부자고, 얼굴도 잘생기고 그런 아이들이나 일진이 되는 거거든. 거기다가 싸움도 좀 하고. 뭘 알고 나 이야기해야지."

"깡패들도 있잖아?"

"걔들은 그냥 양아치, 찌질이들이고."

"찌질이?"

"하여튼 그런 게 있어."

"너는 그런 거 알지도 못하고 관심도 없다면서?"

"말도 안 되는 소리를 자꾸 하니까 그렇지."

"그럼 슬이, 걔, 딱 일진 맞네 뭐."

"알았어. 그럼 이슬이 딱 일진 맞아. 정말 됐지?"

"어이, 남연수! 뭐하냐고."

엄마는 내키지 않는 표정으로 방을 나섰다.

#26

다음 날 아침, 드라이기로 머리를 말리고 있던 나는, 집안 분위기가 뭔가 평소와는 다르다는 걸 느끼고선 전원을 끄고 아래층 기색에 귀를 기울였다. 그러자 이내 무엇이 잘못 된지를 알아차렸다. 다른 날 같으면 지금쯤에는 아빠와 나를 위해 아침밥을 만들고, 옷을 챙기고, 우리 보고선 늦지 않게 빨리 준비하라며 채근을 하느라 분주한 엄마의 말과 발걸음 소리가 요란한 가운데 거실 TV에서는 아침 뉴스가 큰 소리로 흐르고 있어야 할 텐데 그 모든 게 전혀 들리지 않았던 것이다.

나는 머리에 수건을 두른 채 아래층으로 내려왔다. 엄마는 아빠와 함께 소파에 앉아 머리를 맞대고 신문을 보고 있다가 계단을 내려오는 나를 보고선 손짓을 해 불렀다. 아빠는 나와 눈이 마주치자 적어도 집 안에서는 절대 피우지 않겠다고 다짐을 했던 담배를 입에 문 후 라이터로 불을 붙였다. 그럼에도 엄마의 타박도 없었다.

"너네 학교 이야기다."

"뭐가?"

"이 신문 말이야. 아니 어떻게 이럴 수가 있니?"

"뭐라고 나왔는데?"

"이리 와서 네 눈으로 봐라. 기가 막혀서 참."

담배 냄새가 역하게 났다.

"아빠, 담배."

"뭐?"

"담배 냄새."

아빠는 징그럽게도 내 머리를 한 번 쓰다듬은 후 정원으로 나갔다.

"보라고, 네 눈으로 똑똑히."

엄마는 마치 내가 저지른 일이 신문에 나기나 한 것처럼 화가 나 있었고, 당황해하고 있었으며 또 슬퍼하고 있었다. 짐작대로 민지의 죽음과 관련된 기사였다. 하지만 어제 아침 교실에서 보았던 그 짤막함과는 비교도 안 될 정도로 커다란 제목에 내용도 여러 개로 나뉘어 신문 한 면을 거의 다 차지하고 있었다. 나는 눈으로 빠르게 그 기사들을 훑었다.

'자살, 유서, 일진, 학교 폭력, 집단 강간, 임신……'

아이들로부터 대충 들은 내용과 크게 다르지 않았으나 그게 이렇게 큰 기사가 되고 막상 그걸 눈으로 읽자니 가슴이 다시 무섭게 뛰었다. 담배를 다 피웠는지 아빠가 다시 거실로 들어왔다.

"아니 이게 무슨 학교야, 완전 깡패들 집합소지."

"커피 안 줘?"

"커피?"

"응, 커피."

"연지 말이야, 학교 옮겨야 되는 거 아니야? 이런 델 다닐 수는 없잖아."

"어허, 커피."

"아니 자기는 이 와중에 무슨 커피 타령을 그렇게 하냐? 자기가 한 잔
타 먹던지."

"이 사람이?"

"어떻게 할 건데?"

"이 사람아, 뭘 어떻게 한다고 자꾸 그래?"

"죽은 애가 얘네 반 아이라니까. 아, 그러니까 그런 일이 우리 연지한테
는 안 생긴다는 보장이 있느냐고?"

"또 쓸데없는 소리. 아, 요즘 학교가 다 그렇다는데 뭘 어떻게 해. 우린
우리대로 조심하면 되는 거지."

"조심? 그게 조심해서만 되는 일이 아니니까 그렇지."

"연지야, 뭐하니 넌. 학교 안 가? 빨리 준비해야지."

"아니 지금 학교 가는 게 뭐가 급하다고."

"그렇다고 학교를 안 가?"

"……"

"연지야, 너네 엄마 하는 거 보니 아침밥은 틀린 것 같다. 학교 앞에 편
의점 있지?"

"응."

"신경 쓸 것 없어. 너네 학교 일이고 그게 또 신문에 크게 나서 대단해
보이는 거지 사실 요새 같아서는 크게 놀랄 일도 아니잖아. 연지, 안 그
래?"

"……"

"원래 악마새끼들은 늘 있었다고. 그런데 나라 전체가 순 쌍놈의 나라
로 흘러가니까 그런 새끼들이 더 설치는 거고."

엄마는 어느새 주방으로 가서 아빠의 커피를 타고 나의 아침밥 준비를
하고 있었다.

"넌 문제없지?"

"응."

"그래, 힘내. 너는 네 줏대 확실히 가지고 있고. 아빠 말, 알지?"

"응."

"혹시 힘든 일 있으면 혼자 끙끙대지 말고 엄마나 아빠한테 꼭 말하라고 한 것도 알고?"

"응."

"어렵거나 힘들 때는 어떻게 한다?"

"정공법으로 간다."

"맞아, 정공법. 괜히 피하려고 다른 생각하면 일이 더 꼬인다는 거. 그러니까 피하지 말고 당당하게 부딪히라는 거. 알지?"

"안다니까."

"그래. 빨리 가서 옷 입어."

나는 2층 내 방으로 다시 올라왔다. 교복을 입는 내내 신문 기사 내용이 머리를 떠나지 않았다. 나는 엄마가 급하게 애써 만들어 놓은 아침에는 눈길도 주지 않은 채 집을 나섰다.

버스에서 내리자 박인영이가 눈에 띄었다. 나는 그 아이네 아파트에서는 굳이 이곳을 통과하지 않아도 학교에 닿을 수 있는 길이 있다는 걸 생각하고선 그 아이가 일부러 나를 기다리고 있었다는 걸 깨달았다. 나는 그 부담스러움에 그렇지 않아도 가라앉은 마음이 더욱 무거워지고, 나를 보고 반갑게 웃는 그 아이의 웃음에 짜증이 일었다.

"나 기다린 거야?"

내색하지 않으려 나름 애썼지만 그래도 나의 말은 분명 퉁명스레 들렸을 것이었다.

"응."

"왜?"

"뭘? 우리 친하게 지내기로 했잖아."

아이의 말에는 티 한 점 묻어 있지 않아 나는 속 좁은 나 자신이 한심스럽다는 생각과 인영에 대한 미안함이 겹쳐 마음이 착잡해져 왔다. 나는 얼른 그 마음을 추슬렀다.

"고맙지만 미안하잖아."

"뭐가 고맙고 뭐가 미안하니. 내가 같이 가고 싶어서 기다린 건데."

"……."

"너, 아침에 뉴스 봤지?"

"응. 신문 봤어."

"신문에도 나왔어?"

"응. 나왔더라."

"헐, 대박. 크게?"

"되게 크게."

"텔레비전 뉴스도 한참 나온 거 있지. 완전 이상하더라."

"뭐가?"

"우리 반 아이 이야기, 우리 학교 이야기를 텔레비전 뉴스에서 보니까 말이야. 우리 아파트 단지도 한참 나오고."

"……."

"민지 말이야, 지금 도립병원에 있는데 내일 아침에 장례식 한대. 그런데 걔네 아빠가 선생님이고 아이들이고 간에 절대 병원엘 못 오게 한다더라."

"왜?"

"다 꼴 보기 싫다고 그랬대."

"……."

"우리 아빠가 그러는데 말이야, 민지가 남겨놓은 유서에 자기를 건드린 아이들 이름이랑 시간, 장소, 이런 게 다 구체적으로 나와 있다면 그 아이들 교도소에 갈 확률이 높다더라. 얼마 전에 우리 아빠 경찰서에서도 비슷한 사건이 있었대."

"……."

"우리 아빠 경찰이잖아. 내가 말 안 했었나?"

"말 안 했거든."

"경찰이야, 형사. 서울에 있는 은평경찰서에 다니시고."

"교도소엘 간다고?"

"응, 나이가 문제인데 만으로 열네 살이 넘으면 구속 되서 교도소에 간대."

"중3이면 당연히 열네 살 넘지 않나?"

"그게 작년 일이라잖아. 그러니까 간당간당한 모양이야. 생일이 빨라 1년 일찍 들어간 아이도 있을 수 있고."

나는 내 나이를 따져 보았다. 그러고 보니 열다섯이라고만 생각하고 있었던 내 나이가 만으로는 열세 살. 열네 살이 되려면 아직 넉 달이나 남았다는 걸 알았다.

"열네 살이 안 넘으면 괜찮고?"

"만 열네 살이 안 되면 살인을 해도 법으로는 무죄라고 하더라고."

"살인을 해도 괜찮다고? 그게 말이 되니?"

"법이 그렇다니까. 그냥 서류만 판사한테 가는 거로 끝난대."

나는 인영의 말이 도통 납득이 되지 않았다. 내가 사람을 죽여도 나이가 어리다고 처벌을 안 받는다니. 하지만 경찰관이라는 인영의 아빠가 자기 딸에게 없는 말을 했을 리 없으니 분명 사실일 터, 참으로 이상한 법이었다.

"이해천이는 완전 땡잡은 거지."

"뭐가?"

"나이 말이야. 작년 일이면 열네 살 안 됐을 거잖아. 우리랑 동갑일 테니까."

"……."

우리는 어느새 교문을 지나치고 있었다. 교정에는 전 학생들 모두 8시 30분까지 체육관으로 집합하라는 방송이 시끄럽게 울리고 있었다.

#27

나는 교실 안으로 들어서다가 흠칫 하고 놀랐다. 이해천, 경찰서에 있을 것이라고만 생각하고 있었던 그 이해천이 자기 자리에 앉아 있었던 것이다. 해천은 나와 눈이 마주치자 나를 향해 미소를 짓기까지 했다. 나는 땡볕 아래 운동장에 오래 서 있을 때와 같이 순간적으로 아득해지는 바람에 내 자리에 쓰러질 듯 앉았다. 무슨 영문인지는 모르지만 어쨌든 나는 반 아이들에게 내가 그 아이를 좋아하고 있는 것으로 알려져 있는데다 비록 짜증과 황당함만 남기는 하지만 그래도 그런 이야기를 자주 듣다 보니 혹시 내가 정말로 그 아이를 좋아하는 것이나 아닐까? 그런 나의 마음 때문에 무의식적으로 나타난 나의 어떤 표정이나 행동이 아이들에게 그런 오해나 불러일으킨 것은 아닐까? 하는 데까지 생각을 하고 있던 차라 나를 향한 그 아이의 미소는 적잖게 당황스러웠던 것이다.

어쨌거나, 유서에도 이름이 올라가 있고 경찰한테 붙잡혀 갔기까지 한, 그래서 아이들 모두 위선자니, 구속이니 하며 떠들어 대던 그 이해천이가 아무 일 없다는 듯 태연한 기색으로 자기 자리를 차지하고 있어 그런지 교실은 수업 전의 아침답지 않게 어색한 적막만이 흐르고 아이들은 마치 약속이나 한 듯 모두 고개를 숙여 책을 들여다보고 있었다.

그 참기 힘든 정적을 깬 건 슬이였다. 슬이가 풍성한 안개꽃 사이의 몇 송이의 백합이 고개를 내민 꽃다발을 들고 교실로 들어선 것이었다. 꽃다발은 검은 리본으로 묶여 있었다. 슬이는 그 꽃다발을 민지의 책상 위에 놓았다. 몇몇 여자아이들이 조용히 흐느끼기 시작했다.

"가자. 체육관으로 빨리 집합하라잖아."

아이들은 조용히 일어섰다. 전교생이 뒤엉켜 체육관으로 향하는 길에는 라일락의 향기 대신 지금 경찰에서 그동안 아이들이 당한 피해에 대해 조사를 하는데 어제 저녁에도 누가, 누가 경찰서에 다녀왔다더라, 지금 고등학교에 다니고 있는 선배들도 조사를 받는다더라, 라는 등의 흉흉한 이야기만 떠다니고 있었다. 체육관 2층에는 학부모와 기자로 보이는 사람들도 많이 와 있었다.

"아시다시피 한없이 불행하고 슬픈, 절대 있어서는 안 될 일이 우리 학교에서 일어났습니다. 교장인 저를 비롯한 우리 선생님 모두는 먼저 죽음이라는 힘든 선택을 한 2학년 4반 정민지 학생의 명복을 빌면서 부모님과 가족분들에게 사죄와 함께 심심한 위로의 말씀을 전하고자 합니다. 간곡히 당부하건대, 학생 여러분들도 보다 겸손하고 정중한 마음으로 학우의 죽음을 애도해 주시길 바랍니다. 아울러 아무 흔들림 없이 학업에만 정진할 것도 부탁드립니다.

이번 일과 관련해서 교장으로서 학교의 방침에 대해 몇 가지 말씀을 드리고자 합니다.

첫째, 학교는 이번 일과 관련 그 책임을 통감하면서 진상 파악과 관련자 처벌을 위한 수사기관의 수사에 적극 협조토록 한다.

둘째, 재발 방지와 안전한 학교생활을 위해 필요한 모든 조치를 취한다.

하나. 전 학생들을 대상 무기명 설문을 실시해서 불법 서클과 학교 폭력 실태를 재파악한다.

둘. 위 설문 결과 드러난 불법 사항은 자체 조사를 거친 후 필요하다고 판단되면 수사기관에 수사 의뢰한다.

셋. 학년별로 전담 상담 교사를 배치하여 고충을 처리하고 학교 보안관을 특별 채용 학교 내외에 배치하여 학교 폭력을 예방, 감시한다.

넷. 선도 위주의 학교 교칙을 재정비하여 학교 폭력이 적발될 시에는 관용 없이 격리 위주로 엄중히 처벌한다.

다섯. 학생들에게는 적절한 성교육, 자살예방교육을 주기적으로 실시한다.

여섯. 현행 학교운영위원회 산하 학교폭력대책 자치위원회에 경찰관 등 관계기관 위촉 인원을 보강하고, 그 활동을 적극 활성화시켜 실질적인 성과를 거양할 수 있도록 한다.

이상입니다. 물론 여기에는 예산이나 인력 확보 문제 때문에 어느 정도 시일이 필요한 것도 있겠습니다만 어쨌거나 학교는 여러분들이 안심하고 안전하게 학교에 다닐 수 있도록 여러 미비한 점, 부족했던 점은 시급하게 개선하는 한편 앞으로는 아주 사소한 학교 폭력도 단지 학생이라는 이유만으로 관용치 않고 단호하게 대처하여 학교 폭력을 근절할 방침입니다. 아울러……"

"교장 선생님!"

그때 불쑥 2층에서 누군가가 큰소리로 교장을 불렀고 체육관 안의 모든 사람들은 일제히 소리를 지른 이에게 고개를 돌렸다. 자리에서 일어나 난간을 붙잡고 서 있는 사람은 양복을 깨끗하게 차려입은 남자였다.

"예, 말씀해 보십시오."

"누구라고는 말 안하겠지만 저는 여기 대군중학교 1학년에 다니는 아이를 둔 사람입니다. 학부형이다 이 말입니다. 저는 지금 교장 선생님이 하신 말씀이 듣기에는 모두 그럴듯하기는 하지만 솔직히 말해서 그냥 면피용이라고밖에 생각 안합니다. 실례지만 교장 선생님도 아이가 있습니까?"

"예, 저도 지금 막내가 고등학교에 다니고 있습니다."

"그런데 겨우 그 정도로 한가하게 이야기를 합니까? 교장 선생님은 내 아이가 입고 있던 옷을 뺏기고선 추위에 떨면서 집에 들어오는데 애 엄마는 그 개새끼들에게 뺏길 돈을 따로 주머니에 챙겨 넣어주어야 하는 마음을 솔직히 알고는 있습니까? 아니 선생들이 일진이니 뭐니 하는 깡패새끼들 단속하려고 옛날같이 학교 앞의 오락실이나 피시방, 하다못해 공원이라도 돌아다닌 적 있습니까? 솔직히 그 갈아 마셔도 시원찮을 새끼들이 누군지 만날 뻔히 보면서 여태 그냥 못 본 체했으니 이런 일이 생긴 거 아니냐고요?

그리고 까놓고 말해 봅시다. 조금 있으면 그 개새끼들 얼마 안 있으면 또 학교로 돌아와서 그런 짓 하고 돌아다닐 텐데, 아닙니까? 그러니 이딴 탁상공론 다 때려치우고 그냥 그런 깡패새끼들 무조건 다 집어 쳐 넣어서 절대 못나오게 하고 콩밥이나 먹이는 게 제일이다, 이겁니다."

"야, 이 씨발 새끼야. 그래. 우리 아이가 지금 경찰서에 들어가 있다. 뭐? 갈아먹어도 시원찮다고? 절대 못 나오게 하고 콩밥이나 먹이라고? 야, 이 개새끼야, 나, 콩밥 한번 먹어 볼까? 너 같은 새끼 연장으로 확 그 어버리고 콩밥 한번 먹어, 응?"

"아버님, 아버님, 진정들 하십시오. 아이들이 다 듣고 있습니다."

"뭐? 연장으로 그어버린다고? 이 새끼, 이거 완전 깡패네. 야, 씨발놈아, 그래, 어디 연장 맛 한번 보자. 애새끼를 양아치 살인자로 만들어 놓았으면 씨발놈아, 국으로 가만히 있지 낯짝 두껍게 뭐 연장이 어쩌고 저째?"

누가 말릴 틈도 없이 두 사내는 계단식 스탠드로 되어 있는 곳에서 뒤엉켜 버렸다.

"아, 뭐 해요, 빨리 올라가서 말리지 않고."

곁에 있던 다른 학부모들이 두 사람을 겨우 갈라놓았다.

"선생님들, 아이들 빨리 교실로 인솔하세요."

#28

담임의 목소리는 잔뜩 갈라져 있었다.

"오늘 아침 일찍 정민지 장례식 치렀다. 선생님이 거기 다녀왔어. 민지 사진 보니까 참 예쁘더라."

담임은 안경을 벗고선 손수건으로 눈물을 훔쳤다. 선생님의 눈물을 보자 또 아이들 몇이 흐느끼기 시작했다.

"선생님도 아직 잘 모르긴 하지만 사람이 죽는다는 건 그 사람에겐 우주가 멸망한 것과 똑같아. 모든 게 끝인 거지. 부모님, 가족이나 친구는 물론 그 동안의 사랑이나 기쁨, 슬픔, 미움, 질투, 고통, 하여튼 그 어떤 것도 더 이상 존재하지 않아. 이건 살아 있는 사람도 마찬가지야. 그러니까 먼저 간 사람에겐 그 어떤 나쁜 기억도 존재해선 안 돼. 알지?"

"예."

"자살이라는 길을 택한 민지에겐 분명히 꼭 그래야만 했을 특별한 사정이 있었을 거야. 그렇지만 너네들이 반드시 기억해야 할 건 민지에게는 좀 미안하지만 절대, 그 어떤 이유로도 스스로 죽음을 택해선 절대로 안 된다는 것, 자살은 부모와 가족, 주변 사람들에 대한 배반이고, 그분들에게 평생 고통을 남겨 주는 아주 이기적인 범죄이며, 자기 자신에 대한 살인이라는 거, 너네들은 꼭 기억했으면 해.

너네들도 들어봤겠지만 '개똥밭을 굴러도 이승이 낫다'라는 말이 있어. 그만큼 아무리 고통스럽고 힘들어도 살아있는 게 죽는 것보다는 낫다는 말이지. 나는 우리 친정아버지가 암에 걸리셨을 때 병원에서 매일 봤어. 죽어가는 사람들이 창밖의 나뭇잎 하나, 구름 한 쪽, 웃는 아이, 이런 사소한 것들을 간절한 표정으로 바라보면서 제발 내일에도 저런 걸 볼 수 있게 해 달라고 비는 걸. 지금 네가 한없이 힘들고 고통스러워하는 오늘이 어제 죽은 사람한테는 제발 보았으면 하고 간구하던 내일이라는 말, 여러분들도 많이 들어봤을 거야.

선생님도 당연히 너네만 할 때가 있었으니까 잘 알아. 너네 나이 때는 누구든지 한 번쯤 죽음에 대해 유혹을 느낀다는 걸. 하지만 말이야, 그 어렵고 고단한 시간만 잘 넘기면 삶이란 게, 하루하루 이렇게 살아 있다는 게 얼마나 소중한 축복인지 곧 알게 돼. 아무튼 선생님이 지금 감정이 복잡해서 조리 있게 말을 못해 미안한데 정 힘들 때면 엄마를, 아빠를, 친구를, 사랑하는 이성 친구를, 푸른 바다를, 아름다운 가을 하늘을, 초승달을, 이런 것들을 한 번쯤 생각해 보았으면 해. 힘들다고 비겁하게 버리고선 무책임하게 훌쩍 떠나가기에는 너무나도 소중하고 아름다운 것들 말이야."

아이들의 흐느낌이 더욱 커졌다. 민지의 죽음에 엄마 아빠가 갑자기 없어지면 어떻게 하지? 하는 슬픔과 무서움에 나도 울었다.

"그래, 첫 시간은 모두 자습하기로 했으니까 빨리 마음들 추스르고 2교시부터는 학교가 조금 시끄럽다고 덩달아 괜히 흔들리지 말고 수업에 집중한다. 알지?"

"예."

"자, 다 같이 큰 소리로 따라해 봐. 이 또한 지나가리라!"

'어? 이건 우리 아빠가 잘 쓰는 말인데?'

신기했다.

"이 또한 지나가리라!"

"다시 한 번!"

"이 또한 지나가리라!"

선생님이 쓸쓸히 교실을 나섰다. 그러자 몇몇 아이들이 엎드린 채 소리를 내 흐느끼기 시작했다. 그 와중에 어떤 아이들은 분위기에 어울리지 않게 소리를 내어 웃기도 했다. 다름 아니라 우리의 호프인 부반장 김기성이가 희한한 괴성을 내며 그야말로 대성통곡을 한 때문이었다. 덕분에 분위기는 조금씩 풀리고 우리들도 조금은 쑥스러운 마음으로 시나브로 평상심을 찾기 시작했다. 사실 죽은 민지와 별로 친하지도 않고 나아가 서로 미워하기까지 한 나 같은 아이들에게 울음은 가증스런 위선일지 몰랐다. 우리는 그걸 기성이 덕분에 깨달은 것이었다.

　나는 그렇게 울음을 멈추고서야 이해천이의 눈시울도 붉다는 걸 발견했는데 그 순간 정민지, 집단 강간, 임신, 이런 단어들과 '걔가 얼마나 재수 없는데.' 하던 슬이의 말이, '걔가 원래 좀 심하게 나댔거든. 위선자야.' 라고 하던 박인영의 말도 떠올랐다. 나는 과연 어떤 게 저 아이의 진짜 모습일까? 혹 슬이나 인영도 오직 어떤 개인적인 미움 때문에 이해천이라는 아이를 그렇게 표현했던 건 아닐까? 하는 생각이 들었다.

　그러고 보니 나는 반 아이들 모두로부터 그 아이를 좋아하고 있다는 가당찮은 오해를 받고 있었으면서도 여태껏 그 아이와는 단 한 번도 말을 섞은 적이 없다는 걸 깨달았다. 그건 늘 그 어떤 이유에서건 서로 부비고 부대끼고 하는 중학교 2학년의 한 반에서 근 한 달이나 함께 생활한 걸 생각해 보면 그냥 우연이라고, 기회가 없었을 뿐이라고 생각해 버리기엔 좀체 납득이 안가는 일이었다.

　나는, 나야 아이들의 소문이라든지 아니면 유독 소심하고 소극적인 내 성격 탓에 먼저 말을 걸 수 없었을 테니 그럴 수도 있겠구나 하고 넘어가면 그만이지만 해천의 입장에서 보면 나를 짐짓 피하지 않고서야 그렇게 대화 한 번 안 나눌 수는 없다는 생각이 들었다. 그런 느낌이 들자 왠지 어울리지도 않게 눈물을 보이고 있는 그 아이가 얄미워지기 시작하면서 내가 아이들의 잦은 언급에 오히려 없던 감정까지 생기려고 할지도 모르는 단계에서 즉시 발을 빼야한다는 걸 깨달은 게 다행스럽고 그런 나 자신이 대견해졌다.

　어쨌든 나는 이해천이 때문에 잔뜩 헝클어져 마구 얽힌 머리로 그런 혼란스러움 속을 이리저리 헤매다가 문득 여태 잊고 있던 궁금증이 생각났다.

　민지의 유서에 이름이 오르는 바람에 경찰서에 붙잡혀 갔던 아이가 어떻게 아무 일 없이 학교엘 나왔는지? 그럼 유서에 이름이 적히긴 했지만 민지에게 나쁜 짓은 안 한 게 확인이 된 건지, 민지의 죽음이 알려지기 전에는 왜 경찰서엘 갔어야 했는지, 교실에 들어서 그 아이를 발견할 때부터 들었던 그 커다란 궁금함을 잠시 잊고 있었던 것이다.

하지만 나는 당연히 직접 못 물어보았을 뿐만 아니라 그 누구에게도, 그러니까 인영에게도 슬이에게도 묻지 못했고 듣지도 못했다. 그 시간, 느닷없이 내게 아주 커다란, 나에게는 엄청나게 충격적인 일이 발생했기 때문이었다. 내가 나는 어디까지나 그저 구경꾼에 불과하다는 생각에 학원까지 땡땡이치면서 한가하게 인영이랑 수다를 떨고 있던 시간에도, 오늘 아침 이해천이에 대한 생각에 빠져 있는 그 순간에도 나만 모르고 있었지 세상은 나의 평온함을 훼방하려고 아주 바삐 열심히 돌아가고 있었던 것이다. 나는 언제나 운이 없는 아이라는 걸 잠시 잊은 내 잘못이었다.

#29

10시.

2교시 담당 영어 선생님은 들어오자마자 메모지를 보면서 나의 이름을 불렀다.

"김연지. 김연지가 누구지?"

"예, 전데요."

"그래? 너 지금 교무실로 가 봐라."

"예?"

"교무실로 가 보라고."

나를 향한 반 아이 모두의 시선이 따갑게 느껴졌다.

"겉옷 입고 가라."

나는 아이들의 시선을 의식하며 의자에 걸쳐 두었던 얇은 파커를 되도록 천천히 입고선 침착하게 교실 문을 나섰다. 창밖의 햇살은 눈이 부시

게 밝건만 아이들 없는 복도는 아주 차갑고 오늘따라 유난히도 길었다. 나는 여러 교실을 지나치며 곁눈으로 한창 수업 중인 아이들을 보면서 아직 무슨 영문인지도 모르는데 왜 이렇게 외롭다는 생각이 밀려오는지 나 자신을 이해할 수 없었다.

나는 교무실로 들어서다가 담임 자리 옆에 엄마가 앉아 있는 것을 발견하고선 흠칫 놀랐다. 한눈에 봐도 엄마는 사색이 되어 있었다.

"어, 연지 왔구나. 여기 앉아라."

담임은 나에게 비어있는 옆자리 선생님의 의자를 당겨 앉기를 권했다.

"연지야, 어머니께는 방금 전에 말씀드렸는데 너 말이야, 지금 어머니와 함께 경찰서엘 다녀와야겠다."

"연지야, 너 왜 옷 뺏겼다는 소리 집에 와서 안 했어?"

그때서야 나는 비로소 얼마 전 등굣길에서 3학년 불개미 아이들에게 옷을 뺏겼다가 되찾은 일 때문이라는 걸 알았다.

"엄마 아빠가 만날 이야기했잖아. 무슨 일이 있으면 다 이야기하라고."

"어머니, 너무 걱정 안 하셔도 돼요. 집에서는 어떤지 모르지만 연지가 상당히 의젓하고 대도 센 아이거든요."

"그래도 그렇지, 수업도 빠지고 경찰서엘 간다는 것은 좀 그래서요. 가뜩이나 마음 심란한데……."

"다시 말씀드리지만 가는 게 정 마음에 안 내키면 안 가셔도 돼요. 연지야, 선생님 말 알아들었지? 가기 싫으면 안 가도 된다는 거."

그때 엄마의 핸드폰이 울렸다.

"어머, 죄송합니다, 선생님. 애 아빠네요."

"죄송이라뇨? 어서 받으세요, 어머니."

엄마는 연신 응, 응 소리만 내더니 나에게 전화기를 건넸다.

"아빠야, 네가 직접 들어 봐."

나는 말없이 핸드폰을 귀에 댔다.

"연지니? 연지야!"

"응, 아빠."

"그래, 아빠야. 경찰서 이야기 아빠도 들었다. 가기 싫지?"

"……"

"아빠가 알아서 할 테니까 가기 싫으면 선생님한테 안 가겠다고 말씀드려."

"모르겠어."

"아냐, 연지 너는 알고 있어. 알고 있잖아."

"내가 뭘?"

"아빠가 늘 이야기했잖아. 몰라? 정공법?"

"……"

"네가 판단해. 우리 딸, 중2잖아."

"……"

"네가 안 간다고 해도 누가 뭐라고 할 사람 없어. 아빠도 그렇고."

"알았어. 갈게."

"갈래?"

"응."

"늘 당당해야 한다는 거 잊으면 안 되고. 알지?"

"응, 알아."

"그래. 우리 연지, 역시 아빠 딸이다. 힘!"

"……"

"따라해 봐. 힘!"

나는 마지못해 아빠의 말대로 힘! 하고 외쳤다. 물론 모기만 한 소리로. 아마도 담임이나 엄마는 내가 무슨 말을 했는지도 몰랐을 것이다.

"아빠한테 가겠다고 한 거지?"

나는 엄마에게 고개를 끄덕거렸다.

"연지야, 선생님이 담당 형사라는 분과 이야기해 봤거든. 다시 말하지만 네가 잘못해서 가는 게 아니니까 걱정하지 말고 가벼운 마음으로 다녀와. 알았지?"

"예."

"죄송합니다, 어머니."

"아니에요. 애만 맡겨놓고 무심히 지낸 제가 죄송하지요."

"옷 이야기도 연지가 원치 않을 것 같아서 알고 있으면서도 말씀 안 드린 거라는 거 이해해 주셨으면 합니다."

"당연하지요. 얘가 자존심만 강해서 아마 선생님께서 제게 말씀해 주신 걸 알았다면 선생님 무지 원망할 아이거든요."

"덩치들만 컸지 아직 애기 같은 아이들이 얼마나 많은데요. 어머니가 잘 키운 것이지요 뭐."

"고맙습니다. 그럼 가보겠습니다."

운동장으로 나서니 뜻밖에도 아빠의 차가 눈에 들어왔다.

"어머, 아빠 오셨나보다, 얘."

하지만 차에서 내려 우리를 맞은 사람은 아빠가 아니었다.

"전진! 안녕하십니까? 사모님."

"예, 안녕하셨어요? 그런데……."

"참모님 모시고 근무하는 김인걸 중사입니다. 경찰서까지 모시려고 왔습니다."

"어머, 안 그러셔도 되는데. 그 이가 이런 걸 부탁할 리 없는데……."

"괜찮습니다. 어차피 저 오늘 비번입니다. 참모님이 시켜서 온 게 아니라 제가 말씀 듣고 다녀오겠다고 한 겁니다. 타시지요."

"그냥 택시 부르면 되는데."

엄마와 나는 차에 올랐다.

"죄송해요. 비번이시라면 어저께 밤새우셨을 텐데……."

"아닙니다. 상황실 전반 근무하고 푹 잤습니다. 걱정 마십시오."

"영외거주 하시나 봐요."

"예. BEQ[2]삽니다. 그러니까 비번 날, 냄새 나는 거기서 하루 종일 빈둥 거리는 것보다 이렇게라도 바람 쐬는 게 훨씬 좋습니다."

"어머, 그럼 아직 미혼이신가 보네."

"예, 이제 서른넷밖에 안 됐는데요 뭐."

"요새 부사관님들 인기 무지 좋을 때인데 빨리 가시지 않고……."

"글쎄 말입니다. 가고는 싶은데 여자가 없어서 못 가고 있지 않습니까?"

"에이, 설마 애인도 하나 없으실까?"

"정말 없습니다."

"인물도 좋으신데……. 하기는 인연은 때가 돼야만 나타난다고 하더라 만."

"감사합니다. 이왕이면 사모님이 인연 한번 만들어 주십시오."

"정말이요? 그럼 우리 참모님 양복 한 벌 해주시는 건가요?"

"당연하지요. 참모님뿐만이 아니라 사모님 것도 멋진 걸로 선물해 드리 겠습니다."

"가만 있어봐라. 으음……."

엄마는 정말로 혹 소개시켜줄 만한 사람이 없나? 하면서 꼽아보는 눈 치였다. 나는 교무실 안에선 사색이 되어 눈에 보이게 입술을 떨던 엄마 가 처음 보는 남자와 이렇게 태연하게 한담을 나누는 것이 진짜로 신기 했다.

'대체 이 엄마는 뭔 생각하고 사는 거지?'

#30

---

2) 영내 독신 부사관 숙소 (BOQ : 독신 장교 숙소)

경찰서 안으로 들어가 차에서 내리자 엄마는 비로소 여기를 왜 왔는지 깨달은 모양이었다.

"연지야, 형사가 물어보면 걔네들 무조건 용서해주라고 해. 알았지?"

"왜 그래야 하는데?"

"뭘 왜 그래야 해? 내가 늘 남한테 원망 사면 안 된다고 했잖아."

"......"

"솔직히 말해서 걔네들이 교도소엘 가더라도 10년을 살겠니? 20년을 살겠니? 아마 가지도 않고 금방 풀려날걸?"

"그래서 뭐?"

"뭐긴 뭐야, 금방 또 부딪힐 아이들인데 네가 자기들한테 안 좋은 소리 했다는 거 알면 원한을 품을 것 아니냐고. 안 그래?"

"......"

"알았지? 너, 꼭 내 말대로 대답해야 한다?"

"엄마, 걔네들이 무슨 짓을 한 건지 알긴 알아?"

"무슨 짓? 그건 너와 상관없잖아. 너는 그 잘난 옷 뺏긴 이야기만 하면 되는 거라고."

"내가 만일 그런 일을 당해도 이렇게 얘기할 거야, 엄마는?"

"애 좀 봐, 만일이라니. 그런 끔찍한 일을 왜 생각하니, 생각하긴?"

"......"

"하여튼 절대 딴말하기 없다, 너?"

"알았어. 알았으니까 적당히 좀 해."

"그래, 그럼 들어가 보자."

"엄마, 엄마는 창피하지도 않아?"

"뭐가 또?"

"아까 차에서 말이야, 그 아저씨 처음 보는 사람인데 뭔 말이 그렇게 많아. 난 창피해서 죽을 뻔했거든."

"애 좀 봐. 그럼 경찰서 이야기를 하니? 경찰서 이야기를 해?"

"그 아저씨도 내용을 다 알고 왔을 텐데 엄마가 계속 그딴 소리나 하니까 얼마나 한심하게 생각했겠어."

"맘대로 생각하라지 뭐."

"관두자, 관둬."

"그렇게 잘난 아이가 왜 옷이나 뺏기고 다니니?"

"뭐라고?"

"하여튼 넌 딴말 말고 무조건 내 말대로 하기다, 너?"

"알았다니까."

형사는 아주 친절했다.

"그러니까 매를 맞거나 흉기로 위협을 당한 건 없다, 이 말이지?"

"예."

"옷은 네가 벗었니? 아니면 그 아이들이 벗겼니?"

"제가요."

"왜?"

"벗으라고 해서요."

"아저씨 말은 안 벗으면 안 될 것 같으니까, 즉 겁을 먹었으니까 벗어준 거 아니냐? 이거거든."

"예."

"어떻게 겁을 주었는데."

기억 속에서 영영 지워버리고 싶었던 그날의 치욕스러웠던 광경이 떠올랐다. 이 사이로 바닥에 침을 뱉으며 다리를 건들거리던 모습, '어, 이 씨방새 한숨 쉬는 거 봐라.' '너, 이슬이 따까리라며?'

"김연지, 겁먹지 말고 다 이야기해도 괜찮아. 어떻게 겁을 주었는데?"

"그냥요."

"그냥이라니?"

“그냥 말로 겁을 주었다고요.”

“어떤 말?”

“욕 같은 거요.”

“어떤 욕?”

“…….”

“알았어. 세 명이서 그랬다고 했지?”

“예.”

“한 명은 골목 입구에서 망을 보고, 두 명은 직접 옷을 뺏었고?”

“예.”

“누구인지 알지?”

“대충……”

“얼굴 보면 기억할 수 있지?”

나는 고개를 끄덕였다.

“그럼 아저씨랑 가서 확인 좀 하자.”

“잠깐만요, 아니, 형사님. 지금 얘를 그 아이들한테 보여주겠다는 거예요?”

“어머니, 걱정 안 하셔도 됩니다. 그쪽에선 얘가 안 보이거든요.”

“그래도 나중에라도 우리 애가 자기들을 지목했다는 걸 알게 될 거잖아요?”

“어차피 이 일도 다 조사가 된 아이들입니다. 옷 하나 뺏긴 건 사실 별거 아니니까 걱정 마세요.”

“다 조사가 되다니요?”

“그날 여기 따님이 옷을 뺏긴 거에 대해서 다른 아이들한테 다 진술을 받아 놓았다, 이 말입니다.”

“그래도 우리 그건 안 합니다.”

“예, 알겠습니다. 연지야, 어떻게 할래? 어머니 말씀대로 안 할래? 아니면 아저씨 말대로 걱정 말고 네 기억대로 지목할래?"

"할게요."

"연지야, 너."

"엄마, 내가 알아서 한다니까."

"……."

나는 형사를 따라 가서 철문 중간의 작은 유리창을 통해 안을 들여다보았다. 철장 안, 마룻바닥 위에서 두 아이가 낄낄거리고 있는 모습이 눈에 들어왔다.

"누군지 알겠지?"

한 명은 망을 보고 있다가 내 옷을 입고 간 아이, 다른 한 명은 나보고 옷을 벗으라고 했던 아이였다. 나는 그 사실을 그대로 형사한테 이야기했다. 우리는 다시 형사의 자리로 돌아왔다.

"세 명 중 저기에 없는 아이도 누군지 알지?"

"예."

"이름도 알고?"

나는 고개를 저었다.

"그럼 여기서 지목해 봐."

형사는 책상 서랍에서 사진 여러 장을 꺼내 내 눈앞에 내밀었다. 나는 그중 한 아이의 사진을 손가락으로 가리켰다. 형사는 컴퓨터에다 그 내용을 기록하는 것 같았다.

"그래, 수고했어. 자, 연지도 그렇고 어머니께서도 제 말씀 잘 들어보십시오. 연지한테 옷을 뺏었던 세 아이는 말이지요, 뭐 흉기를 들거나 직접 때리거나 하지 않았기 때문에 강도라고 하기엔 좀 무리가 있고, 그냥 겁 좀 주고선 옷, 그러니까 금품을 빼앗은 것이기 때문에 공갈죄가 됩니다. 그런데 문제는 이 짓을 셋이서 같이 했다 이거지요. 그럼 그냥 형법의 공갈로 처벌받는 게 아니라 '폭력행위 등 처벌에 관한 법률'이라고, 특별법이

따로 있거든요. 그러니까 그 법에 의해서 가중처벌이 된다, 이겁니다. 아시겠지요?"

"그럼 징역을 가게 되나요?"

"학생이고 그런데 그런 일 가지고 징역까지야 가겠습니까? 다만 저 안에 두 아이는 다른 일도 있고 그래서 어쩌면 구속까지도 될 것도 같고. 어머니도 내용 아시지요?"

엄마는 고개를 끄덕였다.

"아직 검거가 안 된 다른 한 아이가 문제인데 현재까지 조사한 바로는 연지 말고도 피해자가 몇 명 있어서 아무튼 그 아이는 좀 두고 봐야 알 겁니다."

"어린애들이 좋은 옷 보고서 욕심이 나서 그런 건데 용서 좀 해 주시지요."

"글쎄 그 정도 수준이면 좋겠는데 아시다시피 이게 워낙 시끄러운 사건으로 커져버려서 좀 그러네요."

"그래도 잘 타이르고 끝내야지요."

"무슨 말씀인지 잘 알겠고요, 그럼 연지는 가해자 3명에 대해 처벌 의사가 없다, 이거지요."

"당연하지요."

"아니, 어머니 말고 연지 네가 직접 대답해 봐. 어떻게 했으면 좋겠니?"

"……."

"그럼 처벌을 원치 않는다, 이렇게 써도 되지?"

"연지야, 뭐 해? 빨리 예, 하고 대답하지 않고."

나는 채근을 하는 엄마를 잠시 바라보았다.

'글쎄 말이야, 남자들은 여럿이서 민지를 강간하고 여자들은 그걸 옆에서 다 보고 있었다지 뭐니? 그것도 한두 번 그런 게 아니라잖아. 헐, 완전 미친 거 아니니?'

"저기요."

"응, 연지야, 뭐?"

"뭐 하나 여쭤 봐도 돼요?"

"그럼. 뭔데?"

"저 안에 있는 선배들이 정민지가 강간당할 때 옆에서 보고 있었다는 그 선배들 맞지요?"

"……."

"연지야! 너, 왜 그래?"

"그게 왜? 그게 왜 궁금한데?"

"맞아요? 안 맞아요?"

"으음, 그래, 맞다."

"그럼요, 그냥 규칙대로 해 주세요."

"규칙대로? 법대로 처리해 달라, 이 말이니?"

"예."

"그럼 처벌을 원한다는 소리인데 맞아?"

"처벌을 원한다는 게 아니라 그냥 법에 나와 있는 대로 해 줬으면 좋겠다고요."

"아저씨 말은 네 말대로, 그러니까 법대로 해달라는 말이 처벌을 원한다는 말과 똑같다, 이거거든. 법대로 하면 처벌이 되는 거니까."

"하여튼 거기에 그렇게 써주세요. 저는 처벌을 원하지도 않고, 안 원하지도 않고, 그냥 법대로 처리해주길 바란다고요."

"그래? 자식, 알았어. 자, 그렇게 쓴다?"

"예."

엄마의 얼굴이 파랗게 질렸다.

"연지야!"

"어머니, 너무 걱정하지 마세요. 그렇게 적어도 별 문제 없습니다. 연지,

얘가 아주 똑똑하네요."

"그래도 그렇지, 나중에 어떻게 하려고."

"연지야, 너, 그날 네가 직접 옷 다시 찾았다며?"

엄마는 그게 무슨 소리냐는 듯 나를 바라보았다.

"모르고 계셨어요? 연지가 금방 쫓아가 당당하게 옷을 다시 돌려받은 거요."

"……."

"하여튼 연지 너, 참 대단하다. 이거 아저씨가 정말 솔직히 말하는 거야. 정말 멋있어, 너 말이야."

"그게 뭔 말씀인데요?"

"어머니, 나중에 직접 들어보세요. 하여튼 따님, 잘 키우셨습니다. 분명히 한 인물 할 겁니다."

"……."

"어머니, 솔직히 말해서 제 딸도 거기 중학교 다닙니다. 제가 명색이 형사인데 이런 말씀드리면 안 되지만 그게 인간들이 할 짓입니까? 걔네들은 말이지요, 하는 짓 보면 완전 악마예요, 악마. 아마 웬만한 어른들도 그런 거 흉내 못 낼걸요. 그 계집애들 아까 낄낄거리면서 웃고 장난치는 거 보셨지요?"

"그래도 아직 어린애들인데……."

"어린애요? 쟤네들이요? 모르겠습니다. 나이로는 어떨지 모르겠으나 형사 입장으로는, 아니 딸 키우는 아버지 입장으로 보면 쟤네들 절대 어린애 아닙니다. 웬만한 어른들 뺨치게 사악한 인간이다, 이 말입니다."

"……."

"제가 그러진 못하지만 사실 마음 같아서는 이 사건 조사한 것들을 어머니께 다 보여드리고 싶습니다. 그럼 제 말씀 아시겠지요?"

"……."

"다시 말씀드리지만 너무 걱정 안 하셔도 됩니다. 연지 건은 옷도 금방 돌려받았고 하여튼 다른 거에 비해 그냥 참고 수준에 불과하니까요."

#31

그날 나는 나의 고집대로 학교로 돌아가지 않았다. 온몸이 그대로 축축 늘어지는 이때, 학교라니! 생각만 해도 끔찍했다. 경찰서에서 돌아오는 내내 말 한마디 없던 엄마는 나의 강한 요구에 순순히 김 중사라는 분에게 차를 집으로 돌려줄 것을 부탁했다.

나는 내 침대에 누워 아래층에서 엄마가 담임에게 전화를 걸어 설명을 하는 소리를 듣다 그대로 잠이 들고 말았다. 내가 눈을 뜬 것은 비몽사몽 와중에도 분명 누군가가 벨을 울리고, 엄마가 인터폰으로 말을 나누고, 곧 소리를 내며 대문이 열리고 그때부터 두런두런 아래층으로부터 뭔가 예사롭지 않은 대화 소리가 들려오고 있다는 걸 느꼈을 때였다.

머릿속에서는 누군가가 바늘을 들고 들어가 사방을 마구 찌르고 있는 듯했다. 나는 그야말로 비척비척 간신히 아래층으로 내려왔다. 거실에는 엄마와 어떤 남자와 여자가 소파에 함께 앉아 있었다. 엄마는 나를 보자마자 소리를 질렀다.

"연지야, 넌 올라가 있어. 올라가서 문 닫고 있으라고."

나는 엄마의 기색에 눌려 순순히 다시 내 방으로 돌아왔다. 그러고선 방문을 살짝 열어두고선 아래층을 빼꼼히 내려다보았다.

"제 말은요, 그렇다고 이렇게 불쑥 남의 집을 찾아오시면 안 되는 거 아니냐 그 말이라고요."

"예, 압니다. 당연히 알지요. 정말 죄송합니다."

"저희 집을 어떻게 아셨는지도 사실 불쾌하거든요."

"예, 죄송합니다. 전화라도 미리 드리고 싶었지만 하여튼 이렇게 됐습니다. 이해 좀 해 주십시오."

"그건 알겠고요. 아까 그 말씀은 우리 애 아빠가 들어오셔야 되니까 그렇게 아시고요."

"예, 당연하지요. 실례인 거는 알지만 괜찮다면 여기서 참모님 들어오실 때까지 좀 기다리겠습니다."

"뭐요? 참모님? 지금 참모님이라고 하셨어요?"

"사모님, 솔직히 말씀드리겠습니다. 저, 여기 근무하고 있습니다. 사단 수색대장 김영진입니다."

"……."

"그냥 사령부로 들어가 참모님 뵐까 하다가 사모님도 함께 뵙는 게 순리라는 생각으로 물어물어 찾아온 겁니다. 죄송합니다."

"그럼 그냥 밖에서 애 아빠를 만나시지……."

"면목 없습니다. 아까 여기 오기 전에 참모님께 전화는 드렸습니다만……."

"제가 지금 전화해 볼게요."

엄마가 전화를 걸 필요도 없었다. 아빠가 막 바로 들어왔으니까.

"전진! 저, 수색대장 김영진입니다."

그 남자는 아빠가 들어오는 기척에 벌떡 일어나 있다가 현관을 들어서는 아빠에게 거수경례를 했다.

"예, 압니다. 며칠 전 확대간부회의에서 잠깐 뵙지 않았습니까?"

"예, 선배님. 저 29기입니다. RT[3] 29기."

"예, 그것도 들었어요. 일단 앉읍시다."

"참모님이 선배라는 건 처음 부임 때 알고는 있었는데 훈련이다 뭐다 하다보니까 인사를 못 드렸습니다. 죄송합니다."

"죄송은 무슨? 나도 옛날에 수색대장 잠깐 해봐서 압니다. 얼마나 힘들

---

3) ROTC

고 바쁜지."

"예, 멀리 떨어져 있으니까 직할대장이면서도 사령부에도 잘 안 들어오
게 되고……."

"그런데 무슨 일입니까? 전화로 봐서 짐작은 갑니다만."

"뭐 해? 빨리 인사드리지 않고. 제 집사람입니다."

여자는 말없이 공손하게 아빠와 엄마를 향해 고개를 숙였다.

"아, 예, 사모님이시군요. 편히 앉으십시오. 자기, 차 좀 내오지 그래."

"아닙니다. 됐습니다."

"아니, 그러지 말고 어차피 일과도 끝났는데 우리 한잔합시다. 괜찮겠
소?"

"예, 선배님."

"집에 소주 있지?"

엄마가 주방 쪽으로 사라지자 거실에는 어색한 침묵이 흘렀다. 잠시
후 엄마가 쟁반에 맥주와 오이, 땅콩 등의 안주가 담긴 접시를 들고 와 거
실 탁자에 그걸 내려놓았다.

"소주 없어?"

"있는지 알았는데 없네."

"맥주도 괜찮겠소?"

"물론입니다, 선배님."

아빠가 잔을 건네자 그 남자는 얼른 바닥에 무릎을 꿇은 채 두 손으
로 공손히 잔을 받았다.

"뭐하는 겁니까? 빨리 일어나세요."

"아닙니다. 대선배님인데……."

"대선배는 무슨. 빨리 일어나시라니까."

"아닙니다. 그럼 첫 잔만 이렇게 받겠습니다."

사실 나는 그런 풍경은 여태 수없이 보아 왔기 때문에 아주 익숙한 편

이었다. 아빠도 더 이상 권하지 않고 술을 따라 주고선 자기의 잔에도 술을 따랐다.

"어, 선배님, 제가……."

"됐습니다. 누가 따르면 어떻다고. 자, 마십시다."

남자는 아빠와 잔을 부딪친 후 고개를 돌려 잔을 비우고선 아빠 앞에 잔을 내밀었다.

"이제 일어나요. 술이야 천천히 마시면 되고. 그래, 무슨 일이시라고?"

일어서려던 남자가 다시 바닥에 무릎을 꿇고선 고개를 숙였다.

"선배님, 제가 죽을죄를 졌습니다. 자식새끼 교육 하나 똑바로 못 하고."

그러자 부인이라는 여자가 손수건으로 얼굴을 감싸고 흐느끼기 시작했다.

"이게 무슨 짓입니까? 빨리 일어나세요."

"우리 여식놈이 참모님 따님 옷을 뺏었답니다. 제 딸년이 말입니다."

"알았으니까 그만하고 일어나시라고요."

"다 제 잘못입니다. 제가 그거 하나밖에 없답시고 잘못 가르쳐서 그런 거. 제가 이렇게 용서를 빌겠습니다."

남자는 그예 눈물을 쏟았다. 아빠가 그 사람 양 겨드랑이에 손을 넣어 억지로 일으킨 후 소파에 앉혔다. 그리고선 탁자 위의 휴지통에서 휴지를 뽑아 건네주었다. 엄마도 휴지를 뽑아 들고선 눈가를 닦아냈다.

"알았으니까 술이나 합시다. 자기 가서 소주 좀 사오지 그래. 맥주는 너무 심심해서 말이야."

울고 있던 남자가 고개를 돌려 자신의 부인에게 눈짓을 하자 여자가 자리에서 일어났다.

"사모님, 어디 가시려고요?"

"제가 나가서 소주……."

"이거 왜 이러십니까? 사람 나쁜 놈 만들지 마시고 앉으십시오. 자기, 뭐 해?"

엄마가 자리에서 일어났다.

"아니, 우리 이럴 게 아니라 밖으로 나갑시다. 나가서 한잔하지 뭐."

"선배님!"

"알았어요. 나도 애 엄마한테 대충 다 들었으니 여기 왜 오셨는지 압니다. 그러니 그 이야기는 여기선 그만합시다."

여자가 아주 조심스레 말을 꺼냈다.

"정말 염치없는 말씀인데요. 저어, 탄원서 한 장만……."

"형사가 탄원서 가지고 오라고 했습니까?"

"예, 그게 있으면 아무래도 도움이 된다고."

"알겠습니다. 당연히 써 드려야지요. 제가 써서 내일 아침 직접 담당 형사한테 갖다 주겠습니다. 이제 됐습니까?"

"죄송합니다. 뻔뻔스런 부탁 말씀 올려서."

"사모님, 우리야 다 자식새끼 가진 죄인 아닙니까? 그러니 이제 그 이야기는 잊으시고 우리 기분 좋게 나갑시다. 어이, 후배님, 어디 좋은 술집 아는 데 있습니까?"

밤늦게 돌아온 엄마 아빠는 머리를 맞대고선 탄원서를 쓰느라 한참을 끙끙댔다. 아빠가 또 워낙 술이 많이 취한 탓에 대부분 엄마가 썼는데 아빠가 곁에서 계속 잔소리를 해대는 통에 그걸 쓰는 내내 말다툼이 끊이지 않았다. 수색대장의 딸은 내게 옷을 뺏은 세 명 중 하나였으나 내가 조사를 받을 때에는 보지 못했던, 그러니까 불개미 남자들이 민지를 돌아가며 강간을 할 때 옆에서 지켜보고 있지는 않았던 모양이었다. 그건 그나마 나도 그렇고 엄마나 아빠 모두 탄원서라는 단어를 조금은 가벼운 마음으로 입에 담을 수 있던 훌륭한 이유가 되었다.

32

다음 날 아침, 나는 엄마에게 붙잡혀 옷을 되찾게 된 경위에 대해서 한참이나 설명을 하고선 그 시간만큼이나 오랫동안 '겁 모르는 계집애, 철없는 년'이란 지청구를 듣고서야 겨우 집을 빠져 나올 수 있었다. 학교 입구 정류장에는 또 박인영이가 기다리고 있었다.

"어떻게 됐어?"

"뭐가?"

"경찰서에 갔던 일."

"별거 아니었어."

"별거 아니라니?"

"⋯⋯."

"너 옷 뺏긴 것 때문에 간 거잖아."

"그게 뭐?"

"이것저것 막 물어보고 그랬다며?"

"무슨 소리야?"

"그랬다는데?"

"그러니까 무슨 소리냐고."

"아니, 우리 학교 돌아가는 거에 대해서 말이야."

"누가 그러는데?"

"무슨 이야기했는데?"

나는 슬슬 짜증스러워지기 시작했다.

"별 말 안 했대도. 금방 나왔어."

"너, 어저께 학교에 다시 오지도 않았잖아?"

"머리가 아파서 집으로 가서 실컷 잤다, 왜? 이제 됐니?"

"경찰서에 가서 잡혀온 아이들은 만났어?"

"아니."

"보지도 못했다는 거야?"

"응."

"이상하다."

"뭐가?"

"네가 옷 뺏고 때리고 그런 거 누가 그랬는지 다 이야기했다고 했거든."

"그러니까 누가 그런 소리를 했냐니까?"

"……."

"어저께 밤에 몇 명은 구속이 됐는데 몇 명은 일단 풀려났대."

"일단 풀려나?"

"내가 이야기했잖아. 만 열네 살 이야기."

"……."

"여섯 명은 구속이 돼서 이제 재판 받고 교도소에 가야 된다고 그리고 세 명인가는 풀려났다고 그러더라. 오늘 아침 뉴스에도 나왔는데 못 봤어?"

"못 봤거든. 그나저나 그 세 명이 다 만으로 열네 살도 안 된다는 거야?"

"아니. 남자 한 명만 그렇고 여자 두 명은 죄가 좀 가벼워서 그렇대. 같은 여자잖아."

"같은 여자?"

"그래, 민지랑 같은 여자. 무슨 말인지 몰라?"

"아, 난 또."

"그런데 말이야, 웃기는 게 고등학교 선배들도 몇 명 또 잡혀갔다 그러더라고. 완전 대박 아니니?"

"그래?"

"내가 어저께 그게 불개미들 전통이라고 말했잖아. 그 일 때문에 그렇게 된 거래."

"......"

"3학년 불개미 언니들도 그러니까 작년에 다 당했었다, 이거지. 대박."

"그걸 어떻게 알았대?"

"경찰서에 간 애들 중에 누군가가 그걸 말했대. 그래서 다 밝혀진 거라고 하더라고."

나는 철장 안에서 낄낄거리며 태연하게 장난을 치던 아이들 모습이 생각났다.

"그런데 너야말로 웃긴다, 애."

"뭐가?"

"불개미 언니라고 했다가 걔네들이라 했다가 그러는 게 웃기지 않니?"

"내가 그랬나?"

"풀려난 사람들은 학교에 나온대?"

"아직은 아닐걸. 그래도 뭐 금방 나오겠지 뭐."

"......"

"너, 그거 알아? 요샌 퇴학도 못 시키는 거?"

"응."

"그런데 진짜 대박은 따로 있다. 너, 말해줄까?"

"뭔데?"

"말해줄까 말까?"

"관둬."

"이해천이 이야기인데?"

"됐다니까."

"에이, 말해주지 뭐. 정민지가 왜 우리 아파트에 와서 죽었냐 하면 그게 바로 이해천이 때문에 그랬다는 거 아니니. 진짜 완전 대박 아니니?"

"이해천이가 뭘 어쨌기에?"

"정민지, 걔가 이해천이를 완전 사랑했거든. 너도 알지? 그런데 이해천이는 만날 무시만 하고 그러니까 복수한 거지 뭐. 완전 무섭지 않냐?"

"이해천이한테 복수하려고 걔가 살고 있는 아파트에서 뛰어내렸다고?"

"그렇다니까. 순전히 복수를 하려고 유서에도 그냥 이름을 써 놓은 거라고 하잖아."

나는 또 가슴이 쿵쾅대기 시작했다.

"그걸 어떻게 알았는데?"

"뭘?"

"복수 때문에 그랬는지 어떻게 알았느냐고? 유서에다 그렇게 써놓지는 않았을 테고."

"당연하지. 그러면 잡혀가지도 않았겠지 뭐."

"그러니까 말이야."

"경찰에서 이해천이를 조사해 보았는데 민지가 적어 놓은 날에 걔는 지네 식구랑 필리핀에 가 있었다는 거 있지. 그리고 3학년 불개미들, 그러니까 잡혀간 아이들도 이해천이는 자기들과 그런 짓을 한 적이 없다고 해서 풀려난 거거든. 그럼 뭐겠어? 당연히 복수 아니겠냐고. 안 그래?"

중2짜리 여학생이 이루지 못하는 사랑의 복수를 위해 그렇게 끔찍한 일을 벌인다? 소름이 확 끼쳐오면서도 나는 그 순간, 내가 그런 정민지랑 같은 학년이라는 사실에 이제 나도 정말 어른이 돼버리고 말았구나 하는 것을 실감했다. 그러자 왠지 뿌듯하기도 하면서도 한편으론 이상스레 쓸쓸해졌다.

"우리 2학년 불개미 여자 애들이 민지 말고 세 명인가 또 있잖아. 걔네들한테도 이해천이한테 그렇게 복수를 하겠다고 전에 말을 했었다고 그러더라고. 헐, 대박."

"그래?"

"그렇다니까. 지난 번 밸런타인데이 전에 봄방학 하는 날에 말이야, 정민지가 초콜릿을 직접 만들어서 이해천이한테 몰래 주었는데 그걸 그 자리에서 반 아이들한테 다 나눠줘 버렸대. 완전 공개적으로 쪽을 준 거지. 그날부터 정민지가 이를 갈면서 계속 그런 말을 했다는 거잖아. 이해천, 그 씨발새끼, 완전 잔인하지 않냐?"

"그걸 왜 이제 이야기한대?"

"걔네들도 설마 진짜로 죽을 거라고는 안 믿은 거지."

나는 사랑하는 남자 친구를 위해 정성껏 초콜릿을 빚은 후 가슴 두근 거리며 비밀스레 건넸는데 그 남자아이는 그걸 온 반에 공개한 후 아이들에게 나눠져 버렸을 때의 심정은 얼마나 참담했을까? 하고 상상해 보았다. 그 모멸감과 배신감, 생각만 해도 끔찍했다. 정작 죽을 사람은 정민지가 아니라 이해천이었어야 했던 것이다.

"그런데 이해천이는 도대체 정민지한테 왜 그런 거래? 민지, 걔 나름 예뻤지 않나?"

"우리보다야 완전 예뻤지."

"그런데 왜?"

"이해천이는 말이야, 정민지가 2학년에 올라오면서 불개미에 찍혀서 가입하기로 하는 바람에 선배들한테 그 짓을 당한 걸 알게 된 거지. 전통이니까 안 봐도 뻔하잖아. 그럼 당연한 거 아니겠어?"

나를 사랑한다는 여자아이가 다른 아이들한테 윤간을 당한다면, 그것도 자의에 의해서, 나는 이해천이의 마음과 행동도 조금은 이해가 될 것같았다.

"그럼 그런 이야기들을 경찰에서 한 거야?"

"응, 걔네들도 다 경찰서에 갔다 왔잖아."

"그런데 너는 어떻게 그런 걸 다 아냐?"

"뭘?"

"어떻게 그런 것들을 다 아느냐고?"

"우리 엄마, 교회 마당발이잖아. 아빠는 경찰이고. 내가 말했지?"

"서울에 다닌다며?"

"원래 여기에 있다가 진급해서 간 거거든."

#33

학교는 적어도 겉보기에는 아무 일도 없던 것처럼 평온해 보였다. 물론 겉보기로만, 그러니까 교실로 들어서기 전, 나지막한 야산의 품속에 포근하게 안겨 있는 모습인데다 지은 지 오랜 된 학교답게 구석구석에 자리를 잡고 있는 나이를 먹은 느티나무들과 온갖 꽃나무들, 그리고 꽃들이 어우러져 저마다의 자태를 한창 뽐내고 있는 교정만 그렇게 보인다는 것이었다.

교실로 들어선 내 눈에 가장 먼저 띈 것은 아직도 전혀 시든 기색 없이 남아 있는 민지 책상 위에 있는 꽃다발이었고, 시간이 흘러 조례를 위해 담임선생님이 들어오자 군데군데 모여 웅성거리던 아이들이 자기 자리로 돌아가 앉은 후 나는 그때서야 이해천의 책상이 비어있다는 것을 발견하였다.

인영으로부터 죽은 민지와 초콜릿 이야기를 들은 그 순간 사실 나는 내 머리에서 이해천이란 아이를 완전히 지웠다. 좀 더 정확히 말하자면 이해천이라는 '남자'를 내 머릿속에서 지워버린 것이다. 슬이를 비롯한 많은 아이들이 내 앞에서 이해천이라는 단어를 끄집어낼 때의 그 야릇한 표정이 무엇을 말하는지 나는 너무도 잘 알고 있었다. 그리고 여태껏 그 내용 자체에 대해선 나 자신에게 긍정도 그렇다고 강한 부정도 하지 않고 지내왔다.

단지 내가 단 한 번도 그 누구에게도 꺼내 보이지 않은 나의 속마음을 마치 다 알고나 있다는 듯 자기들 마음대로 단정 지어 말하는 게 불쾌했고, 제대로 알지도 못하는 아이들에게 그런 인식을 심어준 그 누군가가 미웠기 때문에 그게 아니라고 고개를 저었을 뿐이었다.

어쨌거나 내가 -비록 남에게 전해들은 이야기를 통했을 뿐이지만- 그 아이의 향기롭지 못한 실체에 대해 어느 정도 파악이 되었다고 믿게 되면서, 특히 그 실체라는 게 한 여자아이의 자존심을 그리도 무참히 짓밟아 버리는 잔인한 아이라는 이야기까지 듣고서도 그 아이 때문에 갈등이나 번민 따위를 계속 할 정도의 존재는 아니라는 것은, 내가 아직은 그 아이에게 관심 수준 정도 이상으로 빠지지 않았다는 건, 그야말로 참으로 다행스러운 사실이었다.

하지만 꼭 그렇다고 해도 이해천이의 결석에 자연스레 이는 새로운 궁금증까지 굳이 부정할 필요는 없다는 생각이어서 나는 혹 담임이 그와 관련된 이야기나 하지 않을까 하고 기대를 해 보았다.

그런 마음으로 담임을 주시하다가 나는 불과 하루 이틀 새에 그녀가 상당히 수척해졌다는 걸 느꼈다. 그렇지 않아도 광대뼈가 조금 두드러져 보일 정도로 살이 없는 얼굴은 과장을 조금 보태면 거의 반쪽으로 되어 버린 것 같았고, 그래서 그런지 안경 속의 눈만 더욱 더 커져버린 듯 보였다. 나는 자기가 담임을 맡고 있는 반의 아이가 끔찍한 자살을 하고, 학교나 부모, 나아가 분명 경찰이나 기자까지도 그 책임이 마치 온통 담임인 자기한테 있는 양 매몰차게 몰아 붙였을 때 그녀가 얼마나 힘들고 괴로웠을까 하는 정도는 쉽게 짐작이 갔다.

'연지가 눈물이 참 많네, 나는 무슨 일이 생기면 목부터 메고 눈물부터 쏟는 그 심정 아주 잘 알아.' 하던 담임의 따뜻한 말이 생각났다. 발달장애를 앓는다는 김기성이를 미워하기는커녕 마음속으로 가엽게 생각하게 만들고, '다닐만한 학교'라는 마음을 갖게 해 준 그 따뜻한 한마디, 아빠는 내게 늘 말했다. '연지야, 세상이 아무리 쌍놈들만 설치는 더러운 세상으로 변해도 의사와 선생님만은 존경해야 되는 거야. 세상에 사람을 살리고, 사람을 사람답게 만드는 일만큼 중요하고 훌륭한 일은 절대 없다. 너, 아빠 말 알지? 꼭 명심해야 돼.'

나는 담임이 가여워 눈물이 나려고 했다.

"조용. 학교가 아직도 좀 뒤숭숭하지? 너네들도 이래저래 마음이 심란할 거라는 거 선생님도 잘 알아. 사람은 말이야, 큰일, 어려운 일을 하나하나 겪어가면서 어른이 되는 거거든. 그러니까 이제 더 이상 이 문제 가지고 마음 흔들려선 안 돼. 알지?"

"예-"

"그래. 중간고사가 이제 정말 얼마 안 남았잖니? 고등학교 입시에 대부분 2학년 1학기 성적부터 들어간다는 거, 다 알지?"

"예-"

"그럼 됐고. 으음, 오늘 1교시는 학과 수업 대신 어제 체육관에서 교장선생님이 말씀하신 대로 학교 폭력 실태에 대해 설문조사를 실시할 거야. 여러분들이 혹시 괜히 쓸데없는 이야기를 해보았자 아무 소용도 없고 재수 없으면 괜한 보복이나 당하지 뭐, 이런 생각할 수도 있겠지만 말이야, 어디까지나 더 이상 불행한 일도 생기지 않고 여러분들도 보다 마음 편히 학교에 다닐 수 있는 방안을 강구해보자는 취지니까 부담감 갖지 말고 성의껏 설문에 응했으면 해. 말한 대로 여러분들의 이름을 쓸 필요도 없고 하니 걱정할 필요도 없고. 알겠지?"

"예-"

"그래. 혹 담임이 있으면 여러분들이 부담 가질게 될까 봐 설문은 그냥 원래 수업 담당 선생님이 들어오실 거야. 자, 우리 4반, 힘내자. 힘낼 거지?"

"예-"

담임이 책과 출석부 등을 주섬주섬 챙겨 나가려 할 때 누군가가 소리를 질렀다.

"선생님!"

"어? 그래. 손민서, 왜?"

땅꼬마, 대파의 우두머리 손민서였다.

"선생님, 오늘 이해천이 결석했는데요."

"응, 알고 있어."

"무슨 일 있나요?"

"글쎄, 뭐 그럴 일이 좀 있는데 결정이 나면 나중에 알려줄게. 됐지?"

"아픈 거는 아니고요?"

"응."

"선생님."

"왜? 또 뭐?"

"저어, 저 꽃다발 이제 치워버리면 안 돼요?"

"꽃다발? 그럴까?"

"예, 저걸 보면 마음이 좀……."

"그래? 그럼 네가 치워라. 됐지?"

담임이 나가자 손민서 역시 꽃다발을 들고 나갔다가 얼마 후 빈손으로 돌아왔다.

"야, 손민서!"

슬이였다. 나는 내가 슬이에 대한 생각은 전혀 안 하고, 그러니까 슬이를 단 한 번도 눈에 안 담고 아침 시간을 다 지냈다는 게 좀 신기했다.

"왜?"

"너, 내가 너무 나대지 말라고 했지?"

"네가? 네가 뭔데?"

"뭐?"

"네가 뭐냐고. 반장? 학급부장?"

"이런 씨발이."

"이슬이, 욕하지 마라?"

"뭐? 이 난쟁이 똥자루가 갑자기 키가 자랐나? 너, 이 씨발새끼, 한번 죽어볼래? 엉, 죽어 봐?"

"이슬이, 내가 분명 욕하지 말라고 했다. 다시 한 번 말하는데 나한테 욕하지 마라. 그러다가 정말 제대로 죽는다?"

"뭐? 나 참."

슬이는 민서의 당돌한 태도에 어이가 없다는 듯 피식 웃었으나 나는 슬이, 그 아이가 순간적으로 상당히 당혹해 하고 있다는 걸 느낄 수 있었다. 어쩜 다른 아이들도 분명 그걸 느꼈을 터였다.

손민서가 교단 위로 올라가 교탁 앞에 선 건 바로 그때였다. 그 모습은 너무나도 작은 키 때문에 마치 초등학교 학생이 웅변대회에 나온 것처럼 보이기도 해 좀 우스꽝스럽긴 했으나 아이들은 일순 조용해졌다.

"너네들 말이야, 언제까지 불개미니 일진이니 학생부니 하는 거에 쩔쩔 매면서 지낼 거야, 응? 중2라고, 중2, 앞으로 우리 반은 학급부장이니 뭐니 이런 거 없어. 그리고……."

"뭐야? 안 들어가고 뭐해?"

민서한테 소리를 지른 건 언제 들어왔는지도 모르는 과학 선생님이었다. 민서는 천연덕스럽게 고개를 숙여 인사를 한 후 교단에서 내려 왔다.

"안녕하세요, 선생님."

"인마, 서서 말해."

"예? 아, 제 키요? 헤헤."

"짜식."

나는 슬이, 그러니까 학생부한테 감히 공개적으로 도전장을 내민 그 아이의 담대함에 경탄했고(작은 키 때문에 더욱 멋있게 보였다) 이 새로운 사태가 어디로 치달을지 또 궁금해졌다.

#34

설문조사는 내 예상을 단 한 치도 벗어나지 못한 딱 그 정도의 한심하고 어이없는 수준이었다. '학교 내 불법 서클의 존재에 대해 아느냐, 혹은 들어본 적이 있느냐, 알고 있다면 그 구성원에 대해서는 어느 정도 아느냐, 혹 폭력을 당해 보거나 돈이나 옷을 빼앗겨 본 적이 있느냐, 있다면 언제, 어디서, 누구에게 그랬느냐, 반 내에 왕따를 당하는 학생이 있느냐, 있다면 그게 누구인지와 이유는 무엇이냐?'

나는 이런 형식적인 설문에는 성의껏 답변할 가치가 전혀 없다고 생각했다. 다른 아이들의 생각도 나와 비슷한지 모두들 설문지를 놓고서는 딴청을 하고 있었다.

"이놈들아, 시작은 다 이렇게 하는 거야."

아이들은 무슨 말을 하는지 알 수 없다는 표정으로 거의 할아버지뻘로 보이는 과학 선생님을 쳐다보았다.

"이놈들, 니들 지금 이런 형식적인게 다 무슨 소용이지? 이렇게 생각하지? 안 그래?"

몇몇 아이들이 고개를 끄덕였다.

"선생님들이 그걸 몰라서 시간 허비해 가면서 이런 걸 만들었을 것 같아? 그래?"

"……."

"세상의 모든 일이 이렇게 아주 시시해 보이고 사소한 것들로부터 시작이 되는 거라고. 1차 세계대전이 어떻게 일어났는지 아는 사람?"

나는 언제, 어떻게 들었는지는 모르지만 대충 그 내용을 알고 있었으나 손을 들지는 않았다.

"세상은 말이야, 용기 있는 사람이 바꾸고, 또 끌고 나가는 거야. 아무튼 아는 대로 정성껏 써 봐. 다 너네들을 조금이라도 위해 보려는 것 때문이라는 거 정도는 생각하고. 알았지?"

"예-"

대답들은 시원하게 했으나 태도를 바꾼 아이는 없어 보였다. 물론 나도 그랬다.

그 후 오전 수업 세 시간은 비교적 평온하게 넘어갔다. 단지 매번 쉬는 시간 내내 미동도 없이 꼿꼿하게 앞만 보고 앉아 있는 슬이가 신경이 쓰여 화장실이고 뭐고 간에 애써 조용히들 움직였을 뿐이었다. 여전히 태연하고 활달한 아이는 손민서, 그 작은 아이 혼자였다.

나는 슬이가 자리를 박차고 일어나 저 혼자 교실을 헤젓고 다니는 그 아이와 싸움을 벌이거나 하다못해 거친 말이라도 섞을 텐데, 하는 조바심으로 솔직히 잔뜩 기대를 가지고 기다렸으나 슬이는 끝내 움직이지 않았다.

나는 안다. 아이들은 강자와 약자를 단숨에 구별할 줄 아는 본능적인 눈을 가지고 있다는 것을. 물론 중학생이라면 꼭 필요한 것이기에 그 눈을 가지고 있는 게 당연하다는 사실도 알고 있다. 아울러 나는 아이들이 지금 현재까지는 이슬이가 손민서에게 완벽하게 지고 있다고 느끼고 있다는 것 또한 알고 있었다. 도전에, 굴욕에 응하지 않으면 그건 패배를 인정하는 것이었다.

하지만 나나 다른 아이들 모두 그건 어디까지나 '현재까지'라는 단서가 붙어 있는 것일 뿐 학급부장인 슬이가 분명 이대로 가만히 있지 않으리라는 것 또한 잘 알고 있었으니 그래 오전의 교실이 누가 살짝 건드리기라도 하면 곧 커다란 폭발이 일어날 듯 팽팽한 공기로 내내 뒤덮여 있던 것은 아주 자연스런 일이었다.

급식 시간에 나는 놀랄 만한 소식을 또 들었다. 학교가 또 한 번 요동을 치게 될 소식이었다. 학생부장, 3학년 학년부장, 그리고 3학년에서 각 학급부장을 맡고 있는, 그러니까 3학년 학생부 아이들이 일제히 경찰로부터 서로 나오라는 연락을 받았다는 것이었다. 또 다른 소식은 경찰에서 이 기회에 파주 일대의 모든 학교 일진들을 아예 씨를 말려버리겠다며 '학교 폭력과의 전쟁'이란 걸 선포한 후 각 학교 일진들을 잡으러 다니기 때문에 여러 아이들이 잠수를 탔다는 소리였다. 물론 고등학교들도 예외는 아니어서 모든 학교들이 지금 완전 벌집을 쑤셔놓은 것같이 어수선하고 뒤숭숭하다고 했다.

슬이는 급식실에 모습을 나타내지 않았다. 나는 혹시나 그 시간에 슬이가 손민서와 일전을 벌일지도 모른다는 생각을 해 보았으나 '대파' 아이들과 한 식탁에 모여 식판을 앞에 두고 희희덕거리고 있는 손민서를 발견하고선 슬이의 행방이 궁금해지기도 하고 한편으론 좀 실망도 하면서 좀체 내키지 않는 식사를 겨우 마쳤다.

급식 시간이 지나고 오후 수업이 시작되었음에도 슬이는 여전히 모습을 보이지 않았다. 쉬는 시간 나에게 슬이의 행방을 알려준 건 역시 박인영이었다.

"들었니? 이슬이, 걔 조퇴했는데."

"왜?"

"뭘 왜야? 쪽팔려서 그러겠지."

"설마."

"뭐가 설마야. 야, 오늘 손민서 진짜 굉장하지 않았니? 걔보다 20cm나 큰 슬이가 꼼짝 못했잖아. 정민서도 한 방에 밟아버린 천하의 이슬이가 말이야."

나는 그 사실이 고소하다는 듯 신나서 떠벌리는 박인영이가 슬슬 미워지는 느낌이었다.

"다른 이유 있을 거야. 슬이 걔, 그렇게 쫄 아이 아니거든."

"너도 아까 봤잖아."

"기다려 봐."

"뭘 기다려?"

"슬이 말이야, 뭔가 액션이 있겠지 뭐."

"그거야 알지."

"알다니?"

"슬이 말이야, 손민서, 걔는 순 자기네 아빠 백으로 그러는 거고, 슬이는 진짜 자기 실력이잖아. 걔가 깡이 얼마나 센데."

"……."

"걔가 적성에서, 너 적성 알아? 순 부대들만 있는 동네거든. 하여튼 적성에서 초등학교 다닐 때 거기 중2 찐짱이랑 붙어서 밟았다고 하더라고. 말이 되니? 초등학생이 중2, 그것도 일진 짱을? 그런데 진짜래."

"그런데 왜 중학교는 이리 왔는데?"

"걔네 아빠가 여기 부대로 왔잖아. 걔네 아빠 여기 주임원사다, 너. 너 주임원사가 뭔지 모르지?"

"……."

"하여튼 말이야, 슬이 걔가 손민서한테 그냥 이렇게 개 쪽 되고 가만히 있을 아이가 아니거든."

"아까 학생부 이야기는 뭐야?"

"학생부? 3학년 학생부? 뭐 돈 걸고 그런 거 걸린 거겠지 뭐."

"너도 냈잖아. 강제도 아니라며?"

"말이 그렇지, 그거 안 내면 눈치 보여서 학교를 어떻게 다니니?"

"학생부도 다 없어지는 건가?"

"없어지기는……."

"경찰에 불려가기까지 하는데 안 없어져?"

"경찰에 가서 아주 사는 것도 아니고 다시 학교로 올 거잖아. 그런데 어떻게 없애니? 지들끼리 하면 그만이지 뭐."

"그래도 학교에서 가만 안 있을 거 아니야?"

"학교에선 학생부가 있는 게 훨씬 편한데 뭘 그래. 우리도 솔직히 그렇고."

"……."

"학생부 누가 데리고 갔는지 알아? 경찰서?"

"누가 데려갔는데?"

"교감. 대박이지?"

"그게 뭐?"

"뭐긴 뭐야? 잘 봐달라고 데리고 간 거겠지. 그리고 학생부장 아빠가 누군지 너 모르지?"

"사단장?"

"아는구나. 사단장이면 굉장히 높은 거라는 것도 알아? 경찰서장도 꼼짝 못한다더라."

#35

학교에서 돌아오니 엄마는 아침에 아빠가 경찰서에 탄원서를 갖다 냈고, 덕분에(나는 아빠의 탄원서가 없더라도 결과는 같았을 것이라는 걸 알고 있었지만 엄마의 공치사를 못들은 체했다) 그 아이는 경찰에서는 아무런 처벌을 안 하고 학교징계위원회에다 넘기기로 했으니 아마 근신 아니면 기껏해야 유기정학 정도 처벌을 받을 것이라고 했다. 엄마의 말인 즉, 어차피 앞으로도 학교엘 같이 다닐 것이니 괜한 원한 사지 말고 고분고분 잘 대해주라는 것이었다.

"너, 걔 이름, 모르지?"

"응."

"김남실. 기억해 놔."

"왜?"

"얘가 또 그런다. 여태 못 들었었어? 앞으로 친하게 지내라고 했잖아."

"학원에 가야 돼."

"맞아, 학원. 가서 딴생각 말고. 알지?"

"몰라."

"엄마는 생각 안 해도 되지만 아빠 생각해 봐. 중2면 이제 그게 무슨 말인지 정도는 알 거 아니야."

"몰라, 난."

"알았어. 느자구 없는 것. 빨리 가. 꼴 보기 싫으니까."

뜻밖에도 학원 입구에서 나를 기다리고 있던 아이는 박인영이가 아닌 이슬이였다. 나는 슬이를 보자 마치 내가 무슨 잘못이라도 한 양 가슴이 뜨끔해졌으나 이내 내가 쟤한테 떳떳치 못한 게 아무것도 없다는 생각으로 마음을 단단히 추슬렀다.

"뭐해?"

"나? 너 기다리고 있었지."

"나를 왜?"

"그냥."

"들어가자."

"연지야, 우리 노래방 또 갈래?"

"지난번에도 원장이 우리 엄마한테 전화해서 나 무지 혼났거든."

"싫어?"

나는 평소답지 않은 그 아이의 처진 표정을 보자 더 이상 거절할 수가 없었다. 우리가 간 곳은 노래방 아닌 며칠 전 박인영이와 함께 왔던 초등학교였다. 이미 땅거미가 깔려버린 운동장에서는 공이 잘 보이지도 않을 것 같은데 아이들이 시끄럽게 소리를 지르며 축구를 하고 있었다.

"우리 저기로 가자."

슬이가 나를 이끈 곳은 운동장 한 귀퉁이에 있는 정글짐, 슬이는 날 놔둔 채 그것을 능숙하게 올라 한 칸으로 되어 있는 맨 꼭대기에 걸터앉았다. 붉다기보다는 보랏빛에 가까운 노을 탓일까? 머리를 휘날리며 머언 북한산 쪽을 바라보고 있는 아이는 밑에서 올려다보는 내게는 이미 세상의 쓴맛을 다 본 성숙한 여인으로 보이는 게 '숨이 멎다'라는 표현이 어울릴 것처럼 멋있기도 하고, 한편으로는 아주 낯설어 보이기도 했다. 슬이는 노래를 하고 있었다. '바람이 머물다 간 들판에 모락모락 피어나는 저녁연기……'로 시작되는 동요 '노을'을……. 나는 슬이의 노래 소리에 빠져 내가 다가갔다가는 중간에 그만둘까 봐 가만히 서서 듣고만 있었다.

"뭐 해? 올라 와."

나도 꼭대기까지 올랐다.

"연지야, 나 잡아 봐."

슬이는 밑으로 내려갔다가 이 구멍 저 구멍으로 빠져 나갔다가 다시 오르는 등 정글짐을 여러 번 타 본 솜씨였다. 슬이의 말과는 달리 나는 자리에서 움직이지 않았다. 너네 학교가 아닌 우리 학교가 석양을 배경으로 아름답게 서있는 게 눈에 들어왔기 때문이었다. 이제 불과 한 달 조금 넘게 다닌 학교, 그 한 달 새에 벌써 너무나 많은 것을 겪었다. 나는 왠지 눈물이 날 것만 같았다.

"뭐 하니?"

슬이가 다시 내 앞에 걸터앉았다.

"학교 참 예쁘다."

"원래 이 시간엔 그래."

"슬이야, 나는 말이야, 저 학교 다니면서 갑자기 어른이 된 것 같아."

"키 좀 컸나 보네."

"괜찮니? 넌?"

"뭐가?"

"오늘 아침 일 말이야. 손민서."

"그거? 당연히 괜찮지."

"기분 안 나빴어?"

나는 슬이의 굴욕을 들춰내는 것 같아 좀 미안했다.

"기분? 안 나빴어."

"그래도 아이들 앞에서……."

"괜찮아. 아이들도 다 아는데 뭘."

"뭐를?"

"나 말이야. 애들이 나 알잖아."

"……."

"연지야, 이해천이 전학 갔어."

"뭐?"

"전학 갔다고."

"왜?"

"정민지 때문이지 뭐."

"……."

"좆같은 새끼."

"……."

"너, 이해천이가 민지 열라 좋아한 거 모르지?"

나는 놀라지 않았다. 아니, 적어도 놀란 걸 들키지는 않았다.

"그랬어?"

"그 새끼, 원래 그래."

"난 민지가 이해천이를 좋아하는지 알았는데."

"하여튼 복잡해."

"그렇다고 전학을 갔다고?"

"원래 전에부터 걔 데리고 가려는 학교 있거든. 정식으로 육상부 있는 학교."

"……."

"부천이야. 너, 부천 모르지?"

"너, 이해천이 좋아했구나?"

"뭐라고?"

"이해천이 좋아했다고."

"내가?"

"응."

"나, 이슬이가 그 좆같은 새끼 이해천이를 좋아했다고?"

나는 갑작스런 슬이의 눈물이 당황스러웠다.

"가자."

"벌써?"

"엄마한테 혼난다며?"

"어차피 첫 시간은 못 들어가는데 뭘."

우리는 정글짐에서 내려왔다.

"밸런타인데이 때 이해천이가 민지가 만들어 준 초콜릿 가지고 망신을 줬다며?"

"넌 별걸 다 안다. 누가 그러든?"

"들었지, 나도."

"……."

"좋아했다면서 너무한 거 아니니?"

"왜 그랬는지도 들었을 거 아니야. 알면서 뭘."

"……."

"연지야."

"왜?"

"나, 이해천이랑 했다?"

"해? 뭘?"

"그거."

순간 나는 가슴이 벌렁거리기 시작했다.

"그 좆같은 새끼, 왜 나랑 했는지 알아?"

“……”

“그 새끼 민지 보라고 그런 거야. 진짜 좆같지 않니?”

“헐, 민지 보라고 너랑 했다고?”

“민지한테 복수한 거잖아. 걔가 3학년 불개미 아이들이랑 그런 거 알고 나서 너도 어떤 기분인지 알라고 나랑 한 거라고. 민지가 그래서 나를 미워한 거잖아. 사실 1학년 때는 걔랑 좀 친했거든.”

“너네들, 정말 완전 대박이다.”

나는 내가 아직 어린애임을 뼛속 깊이 실감했다. ‘했다’ ‘그거’ 입에 담기만 해도 얼굴이 달아오르고 가슴을 뛰게 하는 수상한 그 단어들. 이해천이니 이슬이니 정민지, 그 아이들은 모두 나와는 전혀 다른 어른들의 세계에 있었던 것이었다.

“정민지랑 이해천이는 서로 좋아하면서 미워한 거네.”

“나는 이용당한 거고.”

“너, 그럼 혹시……. 으음, 당한 거야?”

“아니, 내가 하자고 했어.”

“알면서?”

“응, 알면서.”

“왜?”

“좋으니까. 그 좆같은 새끼가 좋았으니까.”

“……”

“씨발년.”

“누구, 정민지?”

“정민지 걔도 그렇고, 나도 그렇고.”

“……”

“너 민지, 걔가 왜 죽었는지 알아?”

“유서에 다 써놨다며?”

"난 알아. 걔는 이해천이랑 나 보라고 죽은 거야.

죽는 걸로 복수한 거지."

슬이는 분명 나와 이야기를 나누고 있음에도 내 말에는 귀를 기울이지 않은 채 저 혼자 허공에 대고 이야기하는 듯 보였다.

"오늘 아침에 말이야, 사실은 요새 학교가 좀 시끄러우니까 손민서가 유난히 설쳐대는 것 같더라고. 그래 그렇지 않아도 한 번쯤 쪽을 줘놓으려고 했던 참인데 민지 꽃을 가지고 나대길래 그런 건데 말이야. 내 마음이 어땠는지 알아?"

"글쎄?"

"헐, 갑자기 이해천이 빈자리가 눈에 들어오는 거야. 그러니까 만사 귀찮아지더라고. 나, 진짜 웃기지 않니?"

"그런데 나한테는 왜 그런 거야?"

"내가 뭘?"

"왜 자꾸 내가 이해천이를 좋아하는 것으로 몰아붙였냐고."

"아이들 소문? 바보야, 그거 다 정민지가 그런 거잖아. 몰랐어?"

"정민지가? 걔가 나를 왜?"

"네가 이해천이를 좋아한다고 하면 나와는 저절로 사이가 멀어질 거 아니냐고. 우리를 이간질하려고 그런 거지."

"그럼 정민지도 네가 이해천이를 좋아한다는 걸 알았다는 소리네."

"당근이지. 나랑 이해천이가 한 것도 알고 있는데 뭘. 아까 이야기했잖아. 나한테도 복수한 거라니까."

"……"

"됐니? 그만하자."

우리는 다시 학원으로 돌아왔다. 슬이는 내내 수업에 열중하는 것같이 보였으나 나는 수업을 또 망쳤다. 뭐 새삼스러운 일도 아니었다.

나는 그날 밤 잠자리에서 학원에서 헤어질 때 슬이가 내게 한 인사말이 '잘 가'나 '안녕' 이러한 것들이 아니고 '잘 지내'였음을 문득 생각해 내고선 조금은 의아하고 또 불안한 마음으로 그 뜻을 헤아리느라 애를 먹다 잠이 들었다. 잠이 든 와중에서도 나는 이날이, 내게 있어 아주 중요한 날이 될 것이라는 생각이 떠나지 않았던 것 같았다.

#36

　다음 날 아침에 나는 집을 나서면서 박인영이에게 전화를 걸었다. '오늘 어디 좀 들렀다가 갈 일이 있으니까 버스 정류장에서 기다리지 말라'고. 물론 거짓말이었다. 아침부터 재잘거리기에는 몸도 마음도 너무 피곤하다는 생각, 언덕길을 혼자서 우울함과 호젓함을 느끼면서 오르고 싶다는 생각 때문이었다.

　하지만 그런 호사는 내게 허락되지 않았다. 고개를 푹 숙이고 걷고 있을 때 누군가가 나의 어깨를 치기에 돌아보았더니 뜻밖에도 탤런트이자 곧 가수가 된다는 오유진이었던 것이다. 나는 솔직히 특별히 반갑다는 느낌보다는 나만의 시간을 방해받은 것 같은 기분에 조금 언짢았으나 그 아이가 호들갑을 떨며 반가워하는 통에 나도 어쩔 수 없이 웃어주었다.

　"가수로 데뷔한다며?"

　"내가?"

　아이는 들고 있던 손거울에 자기의 얼굴을 비춰 보았다.

　"응, 애들이 그러던데?"

　"중2가 무슨 데뷔니? 요새 그런 기획사 없어."

　"그런데 왜?"

　"뭐, 결석? 드라마 찍고 왔잖아."

　"드라마? 너, 탤런트도 해?"

　"몰랐어? 하긴 맨 단역만 했었으니까 뭐."

그러고 보니 슬이로부터 '걔 탤런트도 하고 가수도 하잖아. 가수는 아직 연습생이기는 하지만' 이런 말을 들었던 기억이 떠올랐다.

"어디서 찍었는데 결석을 다 하는데?"

"경상도 문경이라는 데서 사극 찍었거든. 작업할 때는 다 집에 못 가."

"설마."

"사실은 주연들은 왔다 갔다 하는데 우리 같은 단역들은 언제 부를지 모르니까 촬영이 없어도 거기에 있어야 돼. 더럽지?"

"……."

"어쩜 다 편집됐는지는 모르지만 그래도 다음 주부터 텔레비전은 꼭 봐라. 금, 토, 일 밤 8시 50분. SBS, 알지?"

나는 이 아이가 적어도 1분에 한번 이상 그러니까 끊임없이, 시도 때도 없이, 손거울을 들여다본다는 것, 주의 깊게 살피면 그냥 얼굴을 비춰 보기만 하는 것이 아니라 순간, 순간 의도적으로 표정까지 바꿔가며 본다는 걸 깨달았다. 생각해 보니 전에 하굣길을 함께 했던 날도 그랬었다는 기억이 났다.

"제목이 뭔데?"

나는, 특히 엄마 아빠는 우리나라 드라마는 잘 안보는 편이기도 하고, 또 딱 학원에 있을 시간이기 때문에 내가 그걸 볼 확률은 거의 없다는 것을 잘 알고 있지만 그래도 그렇게까지 이야기하는데 묻지 않을 수 없었다.

"응, 은장도야. 열녀 이야기."

"은장도?"

"응, 은장도. 그나저나 야, 정민지, 걔 자살했다며?"

"몰랐어?"

"당연히 몰랐지."

"너, 이 동네 초등학교 나왔다고 안 했나?"

"조리초 나왔지. 그건 왜?"

"그럼 몇 년을 같이 다닌 친구들이 많을 텐데 그동안 전화도 한 번 안 했었어?"

"당연하지."

"왜? 바빠서?"

"아니. 나, 왕따잖아."

"네가?"

"응, 내가."

나는 그 아이가 말한 내용이 태도나 표정이랑 너무 어울리지 않는다고 느꼈다. 그런 이야기를 저리도 태연히, 아무 일도 아니라는 듯 남의 일처럼 말할 수는 없는 것이었다.

"왜?"

"초등학교 때부터 아역배우를 하네, 기획사 연습생 생활을 하네, 그러니까 그렇게 됐겠지 뭐. 재수 없잖아."

기억을 더듬으니 이슬이가 이 아이를 두고 이야기할 때 '왕 재수'라고 하면서 인상을 찌푸렸던 게 생각났다.

"괜찮아?"

"당근이지. 그게 뭐 어때서?"

"안 힘든 모양이지?"

"괜찮다니까. 난 내가 아이들을 왕따시키고 있다고 생각하는데 뭘."

"헐, 네가 아이들을 왕따시킨다고?"

"응, 나는 그렇게 생각해 버린다니까."

"너, 완전 대단하다."

"너도 나 왕따시켜도 괜찮아."

"미쳤니, 내가? 널 잘 알지도 못하는데."

"안 그러면 너도 왕따 될 텐데?"

"뭔 소리야?"

"왕따랑 어울리면 같이 왕따 되는 거 몰라?"

"되라지 뭐."

"어허, 센데? 혹시 너 지금 SC?"

"아니야."

나는 왕따에게는 반드시 그걸 자초할 만한 이유가 있다는 걸 알고 있었다. 그래서 이 아이가 자기의 말대로 아이들로부터 정말 왕따를 당해 왔다면 그 이유가 뭘까? 하고 생각해 보았다. 물론 그저 연예인이라서만은 아닐 것이다. 잘난 체? 공주병? 그게 아니라면? 어쨌든 나는 이 아이 말고도 피곤하고 복잡한 건 차고 넘치는 나날이라는 생각에 그 이유가 저렇듯 거울을 자주 들여다보는, 그러니까 단순한 공주병 정도에 있기를 바랐다.

"학교 무지 시끄럽겠네?"

"그렇지 뭘."

"불개미 완전 박살나겠지? 벌써 구속되고 그랬다며?"

"다 들었네 뭐."

"이해천이 그 새끼 기분 좆같겠다."

"이해천이가 왜?"

"너 몰랐지? 걔랑 정민지랑 사실은 서로 좋아했었잖아. 나는 예전부터 알고 있었거든."

"너, 나보고 내가 이해천이 좋아한다는 소리도 했었잖아."

"맞잖아. 아냐?"

"아니거든."

"난 말이야, 딱 눈을 보면 알아. 내가 이래 뵈도 연예인이잖니."

"이해천이 걔 전학 갔어."

"헐, 정말? 그런 소리 안 하던데?"

나는 순간적으로 아차 싶었다. 어쩜 그 아이의 전학 사실은 아직은 슬이만 알고 있을 뿐 다른 아이들에게는 알려지지 않았을지도 모른다는 생각이 난 것이었다.

"너, 그거 정말야? 아니면 너, 완전 죽음이다?"

"누가 그러더라고. 사실은 나도 잘 몰라."

"그래? 하긴 교실에 들어가 보면 알겠지 뭐."

우리는 막 교실에 들어서던 참이었다.

#37

교실에 들어서다가 나는 정민지의 책상이 없어졌다는 사실을 발견했다. 며칠 전만 해도 그 주인 정민지가 날 선 목소리로 이슬이와 이해천이에게 독설을 퍼부었고, 어제 아침에는 백합 꽃다발이 덩그러니 놓여 있다가, 그게 손민서에 의해 치워지자 유난히 커 보이던 주인 잃은 책상이 제자리에서 떨려나간 것이었다.

아마도 그 책상은 곰팡이 냄새 가득 찬 창고 안에서 기약 없는 날을 보내다가 언젠가는 어떤 교실로 옮겨져 또 까르륵 싱그러운 웃음을 날리는 여자아이나 콧수염이 거뭇거뭇 자란 남자아이를 맞이할 것이고, 그때쯤이면 한 남자를 원망하며 무너진 가슴을 안고 아파트 15층에서 뛰어내린 열다섯 살, 중2 소녀 정도는 또 그렇게 잊힐 것이었다.

주인을 다른 학교로 떠나보낸 이해천이의 자리는 어제의 빈 모습 그대로 얌전하게 자리를 차지하고 있었고, 며칠 동안 허전하게 비어 있었던 또 다른 자리에선 오유진이가 다른 아이들에게는 눈길도 주지 않은 채 아주 열심히 거울을 들여다보고 있었다. 없어진 자리, 채워진 자리, 그대로 비어 있는 자리, 그때 나는 이슬이의 자리 역시 아직 비어있다는 것을 발견하고선 문득 어젯밤 헤어질 때 '잘 지내' 하던 슬이의 인사말이 생각났다.

물론 조금 늦게 등교하는 것일 수도 있겠지만 나는 분명 뭔가 잘못됐다, 라는 불길한 예감에 사로잡혀 버렸다. 조례를 위해 담임이 들어올 때까지도 슬이는 모습을 보이지 않았다.

"반장!"

"안 왔는데요."

"이슬이 아직 등교 안 했어?"

"예. 안 왔어요."

"그래?"

담임은 고개를 한번 갸우뚱거리더니 잠시 생각에 잠기는 것 같았다.

"부반장!"

"예."

김기성이가 의기양양 자리에서 일어났다.

"뭐 해?"

"예?"

"인사해야지."

김기성이는 담임이 무슨 말을 하는지 모르는 눈치였다. 그러자 옆에 아이가 '차렷, 경례!' 하고 나지막이 말을 해주었고, 그때서야 알아차렸다는 듯 다른 반에서도 들릴 만큼 아주 큰 소리로 '차렷, 선생님께 경례!' 하고 외쳤다. 녀석 덕분에 우리는 그나마 웃으면서 선생님과 아침 인사를 나누었다.

"그래, 김기성, 수고했어. 누구, 이슬이 전화번호 아는 사람."

아이들 몇이서 손을 들었다.

"으음, 김윤빈, 복도에 나가서 전화 한번 해 봐."

김윤빈이라는 아이가 밖으로 나갔다.

"으음, 어제 이해천이가 전학을 갔다. 부천에 있는 상동중학교로 갔어. 육상이 아주 유명한 학교야. 조금 섭섭하기는 하지만 본인이 정식으로 육상 선수 활동을 하고 싶다고 희망해서 전에부터 계획에 있었던 일이니까 다들 그렇게 알면 돼. 그리고 으음, 다들 중간고사 준비 잘하고 있지?"

"예-."

"그래, 오늘 수업들 잘 받고 선생님들께도 예의 바른 하루 보낸다. 알지?"

"예-."

김윤빈이라는 아이가 다시 교실로 들어왔다.

"안 받는데요, 선생님."

"그래? 알았다. 수고했어."

담임이 교실을 나섰다. 나는 잠시 '내가 그러면 혹시 너무 오버하는 게 아닐까? 그냥 기다려 볼까?' 하다가 아무래도 그냥 있어서는 안 될 것 같은 마음에 황급히 교무실로 향했다. 계단을 다 내려왔을 무렵 수업 시작 벨이 울리고 곧 선생님들이 한두 분 교무실에서 나오고 있는 바람에 나의 마음은 더욱 다급해졌다. 다행히 담임은 제자리를 지키고 있었다.

"어, 연지구나. 왜?"

"선생님, 이번 시간에 수업 없으세요?"

"응, 없어."

"저어, 드릴 말씀이 있어서요."

"그래? 중요한 이야기야? 너, 수업 들어가야지."

"이슬이 이야기예요."

담임은 잠시 나의 기색을 살피더니 내게 옆자리 선생님의 의자를 당겨 주며 앉기를 권했다.

"괜찮아. 그 선생님 수업 가셨어."

나는 조심스레 자리에 앉았다.

"말해 봐. 그렇지 않아도 막 이슬이 어머니와 통화를 해보려던 참이었는데. 이슬이가 왜?"

나는 어제 이슬이와 나눈 이야기를 담임에게 했다. 물론 담임이 알아서도, 들어서도 안 될 내용은 당연히 뺐다. 담임 아니라 그 누구에게도 할 수도 없고, 하여서도 안 되는, 나만이 비밀스레 간직하고 있을 그 이야기들. 담임은 분명 나의 이야기에 두서도 조리도 없음을 눈치챘을 것이었다.

"그러니까 연지야, 네 이야기는 어제 이슬이와 학원에서 헤어질 때 '잘 지내' 이렇게 말을 한 게 마음에 걸린다, 이 말이지?"

"예."

"다른 이야기는 없었고?"

"예, 별로요."

"그래도 네가 마음에 걸릴 정도라면 뭔가 다른 이야기들을 나눴을 것 같은데?"

"……."

"알았어. 말하기 곤란한 모양이구나. 그래, 말해줘서 고맙다. 너, 어차피 수업에 늦었으니까 내가 지금 이슬이 어머님과 통화를 해 볼 테니까 잠깐 여기에 있을래?"

"예."

나는 창밖으로 체육 수업을 받는 아이들을 바라보면서 담임과 이슬이 엄마와의 통화 내용을 듣다가 내 몸이 깊은 나락으로 빠지고 있다고, 갑자기 손가락 하나 움직일 힘도 없이 온몸에서 기운이 다 빠져나가고 있다고 느꼈다. 담임은 힘없이 핸드폰을 책상 위에 내려놓았다.

"연지야, 너, 선생님이 이슬이 어머니와 통화하는 내용 들었지?"

"예."

"아직은 잘 모르지만 암만해도 네 예감대로 뭔가 잘못된 것 같다. 걔네 어머니가 곧 학교로 온다니까 우선 어젯밤에 너랑 슬이가 이야기한 것 좀 자세히 말해 봐. 아니면 네가 알고 있는 거 다른 것도 좋고. 선생님, 믿지?"

"예."

"그래, 연지야, 정민지 같은 일 생각하기도 싫지만 선생님은 좀 불안하네."

정민지 일이라면? 자살, 생각하기도 싫은 그 단어를 담임에게 듣자 나는 그제야 내가 어젯밤 이후 내내 가지고 있던 불안감의 실체가 무엇이었는지를 깨닫고선 본격적으로 무서워졌다.

"별 이야기 아니고요, 으음, 슬이가 이해천이를 좀 좋아하는 것 같긴 했어요."

"그건 선생님도 대충 들은 게 있고. 으음, 또 다른 이야기는 없었어?"

"슬이가요, 이해천이 전학 간 걸 알고 있던데요?"

"그래? 학교만 알고 있던 건데. 으음, 그게 좀 걸리네. 아, 서로 전화를 했었던 모양이구나."

"제 생각에는요, 이건 순 제 생각이긴 한 데 이해천이가 여자애들한테 좀 못되게 굴었나 봐요. 정민지한테도 그렇고 슬이한테도."

"슬이도 마음에 상처를 입은 것 같았니?"

"예, 많이요. 아주 많이."

'좋으니까, 그 좆같은 새끼가 좋았으니까' 나는 내 눈에 눈물이 고이고 있다는 걸 알았다. 담임은 한참이나 나를 그윽한 눈길로 바라보더니 한숨을 지었다.

"슬이가 민지 죽은 것 때문에 많이 힘든 것 같기도 했어요."

"……"

"하여튼 이해천이 때문에 슬이랑 민지랑 마음이 굉장히들 복잡했었나 봐요."

"그 정도였구나. 또?"

더 이상은 차마 말할 수 없었다.

"더는 모르겠어요."

"그래. 말해줘서 고맙다. 가서 수업 받고 있어. 너무 걱정하지 말고."

"예."

"혹시 생각나는 게 있으면 아무 때나 선생님한테 오고."

"예."

나는 수업 중인 교실로 돌아가지 않고 운동장 귀퉁이의 벤치에 앉아 슬이가 말하던 서울의 북한산이라는 곳을 멍하니 바라보았다. 다른 아이들은 모두 수업을 받고 있는 시간의 학교 구석 벤치는 반짝이는 아침 햇살 때문에 더욱 외로워 보였고, 거기에 앉아 망연히 먼 산을 바라보는 나는 그 외로움이 뼈까지 사무치는 듯했다. 나는 어쩌면 슬이와 함께 저 산을 오르는 일은 영영 생기지 않을 것이라는 생각이 들었다.

"어, 물건 아니야? 인마, 너 수업 시간에 여기서 뭐 해?"

나는 체육 선생님이 내 곁으로 다가오고 있는 것도 몰랐다.

"요놈 진짜 맹랑하네. 야, 물건, 뭐 속상한 일 있어?"

나는 고개를 가로저었다.

"그런데 아침부터 웬 땡땡이야? 봄 타는 거야?"

나는 급히 고개를 숙여 인사를 하고선 몸을 돌렸다. 마침 1교시 수업 끝을 알리는 벨이 울리고 있었다.

#38

슬이는 아침에 학교 가는 그 차림 그대로 그야말로 흔적도 없이 사라져 버렸다. 슬이의 부모님이나 학교는 물론 경찰에서조차 가슴을 졸이며 걱정을 했던 것은 모방 자살, 그러니까 정민지의 죽음이 슬이에게 영향을 미쳐 자살을 하지 않았을까? 하는 것이었다.

하지만 경찰과 선생님들, 학생들, 심지어는 슬이 아빠의 부대원들까지 동원된 대대적인 수색도 아무 소용이 없었다. 사실 수색은 단 몇 시간

만에 끝나버렸다. 경찰이 일산을 거쳐 서울로 가는 좌석버스의 CCTV에서 슬이의 모습을 발견한 것이었다. 슬이는 어디서 갈아입었는지 교복 아닌 사복 차림으로 하염없이 차창 밖을 내다보고 있다가 서울역 부근 정류장에서 내렸다고 했다. 그리고선 주변의 CCTV 그 어디에서도 모습을 보이지 않았다. 하지만 어쨌든 아무 일 없다는 듯 버스에 앉아 있던 그 화면이 발견된 그 순간 학교와 경찰서를 발칵 뒤집어 놓은 이슬이의 실종 사건은 자살도 아니고, 납치나 교통사고 같은 것도 아닌 그냥 열다섯 소녀의 흔하디흔한 단순 가출 사건으로 단숨에 주저앉아 버렸다.

물론 나는 이슬이의 죽음이라는 끔찍한 소식을 들어야 하거나 처참한 시체를 보아야 하는 공포에서 벗어날 수는 있었지만 사실 나에게는 내가 만나볼 수도, 말을 나눌 수도 없다는 점에선 그 순간부터 슬이가 죽은 것과 마찬가지였다. 가출일지라도 나에겐 실종이었고 자살이었다.

슬이와 마지막으로 말을 나눈 사람이 나라는 것은 또 나의 불운이었다. 나는 '원죄'라는 표현에 나오는 죄인이 되어 있었다. 덕분에 나는 또다시 형사에게 아무리 친절해도 불쾌하고 자존심 상할 뿐인 조사를 받아야 했고, 슬이 어머니의 눈물과 슬이 아빠의 한숨, 그리고 담배 연기에 갇혀 마냥 움츠리고 있어야 했으며, 엄마로부터는 분명히 뭔가를 숨기고 있는 의뭉스런 아이로 또 낙인이 찍혀 버렸다.

당연한 이야기지만 상처를 입은 사람은 물론 나뿐만이 아니었다. 슬이가 감쪽같이 종적을 감춘 지 사흘이 지난 월요일, 아빠는 슬이 아빠의 전역 신청 소식을 자기가 그 입장이 되어도 당연히 그랬을 것이라며 담담히 전했다. 아빠는 딸이 죽었는지 살았는지, 살아 있다면 어디서 무슨 일을 겪고 있는지도 모르면서 하던 생활 그대로 살아갈 수는 없는 노릇이니 당장 전역을 하고선 퇴직금 아니라 집을 팔아서라도 전국을 돌아다니며 딸을 찾는 게 순리라고 했다. 엄마는 자기가 그런 입장이 되면 아마 그 자리에서 미쳐버릴 것이라고 했다.

정글짐 나는 중2다

나는 안다. 두 사람의 말이 나를 겨눈 것이라는 걸. 나에게 너는 절대 그래서는 안 된다고 경고를 하는 것이고 간절히 애원을 하는 것이라는 걸.

슬이 아빠의 전역은 그렇다고 쳐도 담임의 아주 간단한 작별 인사로 끝난 갑작스런 휴직 소식에는 좀 놀랐고 또 많이 슬펐다. 들리기로는 몸과 마음이 너무나 지치기도 한데다 마침 심한 자폐 증세로 적응 불가능으로 판정 받아 등교를 거부당한 중학교 1학년짜리 아들을 특수학교로 보내지 않고 집에서 직접 가르쳐 보겠다'며 휴직 신청을 했다고 했지만 나는 자폐증 아들보다는 정민지의 자살로 인해 심한 고초를 겪은 담임이 그 충격이 채 가시기도 전에 이슬이의 이유를 가늠키 어려운 가출, 그래서 경찰이 아닌 모든 사람에겐 의문의 실종이 되어버린 또 다른 사태까지 감당해 내기에는 담임의 그 부드러운 마음으로는 결코 쉽지 않으리란 건 충분히 짐작할 수 있었다.

게다가 나는 담임이 작년 2학기 때 느닷없이 자기 아들을 반장을 시켜 달라며 어떤 아이의 엄마가 가지고 온 돈 봉투를 학급 임원은 아이들의 비밀 투표로 아이들이 뽑는 것이라며 거절한 후(물론 그 아이는 투표로도 반장이 되지 못했다)부터 그 엄마가 사사건건 시비를 걸고, 말도 안 되는 걸 이유로 교육청에 계속 진정서를 넣는 등 끊임없이 괴롭히는 바람에 엄청나게 마음고생을 하였었다는 이야기도 후에 들었다. 그러니까 담임은 그냥 지친 정도가 아니라 아예 넌더리를 치고 있었는지도 모른다.

나는 김기성이가 짓궂은 장난을 친 날 '김연지, 참 눈물이 많네.' 하면서 나를 따뜻하게 달래줄 때의, '우리 아들이 자폐를 앓고 있거든' 할 때의 곧 눈물을 쏟을 것만 같았던 그 부드러운 눈길을 너무나도 선명히 기억하고 있었던 것이다.

불과 두 달도 안 되는 그 짧은 시간에 교실 내 39개의 책상이 36개로 줄어들고, 담임이 바뀌면서 나는 내가 한층 어른이 되었다는 걸 느꼈으나 실상 내 생활에 변한 것은 아무 것도 없었다. 나는 여전히 늘 엄마와 싸운 후 집을 나섰고, 지각할까 종종대며 버스를 기다렸으며, 박인영의 수다와 오유진의 공주병에 변함없이 시달렸고, 공부 시간에 병든 병아리처럼 조는 것도 늘 똑같았다.

변한 것이 있다면 내게 아주 은밀한 취미가 하나 생긴 것뿐이었다. 학원에 가기 전 반드시 초등학교엘 들러 정글짐 꼭대기에 앉아 북한산을, 임진강 쪽의 낙조를 한참이나 바라보는 것, 그것이 나의 새로운 아니 유일한 취미가 된 것이었다.

나는 정글짐 위에서 꼭 슬이에게 전화를 걸어보았다. 슬이의 핸드폰 속 여자는 늘 내게 친절하지만 결코 친절하게 들리지 않는 목소리로 '전원이 꺼져 있어 삐 소리 후 소리샘으로 연결되며 통화료가 부과됩니다.'라고 말을 해주었다.

나는 거기에 속삭이곤 했다. '야, 이슬이, 뭐 하니?' '야, 진달래 필 때 가자더니 벌써 옛날에 다 져버렸다.' '이슬이, 너네 학교 정말 예쁘다.' 그러고 나면 나는 아주 홀가분한 마음으로 수업에 집중할 수 있었다. 물에 젖은 솜처럼 늘어진 몸을 가지고도 집으로 돌아오는 발걸음이 한결 가벼웠다.

제3장

4월

제3장 4월

슬이의 전화에서는 여전히 여자의 건조한 대답만이 흘러나왔다.

#39

내가 정민지의 자살 사건이 그간 잠시 잊혀졌을 뿐이지 여전히 뜨겁게 진행 중이라는 사실을 새삼 깨달은 건 슬이가 자취를 감춘 지 열흘 정도 지났을 때였다. 사실 그 기간 동안 3학년 학생부가 '학생부비'라는 명목으로 한 금품 갈취를 이유로 경찰서에 불려갔다가 폭력을 행사한 적이 없고, 강제성도 띠지 않은데다 액수도 적으며 학교에서 허락해 준 단체 야외 체험 활동(두 번인가 자체 MT를 갔었는데 학생주임 선생님이 함께 갔었다고 했다)에 썼다는 이유로 모두 입건되지 않고 학교 징계위원회에 회부된 후 학생부장만 유기정학 7일, 나머지는 근신처분을 받고 학생부는 해산 명령이 내려진 것으로 흐지부지 끝난 일과 만 열네 살이 안 되었다는 이유로 구속이 되지 않고 가정법원으로 보내졌던 3학년 불개미 아이의 아버지가 학교에서 전학을 요구한다는 이유로 교무실로 쳐들어와 난동을 부리고 교감의 뺨을 때렸다가 경찰에 잡혀간 사실 정도는 나도 알고 있었다.

아, 비록 돈의 출처는 몰랐으나 MT에 참석했던 학생주임이 그 이유로 같은 파주시 문산에 있는 중학교로 전근이 된 것도 역시다.

학생부는 학교에서 교장, 교감 등이 그리고 사단장인 학생부장의 아버지가 '빽'을 썼기 때문에 그렇게 말도 안 되게 가벼운 처벌을 받은 것이라고 모두 쉬쉬하며 수군거렸었으나 여전히 보이지 않는 힘으로, 아니 그나마 견제 세력이었던 불개미까지 완전 와해되었기에 어쩜 더욱 당당하게 학교를 장악하고 있었고, 선생님들은 물밑으로 그들을 지원하면서 이용해 먹고 있었다.

나는 선생님들이 자기들의 말을 듣지 않거나 나아가 덤비는 아이들이 있으면 그 자리에선 웬만하면 참는 척 넘기고선 그 이야기를 교감에게 전하고 교감이 학생부장에게 다시 전하면 매가 되었건 겁이 되었건 간에 조치가 이루어지고 있다는 믿기 힘든 사실도 알고 있었다.

3학년들은 자발적이라는 이름으로 수업 시작 전에 여전히 핸드폰을 바구니에 담고 있다고 했는데 그것도 말을 안 해서 그렇지 학생부에게 무언의 압력을 받기에 그럴 것이란 짐작을 우리 모두 공유하고 있었다. 굉음을 내는 오토바이를 타고 와 떡하니 학교 바로 옆 공터에 세워놓고선 당당하게 교문을 들어설 수 있는 아이들 역시 당연히 그들뿐이었다. 왜? 교문 앞에 서서 등교 지도를 하는 선생님은 절대 그걸 못 봤으니까.

내가 그런 이야기를 아빠에게 했을 때 아빠는 내게 이렇게 말했었다.

"인간들, 완전 악어랑 악어새네."

"뭐?"

"인터넷으로 찾아 봐. 무슨 말인지."

하지만 나는 악어와 악어새의 의미, 그러니까 그게 공생관계란 걸 말한다는 것 정도는 당연히 알고 있는 중2였다.

"치이."

"연지야, 너 이이제이(以夷制夷)란 말도 모르지?"

"'도'가 아니라 '은'이겠지."

"뭐?"

"악어랑 악어새, 나도 알거든. 그러니까 아빠가 방금 전에 한 말도 모르는 게 아니고 '은 모르지? 라고 해야 맞거든."

"그래? 그건 그렇다고 치고. 이이제이, 이 말 알아, 몰라?"

"뭔데?"

"오랑캐로 오랑캐를 제거한다, 이 말이야. 병법에 있는 말인데 이게 무슨 말이냐 하면 예를 들어 너네 학교 선생님들이 법에도 없는 학생부라는 아이들을 이용해서 못된 놈들을 혼내준다. 무슨 말인지 알겠어?"

"대충."

"그러니까 요즘 선생님들이 그저 자기 손 안 대고 코만 풀려고 할 정도로 약아진 거라는 거지. 비겁해졌기도 하고."

"……."

"하기는 선생들 잘못이라고 하기도 좀 그래. 나라가 망해가려니까 선생님 알기를 개떡같이 하는 더러운 세상이니 오죽하면 그런 방법까지 쓸까? 하고 이해가 되거든. 뭐 선생님들답지 않게 교활한 건 마음에 안 들지만."

그건 그렇고, 내가 사건이 여전히 뜨겁게 진행 중임을 새삼 깨달았다는 것은 이와는 다른 이야기다. 그러니까 뭐냐 하면 나의 옷을 뺏었던 아이 중 한 명, 아빠가 탄원서를 써 주었던 3학년 김남실의 아빠가 말 그대로 그야말로 소설 같은, 나중에 파주의 전설로 남게 되는 대형사고(사건이라 표현하기보다 사고라고 해야 어울릴 듯하다)를 쳐버린 것이었다. 알다시피 그 사람은 아빠의 후배로서 사단 수색대장을 맡고 있는 사람이고, 우리 집에 와서 아빠에게 무릎을 꿇고 빈 그 사람이다.

그날 나는 하굣길의 교문 앞에서 정말 상상을 초월할 정도로 굉장한, 평생 두고두고 잊지 못할 희한한 광경을 보게 된다. 내 어린 가슴조차 뭉클거리게 만든 감동적이기까지 한 그 광경. 하지만 내가 본 장면부터 이야기하면 너무나도 느닷없이 들릴 터이니 내가 나중에 들어서 알게 된, 그 광경이 벌어지기까지의 사건 전개 과정을 차례로 적는 게 훨씬 이해를 돕겠다.

이야기인즉 이랬다.

정민지의 유서에 자신이 몇 차례에 걸쳐 집단 강간을 당할 때 옆에서 그걸 지켜보는 아이로 지목되어 경찰에 붙잡혀가 조사를 받은 두 명의 여학생이 형사들의 추궁에 자신들, 그러니까 현재 3학년인 불개미 여학생 모두 작년에 불개미에 가입하면서 같은 일을 당했었다는 걸 밝히는 바람에 고등학교 아이들 여러 명이 경찰에 붙잡혀 왔다가 '합의에 의한 성관계' 또는 '증거 불충분' 등의 이유로 구속되지 않고 풀려난 사실이 있는데 김남실의 부모가 뒤늦게 이 이야기를 전해 듣고선 딸을 추궁, 자신의 딸도 아이들에게 윤간을 당한 사실을 알게 되었다는 것이었다.

김남실의 아빠, 그 사람은 바로 경찰서로 뛰어가서 그 아이들의 처벌을 요구했으나 위와 같은 설명만 듣고선 허탈하게 돌아온 후 계속 분을 삭이지 못하고 있었다고 했다. 몇 날을 힘들어 하던 그는 일련의 계획을 짜게 된다. 그가 제일 먼저 한 일은 딸, 김남실과 그 아이의 동생인 초등학교 6학년짜리 아들을 자신의 고향이자 노부모님이 살고 있는 전라도 영광으로 보내 그곳에 있는 학교로 전학을 시킨 것이었다.

다음에 그는 3일간의 휴가를 낸 후, 자신의 딸을 윤간했다는 아이들 다섯 명 중 우두머리, 그러니까 작년 우리 학교 불개미 짱이 다니는 대군 고등학교를 찾아가 담임을 설득해 그 아이를 만나고서는 자신이 김남실의 아버지임을 밝히고 '내일 낮 2시까지 모두 일시, 장소까지 사건의 경위를 아주 구체적으로 밝힌 반성문을 써서 우리 집으로 가지고 와라. 반성문 내용이 진실하면 다 용서해 주겠다. 만일 그 시간에 단 한 명이라도 안 오면 내가 다시 경찰을 움직여 수사토록 한 후 반드시 모두 구속을 시킬 것은 물론 너네 부모들에게 손해배상 청구를 하여 끝까지 괴롭히겠다'고 하며 집을 가르쳐 준다.

이미 경찰에서 단단히 고초를 겪은 경험이 있는 아이들은 부모까지 들먹이며 겁을 주고 때론 부드럽게 어르는 그의 말에 따르는 게 낫겠다고 생각하고선 학교도 빼먹고선 낮 2시에 모두 반성문을 들고 그의 군인 사택 아파트를 찾아온다. 그는 그 아이들을 자신의 승합차에 태운 후 임진 강이 내려다보이는 인적 드문 벌판으로 데리고 간 후 차에서 내리게 하고선 의아해 하는 아이들에게 품속에서 권총을 꺼내 겨누고선 팬티만 남긴 채 옷을 모두 벗고 바닥에 엎드릴 것을 명령한다.

그러고선 아이들이 반항이나 다른 생각을 할 틈을 주지 않고 허공에 대고 총을 발사한다. 사실 그 총은 모양과 발사할 때의 요란한 소리만 권총과 똑같을 뿐 흔한 호신용 가스총에 불과했으나 아이들은 군복을 입은 육군 중령, 그것도 제일 무섭다는 수색대장이라는 사람의 총이 가짜일 것이라는 것은 아예 생각지도 못하고 커다란 총성과 그의 기세에 눌려 공포에 떨며 곧 옷을 벗고선 바닥에 엎드린다.

그는 아이들의 양손을 뒤로 한 후 미리 가지고 갔던 플라스틱 끈('케이블타이'라는 것이라 했다)으로 단단히 묶은 후 또 굵은 로프를 이용, 아이들의 팔을 차례로 엮고선 각자 옷을 들게 하고 차에 태운다. 아이들은 이제 뒤로 수갑을 찬 상태로 굴비 두릅처럼 엮인 형국이 된 채 반항은 아예 생각지도 못하고 공포에 질려 있다.

낮 4시, 차가 멈춘 곳은 그의 딸이 다니고 있는 대군중학교와 반대편의 대군고등학교로 연결이 되는 사거리, 그러니까 내가 매일 아침 버스를 내리는 삼릉읍에서 가장 번화한 곳이다. 그곳엔 이미 그로부터 커다란 특종을 제공하겠다는 연락을 받고 온 신문, 방송기자들 여럿이 어떤 특종일까, 궁금함과 기대감으로 진을 치며 기다리고 있다.

그는 아이들을 모두 차에서 내리게 한다. 아이들은 몸이 서로 엮여 있는 관계로 도망을 치려고 해도 칠 수도 없다. 그는 아이들의 목에 미리 만들어 놓았던 커다란 팻말을 일일이 걸어 준다. 팻말에는 굵은 매직 글씨로 '00고교 1학년 000. 나는 강간범입니다.'라는 제법 멀리서도 보일 정도의 굵고 선명한 글씨가 쓰여 있다.

맨 뒤에 여전히 총을 겨누고 있는 군복의 사내와 함께 공포와 수치심으로 얼굴이 잔뜩 일그러진 팬티 차림 다섯 아이의 기묘한 행진이 시작된다. 행렬은 우리 학교로 통하는 언덕길을 오른다. 기자들은 연신 카메라를 들이대고, 때마침 하굣길의 아이들은 이 굉장한, 재미난 구경거리를 놓치지 않으려 순식간의 구름을 이룬다. 물론 아이들뿐만이 아니라 길가의 상점에 있던 사람들, 그리고 어느새 연락을 받았는지 선생님들까지 뛰어 내려와 구경꾼 대열에 합류한다.

행렬이 드디어 교문 앞에 닿을 무렵 신고를 받은 경찰 순찰차가 현장에 도착한다. 그는 차에서 내려 총을 겨누는 경찰관들에게 아이들을 겨누고 있던 자신의 가스총을 순순히 건네주곤 자신의 신분을 밝히며 헌병대를 불러줄 것을 요구한다. 경찰관들은 그가 현지 사단의 수색대대장이라는 사실에 그리고 이 난데없는 광경에 대한 호기심에 그를 당장 체포하지는 않고 일단 지켜보면서 사태를 보다 구체적으로 파악하고자 한다. 그는 기자들을 불러 모은다.

여기까지가 나중에 들은 이야기이고, 이제부터는 바로 그날 오후에 내가 직접 학교 앞에서 본 광경이다.

"무슨 일입니까? 저 팻말은 무슨 뜻입니까?"

우리들은 그 아이들의 굴욕을 보면서 소리 내어 웃지 못했다. 그들이 누구인지 이미 다 알고 있었기에 뒷날을 생각하며 차마 웃지는 못했던 것이었다.

"다 말씀드리겠습니다. 먼저 이 유인물을 받아 주십시오."

그가 바지 뒷주머니에서 종이 여러 장을 꺼내 사진기를 든 기자들에게, 그리고 출동한 경찰관에게 그리고 아이들 사이에서 유독 눈에 띄는 어른 몇 명에게 한 장씩 나눠주었다. 내 눈에 그는 우리 집에 와 아빠 앞에 무릎을 꿇고 눈물을 흘리던 그 아저씨가 바로 저 아저씨 맞나 싶게 멋있고 당당해 보였다. 덩치도 내 기억보다 훨씬 컸다.

"유인물에 나와 있는 대로 저는 현재 보병 제1사단 수색대대 대대장을 맡고 있는 육군 중령 김영진입니다. 제 딸 김남실, 열여섯 살로 며칠 전까지 이곳 대군중학교 3학년에 재학 중이던 학생입니다. 이 김남실이 2010

년 12월 26일경 및 2011년 1월 10일경 등 두 차례에 걸쳐 삼릉읍 궁내리 소재 궁내아파트에서 현재 대군고 1학년에 재학 중인, 곽민철, 17세 등 5명의 아이들로부터 집단 강간을 당한 사실이 있습니다.

가해자는 바로 저 아이들입니다. 모두 여기 이 중학교에 다닐 때 불개미라는 폭력서클을 하던 애들입니다만, 하여튼 쟤들의 이름과 다니는 학교는 각자 팻말에 모두 쓰여 있고 보다 구체적인 내용은 여러분들에게 드린 유인물에 상세히 적혀 있습니다. 많은 분들이 알고 계시겠지만 지난달 이들은 관할 파주경찰서 형사과 강력수사팀에서 위 혐의로 조사를 받은 바 있으나 혐의가 일부 인정은 되나 강간임을 입증할 구체적 증거가 불충분하다는 이유로 관할 의정부 지청으로부터 모두 기소유예 처분을 받고 석방이 된 바 있습니다.

이에 저는 경찰 및 검찰의 철저한 재수사를 통하여 이들의 파렴치한 행위에 대해 그에 상응하는 적절한 처벌을 하여주실 것을 촉구하는 바입니다.

저는 현역 장교이니 이제 곧 헌병대에 넘겨져 오늘 일에 대한 무거운 처벌을 받게 될 것입니다만, 열여섯 살짜리 여자아이의 아버지로서 오늘 제가 저지른 일에 대해서는 절대 후회하지 않을 것입니다. 덧붙여 말씀드리면 애 엄마인 제 집사람도 아주 분명하게 오늘 제가 하는 일에 십분 동의하고 찬동한다는 말도 있었음도 밝힙니다. 말씀드리기 죄송하고 창피하지만 제 여식 역시 바르게 자라지 못했습니다. 이에 대해 부모로서 무거운 죄책감을 느낌에 깊은 반성과 함께 그 어떤 비난과 책임 추궁도 달게 받도록 하겠습니다.

아무쪼록 저의 이 무모한 행동이 언론에게, 우리 부모들에게, 교사들에게, 수사기관 관계자들에게 그리고 우리의 자녀들 모두에게 경종을 울리고 작은 교훈이 되기라도 한다면 저는 앞으로 닥칠 그 어떤 고난도 행복하게 감수할 수 있을 것입니다. 말씀드릴 기회를 허락해주신 저기 두

분 경찰관들께는 특별히 더 고맙다는 말씀 올립니다."

기자들은 계속 사진을 찍어댔다.

"어이 학생들, 누구 커터 칼 있는 학생 없어?"

누군가가 경찰관에게 커터 칼을 내밀었다. 그 경찰이 아이들의 손목에서 로프를 풀어내고 커터 칼로 케이블타이를 끊어주었다.

"인마, 그 팻말도 벗겨내고. 이 자식들, 어이구, 꼴락서니 봐라. 너네들, 일단 여기에 타서 기다리고 있어."

아이들이 허겁지겁 순찰차 뒷좌석에 올라탔다(다섯 명이라 탔다기보다 안으로 구겨져 들어갔다가 더 어울릴 것 같다).

"기자분들, 분명히 신문이나 TV에 나올 수 있게끔 부탁드립니다."

그냥 평범한 군복 차림에 팔에 '헌병'이라 쓰인 완장만 찬 중위와 멋있는 헬멧을 쓴 사병 두 명 등 세 명의 헌병들을 태운 지붕 없는 군대 지프차가 요란한 사이렌 소리를 내며 현장에 도착했다.

"전진! 헌병대 당직관입니다. 죄송하지만 체포, 연행하겠습니다!"

"그래, 갑시다."

그가 두 손을 내밀었다.

"아니, 수갑은 안 채우도록 하겠습니다."

"채우세요. 부탁합니다."

망설이던 헌병이 그의 손에 수갑을 채웠다. 다시 기자들의 카메라에서 일제히 셔터를 누르는 소리가 났다.

"저놈들 옷은 저 밑에 내 차에 있습니다. 아마 지금쯤 우리 집사람이 와서 차문 열고 기다리고 있을 겁니다.

헌병 지프차가 올 때와 마찬가지로 요란한 소리를 내며 언덕길을 내려갔다. 경찰 순찰차도 차를 돌렸다. 그때 뒷좌석의 한 아이가 창문 사이로 얼굴을 내민 후 씨익 웃으며 손을 들어 V자 모양을 지어보였다. 당연히 기자들의 카메라는 이 장면을 놓치지 않았다. 나는 그걸 보고 아이들이 말하는 SC라는 것이 바로 이것이구나 하는 생각이 들었다.

#40

김남실 아빠의 이 사건은 그 후 벌어진 일들을 미리 당겨서 적는 게 나을 것 같다. 결론부터 말하면 그 사건은 '성공적인 거사' '의거'로 남게 되었다. 그러니까 수색대장, 그의 의도와 예상대로 사건이 흘러간 것이었다.

그중 내가 제일 통쾌했던 것은 그날 일이 신문에, TV에 커다란 뉴스가 되어 나온 것은 물론 인터넷을 정말 뜨겁게 달구어 버렸다는 것이었다. 몇 달이 흐른 지금까지도 인터넷에 '일진 굴욕 동영상'이라 검색해 보면 팬티 차림의 아이들이 팻말을 걸고 '골고다 언덕'을 오르는 동영상이나 사진들이 아주 여러 개가 뜨는 걸 보면 그 당시엔 얼마나 대단했을지 쉽게 짐작이 갈 것이다.

사람들은 김남실의 아빠가 분명 아주 커다란 잘못을 저지르기는 했지만 그의 심정은 십분, 아니 백분 이해할 수 있다고들 했다. 그런 사람들의 마음에 기름을 뿌려 분노의 불길을 한층 높인 것은, 그리고 김남실의 아빠에게 더욱 커다란 응원과 격려, 동정을 하게 만든 것은 경찰차 차창으로 얼굴을 내밀고 웃으면서 손으로 V자를 그리던 놈의 사진이었다. 센 척 한 번 한 것이 자기 발등을 도끼로 찍은 격이 된 것이었다. 그렇지 않아도 분노한 경찰이 재수사 여부를 저울질하고 있던 차의 검찰의 재수사 지시는 울고 싶던 경찰의 뺨을 때려준 꼴이 되었다고들 했다.

전남 영광에서 학교를 다니던 김남실까지 불려와 조사를 받는 등 이틀간 경찰이 부산을 떤 결과 결국 이들 중 세 명이 구속이 되었고 나머지 두 명은 불구속 상태로 함께 재판을 받게 되었다. 정민지의 자살도 다시 한 번 사람들의 입에 오르내리게 되었다. 덕분에 우리 학교는 학교 폭력의 온상으로 또 매스컴 좀 타버렸다. 물론 결과는 좋지 않았다. 학교에 대한 교육청의 전면 감사가 이루어지는 통에 교장이 이런저런 꼬투리를 잡혀 결국 사표까지 내야 했으니까.

아, 기자가 학교를 들락거리는 바람에 좋은 뉴스도 하나 생기긴 했다. '어느 교실의 기적'이란 제목으로 중증 행동발달 장애를 앓고 있는 아이를 부반장으로 뽑아 학교생활에 완벽 적응케 만든 아이들, 그러니까 바로 우리 반 이야기가 조금은 낯간지럽게 과장된 채 아주 커다랗게 나온 것이었다. 그나마 내 마음을 조금 밝게 만든 것은 휴직을 한 담임의 이야기도 거기에 나온 것이었다. 그 기사는 내가 몰랐던 이야기들도 여럿 소개하면서 담임을 요즘 보기 어려운 참스승으로 그려 놓았는데 물론 나는 거기에 당연히 동의하면서 그 기자에 대해 고마움을 느꼈었다.

김남실의 아빠는 자기 예상대로 납치와 감금죄로 헌병대에 구속이 되었다.(아빠는 그가 휴가를 내놓은 상태에서 그런 일을 벌인 게 머리를 잘 쓴 것이라 했다, 안 그랬으면 근무이탈이라는 무거운 처벌까지 받았어야 한다고 했던가?) 재미있는 사실은 많은 사람들이 이런저런 구명운동과 함께 헌병대 앞으로 몰려가 그의 빠른 석방을 촉구하는 데모를 지속적으로 벌인 일이었다. 전방 헌병대 앞에서 민간인들의 데모라니! 동네 노인들이 평생 못 보던 재미있는 장면을 실컷 보는 즐거움을 누렸다는 소리는 우리를 마냥 유쾌하게 만들었다.

어쨌든 그는 한 달쯤 지나서 선고유예인가 뭔가 하는 아빠 말로는 거의 무죄나 다름없는 것으로 풀려났고, 지금은 영광에서 버섯 농사를 짓고 있다 한다. 아빠는 집행유예도 아닌 선고유예와 강제 전역으로 끝난 것은 여론의 힘도 있지만 사실은 모두 사단장의 힘일 것이라 단언했다. 사단장이라는 직책은 군대 안에서는 재판 결과도 뒤집을 수 있는 엄청난 힘이 법으로 보장되어 있는데 아마도 같은 학교 학생부장으로서 한번 혼쭐이 난 자기 아들을 생각해서라도 절대 엄벌에 처할 수는 없었을 것이라는 게 아빠의 진단이었다.

'멋진 놈!' 이 한 마디가 김남실의 아빠에 대한 우리 아빠의 평가다. 엄마는 '대단한 양반'이라며 그 처 죽여도 시원찮을 인간들 때문에 앞길이 창창하던 젊은 엘리트 장교가 애꿎게 옷을 벗게 되었다고 눈물까지 비쳐가며 안타까워했다. 물론 아빠도 안타까워했는데 그건 슬이 아빠, 김남실의 아빠 등 새로 사귄 술친구 두 명이 졸지에 옷을 벗고 사라져 버렸다는 것 때문이었다.

그 사람에 대한 후한 평가는 물론 우리 아빠나 엄마뿐이 아니었다. 한 예로 그가 영광으로 내려간 지 얼마 안 되어 우리나라에서 제일 많이 본다는 신문에 아주 긴 인터뷰 기사가 나왔는데 그곳에서도 그는 거의 '의사' 수준으로 그려져 있었다.

'어, 이 친구 완전 스타 됐네. 나도 전역도 얼마 안 남았는데 만날 어영부영 말고 확 사고나 한번 쳐 볼까? 이게 그 기사를 본 후의 아빠의 멘트였다.

어쨌거나 김남실의 아빠는 우리들의 종아리를 굵게 만드는 원흉으로 지목되었던 천덕꾸러기 언덕길에 '골고다 언덕'이란 멋진 이름을 만들어 주고(믿기 어렵겠지만 그 이후 언덕을 오르는 게 확실히 덜 힘든 듯 느껴진다.) '골고다의 행진'은 그렇게 하나의 전설이 되었다.

#41

어느 학교든지 다 그런 건지 아니면 우리 학교, 아니 우리 반이 특별한 저주를 받은 건지 사건은 끊임없이 일어났다.

중간고사를 하루 앞둔 4월의 마지막 화요일 아침, 이번에는 송기열, 그러니까 2학년 첫날 아침에 슬이에게 욕을 했다가 이해천이에게 밟힌 아이, 나이 드신 사회 선생님께 말대꾸하며 덤비는 바람에 담임의 마음을 아프게 하던 바로 그놈이었다.

아, 바뀐 우리 반 담임은 이제 서른한 살의 남자, 젊은 기간제 선생님이

다. 내가 좀 이상하게 생각하는 것은 아이들이 기간제 선생님들은 일단 한자락 무시하고 들어간다는 사실이었다. 하기는 나 역시 우리 담임이 조금만 귀찮은 일이라도 생길 양이면 혼자말로, 그러나 실제로는 우리에게 다 들리게 '씨발, 무슨 기간제를 담임을 시켜?' 하고 내뱉곤 하는 바람에 아이들의 푸대접을 받아도 싸다는 생각을 하고 있었다. 나도 그딴 상소리를 거침없이 내뱉는 인간을 선생님으로 받아들이기가 쉽지 않기는 마찬가지였으니까.

어쨌거나, 그날 첫 시간이 마침 담임의 과목인 국어여서 그랬는지 하여튼 담임은 슬이 대신 임시 반장을 맡고 있는 김기성이에게 늘 인상을 찌푸리고 막말을 하면서도 그간 미루어 왔던 반장 선거를 실시했다. 입후보자는 세 명, 손민서와 송기열, 그리고 현직 부반장 김기성이었다.

담임은 교탁 위의 노트를 들춰보더니 인상이 확 찌푸려졌다.

"어이, 반장은 그래도 공부 좀 하는 애가 해야 되는 거 아냐?"

"……."

담임은 조금 아까 보았던 노트를 다시 찬찬히 들춰보았다.

"김연지, 김연지가 누구야?"

나는 난데없이 튀어나온 내 이름에 그야말로 화들짝 놀라 손을 들었다.

"너야? 왜, 반장 한번 해 보지 그래?"

"싫습니다."

나는 단 한순간도 망설임 없이 대답했다.

"싫어? 왜?"

"저는 전학 와서 아이들도 잘 모르거든요."

"두 달이나 같이 생활했는데 모르긴 뭘 몰라? 너도 입후보해라."

"죄송한데요, 저는 안 하겠습니다."

나는 담임의 얼굴을 보고 그가 나의 거부를 상당히 불쾌해 하고 있다는 것을 알았다. 하지만 반장이라니! 나는 정말 추호도 할 생각이 없었다.

"알았어, 그럼 할 수 없지 뭐, 그럼 임시 반장도 후보자니까. 으음, 김연지."

"예?"

"반장은 하기 싫다고 했고, 네가 나와서 투표 진행해라. 아무나 서기할 사람 한 명 나오고."

내가 마지못해 교탁 앞에 서자 박인영이가 혀를 날름거리며 일어나 내곁으로 와 섰다. 나는 차례로 소견 발표를 시킨 후 막 바로 투표를 진행했다. 송기열과 김기성, 본인들을 뺀 모두의 예상대로 손민서가 새로운 반장으로 뽑혔다. 문제는 김기성이가 그래도 여섯 표나 득표를 했는데 비해 송기열이는 단 한 표, 그러니까 그 아이에게 투표를 한 건 본인 자신뿐만이라는 게 저절로 밝혀진 게 된 것이었다.

아이들이 웃은 건 당연했고 송기열이가 그걸 비웃음으로, 굴욕으로 받아들인 것도 당연했다.

"씨발."

"뭐? 송기열! 너 지금 뭐라고 했어?"

못 들은 척 참고 넘어갔어야 할 송기열의 욕설을 지적한 건 결단코 경험 부족한 기간제 교사의 악수였고, 그날이 재수 옴 붙은 날인지 몰랐던 선생님의 자업자득이었다.

"아무 말도 안 했는데요."

"인마, 방금 씨발이라고 욕했잖아?"

"욕 안 했거든요?"

"너, 이리 나와."

"왜요?"

"왜요? 뭘 왜요. 야, 이 새끼야, 선생님이 나오라면 빨리 나오지 않고."

"욕하지 마세요. 씨발, 왜 욕하는데요?"

"뭐? 이런 잡놈의 새끼를 봤나."

얼굴이 벌게진 선생님이 지휘봉을 들고 송기열이의 자리로 달려가더니 그의 머리를 사정없이 후려쳤다.

"왜 욕하는지 몰라서 물어? 응, 이 양아치 새끼야."

두 손으로 머리를 감싼 채 매를 맞던 송기열이가 벌떡 일어났다. 그는 담임보다 한 뼘 정도는 더 커보였다. 두 사람은 이내 함께 교실 바닥을 뒹굴었다. 먼저 일어난 것은 송기열, 그는 일어나려고 애를 쓰는 담임의 옆구리와 엉덩이에 계속 발길질을 해댔다. 손민서만 옆에서 소리를 지르고 있고 말리는 아이들은 아무도 없었다.

나는 교실 문을 박차고 옆 반으로 달려갔다. 마침 옆 반에선 젊은 남자 선생님인 미술 선생님이 수업을 진행 중에 있었다. 나는 다급히 문을 두드린 후 교실 문을 열어젖혔다.

"뭐야? 인마."

"선생님, 우리 반이요……."

나는 다시 그 교실을 뛰쳐나왔다. 미술 선생님은 뭔가 심상치 않은 일이 발생하였다는 걸 눈치채고 나를 따라 우리 반으로 달렸다. 들어선 교실에선 담임은 깨진 안경을 손에 든 채 서서 휴지로 코피를 닦고 있었고, 송기열이는 머리에 피를 흘린 채 개구리처럼 바닥에 엎어져 있는 광경이 눈에 들어왔다. 미술 선생님이 소리를 지르며 담임에게 다가갔다.

"최 선생, 왜 그래?"

"……."

"야, 니들 뭐해? 빨리 휴지 갖고 와."

누군가가 얼른 휴지를 건넸다. 미술 선생님은 무릎을 꿇고선 송기열이의 머리에서 피를 닦아내다 출혈이 멈추지 않자 자신의 손수건을 꺼내 상처가 생긴 곳을 누르며 또 소리쳤다.

"전화 해. 아니 누가 빨리 보건실로 뛰어가서 양호선생님 모시고 와. 빨리."

또 누군가가 뛰어나갔고, 담임은 비실비실 교단 옆 자기 자리에 가 앉았다.

"어이, 최 선생, 무슨 일이냐고?"

"저 새끼가……."

"됐어. 누가 왜 이렇게 되었는지 말 좀 해 봐."

"제가 그랬거든요."

손민서였다.

"네가? 네가 뭘 어떻게 한 건데."

"저 새끼가 담임선생님을 막 때리길래 말렸는데도 안 들어서 제가 의자로 때렸거든요."

"의자로?"

"예."

그때 양호선생님이 구급함을 들고 부르기 위해 달려 나갔던 아이와 함께 급한 걸음으로 교실로 들어왔다.

"이 선생님, 빨리 이 아이 머리 좀 봐주세요."

양호선생님은 송기열이의 머리를 꼼꼼하게 살폈다.

"괜찮아요. 몇 바늘 꿰매면 되겠어요."

"정말 괜찮은 거 맞습니까? 피 나오는 거 보니까 많이 다친 것 같은데."

"예, 곧 지혈 될 거예요."

교실의 복도 쪽 창문에는 벌써 아이들이 새까맣게 달라붙어 있었고 교감을 비롯한 몇몇 선생님들도 우리 교실로 들어왔다.

"뭡니까?"

"애가 조금 다쳤습니다."

"뭐요? 왜 그랬대요? 싸웠답니까? 애는 괜찮고요?"

교감은 그때서야 담임을 본 모양이었다.

"아니, 최 선생, 당신은 또 왜 그러고 있어요?"

담임은 대답이 없었다. 교감은 담임의 얼굴을 보고 이내 사태의 전말을 눈치챈 것 같았다.

"이 선생, 어때요?"

"몇 바늘 꿰매야 될 것 같습니다."

"이 선생이 하면 안 돼요?"

"병원에 가서 봉합수술 받아야지요."

"아니 간호사가 그거 몇 바늘도 못 꿰매요? 실, 바늘 있을 거 아닙니까?"

"교감 선생님!"

교감은 자신을 나무라는 듯한 양호선생님의 차분한 말투를 듣자 지금 자신이 얼마나 무리수를 두고 있는 것인지를 비로소 깨달은 것 같았다.

"때도 안 좋은데……."

그때 송기열이가 양호선생님이 누르고 있던 상처 위의 두툼한 가제를 자기 손으로 누른 채 바닥에서 일어났다.

"학생, 괜찮아?"

"안 괜찮아요."

"뭐?"

교감은 송기열이의 볼멘 대답에 흠칫 놀라더니 그의 얼굴은 잘못 걸렸구나, 하는 낭패라는 기색이 역력해보이게 일그러졌다.

"갑시다. 얘 빨리 병원으로 데리고 가자고."

미술 선생님이 송기열이의 팔을 잡았다.

"가자."

송기열이가 그 팔을 뿌리쳤다.

"안 가요."

"뭐? 이 녀석아, 빨리 병원엘 가서 치료 받아야지."

송기열이는 대꾸는커녕 선생님들에게 눈길도 주지 않은 채 주머니에서 핸드폰을 꺼냈다. 그의 머리에서 피가 다시 주르륵 흘러내렸다.

"거기, 119지요? 예, 여기 대군중학교 2학년 4반인데요, 내가 좀 다쳤으니까 빨리 좀 와주세요."

"인마, 뭐하는 거야? 119는 왜 불러? 선생님들 차 타고 가면 되지. 빨리 가자."

"거기 112지요? 예, 여기 대군중학교 2학년 4반 교실인데요, 제가 지금 매를 맞아서 많이 다쳤거든요. 예, 제가 많이 다쳤다고요. 송기열이요, 송, 기, 열. 예, 빨리 좀 와 주세요."

선생님들의 안색이 파랗게 질려갔다.

#42

또 다시 일어난 참사. 학교는, 임시로 대리 교장을 하고 있던 교감은, 그리고 담임은, 손민서는 걸려도 된통 잘못 걸렸다. 교무실에서 출동한 경찰관들에게 잔뜩 곤욕을 치루고 그 경찰관들의 권유대로 만일에 대비하기 위해 병원엘 가서 진단서를 떼 가지고 온 후 교감 앞에 서서 야단을 맞던 담임은 송기열의 아빠에게 또 뺨을 서너 대 얻어맞았다.

선생님이 교실에선 학생에게 맞고, 교무실에선 그 아버지에게 또 맞은 것이다. 송기열의 아빠는 군대에서 한쪽 다리를 잃은 상이군인이라고 했는데(본인은 자기가 베트남전 최후의 상이용사라고 주장했다 한다. 물론 나이로 보아 말도 안 되는 거짓말이란 걸 선생님들도 다 알고 있었다고 한다.) 그는 교무실에서 담임의 뺨을 친 것도 모자라 의족을 빼 마구 휘둘러 댔다고 한다. 덕분에 교감의 책상 유리가 박살이 나고, 그는 또 그 유리조각을 들어 웃통을 벗고 자신을 배를 그었다고 했다.

이에 교무실에 있던 모든 선생님은 물론 뺨까지 얻어맞은 담임조차도 그 기세에 눌려 안절부절 연신 '아버님' 소리만 연발했다던가? 송기열이는 병원에서 아홉 바늘을 꿰맸는데 진단서에는 전치 3주가 나왔다고 했다. 전치 3주짜리 학생의 진단서 앞에서 전치 2주의 교사의 진단서는 아무짝에도 쓸모가 없었다. 아마 2주가 아니라 2개월이 나왔어도 마찬가지였을 것이다. 도대체 한쪽 다리가 없는 불구의 사내가 배에서 피를 흘리면서 교무실을 온통 헤집고 다니는데 그깟 선생님의 진단서가 다 무슨 소용이 있으랴?

결국 송기열이의 아버지의 요구는 선생님들의 짐작대로 돈, 돈이었다. 천만 원, 잘 모르는 내가 생각해도 머리 몇 바늘 꿰맨 대가치고는 엄청난 액수였다. 막가는 학교로 이미 찍혀버린 학교의 힘없는 선생님들은 이제 경찰이니 기자니 이런 건 지긋지긋하던 참이었으니 어쩌면 똥 밟은 셈 치자며 일방적인 굴욕을 자처한 것은 당연한 일인지도 몰랐다.

하지만 돈의 액수가 너무나도 컸다. 결국 선생님들은 진짜 가해자는 어디까지나 손민서잖아, 하면서 그 아이의 아빠를 학교로 불러 합의금을 나누어 낼 것을 요구했다.

반전은 여기에서 시작되었다. '제가 알아서 해결하겠습니다.' 하며 학교를 나선 손민서의 아빠가 그 길로 송기열이의 아빠가 하고 있는 슈퍼로 찾아가 100만 원, 단 돈 100만 원을 주고 합의서를 받아 왔던 것이다. 그것도 처음에는 50만 원만 주고 돌아섰다가 굽실거리는 송기열이의 아빠가 불쌍하다며 보약이나 사먹으라며 50만 원을 더 준 것이라고 했다. 어떻게 그 기세등등하던 송기열이의 아빠를 단숨에 그렇게 만들 수 있었는지는 그 누구도 모른다.

112 신고에 의해 출동을 하였던 경찰관들도 이 일을 아무런 문제 삼지 않기로 했다는데 인영에 말에 의하면 112 신고는 기록이 남기 때문에 함부로 봐주고, 말고 할 수 없는 것이라 했다. 그 아이의 말이 사실이라면 그 또한 손민서의 아빠 때문이었을 터, 그것 역시 그가 어떤 식으로 자신

의 힘을 발휘했는지 우리가 알 리는 없다. 단지 우리 모두는 역시 손민서의 아빠는 소문대로 '파주의 제왕'임이 맞구나 하면서 통쾌하게 생각했을 뿐이고, 손민서가 새삼 다르게 보였을 뿐이었다.

그날 저녁 손민서의 아빠가 분노와 절망감에 떨었던 선생님들을 금촌에 있는 자신의 고기 집으로 모시고 가 근사하게 회식을 했다 하고, 크게 취한 교감이 노래방에서 양호선생님한테 들이댔다가 개망신을 당했다는 확인되지 않은 소문이 그날 이후에도 우리 사이에서 내내 돌아다녔다.

다음 날 아침, 우리들은, 심지어는 담임까지도 아무 일도 없었다는 듯 반장 손민서의 씩씩한 구령에 맞춰 아침 인사를 나눴다. 물론 붕대를 머리에 맨 송기열이도 구석진 제 자리에서 비록 인상을 찌푸리긴 했지만 나름 얌전히 고개를 숙이고 있었다. 부반장은 차점 득표자인 김기성이가 다시 뽑혔다.

그로부터 나흘 후 김기성이의 엄마가 부반장 턱(사실 원래 부반장이었으니 턱을 낼 이유가 전혀 없었다)이라며 가져온 따끈따끈한 피자와 시원한 콜라를 희희덕대며 나눠먹는 의식을 끝으로 그 지긋지긋한 중간고사가 모두 끝났다.

결과는 기대 이상이었다. 물론 어느 정도 예상이나 기대를 안 한 건 아니었으나 담임으로부터 '우리 반에서 전교 1등이 나왔다. 김연지, 수고했고, 자, 모두 김연지에게 박수!'라는 말을 들었을 때 나는 하마터면 또 울 뻔했다. 물론 전교 1등이 기뻐서 그런 건 아니었다.

슬이, 이슬이 때문이었다. 나는 만약에 이슬이가 있었더라면 분명 전교 1등은 그 아이가 차지했을 것이라는 것, 그리고 나는 그걸 티 한 점 없이 마음껏 축하해주고 같이 기뻐했으리라는 걸 알고 있었다.

나의 정글짐 행은 여전했으나 슬이의 전화는 여전히 늘 똑같은 여자의, 똑같은 건조한 대답뿐이었다.

제4장

5월

제4장 5월

내 멋대로 그 아이와 사랑에 빠져버렸다는 이 자존심 상하는 일을 인정해야만 했다.

#43

드디어 5월이 되었다. 학교는 이제 완전히 평온을 되찾은 것 같아 보였다. 늘 무슨 기간제가 담임을 하느냐며 투덜거리던 담임도 송기열 사건의 충격에서 벗어나 이제 아이들과 부대끼는 데 재미를 붙였는지 아이들을 한결 따뜻하게 대했고, 나는 공주마마 오유진 덕에 생전 안 보던 드라마를 몰아서 보는 재미에 푹 빠졌으며, 땅꼬마 손민서는 아이들을 쥐락펴락하며 반장 놀이를 흠뻑 즐기는 것 같았다. 수다쟁이 박인영의 아침 정류장 보초도 물론 여전했다. 부반장 김기성이는 호시탐탐 오유진의 머리를 노리고 있었는데 그럴 때마다 아이들이 '부반장'이란 단어를 외치면 머쓱해서 물러나곤 했다.

아, 어린이날에 일어난 가장 멋진 일도 당연히 전해야겠다. 나는 이제 물론 어린이는 아니지만 그날이 즐겁고 고맙기는 매한가지였다. 물론 공휴일이기 때문에 그런 것이 첫째 이유고, 엄마나 아빠가 아직 나를 어린이로 생각하고 있다는 게 그 두 번째 이유다. 게다가 올해의 선물은 좀 거창했다. 아빠가 핸드폰을 구닥다리 슬라이딩 폰에서 최신식 스마트폰으로 바꿔준 것이다. 아빠한테는 역시 나이나 쑥스러움 같은 건 다 잊고 그냥 어린아이 행세하는 게 이래저래 좋은 법이라는 걸 새삼 실감한 날이었다.

하지만 솔직히 고백하자면, 그 스마트폰 선물이 마냥 흡족하고 좋은 것만은 아니었다. 학교 부근 대리점에 가면 얼마든지 공짜로 살 수 있는 모델인 걸 아빠는 바보같이 큰돈을 들인데다, 요금제도 대리점 사람들이 유혹하는 대로 비싼 것으로 정했고, 무엇보다 내가 그간에 눈여겨보던 모델이 아니었던 건 좀 짜증스럽고 또 서운하기도 했다.

아빠는 말과는 달리 늘 내 취향이나 기호에는 별 관심이 없다. 아니 관심이 없다기보다는 보는 눈이 나와는 너무나도 달랐다. 그래서 그게 옷이든 신발이든 하여튼 꼭 사다 주고선 나로 하여금 고마워하기는커녕 화를 돋게 만드는데 따지고 보면 그건 모두 술이 지은 죄라는 걸 나는 안다. 아빠는 그런 나의 태도에 늘 서운해 하며 다시는 내가 이딴 걸 사가지고 오나 봐라 하며 한탄을 하곤 하지만 아무리 그래도 또 술이 취하면 그 서운함은 까마득히 잊고 꼭 치킨 한 조각이라도 사가지고 와선 나를 거실로 불러내는 아빠가 어린이날에다 전교 1등의 위업(?)을 달성한 무남독녀에게 바가지 좀 쓰면서 대망의 스마트폰을 사온 건 어쩜 예상했어야 하는 일이었는지도 모른다.

그러니까 잘못한 게 있다면 내가 다른 건 몰라도 스마트폰만은 내 취향대로 살 것이니 절대 사가지고 오지 말라는 닦달을 미리 안 한 나에게 있는 것이고, 때문에 나는 이번만은 짜증스럽거나 서운해서는 안 될 일이었다. 나는 마음을 바꿨다. 그리고선 아빠에게 고맙다고 이양을 떨었다. 아빠는 평소 같지 않은 내 태도에 도리어 더 어쩔 줄 몰라 하고 있었다.

그렇다면 내가 이제 철이 좀 들어서 마음에도 안 드는 스마트폰에 정말 고마워했을까? 고작 거의 누구나 갖고 있는 스마트폰 하나 받은 일을 어린이날에 일어난 가장 멋진 일이라고 했을까? 물론 그게 아니다.

슬이로부터 편지가 온 것이었다. 전화도 아닌 편지, 그것도 손 글씨로 쓴 편지, 생각해 보니 기껏 생일 파티 초대장 외에는 손으로 쓴 편지는 여태껏 처음 받는 것이었다. 나는 그 안에 어떤 내용이 들어있을까 하는 마음에 조금은 설레기도 하고 또 조금은 두렵기도 해서 선뜻 열지 못하고 봉투를 이리저리 돌려가며 살펴보았다.

발신자 주소 난에는 뜻밖에 슬이의 파주 자기 집 주소가 쓰여 있어 나는 순간적으로 얘가 집에 와있나? 하고 생각하다가 나의 멍청함이 어이없어 피식 웃고 말았다. 우표에 찍혀있는 도장에는 '삼척'이라는 글씨가 보였는데 나는 인터넷을 열고 확인을 해보고서야 그게 도시 이름이라는 걸, 그러니까 슬이가 강원도 삼척에 있는 우체국에서 이 편지를 보냈다는 걸 알 수 있었다.

드디어 편지를 열었다. 볼펜으로 눌러 쓴 두 장의 편지, 나는 슬이가 이렇게 글씨를 예쁘게 썼었던가? 하는 생각이 들었다. 170이나 되는 키와 동글동글 굴러가는 듯한 여학생들 특유의 작고 예쁜 글씨는 어딘가 느낌이 서로 맞지 않는다는 생각을 하다가 나는 아무리 키가 크고 생각이 어른스럽다 할지라도 슬이가 나와 같은 중2라는 사실을 새삼 깨달았다.

여기서 이 글을 읽는 그 누구도 슬이의 그 긴 편지 내용을 궁금해 할 필요는 없을 것 같다. '연지야? 잘 지내지? 나도 잘 지내? 너도 이 노래 좋아하지? 저녁에 정글짐에 올라가서 한번 들어 봐.(이문세나 빅뱅 말고 나는 윤도현이 부른 게 더 좋은 것 같더라) 완전 죽음일걸? 내 걱정은 안 해도 되는 것도 알지?'

이 말 밑으로 이문세의 노래 '붉은 노을'의 가사를 적은 게 전부였으니까.

붉게 물든
노을 바라보면
슬픈 그대 얼굴 생각이 나
고개 숙이네
눈물 흘러
아무 말 할 수가 없지만
난 너를 사랑해
이 세상은 너뿐이야

소리쳐 부르지만
저 대답 없는
노을만 붉게 타는데

그 세월 속에 잊어야 할
기억들이 다시 생각나면
눈 감아요 소리 없이
그 이름 불러요
아름다웠던 그대 모습
다시 볼 수 없는 것 알아요
후회 없어
저 타는 노을
붉은 노을처럼
난 너를 사랑해
이 세상은 너뿐이야
소리쳐 부르지만 저 대답 없는
노을만 붉게 타는데

어디로 갔을까
사랑하던 슬픈 그대
얼굴 보고 싶어
깊은 사랑 후회 없어
저 타는 붉은 노을처럼
난 너를 사랑해
이 세상은 너뿐이야
소리쳐 부르지만

저 대답 없는

노을만 붉게 타는데

이 세상은 너뿐이야

소리쳐 부르지만

저 대답 없는

노을만 붉게 타는데

　나는 즉시 그 노래를 MP3에 다운을 받았다. 그 전만 해도 '무슨 학원이 어린이날에 놀지도 않냐?'며 짜증이 나 있었지만 나는 씩씩하게 학원으로 향했다. 해가 길어져서 그런지 첫 시간이 끝나서야 서쪽 하늘이 붉게 물들기 시작했다. 나는 학원을 빠져나와 초등학교의 정글짐에 올랐다. 이어폰을 귀에 꽂고 MP3를 켰다. 슬이의 말이 맞았다. 완전 죽음이었다.

　나는 이걸, 이 장엄하고 아름다운 노을을 보러 일부러 파주를 찾는 사람이 아주 많다는 말을 떠올리며 이제야 그럴 수도 있겠구나, 하고 비로소 동의를 했다.

#44

　다음 날 아침, 슬이의 부모님이 새벽에 삼척으로 향했다는, 혹시 또 소식이 오면 바로 알려줘야 한다는 엄마의 말을 귓등으로 흘리며 나는 집을 나섰다. 그러고 보니 엄마는 녹음기를 트는 것을 잊었다. '제발 그놈의 치마 좀 내려 입으라'는 하나마나 한 잔소리를 슬이 부모님의 이야기를 하다가 잊은 것이다. 중요한 의식을 빼먹고 분해하고 있을 엄마를 생각하니 버스를 타러 가는 길이 한결 홀가분했다.

　나는 어제, 망설이고 또 망설이다가 엄마에게 슬이의 편지에 대해 이야기를 했다(물론 엄마의 강압에 아예 보여 주기도 했다). 어쨌든 슬이 부모님께 알려는 드려야 한다는 생각이 들었던 것이다. 흥분한 엄마는 즉시 슬이 엄마에게 전화를 걸었다. 그때만 해도 나는 슬이 부모님이 우리 집으로 달려오고, 나는 속상해하면서 슬이의 편지를 보여주고, 그런 곤혹스런 장면을 각오하고 있었다.

다행히도 슬이 엄마는 전화로 나를 바꿔달라고 하더니 혹시 어디에서 뭘하고 지내는지 그런 걸 알 수 있는 내용이 있는지 묻고선, 없다고 했더니 그럼 어디 우체국 소인이 찍혔는지 봐 달라는 말만 했다. 슬이가 집으로도 편지를 보낸 것이었다. 그 편지 역시 삼척에서 보낸 것이었고 그래 삼척 일대를 다 뒤져 보겠다고 하며 슬이 부모가 내려간 것이었다. 나는 설마 진짜로 삼척에 있으면서 삼척에서 편지를 보낼 리는 없다는 느낌에 슬이 부모가 분명 허탕을 칠 것이라 생각했다(역시 허탕을 치고선 사흘 만에 돌아오셨다 한다). 버스에서 내리니 역시 박인영이가 기다리고 있었다.

"넌 만날 지루하지도 않니?"

"괜찮아. 네가 내릴 시간에 딱 맞춰서 나오는데 뭘."

우리 집 앞을 거치는 버스는 20분에 한 대꼴이다. 한 대만 놓치면 바로 지각을 하게 되기 때문에 나는 7시 15분, 늘 똑 같은 시각에 통과하는 버스를 탄다.

"내가 다음 버스에 타면?"

"네가 늘 타고 오는 버스에서 안 내리면 그땐 혼자 가면 되지 뭘."

"너, 이러는 거 솔직히 좀 부담스러운 거 아니?"

"친구가 기다리는 게 뭐가 부담스럽니?"

"……"

"네 성격이 그러니까 큰일 날 뻔한 거잖아."

"큰일?"

"몰라? 너 왕따 될 뻔한 거?"

"내가?"

"조금 시작했었는데 몰랐단 말이야?"

"나를 왕따시키는 걸 시작했었다고?"

"응."

"그런데?"

"그러다 말았지 뭐."

"나를 왜 왕따시키려고 했는데?"

"너, 네가 전에도 궁파에서 널 노리고 있다는 말 했잖아. 민지 죽은 다음에 경찰서에도 갔다 왔었고."

"궁파 아이들은 내가 슬이랑 붙어 다녀서 미워한 거라며?"

"그것보다 경찰서 갔다 온 게 더 크지."

"그게 뭐? 나도 불려간 건데."

"네가 불개미랑 민지에 대해, 그리고 학생부에 대해 다 나발 불었잖아."

"헐, 내가 나발을 불었다고?"

"아냐?"

"내가 뭘 아는 게 있어야 나발을 불든가 말든가 하지."

"옷 뺏겼다가 다시 찾았잖아."

"그게 뭐 어때서?"

"그것 때문에 김남실 언니 전학 가게 만들었잖아."

나는 김남실의 아빠가 '골고다 언덕의 행진'으로 불리게 된 복수를 위해 딸을 전학시킨 걸 잘 알고 있을 아이가 이딴 이야기를 하는 게 너무 어이가 없어서 자존심 상해가며 탄원서니 뭐니 구차한 이야기는 안 하기로 마음을 먹었다.

"그 언니 우리 2학년한테 나름 인기 많았던 거 모르지?"

"응, 몰라."

"짱 멋있는 언니였거든."

"그런데 왜 관뒀대?"

"뭘?"

"왕따시키는 거."

"아, 그거? 뭘 왜야? 너 전교 1등 했잖아."

"뭐라고? 전교 1등 해서 왕따를 그만 뒀다고?"

"그런 게 있어. 여기는 원래 그래."

"헐, 그게 말이 되니? 너네들 진짜 완전 대박이다."

"너네들? 난 아니야."

인영은 황급히 손사래를 쳤다.

"나는 아니라고. 알지?"

"그럼 누군데?"

"원래 반에서 분위기 끌고 가는 아이들 있잖아."

"손민서?"

"아니, 걔는 왕따 이런 거 무지 싫어하거든."

"궁파?"

"……."

"지들이 뭔데 누굴 왕따시키느니 마니 그러냐? 진짜 꼴값이다."

"너 다니던 학교에는 그런 거 없었어? 있었을 거 아니야?"

"없었어."

"완전 위선이다."

"왕따 없는 게 위선이라고?"

"그렇잖아. 어디든 나대거나 찌질거리는 아이들이야 다 있는데 우리는 왕따 그런 거 몰라요, 이러면 위선 아니니?"

"정말 없었거든?"

"알았어, 믿을게. 대전이라고 했던가? 여러분, 대전중학교에는 왕따 없습니다. 됐지?"

"신도안이거든. 그나저나 오유진이는 자기가 왕따라고 하던데?"

"걔가 그랬다고?"

"응."

"걔는 왕따가 아니라 그냥 아예 상대하지 않는 거고."

"그게 왕따지 뭐가 왕따니?"

"다르거든. 걔는 안 괴롭히잖아."

"걔는 왜 안 괴롭히는데?"

"연예인이잖아. 야, 걔만 보면 사진 찍으려고 환장하는 아이들이 뭘 괴롭히겠니?"

"연예인? 헐, 너네들 정말 가지가지 한다."

"야, 김연지, 자꾸 너네들, 너네들, 이런 식으로 말하니까 네가 위험했던 거라고. 뭔 말인지 모르겠어?"

"그게 뭐?"

"너는 우리 학교 안 다니니? 우리 반 아니야?"

"……."

"기분 나쁘구나?"

"나도 아니고 오유진도 아니고. 그럼 우리 반에는 왕따 없는 거네?"

"없기는."

"있어?"

"몰라? 송기열이잖아."

"걔는 왜 왕따인 건데?"

"걔? 몰라? 김연지, 너 동물원에 한번 가 봐. 같은 종류인데도 조금 이상하게 생겼거나, 이상한 짓 하거나, 아니면 상처 같은 게 생겨서 약해진 동물이 있으면 전부 따라다니면서 물고 쪼고 그러거든. 그게 본능이래. 튀거나 약하면 당하는 거지 뭐."

교실로 들어서게 되는 바람에 대화는 거기에서 끝났다. 나는 어제 슬이의 편지를 받은 후에 한껏 풀어져 열렸던 마음이 딱딱하게 굳으면서 닫힌다고 생각했다. 자존심, 상한 자존심과 모욕감, 이 비참함, 왕따라니!

대체 자기들이 뭔데 나를……

　나는 설사 아이들이 나를 왕따 아니라 왕따 할아버지를 시켜도 상관이 없다는 생각이 들었다. 나는 두렵지 않으며 외로워지도 않을 것이고, 내가 힘든 모습을 보임으로써 그딴 것들의 마음에 쾌감을 주는 일 따위는 절대 없으리라. 나는 언제인가 오유진이가 '괜찮아, 나는 내가 반 아이들을 왕따시킨다고 생각하는데 뭘.' 하던 그 심정이 비로소 이해가 갔다. 반 아이들 전체가 미워지고 이 학교가 정말로 지긋지긋하다는 생각이 들었다.

#45

　담임의 조례가 시작되기 전 나는 복도로 나왔다. 왠지 전 담임에게 슬이의 소식을 전해야 될 것 같다는 생각이 들어서였다.
　"응, 연지구나. 왜? 무슨 일 있어?"
　"그래. 정말 다행이다, 애."
　"연지는 학교생활 잘하고 있지?"
　"그랬어? 진짜 잘했네. 축하해."
　"나야 잘 있지. 요새 공부 다시 하잖아."
　"아니 아들이랑 학교를 같이 다니니까 나도 중학생인 거지 뭐."
　"응, 고맙다. 가끔 전화해라."
　여전한 따뜻함 때문에 그나마 마음을 많이 가라앉힐 수 있었다. 나는 아이들이 왕따라는 송기열이를 과연 어떻게 대하는지 세심하게 관찰을 하기 시작했다. 녀석은 아직 머리의 상처에 작은 거즈를 붙인 채였다.
　첫째 시간, 영어.
　녀석은 내내 책상에 엎드려 거의 잠을 자는 것 같았다. 원래 수업 시간에는 자고 쉬는 시간에는 온 교실을 헤저으며 신나게 노는 아이였으니 그거야 이상할 것도 없는 일이었다. 일부러 제일 뒷자리를 차지한 아이들은 대개가 그랬다. 대부분의 선생님들은 그런 아이들을 깨우지 않았다. 억지로 깨워봐야 떠들면서 수업 분위기나 흐릴 것이고, 자칫 잘못하면 며칠 전의 송기열이의 일 같은 꼴을 당할지도 모르니 아예 건드리지 않는 것이었다.

웬일로 오늘은 수업이 끝나고 쉬는 시간이 되었음에도 녀석은 잠에서 깨지 않았다. 들리기로는 녀석은 집에서 하는 슈퍼의 밤 당번이라고 했다. 한 아이가 -아이들이 은밀히 죽은 정민지의 따까리로 불렸던 백정미라는 아이였다- 송기열이에게 다가서는 게 보였다. 그 아이는 종이컵을 들고 있었다.

곧 종이컵 속의 물이 송기열이의 뒷머리에 부어지고 아이는 아주 태연하게 자기 자리로 돌아가 앉았다. 그때서야 고개를 든 송기열이는 자기에게 어떤 일이 벌어졌는지 아주 잠깐 어리둥절한 표정을 짓더니 자리에서 일어나 사방을 둘러보았다. 킥킥대는 웃음소리만 여기저기서 들릴 뿐 녀석과 눈을 마주치는 아이는 하나도 없었다. 이상한 건 첫날에 슬이에게까지 쌍욕을 하고 덤볐던 녀석이 그런 굴욕을 당했음에도 아무 말이 없었던 거다.

녀석의 머리와 교복 앞섶에서는 물이 뚝뚝 듣고 있었다. 이건 정말 이건 아니라는 생각에 나는 벌떡 일어나 그에게 휴지를 갖다 주었다. 하지만 녀석은 나를 본 체도 안하고 교실 밖으로 뛰쳐나가 버렸다. 나는 물이 흥건한 그의 책상을 들고 간 휴지로 닦아냈다.

"연지야."

박인영이가 속삭이듯 조심스런 목소리로 나를 불렀다.

"왜?"

나의 대답에는 분명 날이 서 있었으리라. 인영은 나를 보고 아주 곤혹스런 표정으로 조심스레 손을 좌우로 흔들어댔다. 그러지 말라는 소리라는 걸 나는 물론 알아챘다. 휴지가 부족한 바람에 나는 다시 내 책상으로 와 휴지를 가지고 가선 결국 책상의 물기를 다 닦아냈다.

"나대지 마라."

뒤에서 들려오는 나지막한, 비아냥거림이 가득 묻어나는 소리에 나는 몸을 돌렸다. 예상대로 백정미, 송기열에게 물을 부은 아이가 팔짱을 끼고 나를 째려보고 있었다.

"김연지, 눈 깔아라. 그러다 죽는다?"

나는 용기도 없고 겁도 무척 많은 비겁한 아이였지만 그래도 저깟 아이의 협박에 기가 죽어 그냥 꼬리를 내릴 수 있는 아이는 절대 아니었다. 그 아이에 대한 분노와 적개심에 몸이 다 떨릴 지경이었지만 순간적으로 나는 이건 대꾸할 가치조차 없다고 판단하고 내 자리로 돌아와 앉았다. 자기의 말을 무시하고 돌아 선 아이에게 백정미는 당연히 모욕감을 느꼈으리라. 이럴 때 그 아이는 가만히 있으면 그야말로 쪽이 팔리는 거다. 그러니 어쩔 수 없이 뭔가 액션을 취해야 한다.

"이런 개 좆밥이……."

백정미가 나에게 영어 책을 던진 모양이었다. 다행(?)히 나를 맞추지는 못하고 책은 내 발 밑에 떨어졌다. 나는 그걸 발로 밀어버렸다. 그때 2교시 담당 수학 선생님이 교실 안으로 들어왔다. 나는 언제 벨이 울렸던 것인지 기억할 수도 없었다. 물론 가슴이 뛰고 몸이 부들거려 내내 수업내용도 귀에 들어오지 않았다. 기억이 나는 건 교단 위에서 왔다 갔다 하며 판서(칠판에 글씨를 쓰는 것)와 설명을 번갈아 하던 선생님이 '저 책 뭐야? 누구 거야?' 하자 어느 아이인지가 그걸 주워 백정미에게 전해준 것과 내 옆얼굴로 쏟아지는 백정미의 적개심 가득한 눈길뿐이었다.

두 번째 쉬는 시간이 결국 왔다. 나는 사실 내가 어떻게 해야 할지를 고심하고 있었다. 선생님이 나가자마자 일어나 밖으로 나가버릴까? 아니야, 그건 너무 비겁하잖아. 그럼 그대로 자리에 가만히 앉아 있는 게 나을까? 분명 백정미가 또 시비를 걸어올 텐데 그때는 어떻게 대처하지? 욕을 하면? 나도 욕을 퍼부어줄까? 싸움을 걸면…….

"김연지, 뭐 하냐? 무섭냐?"

나는 고개를 돌려 백정미를 쳐다보았다. 그 아이 역시 자기 자리에 앉은 채였다.

'무섭냐고? 네 따위가?' 나는 그 아이의 시선을 피하지 않았다.

"이런 씨발년, 또 눈 치켜뜨지? 너, 진짜 눈 안 깔을래?"

"병신, 아주 꼴값을 떨어요."

나는 흠칫했다. 내 입에서 정민지 때와 같이 또 내 생각보다 훨씬 과격하고 도전적인 말이 나간 것이었다.

"뭐?"

"꼴값 떨지 말라고. 너 같은 따까리년한테 눈 깔 생각 없으니까."

아이들의 킥킥대는 소리, 백정미가 나에게 돌진해 온 것과 내가 일어나 그 아이의 머리채를 붙잡고 힘을 주어 옆으로 돌린 것, 이 모든 게 거의 동시에 일어났다.

"야, 너네들 그만 안 둘래? 뭐 해? 빨리 말리지 않고."

손민서의 강한 명령(?)에 따라 아이들이 뜯어 말릴 때 적어도 나는 백정미, 그 아이 위에 있었다.

"야, 백정미, 교실에서 정말 난장 죽일래?"

손민서였다.

"니들 이해천이랑 이슬이가 없으니까 이젠 완전 보이는 거 없다, 이거지? 한 번 죽어보겠다, 이거냐고!"

"좆 까네, 씨발년. 난쟁이 똥자루 주제에."

"뭐? 백정미, 너 지금 뭐라고 그랬어?"

"안 들려? 난쟁이 똥자루라 그랬다, 왜? 내 말 틀렸어?"

"아니, 맞아. 그래서 너한테 다음 노는 시간까지 사과할 시간을 줄게. 아이들 다 듣는 데서 그랬으니까 다 듣는 데서 공개 사과, 알지? 한 시간

동안 잘 생각해 봐."

나는 그 자그마한 아이의 눈에서 정말로 파란 불이 떨어져 내리는 것 같아 보였다. 맹세코 정말로 말이다.

"좆 까네."

말은 그랬지만 백정미는 벌써 한결 기가 죽은 게 역력해 보였다.

"내가 다시 말하는데 좆밥들은 좆밥답게 얌전히 찌그러져들 있어라, 엉?"

키가 채 150도 되어 보이지 않은 반에서 가장 작은 여자 아이의 일침에 모두들 눈만 껌벅거리고 있는 아이들이 내 눈에는 정말로 신기해 보였다. 손민서, 그 아이는 제왕의 딸다웠다.

"맞아. 좆밥들은 얌전히들 있어."

김기성이었다. 역시 우리의 호프 부반장은 우리 반의 분위기 메이커였다. 아이들은 일제히 웃음을 터트렸고, 백정미와 몇몇 아이들은 굳은 표정으로 교실을 빠져 나갔다. 물벼락을 맞고선 나갔다 수학 시간을 빼먹은 송기열이가 어느새 교실에 돌아와 있었던지 내 앞으로 다가왔다.

"네가 내 책상 닦았다며? 고마워."

녀석이 내게 아이들이 교실에서 여간해선 쓰지 않는, 한 장씩 뽑아 쓰는 휴지를 내밀었다. '고맙다라니! 녀석의 엉뚱한 행동과 어울리지 않는 말에 어이가 없어지는 바람에 웃음으로, 어쨌든 나는 그걸 기껍게 받았다. 사실 조금 신경이 쓰인 게 하나 있었는데 나와 눈이 마주치자 녀석의 볼에 살짝 홍조가 들었다는 거였다.

그때 내게 불쑥 거울을 내민 건 오유진이었다.

"얼굴 봐봐."

관자놀이에 손톱에 할퀸 듯한 작은 상처가 피까지 밴 채 나 있었다. 그걸 보니 비로소 그 자리가 따끔거리기 시작했다.

"손톱자국은 흉터 된대. 빨리 보건실 가서 마이신 발라달라고 그래."

"괜찮아."

"안 괜찮거든? 가자."

"괜찮다니까. 수업 종 울리잖아."

"가자니까."

약을 발라주면서 양호선생님도 오유진과 같은 걱정을 했다. 웃기는 건 양호선생님이 오유진이에게 같이 사진을 찍기를 부탁했던 것이다. 졸지에 명색이 환자인 나는 '김치'를 외치는 촬영기사 노릇을 하고서야 그곳을 벗어날 수 있었다. 은장도의 시청률이 대단하고 단역에 불과했던 오유진이가 주목을 받으면서 일약 무게감 있는 조연으로 발돋움 됐다더니 그 사실을 실감하는 순간이었다.

"너, 인기 좋다?"

"아직."

"아까 사인까지 해 주었잖아."

"넌 아직 그런 부탁 안 했잖아?"

"……"

"인기는 네가 좋던데 뭘?"

"뭔 소리야?"

"송기열이가 너 좋아하더라고."

"미쳤니?"

"나, 연예인이라니까. 걔가 매점까지 가서 휴지 사 온 거 보면 모르겠니?"

"넌 여기서도 거울이냐? 빨리 가자. 쌤님들 다 들어갔다."

#46

백정미와 궁파의 굴욕이냐 아니면 손민서에 대한 궁파의 도전이냐를 가를 중요한 쉬는 시간이 왔다. 선생님이 나가자마자 손민서가 아이들을 못 나가게 막았다.

"화장실."

몇몇 남자 아이들이 볼멘소리를 했다. 내가 아직도 도저히 이해를 못 하는 것은 어떻게 덩치가 저렇게 큰 남자아이들이 학교 안에서는 여자 아이들한테 꼼짝을 못 하는 것인가? 이거였다. 이 학교뿐만이 아니라 대전에서도 그렇고, 심지어는 초등학교 때도 반의 주도권은 여자가 쥐고 있었다. 남자아이들은 자기들끼리는 상당히 거칠고, 은밀한 서열 싸움도 아주 치열하고 그런데 여자아이들과 섞여 있는 공간에서는 이상하게도 맥을 못 추었다. 싸움 가지고서는 도저히 상대가 안 되는 여자아이들한테 말이다. 그렇다고 여자에 대한 남자의 본성적인 배려심이나 상대한다는 것 자체가 창피하니까 그냥 밀려주고 마는 넓은 양보심 같아 보이지도 않았다. 어쨌든 교실은 무조건 여자 아이들이 지배하는 이유, 이건 언젠가는 내가 풀고 말아야 할 숙제였다.

　"어, 미안. 잠깐만."

　남자아이들이 다시 자기 자리에 가 앉았다.

　"백정미, 할 말 없니?"

　"······."

　"나한테 할 말 없어?"

　"으음, 미안해, 욕해서."

　"누구한테 미안한데?"

　"미안하다니까."

　"아이들 안 들리잖아. 크게 말해."

　"······."

　"알았어. 어쨌든 공개 사과한 거 맞지?"

　백정미가 똥을 씹어도 안 나올 것만 같은 표정으로 고개를 끄덕였다. 그러고 보니 백정미의 얼굴에도 나와 같은 반창고가 붙어 있었다. 두 개, 나는 내가 두 개고 백정미의 상처가 한 개였으면 큰일 날 뻔했다, 라는 생각이 들었다. 분명 반창고를 뗄 때까지 내내 자존심 상했을 터였기에…….

"알았어. 이제 화장실들 가."

전 시간과는 반대로 아이들이 우르르 일어나고 백정미와 궁파 아이들은 자리를 지켰다. 혈혈단신 독립군인 손민서의 완승. 남자아이들까지 섞여 있는 궁파의 완전 굴욕적인 패배. 아마 당분간 궁파는 적어도 반에서는 조용히 지낼 것이다. 물론 어디까지나 당분간 말이다. 그때까지 손민서는 담임보다도 훨씬 강한 절대 권력으로 반을 다스릴 테고…….

급식 시간이 되었다. 식판에 밥과 반찬을 받아 앉을 자리를 찾다가 나는 문득 첫날 잔반을 대신 버려주던 슬이 생각이 났다. 옷을 뺏겼다가 되찾은 날, 슬이는 내게 '잘했어, 역시 대한민국 군인의 딸이야'라고 외쳐 나를 웃겼는데 오늘 백정미와 한판 벌인 후 반창고를 붙이고 있는 나를 봤으면 뭐라고 했을까? 어쩜 상이용사가 되었다고 놀렸을지도 모르겠다.

그런 생각에 잠겨 무심코 빈자리에 앉았을 뿐인데 그게 하필 손민서의 옆자리였다. 오늘 아침의 상황이 그랬던지라 아이들에게 분명 내가 마치 손민서에게 아부나 친한 척하려고 비쳐질 게 찝찝했으나 그렇다고 일어나 다른 자리로 간다는 것은 더 우스꽝스러운지라 그냥 마음 편히 먹기로 했다.

"김연지, 나는 다 알고 있었지."

"뭘?"

"너 말이야, 저번에 3학년들한테 옷 다시 뺏었을 때부터 알고 있었다고."

"뺏은 게 아니고 찾은 거거든."

"어쨌든."

"……"

"'병신, 아주 꼴값을 떨어요.' 와! 멘트 완전 대박이더라."

"대박은……"

"얼굴에 상처 난 모양이네."

"응, 조금."

"할퀸 거?"

"응."

"흉 생길 텐데."

"괜찮아. 뭐 어때서."

"SC?"

"아니거든."

"이슬이한테는 아무 소식 없니?"

"잘 있다더라."

"연락 왔어?"

"자기네 집으로 편지를 보냈대."

"그래? 어디서 뭘 한다는데?"

"그냥 잘 있다고만 했대."

"그래? 하기는 이슬이는 뭐 괜찮을 거야."

"뭐가?"

"걔는 키도 170이나 되잖아. 그럼 할 거 많다고. 술집이나 다방에 가도 되고 아니면 하다못해 주유소라도 갈 수 있잖아."

술집, 다방, 나는 생각지도 못해봤던 단어들. 그런 건 우리 나이에선 생각할 수도 없다고 믿었던 단어들이 손민서의 입에서 아무렇지도 않게 줄줄 나오자 가슴이 철렁 내려앉는 듯했다. 그런 곳에 있을 슬이의 모습, 상상만 해도 가슴이 무너져 내렸다.

"나는 말이야, 가출 한번 해 보고 싶어도 못하잖아."

"왜?"

"내 키 보면 몰라? 152 가지고 어디 가서 뭘 하겠냐고."

여태 150도 안 된다고 생각해왔었는데 본인 입으로 152라고 하니 나는 이 아이가 슬쩍 속이는 게 아닌가 하는 생각에 웃음이 났다.

"자라겠지 뭐."

"나는 틀렸어. 다 자란 게 이거거든."

"이제 중2인데?"

"이게 딱 우리 엄마 키거든. 나 초 5때 생리 시작했는데 그때부터 하나도 안 자랐잖아."

"키 좀 작으면 뭐 어떠니?"

"위로하면 자존심 상한다?"

"위로 아니거든."

"너, 공부 재미있지?"

"미쳤니? 공부가 재미있게."

"공부 잘하는 애들은 재미있지 않나?"

"재미는커녕 죽겠다, 야."

"왜? 스트레스 받아서?"

"하기 싫어서."

"너네 학원 잘 가르친다며?"

"그런가?"

"다 먹었니? 나가자."

우리는 잔반을 버린 후 식판을 반납하고 밖으로 나왔다. 운동장에선 아이들이 신나게 축구를 하고 있었다.

"너, 축구할 줄 아니?"

"내가? 아니, 못해."

"축구 재미있다, 너."

"해 봤어?"

"당근 해 봤지."

"여자들끼리 축구도 하니?"

"남자 애들이랑 같이 하지."

"……."

"나, 너네 학원 가려고."

"와, 오면 좋지."

"나는 말이야, 가만히 생각해 보니까 공부를 좀 해야겠더라고."

"무슨 생각을 해보았는데."

"내 얼굴이랑 키 가지고 뭘 하겠느냐고? 공부라도 해야지."

"얼굴이랑 키가 공부랑 뭔 상관이니? 너, 진짜 웃긴다."

"여자는 말이야, 얼굴이 예쁘거나 공부를 잘하거나 아니면 돈이 많거나, 하여튼 이 셋 중 하나는 있어야지."

"너네 집 무지 부자라던데?"

"두 가지 가지고 있으면 더 좋잖아."

"뭐 벌써 그런 생각을 하냐?"

"중2인데 뭐가 벌써니? 당연히 생각을 해 봐야지."

"송기열이 걔 정말 우리 반 왕따니?"

"몰랐어? 그 찌질이, 지가 왕따 당할 짓을 하잖아."

"오늘 보긴 했지만 좀 아니지 않니?"

"궁파들? 내버려 둬. 그러다 말겠지 뭐."

"너, 반장이잖아."

"반장이니까 나보고 말려라, 이거니?"

"불쌍하잖아."

"송기열? 그 새끼는 좀 당해봐야 돼. 그때 담임한테 하는 거 못 봤어?"

"……."

"그 병신, 자기가 반장 하겠다고 나온 것 좀 봐. 헐."

"야, 그때 너 의자로 내려쳤다며? 너, 진짜 좀 짱인 것 같다?"

"봤잖아. 못 봤어?"

"응, 그때 나는 옆 반에 가서 미술 선생님 불러 왔거든."

"힘이 안 되면 깡으로, 깡이 안 되면 악으로, 연장으로, 이거잖아."

"그게 뭔데?"

"우리 아빠 명언."

"……."

"작년에 있었던 일, 말해줄까? 무지 재미있는데."

"무슨 일?"

"작년에 내가 김인비라는 아이랑, 너, 김인비 모르지? 하여튼 지금 7반에 그런 아이가 있는데, 맞아, 걔도 지금 불개미야. 하여튼 우리가 일산라페스타로 옷을 사러 갔었거든?"

"그런데?"

"분식집에 들어가서 떡볶이를 먹고 있다가 쌩양아치 고삐리 년들한테 딱 걸린 거야. 우리 앞자리에 앉더니 막 좆같이 웃으면서 우리한테 삥을 뜯으려고 하더라고. 내가 어떻게 해주었는지 모르지?"

"……."

"딱 폼 잡고 물을 마시더라. 그 순간, 그러니까 컵을 입에 대고 있는 그 순간에 내가 그 컵을 팍 쳐버린 거 있지? 어떻게 됐는지 알아?"

"어떻게 됐는데?"

"컵이 깨지면서 입이 완전 작살났지 뭐."

나는 도대체 이 황당한 무용담을 얼마나 믿어야 할지 몰랐다.

"300만 원. 300만 원 물어줬잖아."

"너, 정말이니?"

"우리 아빠가 나보고 뭐라고 그랬는지 알아? 다음에 또 그런 양아치들 만나면 3,000만 원 물어주게끔 해주라고 그러더라. 그 대신 한 대라도 맞고 들어오면 집에서 쫓겨날 각오하라고 하면서 말이야."

"……."

"송기열이 말이야, 그날 저녁에 우리 아빠가 돈 물어주고 와서 얼마나 좋아했는지 아니? 딸 잘 키웠다고 하면서 말이야. 재미있지? 웃기지?"

"……."

"더 웃기는 게 뭔지 아니? 나보다 센 상대가 컵을 입에 대고 뭘 마시는 순간 그걸 손바닥으로 세게 쳐 버리는 거, 그게 바로 우리 아빠가 가르쳐 준 비법이라는 거. 나보다 큰 것들은 이마로 받아 버리는 것도 그렇고."

"인영이가 들었으면 헐, 완전 대박, 이런 소리깨나 하겠네."

"인영이는 그 사건 알걸? 어쨌든 나, 이따 너네 학원 간다?"

"학원을 내 허락받고 오니?"

"전교 1등 허락받으면 좋지. 야, 전교 1등 하면 기분 어떠니? 무지 좋으냐?"

"다음에 1등 못하면 어떻게 하지? 하고 걱정부터 되지 좋기는 뭐가 좋냐?"

"미리 걱정을 한다고? 하긴 그렇기도 하겠다."

"들어가자."

"안 한다, 나는."

"뭘?"

"전교 1등, 괜히 했다가 너처럼 걱정만 많아지면 손해잖아."

"못하는 건 아니고?"

"아니, 안 하는 거야."

#47

그날 학교에서의 오후 수업 시간은 나름 의미가 있었다. 내가 여태 전혀 모르고 있던 우리 반의 진정한 강자를 비로소 알게 된 것이다. 사건은 오후 시간 2교시가 끝난 쉬는 시간에 발생했다. 사실 나는 화장실에 다녀오는 바람에 발단은 보지 못했다. 내가 교실로 들어섰을 때는 아마 상황이 상당히 진전이 되었던 모양이었다. 반장 손민서는 교탁 앞에 서 있었다.(나는 그 아이가 부디 교탁 앞에는 안 섰으면 싶었다. 그 작은 키가 더 작아 보이니까.)

"니들 내가 그만두라고 했지?"

인영은 나에게 박진영이라는 궁과 아이가 송기열이의 머리를 잡아 흔들며 냄새 나니까 샤워 좀 하고 다니라고 했고, 결국 송기열이가 반을 뛰쳐나갔다고 했다. 그러니까 내가 당분간은 교실이 조용해질 것이라 믿었다 했는데 그 당분간이란 게 고작 두세 시간에 불과했던 거다.

"야, 박진영! 너라며?"

"이름 부르지 마라. 그러다 날라 가니까."

평소에는 반에서 일어나는 일에는 좀체 나서지 않았던 남자아이들이었는데 아마도 궁과 아이들은 점심시간에 손민서에게 반기를 들기로 단단히 결의를 했던 모양이었다.

"뭐? 놀고 있네. 야, 내가 네 이름을 왜 못 부르는데?"

"씨발년, 여자라고 끝까지 봐주려고 했는데……."

"봐주려고 했는데 뭐? 네가 안 봐주면 어떻게 할 건데?"

손민서는 자기보다 몸무게만도 거의 두 배가 될 법한 남자아이한테도 전혀 기가 죽지 않았다. '힘이 안 되면 깡으로, 악으로, 그것도 안 되면 연장으로' 하여튼 대단한 아이였다.

"야, 박진영! 앉아."

강철민, 구석진 자리에서 늘 잠만 자는 것 같던 아이. 나는 그가 교실에서 말을 하는 것을 처음 봤다는 생각이 들었다.

"뭐?"

"앉으라고."

아이들은 전혀 예기치 못했던 이 돌발 상황이 어떻게 전개되는지 호기심과 기대가 가득 찬 눈으로 박진영과 강철민을 번갈아 바라보았다.

"이런 씨발놈, 나 참, 너 지금 뭐라고 했어?"

박진영의 말투에는 허세와 함께 이건 또 뭐지? 하는 당혹감이 묻어 나왔다. 강철민은 전혀 요동이 없었다. 그의 말투는 모든 게 귀찮다는 듯 아주 심드렁했다.

"박진영, 너, 금촌 홍정표 알지?"

박진영이의 표정이 잔뜩 굳어졌다. 녀석은 이 사태를 어떻게 해결하지? 하며 머리를 굴리고 있는 것 같았다.

"홍정표한테 강철민이가 누구냐고 물어 봐."

"이런 어디 좆같은 새끼가 홍정표를 들먹여? 하여튼 요샌 개나 소나 홍정표라니까."

강철민은 흥분하지도 화를 내지도 않았다.

"알았으니까 전화해 봐."

나는 인영에게 홍정표가 누구냐고 속삭여 물었고 인영도 모른다는 듯 고개를 저었다.

"네가 홍정표 형을 어떻게 아는데?"

"전화 해 보라고. 야, 잠 좀 자자. 무슨 학교가 만날 이렇게 시끄럽냐?"

백정미가 핸드폰을 들고 밖으로 나가는 게 보였다. 강철민은 또 책상에 머리를 박고 엎드렸다. 그러자 손민서 역시 잔뜩 궁금한 눈으로 자기 자리로 돌아갔고, 박진영이 또한 교실 밖으로 나갔다. 나는 민서에게 조용히 물었다.

"금촌 홍정표가 누구니?"

"있어."

"누군데."

"양아치. 금촌에서 노는 양아치."

"쟤는 누구니?"

"뭘 누구야? 강철민이지."

"강철민인지는 아는데 어떻게 된 일이냐고?"

"몰라, 두고 보면 알겠지 뭐."

불과 두 시간 후 우리가 학교를 나설 때쯤에는 우리 반 아이들 대부분이 여태 거의 있는지 없는지도 모르고 지내 온 강철민이란 아이에 대해 모든 것을 알게 되었으니 저마다 스마트폰을 가지고 있는 시대의 엄청난 정보력다웠다.

알고 보니 홍정표라는 아이(?)는 작년에 우리 학교 불개미 짱을 완전히 밟아버리는 바람에 우리 학교 아이들에게 교복을 입고서는 겁이 나서 금촌 시내를 못 돌아다니는 굴욕을 준, 금촌 제일중의 찐짱(일진 우두머리) 바로 그 장본인이었던 거다. 그는 엉뚱하게도 서울에 있는 공고에 다니고 있었는데 민지의 죽음 때문에 비롯된 경찰의 학교 폭력조직에 대한 대대적인 단속이 있을 때 붙잡혀 구속이 되었다가 곧 풀려났으나 학교를 자퇴하고 금촌에 있는 한 성인오락실에서 일을 한다고 했다.

금촌이나 문산 등 파주의 주요 번화가에 있는 성인오락실들은 진짜 조직폭력배들이 하는 곳인데 홍정표와 같은 아이들을 고용하여 계산이나 동전 교환 같은 일을 맡기지만 그들의 가장 큰 임무는 돈 잃은 손님, 동네 깡패 등으로부터 가게를 보호하고 지키는 데 있다고 했다.

홍정표는 시비를 걸거나 행패를 부리는 사람이 있으면 아주 잔인하고 표독스럽게 짓밟아버려 다시는 그 가게에 얼씬거리지도 못하게 만들면서도 주인에겐 충직한 하인 노릇을 하는 바람에 취직한 지 얼마 되지 않았음에도 큰돈을 들고 은행에 다니는 일까지 맡아서 할 정도로 신임을 받았던 모양이었다.

그런 그가 모처럼 노는 날 여자 친구를 데리고 임진각을 찾았다가 강철민이와 붙었다는 것이었다. 그 사연 또한 재미있다. 강철민이는 교회에 다니고 있었는데 그날 일요일 고등학생과 대학생으로 이루어진 청년부 신자들이 예배를 마치고 임진각으로 봄나들이를 갔는데 중학생인 강철민은 교회 밴드에서 드럼을 치는 까닭에 그 나들이에 동참하게 된 것이라고 했다.

봄기운에 흠뻑 취한 일행들이 희희낙락하며 단체 사진을 찍으려고 할 때 마침 그곳을 지나가던 커플이 있었으니 바로 홍정표와 그의 애인이었다. 강철민의 일행 중 총무가 홍정표에게 단체 사진을 찍어주기를 공손히 부탁을 한다. 홍정표는 대뜸 욕을 하면서 거절을 한다. 분명 한눈에 봐도 범생들인 철민 일행을 보고 애인한테 자기가 얼마나 강한 남자인지를 보여줄 좋은 기회라고 생각했었을 거다.

물론 교회 일행도 다 젊은이들이니 뜬금없는 홍정표의 도발에 바로 반응을 한다.

"거 찍어주기 싫으면 싫다고 하지 왜 욕을 해요?"

홍정표가 다짜고짜 품에서 날이 새파랗게 살아있는 회칼을 꺼내 자신에게 항의를 하던 대학생의 목에 들이댄다.

"이런 개새끼. 뭐? 넌 오늘 죽었어, 씨발놈아."

먹물 일색인 일행은 모두 파랗게 질려 어찌할 줄 모르며 주춤주춤 뒤로 밀려나고, 그 대학생이 결국 홍정표의 명령에 따라 무릎을 꿇게 되는 순간, '짠' 하고 앞으로 나온 이가 있었으니 그가 바로 강철민이었던 거다.

"야, 양아치!"

"뭐?"

그 순간 강철민이가 하늘을 날았고 홍정표는 바닥으로 쓰러져 버렸다. 칼을 들고 일어나려는 홍정표의 손을 발로 밟아 비벼서 결국 칼을 놓게끔 만든 강철민이는 그 칼을 주워 멀리 집어던져 버린다. 그는 목소리도 높지 않았다.

"일어나."

벌떡 일어난 홍정표가 주먹을 휘두르며 죽기 살기로 돌진, 하지만 그는 단 한 번도 제대로 때려보지도 못하고 번번이 강철민의 발길에 나둥그러지고 만다. 그렇게 그는 실컷 얻어맞고서야 도저히 자기가 상대할 적수가 아님을 인정하고 그 허망한 주먹질을 멈춘다.

"꿇어."

강철민의 목소리는 여전히 차갑고 음산하다. 죽어도 무릎만은 꿇을 수 없는 오기 덩어리 홍정표도 버티다가 흠씬 두들겨 맞고서는 결국 무릎을 꿇는다.

"너 몇 살이야?"

"열여덟."

"민증 있어? 속이면 죽는다?"

"주민등록으로는 열일곱인데요."

"사과해."

"예?"

강철민은 칼로 위협당한 대학생을 가까이 오게 한다.

"이 형한테 사과드리라고. 너보다 나이도 훨씬 많잖아."

"죄송했습니다."

강철민은 무릎을 꿇은 채 고개를 숙여 사과를 한다.

"너, 이름 뭐냐?"

"홍정표입니다."

"대조공고 다니던 금촌 홍정표? 그 홍정표가 너냐?"

"예, 형님."

"나는 강철민이야. 대군중학교 강철민."

홍정표는 자신을 완전히 굴복시켜 형님이란 말이 절로 나왔던 강철민이가 자신보다 어린 중학생이란 사실을 알고 치욕에 몸을 떨게 된다. 아마 중3도 아닌 중2라는 걸 알았으면 그 자리에서 거품을 물고 쓰러졌을지도 모른다.

"일어나."

어쨌든 교회에 열심히 다니는 모범학생들답게 일행들이 홍정표 옷에 묻은 잔디까지 세세히 털어주는 가운데 두 사람은 악수를 나누었다고 한다.

"나도 열일곱이야."

그나마 자기와 동갑이라는 사실이 홍정표의 마음에 위안을 준다. 아마 분명 무슨 사고라도 치는 바람에 학교를 1년 늦게 다니는 모양이구나, 라고 딱 자기 머리와 생활방식에 어울리는 생각을 했을 거다.

"홍정표, 우리 친구하자."

중학생인 게 마음에 걸리기는 하지만 동갑인데다 여태 겪어보지 못했던 강자가 친구를 하자니 마다할 리 뭐 있으랴. 그래서 둘은 적어도 겉으로는 친구가 되었다는 소리였다. 나중에 중3도 아니고 자기 동생과 같은 중2라는 사실을 알게 되었을 때 홍정표는 '2년 꿇을 수도 있는 거지 뭐'라고 했다 한다. 분명 속은 뒤집어지지만 그렇게 생각이라도 해야만 그나마 자기 합리화가 되어 위안을 삼고 마음도 좀 다스릴 수 있었을 것이다.

나는 원래 아이들이 전하는 말, 특히 그게 싸움에 관한 이야기라면 한번씩 전해질 때마다 엄청나게 큰 살들이 붙는다는 걸 알기 때문에 물론 위의 이야기를 다 믿지는 않았다. 분명 반 이상은 거짓말일 것이라 생각했다. 그래도 분명한 건, 궁파 아이들이 금촌 일대에서 '노는, 칼 잘 쓰기로 유명한' 그 홍정표가 다름 아닌 우리 반 강철민이한테 밟혔다는 믿기 힘든 사실을 어떤 경로로든 확인을 하고선 강철민이에게 덤빌 생각을 싹 버렸을 거라는 사실이다.

나는 나중에 손민서가 홍정표를 어떻게 알고 있었는지도 알게 되었다. 그 오락실 역시 진짜 주인은 파주의 제왕이었던 것이다. 싸움 잘하는 남자가 교회 밴드에서 드럼도 친다? 나는 어쩜 강철민이가 내 인생에 아주 중요한 존재가 될지도 모른다는 웃기는 예감에 빠져버렸다. 아니 좀 더 솔직히 말하면 예감 같은 건 없었다. 나는 그 자리에서 내 멋대로 그 아이와 사랑에 빠져버렸다는 이 자존심 상하는 일을 인정해야만 했다.

48

그날 저녁, 한참 학원엘 가고 있던 중에 손민서로부터 '학원 등록했음, 와 있음.'이란 문자 메시지가 왔다. 하지만 내가 좀 늦어서인지 입구에서는 만나지 못했다. 세 시간이 끝나고 밤 9시 우리가 간식 시간이라 부르는 20분의 쉬는 시간, 편의점엘 가려 계단을 내려오니 손민서와 박인영이 나를 기다리고 있었다. 우리 셋은 컵라면을 손에 들고 초등학교로 들어가 벤치에 앉았다. 멀리 슬이의 정글짐이 어렴풋이 눈에 들어왔다.

"김연지! 너, 내일 학교에 학원 수업 노트 좀 가지고 와 봐."

"왜?"

"너네 반이랑 우리 반이랑 가르치는 게 어떻게 다른가 보게."

"그걸 왜?"

"야, 수업 들어보니까 별거 없더라고. 그래 혹시 전교 1등 하는 아이는 특별한 걸 배우나 보려고 그러지."

"쟤네 반은 선행 학습 하잖아."

"우리는?"

"선행은커녕 우리는 따라가기도 힘든데 뭘."

"그럼 쟤네는 선행이고 우리는 후행이네."

"현재 진행."

"돈은 똑같이 내고?"

"당근이지. 연지, 쟤는 이번에 장학금까지 받는걸 뭐."

"헐, 학원에서 장학금도 준다고?"

"그래야 열심히 하고 그래서 성적 오르면 학원도 유명해져서 좋고. 다른 데도 전교 등수에 들면 다 줄걸?"

"전교 몇 등이 전교 등수인데?"

"글쎄? 우리 학원은 아마 전교 5등까지 줄걸? 연지야, 맞지?"

"그럴걸?"

"야, 김연지, 전교 1등은 얼마나 받냐?"

"아직 몰라, 안 받았어."

"30만 원."

"30만 원이나 준다고? 연지야, 너네 엄마 그거 아니?"

"야, 연지 엄마가 모르겠니? 원장이 부모한테 다 이야기할 거 아니야."

"그래도 너, 한턱 쏴야 되는 건 알지?"

"알았어, 내가 나중에 롯데리아랑 노래방 한번 쏠게."

"민서야, 너도 강철민이가 그렇게 센지 몰랐던 거야?"

"응, 당근이지. 아마 아무도 몰랐을걸?"

"우와, 아까 박진영이랑 백정미 표정 봤니, 너네들?"

"원래 고수들은 다 그런 거야."

"뭐가?"

"평소에는 강호에서 보통 사람같이 평범하게 지내다가 결정적일 때 딱 나타나거든."

"강호?"

"김연지, 공부 좀 해야겠다. 강호도 모르니?"

"무협지에 나오는 그 강호?"

"그래, 그 강호. 우리 아빠가 늘 말한 게 있거든. 말없는 사람 조심해라, 이거야."

"너네 아빠 명언이 도대체 몇 개니?"

"싸움에 관한 걸로만 수백 개는 되지."

"민서야, 너네 아빠 집에서도 무섭니?"

"우리 아빠? 우리 아빠 밖에서도 안 무서운데?"

"되게 무섭다던데. 파주의 제왕."

"그거 다 구라야. 우리 아빠가 무서운 건 아니고 우리 아빠가 월급 주는 아저씨들이 좀 무섭기는 하지."

"저번에 교감이 양호한테 껄떡댔다가 망신당했다며?"

"그걸 내가 어떻게 아니?"

"너네 노래방이잖아."

"몰라, 나도 한 번도 안 가 본 데야."

"우리 한 번 가자."

"우리 노래방?"

"응."

"미쳤다고 버스 타고 금촌까지 가니? 여기도 많은데."

"공짜일 거 아니야?"

"연지가 쏜다잖아."

"그걸 언제 기다리니?"

"니들 쉬는 시간 아까 벌써 끝난 거 알아?"

"우리 이번 시간 들어가지 말자."

"나야 괜찮지. 연지는 안 될걸?"

"내가 뭘?"

"다음에 전교 1등 못하면 어떻게 하지, 벌써 걱정 된다며?"

"연지, 얘가 그런 말도 했어? 헐."

"걱정된다는 게 아니라 1등 하면 그런 것도 신경 쓰인다 했지. 올라갈 데는 없고 내려 갈 데만 있잖아. 너는 왜 말을 만드냐?"

"하여튼 우리가 훨 마음 편하다니까. 아참, 강철민이네 저기 공설운동 장 옆에서 체육관 한다더라."

공설운동장 옆이라면 우리 동네일 터인데 나는 그런 체육관을 본 기억 이 없었다.

"체육관?"

"합기도장. 아니 요즘에는 종합격투기 도장이래."

"걔네 아빠가 하는 거래?"

"당근이지."

"아, 그래서 걔가 그렇게 센 모양이구나."

"지네 아버지한테 배웠겠지 뭐."

"걔, 교회에서 밴드 한다는 소리 들었지? 드럼 무지 잘 친다고 하더라."

"누가 그래?"

"박진미. 걔랑 같은 교회 다닌대. 걔네 교회 밴드가 봉사 활동도 많이 다니고 그런대."

"야, 우리도 교회나 다녀볼까?"

"교회? 그건 너나 다니고. 야, 오늘 박진영이랑 백정미 심정이 어떨까?"

"민서야, 애, 정말 좀 짱인 것 같지 않니?"

"연지? 좀 짱이 아니라 완전 짱이지. 오늘 백정미 봤잖아."

'너네들이 '터프 걸'이 누군지 알기나 하겠니?'

아이들은 내가 속으로는 분노뿐만이 아니라 두려움으로 떨고 있었다는 걸 모르는 모양이었다. 어쨌거나 이날 밤에 아이들과 이야기를 나눌 때 내 뇌리를 순간적으로 스친 생각이 정말로 씨가 될지는 그때만 해도 까마득히 모르고 있었다.

#49

"저번에 말했듯이 이번 주 금요일이 현장 체험학습이다. 그래서 오늘은 우리 반이 갈 장소를 정해야 할 것 같으니 지금부터 의견들을 내 보도록."

"소풍을 우리 반만 가요?"

"인마, 다 설명했잖아. 이제 와서 그걸 또 묻니? 어디로 갈까?"

그러니까 이렇게 된 거다. 학교가 김남실 아빠의 '골고다 행진' 때문에 특별 감사를 받던 중 전 교장이 아이들의 현장 체험학습 때 친척이 운영하는 관광버스 회사의 버스를 이용하기로 결정하고 그 대가로 돈을 받은 사실이 탄로나는 바람에 새로 온 교장이 버스를 대절한 단체 이동은 없던 일로 하고 각 반 별로 알아서 체험학습을 가게끔 정한 것이었다.

"에버랜드요."

"롯데월드요."

"야구장이요."

"놀러가는 게 아니라 체험학습이라니까, 성격에 맞게 장소를 정해야지."

"에이, 1반은 롯데월드로 결정했다던데요?"

"인마, 1반은 1반이고 우리는 4반이잖아."

"그럼 어디로 가는데요?"

"일단 우리 반은 돈이 안 드는 걸 원칙으로 한다. 그러니까 교통비도 많이 안 들고, 입장료도 없는 곳으로 가야겠지."

"그럼 그냥 산이나 강으로 가야겠네요 뭐."

"산? 산 좋지, 어느 산 갈까?"

나는 하마터면 북한산이요, 하고 외칠 뻔했다. 아이들은 자기가 아는 산들을 저마다 외쳤다.

"조용, 조용. 선생님이 미리 생각해 둔 곳이 있는데, 으음, 감악산 어때?"

"에이, 거기는 너무 높아요. 올라가는 데 얼마나 고생하는데요."

"여기 감악산 가 본 사람 있으면 손들어 봐."

열 명 남짓한 아이가 손을 들었다.

"선생님이 감악산으로 갔으면 하는 것은 첫째, 바로 학교 앞에서 버스한 번만 타면 갈 수 있다. 둘째, 산세가 아름답다. 셋째, 청량사 등 문화재가 많은 사찰이 있다. 넷째, 임꺽정의 발자취를 따라 그의 역정을 살필수 있다. 다섯째, 이건 운이 좋아야 하는 건데 천연기념물인 산양을 볼수도 있다. 어때? 체험학습 취지에 딱 맞는 곳이지?"

"에이."

"좋아, 그럼 그렇게 정하자고."

아이들의 의견을 묻는 형식이었으나 실제로는 담임의 일방적인 결정에 의해, 그렇게 해서 가게 된 봄 소풍이었다. 사실 나는 애초의 계획대로 같은 학년 모든 아이들이 반 별로 탄 전세 버스가 줄줄이 달리는 멋진 장면을 기대했었는데 학교 앞을 지나는 시외버스를 타고 고작 산이나 가야 된다는 것을 알고서부터 소풍에 대한 기대를 접었었다.

다행히 담임은 산꼭대기까지 우리를 몰고 갈 생각은 없었던지 우리는 산중턱의 임꺽정 본거지라는 곳에서 별로 멋도 없는 바위와 동굴을 보면서 담임의 일장 연설을 들으며 땀을 식혔다. 날씨, 그러니까 기온만으로는 벌써 완연한 여름이었다.

"…… 그러니까 우리가 이 부분에서 주목해야 할 것은 그가 단순히 백정이라는 천민 신분에 불만을 품고 그냥 탐관오리나 혼내주자는 것이 아니었다는 것. 임꺽정, 그는 우리 민중을 대변하여 체제와 독재와 수구세력의 타파를 위해 헌신을 한 선각자라는 것……."

담임의 이야기는 하나도 재미없었다. 다음에 우리가 향한 곳은 청량사라는 절이었다. 우리는 특별할 것 없는 절을 대충 한 번 둘러보고 뒤편 후미진 숲 속의 자그마한 공터에 모였다.

"자, 여기서는 정숙해야 돼. 주목!"

장소가 좀 좁긴 했지만 시간도 그렇고 하여튼 우리는 이곳에서 점심이라도 먹게 될지 알았다.

"자, 선생님이 질문 하나 할게. 6·25가 뭔지 아는 사람?"

손을 들 것도 없었다. 모두들 전쟁이요, 한국 전쟁이요, 등등 떠들어 댔으니까.

"그래, 6·25는 미국을 비롯한 제국주의자들이 자신들의 목적을 달성하기 위해 남침을 유도함으로써 발생한 비극적인 전쟁이었고, 하나 된 조국을 건설하기 위한 성스러운 민족해방 전쟁이었다. 당시 미군에게 우리의 부모님, 조부모님 세대의 군인도 아닌 민간인이 무려 30만 명이나 죽임을 당했어. 오로지 패권주의, 그러니까 자기 나라의 야욕을 채우기 위해 아무 잘못도 없고 힘도 없는 순진무구한 민간인들을 마구 학살해 버린 거지. 여러분 중에도 가 본 사람이 있겠지만 우리 학교에서 일산 가는 길에 금정굴이란 곳이 있는데 그곳에서만 여자와 어린이들이 100명도 넘게 미군의 총에 맞아 죽었거든. 이런 만행에는 우리가 어떻게 해야 하는 거지?

맞아, 당연히 떨치고 일어나 항거를 해야지. 내 나라, 내 가족을 위해 항거를 하는 게 당연한 거라고. 그래서 곳곳에서 많은 사람들이 총이나 낫, 괭이 같은 걸 들고 목숨 건 항쟁을 벌였어. 하지만 봐. 훈련 받은 군인들은 총이랑 탱크가 있는데 순박하게 농사만 짓던 우리 부모님들은 손에 기껏해야 풀 한 포기 잘 안 잘리는 녹슨 낫 한 자루가 다다 이거야. 어떻게 됐겠어? 그분들은 할 수 없이 산으로, 산으로 쫓겨 들어갔지. 그분들은 그곳에서 추위에 떨고 밥을 굶어가면서도 그 거룩하고 위대한 항쟁을 멈추지 않았다, 이 말이거든.

그런 분들을 뭐라고 부르는지 아는 사람? 없어? 하여튼 이놈들 큰일이라니까. 빨치산. 원래 파르티잔이라고 부르는데 뭐 그건 러시아 말이고 우리말로는 빨치산이라고 불러. 아깝게도 전쟁은 미완성으로 끝났어. 바로 우리 머리 위에 우리나라를 갈라놓은 휴전선이 있다는 거 잘 알지? 미국 놈들 때문에 결국 조국이 두 동강이가 난 거라고.

자, 그럼 그 빨치산분들은 다 어떻게 되었을까? 결국 식량도 없고 미국 놈들의 군대를 동원한 대대적인 소탕작전도 있고 해서 대부분 총에 맞아 죽거나 포로가 되었어. 포로가 된 분들은 모두 그때부터 수십 년간 옥살이를 한 거야. 이분들이 왜 위대한지 알아? 우리나라의 독재정권에서 아무리 달래고 겁을 주고 그래도 당신들의 그 주체적인 사상, 내 나라는 제국주의의 힘을 빌리지 않고 내 손으로 지킨다는 그 주체적인 자주성을 결코 버리지 않았다 이거란 말이야. 내 사상이 바뀌었소, 이 한 마디만 하면 나와서 자유를 누릴 수 있는 데도 말이야. 어때? 정말 존경할 만하지? 존경해야 되겠지? 이런 분들을 칭하는 용어가 있어. 비전향 장기

수. 그러니까 회유와 협박에 굴하지 않고 핍박을 받으면서도 자신의 사상과 신념을 버리지 않은 채 아주 오랜 기간, 즉 보통 수십 년 동안 옥살이를 하는 분들이라는 말이야. 이곳이 어디냐 하면, 여러분이 발을 딛고 있는 바로 이곳이 말이야, 감옥소 안에서 병으로, 고문으로 죽은 그분들, 즉 위대한 우리의 민족 민주 열사들을 화장해 모신 곳이다, 이거라고. 물론 위패는 저 절 안에 있어. 여기는 그분들의 뼛가루를 뿌린 곳이고. 여러분들, 수목장 알지? 나무 주위에다 뼛가루를 뿌리는 거. 그러니까 여기가 그분들을 수목장한 묘소인 것이고 한편으로는 그분들의 위령비가 서 있는 곳이기도 해.

위령비가 어디에 있느냐고? 냉전의 사고방식에 벗어나지 못하는 이 나라의 수구 세력, 오로지 자기들의 기득권에만 눈이 먼 기회주의적 수구 꼴통 새끼들이 그 위령비를 다 때려 부숴버렸다는 거, 그래서 이렇게 흔적만 남아 있다 이거라고. 그들은 왜 때려 부쉈을까? 당연히 자기들의 역사적인 죄상이 낱낱이 밝혀지는 게 두려워서 그런 거지. 바로 여러분들과 같은 젊은 세대가 진실을 아는 것을 무서워해서 그런 것이라고. 자, 그럼 선생님이 왜 오늘의 체험학습을 이곳으로 정했는지 그 깊은 뜻을 알겠지?"

"예-"

나도 담임의 열정적인 이야기에 마지못해 대답은 했으나 뭔가 석연치 않다는 생각은 버릴 수는 없었다.

"그래, 그분들을 추모하는 마음으로 묵념하자. 다 같이 그 자리에서 이쪽 숲을 보고 차렷 한다. 차렷, 묵념!"

우리들은 담임을 따라 고개를 숙이고 지루한 묵념을 했다. 대부분 그저 이제 빨리 가서 밥이나 먹고 오락시간이나 가졌으면 좋겠다는 표정이었으나 몇몇 아이들은 이건 어쩜 큰일이 벌어진 것이라는 불길한 예감에 빠져 서로의 눈치를 살폈다. 물론 나도 그 아이들 중의 하나였다.

50

절 입구 소나무 숲 사이의 넓은 공터에서 다 같이 점심을 먹었다. 엄마가 싸 준 내 유부초밥 도시락도 물론 맛있었지만 뒤늦은 반장 턱이라며 손민서의 엄마가 가지고 온 통닭과 철 이른 수박의 맛은 그야말로 죽음이었다. 하기는 급식실을 고작 몇 걸음 벗어난 학교 현관 옆 벤치만 가도 식판의 밥맛이 달라지는데 아름다운 5월 녹음 속 소풍이었으니 뭔들 안 맛있을까! 게다가 우리는 중2이지 않는가!

아, 커다란 벤츠에서 내린 민서의 엄마가 '파주의 제왕' 부인이라고는 믿겨지지 않는 작은 키(민서보다 더 작은 것 같았다)와 그래 그런지 더 종종거려 보이는 그 걸음걸이를 보여주는 것만으로도 우리의 입맛을 한층 더 돋워 주었기 때문이기도 했다.

민서의 도시락은 그냥 도시락이라고 부르기에 미안할 정도로 화려했다. 민서의 말에 따르면 도시락 싸는 게 귀찮은 자기 엄마가 일식집에다 특별히 맞춘 거라 했는데 솔직히 자기가 반장이 아니었으면 그냥 김밥 집에서 대충 사가지고 가라고 했을 게 분명했는데 반장이랍시고 부탁하지도 않은 담임 도시락을 준비한다며 부산을 떠는 바람에 자기가 덤으로 이런 호사를 누리는 것이라고 했다. 담임은 손민서의 엄마가 가지고 온 도시락을 한사코 그리고 나중에는 아주 단호하게 거절하는 바람에 그녀를 민망케 만들었는데 결국 세 개의 찬합으로 이루어진 그 도시락은 담임의 요청에 의해 엉뚱하게도 송기열이(혼자만 당당하게 빈손으로 왔다)가 차지하게 되었다. 물론 다른 아이들의 젓가락 공격에 개도 민서처럼 초밥 몇 개만 겨우 입에 넣을 수 있었지만 말이다.

이어서 오락시간이 시작되었다. 각 반 경연대회에서 1등을 차지하여 30만 원을 꼭 타오겠다며 결성이 되었던 오유진의 댄스 팀은 팀장인 오유진이가 촬영 때문에 소풍에 아예 불참한데다 졸지에 우리 반만 달랑 왔으니 경연이고 뭐고 다 소용없게 된지라 맥이 빠져서 그런지 오프닝을 맡았으면서도 별로 공을 들이지 않는 게 역력해 보여 야유를 샀다.

다음은 명색이 오락부장인 백정미가 이끌어 가야 하는데 걔가 오락을 진행할 기분이 아니라는 것은 우리 모두 알고 있었으니 걔 대신 부반장인 김기성이가 앞에 나와 횡설수설하는 걸 아무도 말리지도 못했다.

아이들이 말도 안 되는 게임에 지루해하며 오락이고 뭐고 자유시간이나 가졌으면 하는 마음에 분위기가 어수선해질 무렵 또 '짠' 하며 나타난 아이가 있었으니 다름 아닌 바로 '운둔고수' 강철민이었던 거다.

강철민은 기타를 들고 있었다. 버스에서 내리자마자 정류장 앞 슈퍼에 맡겨놓았었다고 했던가? 우리는 그때부터 강철민이의 지휘 하에 진짜 오락이라는 걸 했다. 능숙한 기타 연주와 능란한 진행 솜씨가 우리를 그렇게 분위기에 빠지게끔 만들어 버린 것이었다.

압권은 뭣에 홀렸는지 내가 앞에 나와 노래를 부른 것이었다. 천하의 겁쟁이 이 김연지가 말이다. 붉은 노을, 시작은 나의 독무대였지만 강철민의 반주와 선창으로 중간부터는 담임이랑 심지어는 백정미까지 포함, 우리 모두는 정말 목청껏 합창을 했다(고맙게도 이 노래를 다시 부른 빅뱅 덕분이다). 그 후에도 우리의 합창은 여러 곡 계속 되었는데 그건 모두 강철민의 선곡, 그리고 선창이 만들어 내는 분위기에 우리 모두 다가 딴생각을 할 겨를도 없이 휩쓸려 버린 탓이었다. 나는 그때의 우리 분위기를 한마디로 '몰입' 그 단어 하나로 표현하고 싶다.

돌아오는 버스 안은 갈 때에 비해 한결 화기애애해져 궁파고 대파고 간에 우리 모두는 그냥 대군중학교 2학년 4반이 되어 마구 떠들어댔다. 나는 한껏 기꺼운 가운데 '아, 하나가 된 합창의 힘, 한 명의 지휘자가 만들어 낸 힘이 바로 이런 것이구나.'라는 깨달음에 그 힘을 이끌어 낸 강철민이가 새삼 또 새롭게 보였다.

학교 앞에서 버스에서 내려 담임으로부터 '해산' 명령을 받았음에도 우리는 해산할 생각이 전혀 없었다. 미진한 여흥을 다 채우지 않고서는 도저히 집으로 향할 수 없었던 것이다. 손민서와 박인영, 그리고 나는 노래 방을 가기로 했다. 물론 내가 쏘기로 했던 약속을 지키기로 하고서……

그렇게 노래방을 향해 수다를 떨며 걷는 우리에게 지금도 걔가 왜 그 랬을까, 하며 좀체 믿겨지지 않는 일이 생겼으니 그건 바로 다름 아닌 기 타를 메고 있는 강철민이가 뒤쪽으로부터 기척도 없이 나타나 우리에게 말을 건 것이었다.(이 아이는 벌써 세 번째 '짠' 하며 전혀 예상치 못한 상 태에서 나타난 거다.)

"야, 반장, 어디 가니?"

천하의 손민서도 적잖이 놀란 눈치였다.

"우리? 우리가 뭐?"

더듬대기까지 했다.

"어디 가냐고?"

"우리?"

"그래, 너네들."

손민서는 지금 자기의 당황해하는 꼴을 우리가 어떻게 생각할지 벌써 짐작을 했는지 이내 정신을 차린 듯 보였다.

"응, 노래방. 왜?"

"노래방? 나도 가면 안 되니?"

"우리랑 같이? 우리끼리 가는 건데?"

"왜, 안 돼?"

이 어이없을 정도로 순진한 표정의 이 아이가 금촌의 칼잡이 홍정표를 완전 굴복시켰다는 그 아이인가? 기타 하나로 반의 모든 아이를 휘어잡 던 그 아이 맞는가?

"글쎄?"

민서는 우리의 의견을 묻는 표정이었다. 나는 속으로 '이 바보야, 글쎄 는 무슨 글쎄? 빨리 허락해.'라고 다급하게 외쳤던 것 같다. 어쩜 박인영이도 그렇게 부르짖었을지도 모르고, 손민서는 '야, 니들 빨리 동의해'라고 소리 질렀을지도 모를 일이었다. 나는 내 속을 들키고 싶지 않아서 민서의 눈길을 냉정하게 외면해 버렸다.

"그러지 뭐."

분명 그렇게 대답을 한 민서나 딴청을 한 인영과 나, 이렇게 셋 모두 그 대답에 속으로 안도의 한숨을 쉬었을 것이다. 느닷없는 철민의 출현으로 우리 모두는 말을 잃은 대신 엉뚱한 진땀을 흘리며 부지런히 발걸음을 옮겼다.

"야, 김연지, 너, 노래 잘하더라."

나는 철민으로부터 나의 이름을 불린 순간 왠지 머리가 텅 비어버리는 것 같았다.

"내가? 내가 뭘?"(어? 왜 이렇게 말이 차갑게 나가는 거지?)

"내가 껴들어서 빈정 상했니?"

"아니거든."(바보야, 빈정 상할 리가 있니?)

"노래 잘하더라고."

"고마워."

"야, 강철민, 나도 노래했거든."

"어, 너도 잘하더라."

"나는 어떻고?"

"너? 너도 했니?"

"했겠니? 안 했겠니?"

"모르겠는데. 기억 안 나."

"그러니까 관심이 있는 애만 기억한다, 이거네?"

"내가?"

"응, 네가."

"아닌데."

"그런데 너 얼굴은 왜 빨개지니?"

"오늘 햇볕에 탔잖아. 너도 지금 얼굴 빨갛거든."

"난 일부러 선탠 한 거거든."

"……."

손민서는 서서히 자신을 되찾고 있는 중이었다.

"야, 강철민, 너 정말로 그렇게 싸움 잘하니?"

"……."

"임진각 이야기 진짜야?"

"뭐라고 들었는데?"

"네가 금촌 홍정표 완전히 밟았다는 거 말이야."

"밟기는……. 그냥 싸우기만 했어."

"그냥 싸우기만 했는데 야, 너 홍정표 알지? 홍정표한테 강철민이가 누구냐고 물어 봐, 이렇게 폼을 잡니?"

"……."

"너, 진짜 열일곱이니?"

"열여섯."

"홍정표한테는 열일곱이라 그랬다며?"

"걔가 너무 쪽팔려 할까 봐."

"왜 꿇은 건데?"

"뭘?"

"학교 말이야, 왜 1년 늦었냐고."

"어렸을 때 좀 아팠어."

"너, 격투기 배운다며?"

"응."

"시합도 나가고 그러니?"

"겨우 한 번 나가봤어."

"정말? 와, 너, 그럼 정말 선수네?"

"아직 정식 선수는 아니고."

"시합 나가면 막 맞기도 하고 그러지 않나?"

"야, 격투기인데 당연히 맞기도 하겠지 때리기만 하고 오겠냐?"

"맞으면 안 아프니?"

"야, 박인영, 너, 바보 아냐? 당연히 아프지. 맞는데 안 아프겠니?"

"난 너한테 안 물었거든?"

"됐어. 야, 강철민, 너, 기타 잘 치더라."

"잘 치기는."

"너, 드럼도 잘 친다면서?"

손민서는 완전 위엄을 되찾았고 철민은 점점 작아지고 있었다.

"그냥 조금."

"겸손은. 너, 너네 밴드에서 드럼 맡고 있지?"

"응."

"너네 교회 가면 우리한테도 드럼이나 기타 가르쳐 줄 수 있니?"

"응, 강습 받으면 돼."

"누구한테? 너한테?"

"음대 다니는 형 있어."

"돈 받니?"

"아니."

강철민은 억울한 소리라도 들은 듯 펄쩍 뛰었다.

"너 되게 순진하다? 귀여운데?"

150도 안 돼 보이는(자기 말로는 152라고 강력 우기지만) 여자아이가 175도 넘을 법한 남자 아이에게 막냇동생 대하듯 귀엽다고 하고, 그 말을 듣자 말도 못한 채 볼을 붉히는 꼴을 보고 있자니 참 가관이라는 생각이 들었다. 더 웃기는 것은 내 눈에도 손민서에게 쩔쩔매는 그가 귀엽게 보인 것이었다.

　그날 우리는 노래방에서 무려 세 시간이나 그야말로 결판지게 놀고선 햄버거 세트로 저녁까지 함께 먹고서야 헤어졌다. 물론 집에 와선 '그깟 소풍날이라고 학원까지 빠지냐? 대체 전화는 왜 안 받느냐?'는 엄마의 지청구를 잔뜩 들어야 했지만 나는 절대 말대꾸 한 번 없이 끝까지 공손했다. 그냥 그러고 싶었다.

#51

　일요일 저녁, 모처럼 학원에 안 가도 되는 날이란 이유로 아빠와 함께 내키지도 않는 외식을 한 게 문제였다. 어쩌다가 그런 대화가 오가게 되었는지 내가 그만 소풍날 담임이 했던 이야기를 엄마, 아빠에게 해버린 것이었다. 나는 아빠의 얼굴이 무섭게 굳어진 것을 보고서야 아차 싶었지만 때는 이미 늦어버렸다.

　"뭐라고? 정말로 미 제국주의자들이 남침을 유도해서 6·25가 발생했다고 그랬다고?"

　"그게 뭐?"

　"너네 선생이 그랬어? 안 그랬어?"

　아빠의 입에서 선생님이 아니라 선생이란 말이 나온 거라면 우리의 불길한 예감대로 정말로 큰일이 터진 것이라는 걸 나는 직감했다.

　"정말로 그랬느냐고!"

　"그랬다니까."

　"비전향 장기수 무덤이라는 데 가서 정말로 묵념도 했고?"

　"다 말했잖아."

　"어떤 비전향 장기수라고 했는데?"

　"무슨 말이야?"

　"그러니까 그 비전향 장기수라는 놈들이 무슨 비전향 장기수라고 했느냐고?"

"빨치산들이었다고 말했잖아."

"그 개자식, 그 새끼 그냥 놔두면 안 되겠군."

"뭘?"

엄마였다.

"뭘 뭐야? 자기는 못 들었어? 빨갱이새끼가 아이들을 세뇌시키고 있는데."

"그럼 우리 담임이 빨갱이라는 소리야?"

평소 같았으면 '담임선생님'이 아닌 '담임'이라고만 했으면 분명 혼쭐을 낼 아빠였지만 오늘은 그럴 생각이 없는 모양이었다.

"너네 담임 이름이 뭐라고 했지?"

"왜?"

"뭘 왜야? 아빠가 물어보면 대답이나 하지."

아빠는 애꿎은 나한테 버럭 소리를 질렀다.

"최민수잖아."

엄마였다.

"뭐?"

"최민수라고. 영화배우 최민수 몰라? 이름이 똑같아."

"알았어, 최민수."

"어떻게 하려고?"

"뭘 어떻게 해? 이 사람아, 그걸 그냥 놔두면 안 되지."

"안 되면 어떻게 할 건데?"

"내가 알아서 할게."

"관둬, 요새 젊은 선생님들 다 그렇지 뭐."

"다 그렇기는 뭐가 다 그래? 자기같이 모른 척 넘어가니까 그 빨갱이새끼들이 더 설치는 거잖아."

"빨갱이는 무슨? 말조심해. 괜히 도리어 망신당하니까."

"빨갱이한테 빨갱이라고 하는 게 뭐 어때서?"

"그래서 어떻게 하려고?"

"일단 수위가 어느 정도였는지 다시 한 번 확인을 해 봐야지. 연지 말대로 정말 빨갱이새끼가 맞으면 그때 가서 다시 생각하고."

"자기는 나서지 말라니까."

"뭘 나서지 마? 이 사람아, 이게 보통 일이야?"

"아니 밥 잘 먹고 화를 왜 우리한테 낸데?"

"지금 화 안내게 생겼어? 자기는 화 안 나?"

"응, 안 나."

"됐어, 가자."

아빠는 담배를 물고 먼저 나가버렸다.

"너는 아빠 성격 알면서 그런 이야기는 뭐 하러 해서 불을 지르니?"

"소풍 이야기는 엄마가 하라고 했거든."

"잘 놀고 노래방 갔다가 학원 빠진 이야기나 하지, 그딴 소리는 왜 하냐고?"

"됐거든."

"애, 너네 담임 전교조라고 하던?"

"그런 이야기 안 하던데?"

"하기는 그 양반들 자기가 전교조라는 소리는 절대 안 한다고 하더라만."

"전교조면 어때서?"

"전교조 선생님들 중에 그런 사람들이 가끔 껴있어서 단체로 욕을 먹잖아."

아빠는 홀에서 우리의 이야기를 듣고 있었던 모양이었다.

"어허, 이건 개인적인 문제인데 뜬금없이 전교조는 왜 꺼내?"

"됐어, 난 아무 말 안 할게."

"당연히 아무 말 안 해야지."

담임의 그 이야기 때문에 주말을 시끄럽게 보낸 집이 우리 집만은 아니었던 모양이었다. 공교롭게도 스승의 날인 월요일 아침, 학교로 찾아온 학부모들이 여럿 있었으니까. 그중에는 '부끄럽게도' 군복을 입은 우리 아빠도 있었다. 졸지에 학부모 대표가 되어버린 아빠를 비롯한 학부모들은 담임에게 해명과 사과를 요구했고, 교장에게는 인사 조치를 해 줄 것을 건의했다고 한다.

교장은 주말 내내 항의 전화에 시달렸던 터라 이 일을 어떻게 처리할 것인지 고심을 하다가 학부모들에게 무조건 죄송하다, 앞으로는 이념적으로 편향되게 들릴 수 있는 이야기는 다시는 하지 못하도록 엄중 주의 조치를 하겠다고 잘 말해야 하겠다고, 그러면 끝나겠지 하고 생각을 했던 모양이었다. 그때만 해도 이게 얼마나 큰일이 될지는 전혀 예상치 못한 것이었다. 그런데 담임은 학부모들에게 사과는커녕 자신의 평소 소신대로의 발언이니 굳이 해명할 필요를 전혀 못 느낀다고 당당히 말을 했다고 했다. 교장의 어정쩡한 태도와 담임의 완강한 대응은 작은 해프닝으로 끝날 수도 있었던 이 사건에 그야말로 불을 지른 꼴이 되어버렸다.

학부모들이 기자들에게 그 일을 자세히 제보하면서, 담임을 국가보안법 위반으로 경찰에 고발하며 담임이 교체될 때까지 전 학년 등교 거부 운동을 실시하겠다고 선언을 해버림으로써 순식간에 그 일이 우리 반뿐만이 아니라 전 학부모들은 물론 온 국민에게까지 모두 알려진 것이었다.

'문제 학교' 우리 학교는 또 한 번 뒤집어져 버렸다. 그날부터 교문 앞이 담임 퇴출과 등교 거부를 주장하며 피켓을 들고 떠들어 대는 수많은 학부모들과 자기네 아이들의 등교를 방해하지 못하게 하려는 학부모들, 담임을 옹호하는 다른 학교의 선생님들에다 무슨, 무슨 정치인이라는 사람, 그리고 서로 간의 충돌을 막게 하려는 전경들까지 뒤엉켜 아수라장이 되어버렸다. 우리는 등교를 못하게 막고 있는 어른들을 피해 학교 뒷산으로 몰래 돌아 들어가기도 했는데 이 장면이 TV 기자에게 찍히는 바람에 우리는 TV를 보면서 누가 나왔네, 어쩌네 하며 떠들어대곤 했다.

시작은 거의 전부 우리 아빠의 흥분에서 비롯되었다고 해도 과언이 아니었지만 정작 아빠는 현역 군인이기 때문에 그런 데모에는 참가할 수 없다는 이유로 빠져버리고, 나 또한 무슨 일이 있어도 학교는 가야 한다는 엄마, 아빠의 철학에 따라 어떤 날은 학부모들의 틈을 비집고, 또 어떤 날은 뒷산으로 해서 어렵사리 학교는 나갔다. 반은 늘 절반 정도는 비어 있었다. 사건의 당사자가 담임인 반이기 때문에 등교 거부율이 더 높은 것이라고 했는데 출근길에 계란 세례를 받곤 하면서도 그래도 담임은 늘 꿋꿋했지만 말수가 부쩍 줄고 하루가 다르게 수척해지고 있어 우리들의 마음을 아프게 했다.

변함없이 즐겁게 교실을 헤젓고 다니는 아이는 김기성뿐이었다. 손민서의 등교 거부로 진짜 반장 노릇을 하게 된 터라 마냥 신이 났던 모양이었던 거다.(나중에, 그러니까 나와 제대로 친해졌을 때 민서는 학교 오기 싫은데 잘됐다, 그런 마음으로 안 온 것뿐이라고 했다.)

아빠가 늘 하는 말처럼 모든 것은 끝이 있는 법, 그 어지러운 상황은 보름 만에 막을 내렸다. 경찰의 출석 요구를 계속 거부하던 담임이 출근을 하다가 체포영장을 가지고 온 형사에게 붙잡혀 간 것이었다. 그게 우리와 담임의 불과 두 달 정도의 짧은 인연의 끝이었다. 담임은 구속이 되지도 않고 조사만 받은 후 경찰서 정문 앞에 몰려들어 '석방'을 외치던 전교조 선생님들의 환호와 박수 속에 거의 '돌아온 영웅'의 모습으로 정문을 나섰으나 허망하게도 바로 다음 날, 기간제 교사엔 별 미련도 없다며 자진해서 바로 사표를 냈다고 했다. 교실이 다시 아이들로 채워졌다.

제5장

6월

제5장 6월

어른이 돼 갈수록 누군가가 그런 식으로 계속 잊힌다는 사실이 가슴 아팠다.

#52

알다시피 새로운 학교생활이 겨우 석 달을 좀 넘겼는데 우리들은 벌써 세 번째의 담임을 맞이해야 했다. 그러니까 담임 복도 참 없었던 것이다. 그러나 그 복은 그냥 '참' 정도가 아니라 '참으로 지질이도' 없었다는 것이라는 걸 확인하기에는 오랜 시간이 필요하지도 않았다.

새로운 담임은 체육 선생, 3학년 불개미 여학생 세 명에게 반말에다 욕까지 동원된 객기를 부려가며 기어이 뺏겼던 옷을 되찾은 나에게 '물건'이라는 별명을 붙이고선 먼발치에서도 나만 보면 큰 소리로 '어이, 물건!' 하며 부르고선 가지런한 이를 드러내며 웃던 그 체육 선생님이 우리의 담임이 된 것이다.

담임은 학생들 사이에서 '날건이'란 희한한 별명으로 통했다. 언제, 어디서건 늘 편한 트레이닝복 차림에 목에는 호루라기가 달린 줄을 걸고선 건들거리며 학교를 휘젓고 다니다가 수업 시간이 되면 축구공과 배구공 한 개씩을 들고 나타나 남자아이들에겐 축구를, 여자아이들에겐 피구를 시키거나 뜬금없이 학교 뒷산 꼭대기의 군인 초소까지 선착순으로 달려갔다 오라고 시키면 그만인 그의 편한 수업 방식을 두고 '날로 먹는 건달'이라며 붙인 별명이었다.

어쨌든 맨 자는 애, 덤비는 애들을 어르고 달래가면서 분필가루 마시며 소리를 질러대는 다른 선생님들에 비하면 담임은 아이들 말 그대로 날로 먹고 있는지도 몰랐다. 물론 이 부분에 관해서는 담임도 분명 할 말이 있을 것이다. 100m 달리기 초등학교 기록을 가지고 있었다던 이해천이의 코치 겸 감독을 맡았을 때는 거의 매일 오후 내내 운동장에서 그 아이를 붙잡고 흙먼지를 마시기도 했고, 음악 줄넘기반을 가르친다며 체육관 안에서 살기도 했으며, 총 네 명뿐인 테니스부 아이들의 감독도 그의 몫으로서 그 아이들을 인솔하여 시합에도 참가하고 했으니 어찌 보면 다른 선생님들보다 더한 격무에 시달리고 있었는지도 모른다.

때론 우리의 전 담임처럼 기간제 선생님들까지 원치도 않는 담임을 맡아야 했던 학교에서 그가 여태까지 담임을 안 맡고 있었다는 것만 봐도 학교에서도 그의 과중한 업무를 인정하고 있었지 않나 싶은 게 나의 생각이었다.

담임에겐 '변태'라는 별명이 또 하나 있었는데 이건 거의 우리들 여학생들만이 조금은 낮고 수상한 목소리로 부르는 별명이었다. 물론 나는 왜 여자아이들 사이에서 담임이 그렇게 통하게 된 것인지를 실감하게 되는 일을 직접 당하거나 본 적은 없다. 다만 우리들 사이에서 그가 수업 시간 중에 여학생들의 몸을 슬쩍 슬쩍 만지기도 하고 야한 농담도 서슴지 않는다는 말이 늘 떠다니고 있었고, 어떤 아이가 얼굴이 붉어진 채 이야기를 하면 다른 아이들이 '그 새끼 원래 그래, 변태잖아' 하는 대답 같은 건 나도 여러 번 들은 적이 있다.

그러니까 아이들의 말은 담임은 때론 그 자리에서 항의를 하거나 아니면 얼굴만 붉힌 채 우물쭈물 피하거나 하기는 해도 그의 행동을 선생님의 순수한 제자 사랑 표현이나 장난이 아닌 명백한 성추행이라고 생각하고 부모님에게 말을 해 일을 크게 만들고 하기에는 조금은 애매한 한계까지만 나아가는, 그러니까 '대충 참고 견디고 넘어가는 징그러운 변태'라는 이야기였다. 그런 말을 느낄 때마다 나는 아이들이 아마도 '인마, 선생님이 너 귀여워서 그런 걸 가지고 뭘 그렇게 정색을 해?' 하며 눙치면 그냥 다른 아이들처럼 조금 분한 마음을 가지다 잊고 말지, 그걸 가지고 유독 자기가 나서 문제를 삼기는 곤란하다는 생각을 가지고 있는 것처럼 느껴졌다.

손민서는 그런 말을 들을 때마다 '그 새끼가 만일 나한테 그러면 완전 개망신 주고 선생도 못하게 만들 텐데 새끼가 눈만 높아가지고' 하면서 껄껄 웃어버렸고, 박인영이는 '아이, 징그러워' 하면서 몸을 움츠렸는데 나는 만일 내가 그런 일을 겪게 되면 어떻게 해야 하지? 하는 걱정에 '야, 물건!'이라는 소리만 들리면 일단 도망부터 쳤었고, 수업 시간에도 되도록 그와 눈을 안 마주치면서 조금이라도 멀찍이 비켜 서 있으려고 애를 써 왔는데 그런 그가 우리의 담임이 된 것이다.

결론적으로 담임은 딱 그 정도로만 즐기고(?) 끝냈어야 했다. 그러나 그동안 곪고 또 곪아서 결국 터질 때가 된 것인지, 아니면 그날따라 뭘 잘못 먹고 겁이 없어져 버린 것인지 우리들의 담임이 된 지 불과 보름 째 되는 날, 그는 평생 후회할 사고를 쳐버렸다. 아니, 이번에는 두루뭉수리 넘어가지 않고 결국 일이 터져버렸다.

문제 학교의 저주받은 반답게 피해자는 다름 아닌 우리 반 박인영이었다. 가해자도 우리 반, 피해자도 우리 반, 어쩜 엄마 말대로 학교 터가 안 좋은 건지 아니면 늘 운이 없는 내가 4반이 되는 바람에 나를 따라 불운이 닥친 것인지 잊을 만하면 아니 아직 잊기에는 너무 짧다고 할 그런 간격을 두고 계속해서 우리 반에서 이상한 일이 터지니 우연이라 넘기기엔 뭔가 석연치 않았다.

어쨌거나 나는, 5월의 마지막 금요일이었던 그날 인영이가 하굣길에 왜 그렇게 말이 없었는지, 학원엔 왜 안 나왔는지 전혀 알지 못했다. 그냥 '몸이 안 좋아서'라는 말을 내 멋대로 '얘가 생리가 시작된 모양이구나.'라고 편하게 생각하면서 도리어 '너답지 않게 조용하니까 좋네.'라고 속없이 농담을 건네기만 했었다.

이제와 생각해 보니까 토요일 학원에서도 인영이는 별로 말이 없었던 것 같다. 물론 같은 학원임에도 반이 다르다 보니까 서로 일부러 찾지 않으면 여간해선 만나기 어렵기에 쉬는 시간이면 인영이 우리 반을 찾아와 수다를 떨다 가곤 했는데 그날은 단 한 번도 찾아오지 않아 궁금해진 내가 그의 반을 찾는 바람에 아주 잠깐 만났을 뿐이었으니 어쩜 그의 우울함을 눈치채지 못한 건 나의 잘못도 무심함도 아닐는지 모른다.

하기는 늘 낙천적인 손민서도 내게 '같은 반이면서도 나는 걔가 그렇게 힘들어 하는지 몰랐었다'고 했던 걸 봐서는 내가 너무 미안해 할 필요까지는 없을지도 모른다.

그렇게 주말을 보내고 월요일 아침, 나는 버스 안에서 인영으로부터 '오늘은 못 기다려,'라는 문자 메시지를 받게 되는데 혼자 골고다의 언덕을 오르면서 내가 인영이, 그 아이가 기다려주는 것에 익숙해져 있었다는 걸 알았다. 왠지 좀 쓸쓸했던 것이다. 그리고 주말의 그 아이 표정이 생각나면서 걱정이 되기도 했다. 결국 나는 인영에게 '학교는?'이란 문자를 보냈는데 다행히 '와 있어' 하는 답신에 안심을 하고 교실로 들어섰다.

그러고선 인영의 기색부터 살폈다.

"괜찮아?"

"응, 괜찮아."

"하나도 안 괜찮아 보이는데? 아팠어?"

"조금, 이젠 괜찮아."

"민서는 아직 안 온 모양이네?"

"교무실 갔어."

반장인 손민서가 교무실에 가는 것은 별로 특별한 일이 아니었다.

"나가자, 우리."

"조례할 텐데?"

"오늘 조례 못 할 거야."

"왜?"

"나가자니까."

나는 인영에게 이끌려 학교 정원의 벤치에 앉았다. 언제인가 이슬이와 함께 앉아 북한산을 바라보던 바로 그 벤치였다.

"무슨 일 있구나?"

"나, 오늘 아빠랑 학교에 같이 왔어."

"왜?"

"담임 때문에."

"......"

"담임 그 새끼가 날 만졌어. 말로도 희롱했고."

나는 인영의 입에서 담임이라는 말이 나왔을 때 대뜸 이런 일일 것이라는 짐작을 했던 차였다.

"언제 그랬는데?"

"지난 금요일 체육 시간에."

"어떻게 했는데?"

"우리 운동장 돌았잖아. 나는 그때 몸이 안 좋아서 말을 하고 스탠드에 앉아 있었거든. 근데 담임이 나한테 와서 이것저것 물어보더니 갑자기 내 가슴을 쑥 만지더라고. D컵? 이러면서 말이야."

나는 인영의 입에서 가슴, D컵, 이런 단어가 나오자 나도 모르게 나보다 훨씬 더 도드라져 보이는 그 아이의 가슴을 흘깃거렸는데 그런 나 자신이 너무나도 어처구니없게 느껴졌다.

"그래서?"

이때 민서가 우리를 찾아 나왔다.

"어? 연지랑 같이 있었네, 야, 박인영, 빨리 교무실로 가 봐."

"나보고 오래?"

"응."

"누가?"

"몰라, 다른 반 아이가 와서 전해줬어 담임이 불렀겠지 뭐."

인영의 얼굴은 가기 싫은 기색이 역력했다.

"왜? 너 무슨 일 있니?"

나는 민서에게 아무 말 말라는 듯 고개를 가로저었다. 망설이던 인영이 축 처진 어깨로 건물 안으로 사라졌다.

"쟤, 왜 저러니?"

나는 민서에게 인영이 자기네 아빠와 함께 학교에 온 사실과 함께 내게 했던 말을 전했다.

"정말? 담임 그 새끼, 내가 언젠가 이런 일 일어날 줄 알았다니까. 변태 새끼, 이제 큰일 났네."

"……."

"아빠가 학교엘 같이 왔다는 건 인영이가 지 네 아빠한테 그 이야기를 했다는 거잖아. 너, 인영이 아빠가 경찰인 거 모르지?"

"알아. 들었어."

"어떻게 될까?"

"어떻게 될 것 같은데?"

"모르지 뭐. 야, 우리 교무실에 가 보자."

"수업은?"

"말했잖아. 1교시는 자습이라고."

"그랬어? 나는 인영이랑 여기에 나와 있었잖아."

"어쩐지 교무실 분위기가 이상하더라. 1교시 학주 사회거든. 자습하랬어."

"정말 가 볼까?"

"살짝 들어가서 어떻게 된 일인지 몰래 들어보지 뭐."

하지만 인영도 그 아이의 아빠도 교무실엔 없었다. 담임도 교감도 눈에 띄지 않기는 마찬가지였다. 우리는 교실로 발길을 돌렸다.

인영은 곧 교실로 돌아왔다. 우리 셋은 다시 밖으로 나와 그 벤치로 갔다.

"어디 갔었니? 교무실에 안 보이더라."

"교장실에 있었어."

"아빠는? 가셨고?"

"아니, 아직도 거기에 계실걸?"

"어떻게 됐는데?"

"담탱이, 그 새끼 완전 오리발 내밀지 뭐."

"안 그랬다고 우겨?"

"아빠한테 '따님한테 무슨 말을 듣고 오셨는지 모르지만 저는 명색이 교사입니다, 성추행이라니 말씀이 너무 심하네요.' 이랬다더라."

"넌 그 말 못 듣고?"

"그래서 내가 불려간 거잖아."

"네 앞에서도 오리발 내밀었다는 소리네?"

"교장이 와서 교장실로 가서 이야기하자고 해서 갔거든. 거기에서도 자기는 그럴 사람이 아니라고 펄쩍 뛰더라고."

"그래서?"

이제부턴 인영의 말에 따른 것이다.

"그러니까 여기 우리 애가 당신이 하지도 않은 짓 가지고 당신을 모함한다, 이겁니까?"

"글쎄, 저도 따님이 왜 그러는지 모르지만 하여튼 전 그런 적 없습니다."

"뭐? 당신, 정말 안 되겠군."

"아버님, 그래도 따님 선생님인데 당신, 당신 그러니까 듣기 좀 불편하네요."

"교장 선생님, 지금 한가하게 그런 말씀하실 때입니까? 선생님이 선생님답게 처신하면 제가 이러겠습니까? 지금 교장 선생님은 상황을 확실히 다 알면서 이 사람을 역성드시는 겁니까? 정말 너무하시네요."

"저는 우리 선생님 말씀을 믿거든요."

"순진한 학생들의 말은 못 믿고요?"

"못 믿는다는 게 아니라……."

"알겠습니다. 저도 애를 학교에 보내는 입장이라 웬만하면 우리 애한테 사과나 하라고 하고 다시는 그러지 않겠다는 약속만 받으면 그냥 끝내려고 했다고 분명히 말씀드렸는데 이렇게들 나오시니 저도 생각을 바꾸겠습니다."

"어떻게 하시려고요?"

"이런 일이 생기면 원래 애들은 말도 못하고 넘기게 되고 부모들도 적당히 넘어가게 마련입니다. 왜냐? 말씀드렸듯이 애가 계속 학교에 다녀야 할 입장이기 때문이지요. 그런데 저는 두 분을 보니 도저히 적당히 못 넘기겠다, 이 말입니다."

"그래도 아버님, 너무 화만 내지 마시고 순리대로 하셔야지요."

"순리요? 지금 순리라고 말씀하셨습니까? 교장 선생님도 여자분이시면서 정말 너무하시네요. 진짜 어이가 없습니다. 예?"

"……."

"그래도 여자아이가 새파랗게 질려 지네 엄마, 아빠에게 이야기를 한 거라는 걸 한 번은 생각해 주셔야 되는 거 아닙니까? 우리 아이가 저 친구랑 무슨 원한이 있다고 그런 말을 꾸미겠습니까? 안 그렇습니까?"

"……."

"다시 말하지만 저도 사과나 하라고 하고 넘어가려 했다, 이 말입니다. 저 선생이란 인간이 우리 애뿐만 아니라 수많은 애들에게 집적댔다는 걸 다 알면서 말입니다. 솔직히 우리 애도 이번 한 번뿐인지 아십니까?"

"그게 무슨 말씀이신지?"

"됐습니다. 인영아, 가자."

"그래, 학생, 너는 교실로 돌아가. 아버님은 저희랑 말씀 좀 더 나누시고요."

거기까지가 교장실에서 있었던 일이라고 했다.

"한 번뿐이 아니라는 게 무슨 말인데? 너, 전에도 변태한테 당한 적 있었어?"

"응."

"어떻게?"

"저번에 말이야, 우리 담임이 되기 바로 전에 체육 시간에 비가 와서 체육관에서 수업한 적 있었거든."

"맞아, 기억 나."

"그때 우리 둘씩 짝이 되어 허리 펴는 운동했던 것도 기억 나?"

"당근이지."

"그때 내가 누구더라? 하여튼 어떤 아이가 나를 등에 대고 엎드리고 있었는데 담임이 와서 내 거기를 슬쩍 만지면서 '도톰하네.' 이러더라고."

"헐, 완전 미친놈 아니야? 그걸 가만히 있었단 말이야?"

"내가 째려보았더니 완전 딴청을 하더라고. 괜히 나만 이상한 아이가 될까 봐 참았지 뭐."

"그 이야기도 아빠한테 한 거야?"

인영은 고개를 끄덕거렸다.

"교장실에선 안 했고?"

"모르겠어. 내가 나올 때까지 아빠는 이번 한 번이 아니다, 라는 말까지만 했으니까."

"그 변태새끼 유명한 것도 너네 아빠한테 다 이야기했니?"

"응, 별명이 그래서 변태라는 이야기까지 다 했어."

"너네 아빠 경찰인 건 알든?"

"알겠지 뭐."

"너네 아빠가 어떻게 할까?"

"글쎄."

인영에게 아빠로부터 전화가 걸려온 건 그 순간이었다. 인영은 연신 '응, 알았어'만 반복했다.

"뭐래?"

"그냥 마음 편히 수업 잘 받고 있으래. 아빠가 알아서 한다고."

"변태새끼, 완전 똥 밟았다 그러고 있겠네."

"나 때문에 담임 또 바뀌면 좀 그렇거든."

"야, 박인영, 그럼 그런 변태 보고 선생님, 선생님 하면서 학교 다닐래?"

"그래도 다른 선생님들 얼굴도 만나 봐야 되잖아. 애들도 나 때문에 담임 또 바뀐다고 그럴 거고."

"야, 그러니까 그 변태새끼가 설쳐댄 거라고. 잘못은 그 새끼가 했는데 걱정은 왜 네가 하니?"

"그래도……."

교문으로 인영의 아빠 차가 나가는 게 보였다.

"들어가자. 박인영, 너 교실 들어가면 괜히 심란해하지 말고 수업이나 잘 받아."

"……."

"나, 토요일 밤에 완전 쇼크 먹었다는 이야기 했나?"

"무슨 말?"

"야, 학원에서 그러는데 우리 학교에서 반에서 10등 안에 못 들면 대고 (대군고등학교) 못 간다더라."

"이제 알았어?"

"나는 그래도 설마 했지."

"대고가 일산 같은 데서 많이 와서 그렇게 된 거잖아. 이제 파주에선 제일 명문이거든."

"거기 못 가면 잘못하다간 동두천까지 가는 일이 생긴대. 헐."

"그 이야기는 나중에 하고 들어가자."

"하긴 너랑은 상관없는 이야기긴 하지. 너는 어디 갈 거니? 외고?"

"모르겠어. 어쨌든 외고는 안 갈 거야."

"왜?"

"돈 많이 들잖아."

"그렇게 많이 드나?"

"대학교보다 더 많이 든대. 그리고 거기 가면 내신 걱정도 해야 되잖아."

"내신? 하기는 맨 전교 등수 하던 아이들만 있으니 그러기도 하겠다."

"인영이 지금 그런 이야기할 기분 아닐 텐데 들어가자니까."

"나는 괜찮아."

"야, 뭐 이러니? 넌 갈 수 있어도 돈이니 내신 생각하고 안 가고, 우리 집은 돈도 있고 내가 가고 싶어도 못가고."

#54

다음 날인 화요일, 인영은 등교하지 않았다. 걱정이 돼서 전화를 건 나에게 인영은 말했다. 아빠가 담임이 교체될 때까지는 학교에 가고 싶지 않으면 안 가도 된다 했다고, 그리고 어차피 오후에는 경찰서에 가 봐야 한다고 말이다. 경찰서. 나는 인영에게서 그 단어를 듣게 되자 이제 담임은 진짜로 큰일 났다, 라는 생각이 들었다.

"병진, 호미로 막을 걸 뭐로, 뭐더라? 하여튼 뭐로 막게 된 거지. 야, 뭐니?"

"가래."

"그래, 가래. 호미로 막을 걸 가래로 막는다. 나, 똑똑하지?"

"경찰서까지 간다는 건 인영이 아빠가 고소를 했다는 소리잖아?"

"당근이지. 그럼 너네 아빠 같으면 그냥 넘어가겠니? 하기는 우리 아빠 같으면 경찰서 갈 것도 없긴 하지만."

"······."

"우리 아빠한테 걸렸으면 그 자리에서 죽음이라고. 우리 아빠는 경찰서 가는 거 정말 싫어하거든."

담임은 별다른 기색 없이 여전했다. 어떻게 된 일인지 아이들에게는 벌써 담임과 인영의 이야기가 돌고 있었던 모양이었다. 오랜만에 학교에 나온 오유진이가 나에게 물었던 거다.

"그 이야기 진짜니?"

"무슨 이야기?"

"박인영 이야기."

오유진이까지 안다면 모든 아이가 다 알고 있다는 소리였다. 나는 고개를 끄덕거렸다. 오유진이는 가벼운 한숨을 쉬었다. 나는 그 아이의 눈빛이 다른 때와는 다르다는 걸 눈치챘다.

"왜? 너도 무슨 일 있었어?"

"응."

"무슨 일 있었는데?"

"그 변태새끼가 갑자기 날 뒤에서 안다라고. 가슴도 슬쩍 만지면서."

"언제?"

"뒷산으로 구보하던 날."

"그런데 왜 가만히 있었어?"

"너 같으면 어떻게 할 건데?"

"······."

"나는 그런 말 함부로 못 하잖아."

"왜?"

"몰라? 나는 그래."

연예인. 나는 오유진이라면 그런 이야기를 함부로 할 수 없다는 걸 이해했다. 그렇지 않아도 걔는 학교 안에서도 수많은 소문에 시달리고 있었고, 인터넷에서는 발연기가 어떠네, 오유진 일진설, 성형설 등등 말도 안 되는 이야기들이 차고 넘치고 있다는 걸 나는 잘 알고 있었다.

"어떻게 될까?"

"뭐가?"

"박인영이 경찰서 간다며?"

"그래서?"

"나도 가서 확 이야기해 버릴까 해서 말이야."

"너는 그러지 못하는 입장이라며?"

"요샌 생각이 좀 바뀌었거든."

"드라마 촬영은 다 끝난 거야?"

"지금 것은 다 찍었어. 내 캐릭터가 조금 있으면 성인이 되거든. 정유리로 바뀔 거야. 다음 스케줄은 언제 슛이 들어갈지 모르고."

"생각이 어떻게 바뀌었는데? 어쨌든 간에 인터넷에 오유진 성추행 당하다, 이런 거 올라오면 완전 난리 나는 거 아니니?"

"난리 나라 그러지 뭐. 우리 엄마 표정 어떻게 변하는지 한번 보게."

"엄마가 왜?"

"우리 엄마는 말이야, 내가 성추행 당했다고 말해도 절대 그런 일 없다고 자기가 더 펄펄 뛸걸?"

나는 이 아이의 표정과 말투에서 열다섯 중학생이 아닌 인기 연예인 오유진으로 살아가야 한다는 데 커다란 심적 압박을 가지고 있다는 것, 그런 삶을 강요하는 자기 엄마에 대해 상당한 적개심을 가지고 있다는 걸 느꼈다. 담임은 종례도 아무 일 없다는 듯 침착한 표정으로 마쳤다.

"쟤도 정말 장난 아니겠다."

"뭐가?"

"봤잖아, 오유진이 엄마 차 대놓고 기다리는 거. 야, 저렇게 엄마가 24시간 딱 붙어 있으면 완전 돌아버릴 것 같지 않니?"

"연예인이잖아. 잘나가니까 보호해 줘야지."

"그러니까 내 체질엔 저런 거 절대 못한다, 이 말이야."

오유진이가 지나가는 차 안에서 우리를 보고 손을 흔들었고 나는 미소로 답했다.

"완전 예쁘긴 예뻐. 그렇지?"

"응."

"나는 저렇게 안 생긴 게 정말 다행이라니까."

"민서야, 아까 오유진이가 그러는데 자기도 담임한테 당한 적 있다더라."

"헐, 하기는 그 변태가 걔를 그냥 놔둘 리 없지."

"걔 말이야, 자기도 경찰서에 갈 수도 있다고 그러더라고."

"그래? 무지 열 받았던 모양이네. 맞아, 아예 애들한테 다 같이 경찰서로 가지고 그럴까?"

"그건 좀 아니지 않나?"

"아니긴 뭐가 아니야? 그런 새끼는 완전 짤라버려야 된다고."

"어디를? 거길?"

"어? 얘 좀 봐. 야, 김연지, 너, 알고 보니까 무지 까졌다?"

"너보다는 아니거든?"

"그건 그렇고. 연지 너, 너네 엄마한테 허락은 받았어?"

"내일 이야기 말이야?"

"당근이지."

"아직 말 안했는데."

"네가 안 가면 우린 완전 찬밥 되는 거 알지?"

"뭔 소리야?"

"알면서 그런다. 야, 너 아니면 강철민이가 우리한테 초대장을 보냈겠니?"

"……."

"그러니까 우리 생각해서라도 괜히 너네 엄마 나중에 난리 피우지 않게 미리 허락을 받아라, 이 말이야."

"생각 중이라니까."

"너, 아까 급식 때 보니까 밥도 잘 못 먹더라?"

"뭔 소리야, 싹싹 먹어서 잔반도 하나 안 남겼는데."

"괜찮아. 이 언니도 너 만할 때 딱 그랬거든."

언니! 언젠가 슬이도 나에게 '이 언니가 말이야' 이런 식으로 이야기한 적이 있었다.

"네가 언제 나만 한 적 있었는데? 키가 준 거니?"

"인마, 너같이 첫사랑에 빠졌을 때 말이야."

"첫사랑? 첫사랑 같은 이야기 하네. 아니야, 나는. 괜히 갖다 붙이지 마."

"좋겠네, 김연지. 송기열이도 있고 강철민이도 있고."

"너, 죽을래?"

"너, 내가 백정미보다 완전 세다는 거 모르는구나. 말 막하는 거 보니까."

"쓸데없는 농담하지 말라는 소리잖아. 나, 지금 완전 짜증나려 하거든."

"송기열이는 어떻게 할 건데?"

"뭘 어떻게 해?"

"답장 보냈어?"

"미쳤니? 내가."

"그 병진, 무지 기다릴 텐데 웬만하면 보내주지 그래?"

"웬만하지 않거든."

"그래도 불쌍하다, 야."

"난 안 불쌍하거든. 그렇게 불쌍하면 네가 편지라도 써 보내든지."

"뭐? 내가? 맞아, 그래야겠다. 헤헤."

"뭘?"

"내가 너인 척하고 걔한테 답장을 보내는 거지. 걔 표정이 어떻게 변하나 보게."

"미쳤니?"

"강철민이도 편지 보냈지?"

"아니거든. 아니라고."

"너, 얼굴 빨개지는 거 보니까 보냈네 뭐."

"저기 버스 온다. 이따 학원에서 봐."

"그런 말 한다고 도망 가냐?"

송기열이가 내 가방에 넣어 둔 편지를 민서가 먼저 발견한 게 내내 이렇게 속을 썩이는 거였다. 그건 그렇고, 버스 안에서 나는 오늘은 내일 있을 교회 밴드 공연 이야기를 꼭 해야 한다고, 할 것이다, 라고 다짐에 또 다짐을 했다. 인영은 학원에도 오지 않았다.

#55

수요일, 인영이 버스 정류장에서 나를 기다리고 있었다. 나는 인영의 기색부터 살폈는데 다른 날과 별반 다르지 않은 듯싶어 다행이라는 생각이 들었다. 솔직히 나는 인영이가 걱정되어서가 아니라 내가 자신 없는 상황을 맞게 될까 봐 그 아이의 기색을 살폈다는 걸 안다. 나는 내가 아직은 친구의 슬픔이나 우울함 같은 것을 대해야 할 때는 어떤 말이나 표정을 지어야 하는 것인지 어쩔 줄 몰라 하는 어린아이에 불과하다는 걸 늘 실감하고 있었던 것이다.

"괜찮아?"

"응, 괜찮아."

"경찰서에 갔다 온 건 어떻게 되고?"

"물어보는 대로 다 이야기하기는 했는데 자꾸만 목격자 이야기를 하더라."

"목격자?"

"응, 내 이야기만 듣고선 담임이 아니라고 하면 처벌하기가 어렵다는 거 있지."

"너네 아빠는 뭐라고 그러는데?"

"형사 말이 일리가 있대."

"그럼 네가 목격자를 못 데리고 가면 담임은 괜찮다는 거야?"

"혹시 다른 아이들도 나랑 비슷한 일을 당했다고 하면 처벌할 수는 있을 거래."

나는 오유진이가 떠올랐으나 인영에게는 일단 그 이야기를 하지 않았다.

"어제 담임도 경찰서에 갔었나?"

"오늘 아침에 부른다고 했어."

골고다의 언덕 중간에는 뜻밖에 손민서가 기다리고 있었다.

"여기서 일부러 기다리고 있었던 거야?"

"아냐, 엄마 차 타고 가다가 너네들 보고 내린 거야."

"오유진 흉보더니 너도 학교 앞까지 엄마 차냐?"

"내가 언제 흉봤니? 숨 막혀 죽을 거라 그랬지."

"인영이는 그렇다고 치고 너는 학원 왜 안 왔는데?"

"내가 원래 좀 바쁘잖아. 그럴 일이 있었어. 그건 알면 다치니까 묻지 말고. 그나저나 인영이, 너는 경찰서는 잘 갔다 온 거니?"

"조사 받고 왔대. 그런데 목격자가 없으면 처벌하기가 곤란한가 봐."

"그래? 하기는 그렇기도 하겠다. 인영이 말만 듣고 증거도 없는데 무조건 처벌할 수도 없을 거 아니야?"

"그런데 다른 아이들도 당했다는 이야기를 하면 그게 다 증거가 돼서 처벌할 수도 있다네."

"그래? 변태는 경찰서에 안 갔었나?"

"오늘 갈 거라는데?"

"인영이, 너는 속 좀 가라앉았니?"

"응, 원래 괜찮았는데 뭐."

"괜찮기는. 그런 애가 학교도 안 나오니?"

"얘, 어제 학원도 안 나왔는데 뭘."

"그랬어? 야, 뭘 그까짓 거 가지고 충격을 먹냐? 별것도 아닌데."

"헐, 그게 왜 별거가 아니니? 너 웃긴다?"

"니들은 어린애라 아직 몰라. 야, 그건 일도 아니라니까."

"좋겠다, 너는 어른이라서."

"당연히 좋지. 흠흠. 그건 그렇고 어떻게 한다?"

"뭘?"

"인영이 일 말이야. 변태 그 새끼 혹시 아무 처벌도 안 받으면 그냥 학교에 나올 거고 그럼 인영이만 개털 되는 거잖아."

"우리 아빠가 다 생각이 있다고 그러더라."

"어떤 생각이 있다는데?"

"우리 아빠는 꼭 처벌까지 바라는 건 아니라고 했거든. 그래도 젊은 사람인데 앞길을 완전히 막아버리면 안 된다고 말이야."

"그럼?"

"선생님만은 못하게 하면 그걸로 충분하대. 꼭 그렇게 만들 거라 그랬고."

"너네 아빠가 처벌까지는 필요 없고 선생님은 못 하게 만들면 충분하다고 그랬다고?"

"그랬다니까."

"그럼 네가 경찰서엘 갈 필요도 없었던 거잖아?"

"오리발 내미니까 그랬던 거지."

"꼭 처벌 받게 하려고 그런 게 아니고 오리발 내미니까 알면서도 일단 고소를 한 거다?"

"똑같은 소리를 몇 번이나 해야 되니?"

"너, 그거 확실한 거지?"

"당근이지. 그런데 그게 왜 그렇게 중요한데?"

"나한테 생각이 있어서 그렇지."

"무슨 생각?"

"인영아, 너도 변태 그 새끼랑 같이 학교 못 다니지?"

"당근이지, 어떻게 계속 얼굴을 보니?"

"알았어. 내가 알아서 할게. 너네들은 이 언니 하는 거 보고나 있어."

"뭘 할 건데?"

"뭐가 됐건 내가 알아서 할 테니 인영이 너, 너네 아빠 핸드폰 번호나 말해 봐. 아니 여기 입력해 봐."

"왜?"

"뭘 왜야? 필요하니까 그렇지."

인영이 망설이다가 민서가 내민 핸드폰에 자기 아빠 번호를 입력했다.

"이름도 같이 입력했니? 했네. 이건 됐고. 아차, 연지, 너 엄마한테 말했어?"

"응."

나는 어젯밤 엄마를 설득 오늘 저녁 학원엘 한 번 빠지고선 파주문화회관에서 있는 강철민 교회 밴드 공연을 가도 좋다고 허락을 받아 놓았었다. 엄마는 자기도 같이 가겠다고 해 나를 정말 어이없게 만들긴 했으나 의외로 생각보다는 쉽게 허락을 해주었다.

"인영이는? 오늘 갈 수 있겠어?"

"당근이지. 내가 어떤데?"

민서는 교실에 책가방을 놓자마자 어디론가 사라져 버렸다. 담임은 역시 조례 시간에 모습을 나타내지 않았다. 민서가 돌아온 것은 3교시가 끝나고 나서였다.

"어디 갔었니?"

"교장실."

"정말?"

"당근 정말이지."

"여태껏 거기에 있었던 거야? 왜 갔었는데?"

"보건실에서도 좀 있었고. 암튼 이야기하려면 길어. 좀 이따 점심시간 때 이야기해 줄게."

"인영이 일로 간 거야?"

"응."

"너 혼자서?"

"아니, 3학년 조혜실 언니랑."

나는 전에 슬이가 학생부장에게 괜한 관심을 보였다가는 죽음이라는 말을 하면서 '여학생부장 조혜실'이라 언급을 했던 걸 기억하고 있었다.

"여학생부장?"

"그럼 조혜실이 또 있니?"

"가서 뭐 했는데?"

"이따 이야기해 준다니까. 아무튼 잘됐어."

"지금 이야기하면 되지 뭘 그렇게 뜸을 들이냐?"

"선생님 들어오셨잖아."

어느새 수학 선생님이 교탁 앞에 서 있었고 민서는 벌떡 일어나 차렷, 경례를 외쳤다. 좀 건방진 소리지만 사실 학교 수업 대부분은 내게 너무 쉬웠다. 학원에서 이미 몇 번이나 배워 훤히 알고 있는 걸 그것도 별 성의 도 없어 보이는 학교 선생님들에게 다시 배운다는 건 아무리 학원 원장 말대로 복습이라 생각하고 집중하려 해도 늘 고역이었다.

학원에서는 학교에서 가르치는 것만 따라가다가는 절대 상위권 고등학 교를 갈 수 없다고 하며 늘 우리를 휘몰아쳤다. 결석이나 지각은 물론이고 심지어는 선생님한테의 예의 같은 것도 학교보다 학원에서 더 큰 문제를 삼았다. 특히 내가 속해 있는 심화반 같은 경우 다른 아이들의 분위기를 흐린다는 이유로 복장에 대한 잔소리까지 서슴지 않았다. 물론 학교에서 풀어 놓은 우리들을 그런 식으로 학원에서 다잡는다는 게 얼마나 어처구니없고 웃기는 일이란 것을 우리 모두는 아주 잘 알고 있기는 했다.

하지만 그런 모순에 적응하며 명문 학원을 다닐 것이냐, 아니면 그냥 모든 면에서 훨씬 자유로운 학원을 다닐 것이냐는 강요 아닌 선택으로 우리에게 주어진 것이고, 결정 또한 우리의 몫이었는데도 우리는 모순을 선택한 것뿐이었다. 엄마, 아빠의 말대로 보다 나은 미래(그게 어떤 건지는 잘 모르지만)를 위해 감수할 수밖에 없는 모순이란 게 나의 변명이기는 했으나 그렇다고 해도 뭔가 찝찝한 것, 그런 마음까지 없어지는 건 아니었다.

다행스럽게도 나는 '공부를 웬만큼은 잘할 수 있는 머리를 가지고 태어난 행운아(아빠의 주장이다)'였기에 고등학교라면 선택의 폭이 비교적 넓은 편이었고, 그래 성적이 좋지 않으면 먼 곳에 있는 엉뚱한 고등학교에 갈 수도 있다는 위기의식을 가지고 있는 다른 아이들에 비해 좀 더 편안한 마음으로 지낼 수 있었다.

나는 적어도 이 점에서는 엄마나 아빠에게 고맙게 생각한다. 두 분 다 외고니 과학고니 하는 최상위 성적 아이들만이 갈 수 있는 학교를 고집하지도 않고, 특히 '무슨 중2가 공부를 그렇게 많아 하냐? 공부만이 성공을 보장해 주는 시대는 벌써 끝났다. 나를 봐, 공부 무지 잘했었는데 출세 못 했잖아? 차라리 학원에 갈 그 시간에 고전을 읽어라, 영화나 음악회를 다녀라.'며 늘 전교 등수에 헉헉대는 나를 애처롭게 바라보고, 또 공부 타령을 하는 엄마를 보고 '애 좀 그만 좀 몰아 붙여라' 하며 나무라기도 하는 아빠는 당연 고맙지 않을 수 없었다.(물론 나는 안다, 아

빠가 말은 저렇게 해도 내 성적이 떨어지면 엄청 스트레스 받는다는 걸)

어쨌든 두 분 덕분에 나는 내가 갈 고등학교를 내 스스로 벌써 정해 놨다. 경기도 양평에 있는 학교. 사실 나는 그 학교에 대해 잘 아는 건 아니다. 다만 내게 확실한 매력을 주는 게 있는데 대학 입시 성적도 좋고 학비도 비교적 비싸지 않으면서도 전 학년이 기숙사 생활을 한다는 점이다. 엄마, 아빠의 품을 떠나 살아야 한다는 거, 형제 없이 자란 내가 한 방에서 대여섯 명이 함께 생활해야 된다는 사실은 조금은 겁도 나고 부담도 되는 일이지만 나는 그렇게 해서라도 보다 빨리 진짜 어른이 되고 싶은 것이다.

#56

드디어 급식 시간, 다른 아이들 틈에 있어야 했으니 우리들은 묵묵히 식사를 마쳤다. 우리 셋이 앉은 곳은 늘 슬이를 떠올리게 만드는 그 벤치였다.

"말해 봐, 교장실에 갔던 이야기."

"너네 모르지? 아까 인영이 아빠 학교에 오셨던 거?"

"우리 아빠가 오셨었어?"

"응."

"왜?"

"교장이 와 달라고 부탁해서."

"교장이 왜?"

"뭘 왜야? 네 일 해결하려고 그런 거지."

"그래서? 해결 됐어?"

"물론이지. 아까 내가 잘됐다고 했잖아."

"어떻게 해결 되었는데?"

"아까 학교 오자마자 내가 조혜실 언니 찾아 갔거든. 가서 인영이 이야기, 경찰서 이야기 다 했어."

"그 언니는 어떻게 아는데?"

"그 언니 모르는 사람이 어디에 있니?"

"그래도……. 안다고 막 찾아 가고 그러진 않잖아?"

"나랑 친해. 그 이야기 하려면 길고, 너네들 내 이야기 안 들을 거야?"

"빨리 말해 봐."

"그러니까 자꾸 쓸데없는 거 물어보지 말고 잘 듣기나 하란 말이야, 알지?"

지금부터는 민서의 이야기를 옮긴 것이다.

"언니, 우리 담임, 그 변태 이야기 들었어요?"

"대강, 변태새끼 내가 이런 일 날 줄 알았지. 병진, 툭하면 경찰서 신세구만."

"그게 무슨 소리예요?"

"몰라? 지난번에 이해천, 맞아, 걔 너네 반이었지?"

"이해천이요? 그런데요?"

"그 새끼가 교육청이랑 육상협회인가 하는 곳에서 이해천한테 나온 장학금이랑 격려금 같은 거, 지가 먹어 치웠다가 걸렸잖아. 몰랐어?"

"몰랐는데요."

"걔도 그렇고 걔네 부모도 경찰에 가서 다 조사를 받고 그랬는데 같은 반이면서 몰랐단 말이야?"

"예, 몰랐어요, 저희는. 그게 언젠데요?"

"3월 달. 너네 반 아이 자살해서 학교 엄청 시끄러울 때 아마 그때쯤일걸?"

나는 비로소 이해천이가 민지의 일이 터지기도 전에 왜 경찰서에 다녀왔는지를 이제야 알 수 있었다.

"그런데 나는 왜 찾아 온 건데?"

"언니가 여학생부장이니까 교장실에 같이 가 달라고요."

"교장실? 교장실엔 왜?"

"가서 교장한테 그 변태 새끼 짤라버려라, 안 그러면 우리들이 다 들고 일어나겠다고 말하려고요."

"내가? 난 당한 적 없는데?"

"언니는 안 당했어도 다른 언니들도 많이 당했을 거 아니에요? 우리 2학년들도 당한 아이들 무지 많거든요."

"으음, 교장이 우리 말 들을까?"

"안 들으면 모두 경찰서에 몰려가서 데모한다고 하지요 뭐."

"……."

"언니는 화 안 나요?"

"나도 화는 나지. 하지만 입장이 좀 그렇잖아. 선생 자르라는 데 제일 앞장선다는 게."

"……."

"어차피 경찰에 가서 조사 받게 된다며?"

"우리 반 아이 일만 가지고서는 그 새끼가 계속 오리발 내밀면 처벌하기 어렵대요."

"설마……. 고소까지 했는데 처벌도 안 받는다고?"

"법이 그렇대요."

"그럼 변태는 또 학교에 나오고?"

"그러니까 언니 찾아 온 거잖아요."

"그건 말이 안 되지."

"언니, 어떻게 할래요? 저 혼자 갈까요?"

한참을 생각에 잠겼던 조혜실이 벌떡 일어났다.

"민서야, 가자."

둘은 교장실로 향했다. 뜻밖에도 교장실엔 교감과 담임이 같이 있었다.

"수업 시간 다 됐는데 왜? 무슨 일 있어?"

"교장 선생님께 드릴 말씀이 있어 왔습니다."

"뭔데? 그럼 빨리 이야기해 봐. 내가 지금 좀 바쁘거든."

"저어, 여기 계신 체육 선생님 문제입니다."

조혜실의 입에서 '체육 선생님 문제'라는 단어가 나오자 세 선생님 모두 일순에 얼어붙었다 했다.

"황 선생 문제? 무슨 문제?"

"2학년 4반 박인영이라는 아이 문제요."

"쟤가 걔인가?"

"아닙니다, 우리 반 반장 손민서라는 아이입니다."

"알았어요. 알았으니까 황 선생은 좀 가만히 있고, 둘 다 거기 앉아. 내가 다 들어 볼 테니까 천천히 말해 봐."

"아시다시피 저는 3학년을, 그리고 여기 손민서는 2학년을 대표해서 왔습니다, 저희들이 바라는 건 체육 선생님께서 더 이상 선생님을 못하게 해 달라는 겁니다. 우리 학교뿐만이 아니라 어느 학교에서도요."

"뭐라고? 네 이름이 조혜실이든가? 아무튼 학생이 어딜 감히 버릇없게 교장실로 쳐들어와서 선생을 그만 두게 하라, 말라, 건방을 떨어? 응? 대표? 대표는 네가 무슨 대표야? 네가 무슨 자격으로 학생들을 대표하는데? 너 학생부지? 교감 선생님, 그러니까 내가 학생부니 뭐니 그딴 거 다 해체해 버리라고 했잖아요? 아침부터 이게 무슨 꼴입니까"

"조혜실, 왜 그래? 빨리 나가서 수업이나 받아."

"교장 선생님, 여기 체육 선생님이 계셔서 말씀드리기 좀 곤란하거든요?"

"곤란하면 안 하면 되잖아. 시건방들 떨지 말고."

"저는 우리 학교가 또 시끄러워지면 안 된다는 생각에 여기에 온 건데 교장 선생님께서 화만 내시니까 굉장히 당황스럽네요. 그럼 그렇게 알고 저희는 가보겠습니다."

"뭘 그렇게 알아? 네가 뭘 그렇게 알 건데?"

"그러니까 학교에서는 이 일이 아무 것도 아니다, 그렇게 생각한다는 거요."

"교장 선생님, 일단 말을 좀 들어보시지요. 어이, 황 선생, 당신은 좀 나가 있어. 어디 멀리 가지 말고."

변태 날건달이 밖으로 나갔다.

"내가 여기 온 지 얼마나 됐다고 아이들한테 이런 모욕을 당하는 겁니까? 대체 이 학교 교사들은 아이들 버릇을 어떻게 가르쳐 놓은 거냐는 말입니다."

"죄송합니다. 고정하시고 학생들 이야기나 한 번 들어 보시자고요."

"말해 봐."

"다 말씀드렸고요. 제가 아까 건방지게 대표라는 말씀을 드린 거는 2, 3학년 여학생들 의견을 모두 취합해서 온 거라는 말씀이었거든요. 만약 학교에서 저희가 말씀드린 것을 들어주시지 않으면 저희는 모두 경찰서로 갈 겁니다."

"뭐야? 어딜 간다고? 너, 지금 나 협박하니? 협박해? 맹랑한 것 같으니."

"교장 선생님, 2학년 4반 반장 손민서입니다. 지금 우리 반 아이들 중에서도 체육 선생님한테 당한 아이들이 박인영이 말고도 많이 있거든요. 오유진이를 비롯해서요."

"그 연예인병 걸린 오유진? 걔가 너네 반이야?"

"예."

"니들이 뭘 당했는데?"

"성추행이요."

"뭐? 성추행? 네가 성추행이 뭔 말인지나 알아?"

"교장 선생님, 저희 3학년에서도 엄청 많거든요. 체육 선생님 별명이 뭔지 아세요?"

"별명? 별명이 뭔데?"

"변태요."

교장이 이게 뭔 말이냐는 듯 교감을 쳐다보자 교감이 난처한 표정으로 교장을 보고 고개를 끄덕였다.

"뭐? 변태? 교감 선생님도 이 말 알고 계셨어요?"

"전에부터 그런 말이 좀 돌기는 했습니다."

"아니 그럼 정말로 애들을 건드려서 변태라는 별명이 붙었다 이 말씀입니까?"

"건드렸다기보다는……."

"그러면요? 건드렸다기보다는 어떻게 한 건데요?"

"스킨십이 좀 심했던 것 같습니다."

"아니 새파랗게 젊은 남자 교사가 여학생 아이들이랑 스킨십은 무슨 스킨십입니까? 지금 그걸 말씀이라고 하시는 겁니까?"

"그게 좀 애매해 놔서 말입니다."

"그렇다 치고 학교에선 그걸 알면서 여태 아무런 조치를 안 취했다 이 말씀인가요?"

"말씀드린 대로 그게 모호한 소문만……."

"그러니까 그런 소문이 도는데 조사도 안 해 보셨다는 소리잖습니까? 정말 이 학교는 맨 어이없는 것, 투성이네요."

"……."

"조혜실, 지금 너네가 한 이야기가 얼마나 심각한 이야기인지는 알고 온 거지?"

"예."

"여자 아이들이 많이 당했다고?"

"예."

"그런데 왜 여태까진 가만히 있었고? 그게 이상하잖아?"

"말하기 곤란하니까 대충 넘어 가고 그런 거지요."

"다 큰 여자 애들이 추행을 당하는데 그걸 말하는 게 곤란하다고? 그게 말이 되니?"

"저는 교장 선생님께서 저희 학생들의 입장을 충분히 이해하실 수 있다고 보거든요?"

"교장 선생님, 조혜실 말이 일리가 있습니다. 아이들 입장에서는 발설하기가 좀 그랬을 겁니다."

"아까 어떻게 한다고 했지? 경찰서로 몰려가겠다고?"

"아이들이 정 안 되면 이번에는 꼭 그렇게 하자고 했습니다. 부모님들한테도 다 이야기 하고요. 저희들도 체육 선생님이 어차피 고소당한 거 다 알고 있거든요."

"그래도 그렇게 생각 없이 온 동네에 학교 망신을 시키면 안 되지. 너네한테는 평생 모교고, 은사들인데 그렇게까지 하면 되나?"

"그러니까 미리 조치를 취해 달라고 건의드리려고 온 겁니다."

"어차피 오늘 경찰서에 가게 되면 다 해결되는 거잖아."

"박인영이 아빠도 경찰이신데 체육 선생님을 꼭 처벌하라고 고소한 건 아닙니다. 그냥 저희 말씀대로 사표만 내면 된다고 하셨거든요."

"그걸 니들이 어떻게 알아? 고소까지 해놓고 그게 말이 돼?"

"황 선생님은 무조건 안 그랬다고 하고, 교장 선생님은 황 선생님을 감싸고 그러는 거 보고 학교 내에서는 해결할 수 없다고 생각하고 고소하신 거라고 알고 있습니다."

"얘 좀 봐, 큰일 날 소리 하고 있네. 내가 언제 황 선생을 감쌌다고 그러니? 내가 그래도 명색이 교장인데 그런 짓을 한 교사를 감싼다는 게 말이 되니? 절대 그런 일 없었으니까 너네들 괜한 오해하면 안 된다?"

"……"

"하여튼 그 아이 아버님이란 분이 확실히 그렇게 말한 거 맞다는 소리니?"

"전에 벌써 교장 선생님한테도 같은 말 했다고 그러던데요? 여기서 전화 한 번 해 보세요. 그럼 교장 선생님께서도 저희 말씀이 맞는다는 걸 알 수 있을 거예요."

"알았어. 교감 선생님, 그 학부모 전화번호 좀 찾아오세요."

"교장 선생님, 제가 알고 있거든요."

"그래? 그럼 그분한테 전화 연결해서 나 좀 바꿔줘 봐."

민서가 전화를 걸고선 교장에게 핸드폰을 넘겼다.

"예, 아버님, 교장입니다. 심려를 끼치게 돼 죄송합니다."

"예, 그렇지 않아도 그 문제 때문에 전화를 드린 겁니다."

"알고 있습니다. 곧 보내도록 할 겁니다."

"예예, 그렇지 않아도 그렇게 조치를 취할까 하고 있던 참입니다."

"30분이면 오실 수 있다고요? 그럼 학교에 한 번 나와 주실 수 있는지요?"

"예, 이해해 주셔서 감사합니다. 그럼 기다리고 있겠습니다."

전화를 끊은 교장이 민서에게 핸드폰을 내밀었다. 교장은 한결 누그러져 있었다.

"알았어. 너네 말 충분히 알아들었으니까 이제 가 봐. 아니, 너네들 내가 다시 부를 때까지 다른 데 가지 말고 보건실에 좀 가 있어라. 경거망동하지 말고. 알았지? 절대 다른 아이들 충동질하는 경거망동해서는 안 돼."

"예. 아, 그리고 교장 선생님 한 가지 더 말씀 드릴 게 있거든요."

"또 뭔데? 말해 봐."

"저희들은 이해천이 장학금이랑 격려금, 훈련지원비 문제, 이런 것도 다 알고 있다는 말씀도 드릴게요."

"그건 또 뭔 소리야? 이해천? 이해천이가 누군데?"

"조혜실, 이제 그만하고 교장 선생님 말씀대로 보건실에 좀 가 있어. 교장 선생님 말씀대로 경거망동하면 안 되는 거 알지?"

"교감 선생님, 지금 얘가 하는 이야기가 뭔 소리입니까?"

"예, 말씀드리겠습니다. 뭐 하니? 빨리 나가지 않고."

조혜실과 손민서가 자리에서 일어났다.

"조혜실, 절대 아이들 부추겨서는 안 된다는 내 말, 알아들었지? 어디 가지 말고 보건실에서 좀 쉬고 있어."

"예."

조혜실과 손민서는 공손히 인사를 하고 교장실을 나왔다.

#57

3학년 조혜실과 손민서는 보건실에서 마침 그곳에 와서 잠을 자고 있던 오유진이도 깨우고 그 아이의 광팬인 양호선생님까지, 넷이서 시간 가는 줄 모르고 수다를 떨다가 두 사람은 다시 교장실로 불려갔다. 그곳엔 인영이 아빠가 와 있었다.

"한숨들 잤니? 하여튼 수고들 했어. 네 들 말대로 다 조치가 되었으니까 이젠 가서 마음 가라앉히고 수업 들어."

"죄송한데요, 어떻게 된 건데요?"

"여기 아버님께서는 고소를 취하하시기로 하셨고, 황 선생은 자진해서 벌써 사표를 냈어. 뭐 사표 냈다고 그냥 수리할 것도 아니고 징계 절차까지 밟아서 단단히 하기로 했으니까 너네들 말대로 앞으로 어느 학교에서건 교사직은 더 이상 못 할 거야. 그럼 된 거지?"

"예, 정말로 그렇게만 된다면."

"당연히 정말로 그렇게 되지. 여기 경찰관이신 아버님도 계시잖아. 내 말 못 믿겠어?"

"아니요, 믿어요."

"그래, 당연히 믿어야지. 그리고 말이야, 너네들도 어린애들이 아니니까 교장 선생님이 말하는 건데 이제 황 선생 문제로 학교가 더 이상 시끄러

위져서는 안 돼. 너네들 공부 분위기도 그렇고 무엇보다도 학교 명예에도 그렇고. 무슨 말인지 알지?"

"예."

"그럼 조혜실이, 네가 어떻게 해야 되는지도 알고?"

"예."

"다시 말하지만 아이들 동요하게 만들면 안 돼. 지금 굉장히 중요한 시기잖아. 이젠 공부에 전념해야 될 때라고."

"예."

"너, 누구라고 했지? 맞아, 손민서, 너도 이 교장 선생님 말 알아들었지?"

"예."

"그래, 고맙다. 가서 다 잘 해결되었다고 하고 동요하는 아이들 있으면 너네들이 책임지고 잘 다독거려야 한다? 알지?"

"예."

"학교는 선생님들만 운영하는 게 아니거든. 그러니까 너네들도 학교에 애정을 가지고 무슨 일이 생기면 언제든지 나한테 찾아 와. 무슨 일이든지 괜찮으니까 말이야."

"예."

"솔직히 말하는데 너네들이 황 선생을 방치해서 일을 키운 측면도 무시 못 하거든. 그러니까 이제 아무리 조그만 일이라도 그냥 넘기지 말고 선생님들께 미리미리 말씀드려야 한다."

"예."

"이제 이 교장 선생님은 너네들을 믿고 또 의지할 테니까 너네들도 교장 선생님 믿고 또 의중도 잘 이해해서 적극 협조해야 한다는 것도 알고. 믿는다. 믿어도 되지?"

"예."

"그래, 우리 학교도 실력으론 벌써 명문이 됐잖아. 그런데 운이 나빠서 자꾸 이상한 일이 생기는데 너네들만 동요 안하면 금방 다 제자리를 찾아갈 수 있거든. 아까 내가 평생 모교가 되는 것이고, 은사가 되는 거라는 말, 이해했지?"

"예."

"그래, 가 봐."

조혜실과 손민서는 그렇게 한참동안이나 교장의 부드러운, 부탁이나 다름없는 장광설을 듣고서야 교장실을 빠져 나올 수 있었다.

"야, 박인영, 내가 교장실에서 나올 때 너네 아빠가 나한테 뭐라고 그랬는지 알아?"

"우리 아빠가?"

"그래, 너네 아빠 말이야."

"뭐라고 그랬는데?"

"나보고 민서야, 고맙다, 우리 철부지 인영이 잘 보살펴 주어야 하는 거 알지? 그러더라."

"우리 아빠가 네 이름을 알아?"

"당근이지, 경찰이잖아."

"우리 아빠가 경찰인 게 너랑 무슨 상관있는데?"

"얘가 왜 이럴까? 너네 아빠 원래 여기에서 근무했었잖아."

"그러니까 그게 뭐 어쨌냐고?"

"아직도 무슨 말인지 몰라? 그러니까 너네 아빠가 너보고 철부지라고 하는 거라니까. 야, 우리 아빠랑 너네 아빠, 경찰과 제왕, 이래도 무슨 말인지 몰라?"

"……"

"아가야, 너네 아빠랑 우리 아빠, 서로 친하다는, 친하다? 하여튼 잘 안다는, 이 말씀이라고. 이젠 감, 잡히지?"

인영은 아직도 영문을 모르는 눈치였다. 하지만 나는 그게 무슨 말인지 그러니까 민서의 말대로 대충 감을 잡을 수 있었다. 제왕과 경찰.

그나저나 나는 손민서의 말을 들으며 내내 내가 얼마나 어린아이인지를 또 실감하고 있었다.

"민서야."

"왜? 왜 갑자기 학생이 교수 부르듯이 이상한 표정으로 부르니?"

"너, 진짜 대단하다. 교장실에 갈 생각을 어떻게 했어?"

"뭘 어떻게 해? 머리로 생각했지."

"……."

"그러니까 앞으로는 함부로 민서야, 민서야, 이러지 말고 언니, 그러라니까."

나는 정말 나는 감히 상상도 못할 엄청난 일을 아무렇지 않게 해치우는 이 아이, 나보다 한 뼘 정도는 작아 보이는 이 아이에게 언니라고 불러도 될 것만 같았다. 그런 생각을 하니 슬이 생각이 또 났다. 친구들이 모두 언니로 느껴지다니! 나는 역시 아직도 어린애였고, 나만 아직도 어린애였다. 그러나 나는 그 누구에게도 함부로 언니라고 부르지 못하는 아이였다.

"우리 아빠랑 너네 아빠가 정말 친해?"

"얘는 아직도 그 생각하니? 몰라. 하여튼 잘 안다니까. 옛날에 너네 아빠가 우리 집에도 온 적 있었거든."

"……."

"쓸데없는 거 그만 물어보고, 이따 어떻게 할래? 만나서 같이 갈까? 아니면 아예 거기 가서 만날까?"

"학원 앞에서 만나서 같이 가지 뭐."

"그럴까?"

"그래, 그럼 6시에 학원 앞. 됐지?"

"응."

"김연지, 너 꽃다발 사오고 그러지 마라."

"미쳤니?"

"뭘 미쳐? 꽃다발 아니라 더한 것도 주고 싶을 텐데?"

"자꾸 말도 안 되는 소리하는 거 보니까 너는 내가 거기에 안 가길 바라는구나?"

"야, 네가 안 오면 강철민이 걔가 드럼 칠 맛, 나겠냐? 주인공이 안 가면 안 되지."

"점심시간 끝났다, 들어가자."

"송기열이도 오라고 그럴까?"

"아줌마, 마음대로 하세요. 나는 아무 상관없으니까."

"야, 그래도 답장 한 통 정도는 써줘야지. 어떻게 그렇게 냉정하나?"

"미쳤니, 내가?"

"무슨 소리야? 연지가 누구한테 답장을 써야 하는데?"

"누구긴 누구야, 송기열이지."

"송기열이가 연지한테 편지를 보냈어?"

"몰랐어? 핑크빛으로 벌써 몇 장이나 보냈는데?"

"헐, 대박, 정말이니?"

"응."

"그런데 왜 나만 몰랐는데?"

"그럼 너 같으면 그걸 다 이야기하고 다니니? 민서 얘가 내 가방 뒤지다가 본 거야."

"그래? 너는 남의 가방은 왜 뒤지고 다니니?"

"야, 거울 한 번 보려고 그랬다. 오유진이가 얘한테 준 손거울. 됐니?"

"오유진이는 학교 와서 만날 보건실에서 잠만 자더라."

"새 드라마 촬영하느라고 툭하면 밤을 샌다잖아."

"그럼 아예 결석하지?"

"새 교장이 그런 거 무지 깐깐하대. 봐주지 말라고 그랬다더라고."

"아까 정말로 연예인병 걸린 애, 이랬어?"

"그럼 내가 그 말을 지어냈겠니?"

"교장, 연예인 되게 싫어하는 모양이네."

"못생겼잖아. B사감과 러브레터."

"그게 뭔 소리니?"

"책 좀 읽어라. 언니가 말하는데, 책 읽어서 남 안 주거든?"

"그래, 네 팔뚝 굵다. 네 똥도 굵고."

"야, 요새 변비 때문에 죽겠거든. 그러니까 똥 이야기 그만 해."

"들어가자니까."

"왕따 송기열, 생각할수록 대박이네. 연지 애, 내가 보기엔 별론데 왜 그러는 거지?"

"박인영, 내가 보기엔 네가 별로거든."

"그건 네가 보는 눈이 없어서 그렇고. 넌 오유진이도 별로라고 그러는 아이잖아."

"야, 그러면 그 젓가락이 별로지, 뭐냐? 얼굴만 하얗고."

"그런데 쌤들도 막 같이 사진 찍고 그러니?"

"나 먼저 들어간다."

#58

나는 그날 집에 오자마자 있는 옷은 모두 입어봤던 것 같다. 나는 늘 명색이 외동딸인 덕에 다른 아이들에 비해 적어도 옷은 많은 편이라고 생각해 왔는데 그날 보니 내가 완전 잘못 생각하고 있었다는 걸 깨닫고선 엄청난 짜증에 빠져야 했다. 도저히 입고 갈 만한 옷이 없었던 것이다. 결국 내가 택한 옷은 초라하게도 교복이었다. 웃기는 것은 손민서도 박인영이도 교복을 입고선 나타난 것이었다.

우리 모두 서로의 마음이 들킨 것 같아 분명 민망해 하고는 있었으나 남의 일이 아닌지라 그 불편한 속을 내색도 못하고 파주 금촌에 있는 문화회관 행 버스에 올랐다.

"야, 우리도 정말 꽃다발 하나 사야 되는 거 아니니?"

회관 쪽으로 걸어가면서 간간이 눈에 띄는 꽃다발을 든 아이들을 보고 민서가 한 말이었다.

"야, 우리가 뭐 그 교회를 다니는 것도 아니잖니? 괜히 오버할 필요는 없지. 안 그래?"

"그래도 사야 될 것 같은데?"

민서는 내 표정을 슬쩍 살폈다.

"그럼 하나 사든지 뭐."

사실 나는 강철민이에게 꽃다발을 주고 싶었던 마음은 그가 수줍어하며 초대장을 내민 그날부터 쭉 가지고 있었다. 다만 오늘 낮에 민서가 꽃 이야기를 꺼내는 바람에 얼른 생각을 접었을 뿐이었다. 그런데 꽃 이야기로 나를 놀리던 민서의 입에서 그 말이 나오자 다시 꽃다발을 샀으면 하는 마음이 들기에 그런 대답을 한 것이었다. 물론 아무리 민서가 내 마음을 알고 꺼낸 이야기라고 할지라도 그렇다고 내내 콩닥거리고 있는 가슴을 들켜도 되는 건 아니기에 사면 사고, 말면 말고 하는 식으로 아주 심드렁하게 말했기는 하지만 말이다.

결과적으로 꽃을 안 산 게 천만다행이었다. 연주장인 홀에 들어가 앉았을 때 제일 앞자리에 백정미가 꽃다발을 든 채 앉아 있는 게 눈에 띄었으니 말이다. 둘 다 꽃다발을 든 채 눈이라도 마주쳤으면? 그 어색함과 민망함은 생각만 해도 끔찍했다. 홀은 생각보다 넓은데다 객석도 2층으로 되어 있었고, 시설도 여느 연주회장과 같이 화려하게 꾸며놓아 시골 (?) 파주의 문화회관이라면 어떨 것이다, 라는 내 예상을 아주 보기 좋게

깨트려 버렸다.

공연 시간이 제법 남았음에도 그 넓은 홀은 사람들로 가득 차 있었다. 인영의 말에 의하면 신도만 해도 수천 명이나 되는 교회이니 당연한 일이라 했는데 나쁜 일 하다가 들킨 것처럼 좀 낯이 근질거렸던 것은 우리 학교 아이들, 특히 우리 반 아이들도 제법 눈에 띄었다는 것이다. 나는, 아니 우리는 가급적 그 아이들과 눈이 안 마주치려 했으며 어쩌다 저쪽에서 우리를 발견하고선 알은 체라도 하면 우리는 못 보았다는 듯 '흠흠' 하면서 막이 내려져 있는 무대만 뚫어지게 바라보았다.

무대 뒤에서 여러 악기들을 조율하는 소리가 한참이나 난 뒤에야 드디어 막이 올라갔다. 나는 보았다. 무대 가운데 뒤편에 따로 단을 만들어 다른 연주자들보다 높은 자리에 놓인 드럼 앞에 앉아 있는, 눈부신 강철민의 모습을. 그리고 그가 곡이 연주되기 전 채를 든 두 손을 공중으로 올려 서너 번 두드리는 것으로 연주가 시작되는 것을······.

나는 그가 분명 나를 보고 웃었다고 기억한다. 아니, 분명 나와 눈을 마주친 채 그 싱그러운 미소를 보내 준 것이라 믿는다. 그 후 나는 물론 대부분 내게는 익숙지 않은 곡들이어 그렇기는 하겠지만 어쨌거나 내가 지금 무슨 곡을 듣고 있는지 전혀 모르면서 한 시간 반을 보냈다. 귀에도 들어오지 않았지만 사실 그런 건 전혀 관심도 없었다. 내 눈에는 오직 열정적으로, 격정적으로 드럼을 두드리며 머리를 흔들어대던 강철민만이 보였고 드럼 소리만 들렸던 것 같다. 그러니까 나는 그 시간 내내 완전히 얼이 빠져 있었던 거다.

며칠 전, 교실에서 강철민은 내게 다가와 뭔가를 불쑥 내밀었다. 나는 그가 나에게 다가왔다는 사실에 이미 넋이 빠져 있었고, 그게 다른 아이들이 다 지켜보고 있을 교실이라는 사실에 당황해 괜히 허둥대야만 했다.

"뭔데, 이게?"

"초대장."

"초대장? 무슨 초대장?"

"어, 다음 수요일 저녁에 우리 교회 밴드 정기 공연이 있거든. 그 초대 장이야."

"그런데 이걸 왜 나한테 주는데? 오라고?"

콩닥거리는 가슴이었으니 마음과는 다른 퉁명스러운 목소리가 나간 건 당연한 일이었다. 그게 바로 김연지, 나란 인간인 것이다.

"응, 시간되면 오라고."

아이들의 따가운 눈길이 얼굴에 느껴졌다. 이럴 때 자칫 얼굴이라도 빨개지면 정말 낭패다.

"웃겨. 내가 거길 왜 가니?"

"손민서랑 박인영이랑 같이 와. 그거 세 장 들어있어."

"그럼 걔네들 주지 날 왜 주느냐고?"

"그때 노래방……."

나는 그 아이의 입에서 노래방이란 단어가 나오자 황급히 그의 입을 막았다. 같이 노래방을 간 사실이 알려진다면? 절대 벌어져서는 안 될 상 황이었다.

"알았어, 놓고 가."

"꼭 와, 김연지. 너, 기다린다?"

나, 김연지를 기다리다니? 과연 이 아이는 초대장을 주는 모든 사람들 에게 이런 말을 쓰는 것이나 아닐까? 하지만 그 순간 나는 걔가 모든 사 람에게 그런 이야기를 해도 아무 상관이 없다는 생각이 들었다. 나에게 중요한 건 '김연지, 너, 기다린다?'였고 그 말은 나를 행복하게 만들어 주 었다. 가슴 뛰게 만들어 주었으며, 아무리 참으려 해도 절로 얼굴이 붉어 지게 만들었고, 내 눈에서 하마터면 눈물이 나게끔 만들었다. 아쉬운 건 뭔가 분명히 부족한 게 있다는 모호한 느낌이었다.

"쟤, 뭐니? 쟤도 연애편지니?"

"초대장이래."

"무슨 초대장?"

"자기네 교회밴드 공연한대."

"하여튼 내 눈은 틀린 적이 없다니까."

"뭔 소리야, 너네들 것도 있는데."

"우리 것이 있다고?"

"응, 너네들이랑 같이 오라고 세 장을 넣었대."

"나는 안 가."

"왜?"

"미쳤니? 자존심 상하게. 내가 오길 바랐으면 나한테도 따로 초대장을 가져 와야지. 안 그래?"

"……."

"인영이, 너는? 너는 갈 거야?"

"미쳤니? 나도 안 가."

"연지, 너는? 초대장 직접 받았으니 가겠네?"

"나도 안 미쳤거든."

"안 갈 거야?"

나는 민서의 물음에 고개를 끄덕였다. 아니 끄덕거려야만 했다.

"그럼 그거 소용없겠네. 내 놔."

"왜?"

"이 언니 혼자 가려고 그런다. 왜?"

"안 간다며?"

"그건 너네 떠보려고 그런 거지. 순진하기는?"

"정말 갈 거야?"

"당근이지. 내가 안 가면 너는 가고 싶어도 못 갈 거 아니야. 그러니까 이 언니가 사랑에 빠진 김연지, 너를 위해 희생해야지. 안 그러니? 박인영."

"그럼 나도 가는 걸로 바꾸지 뭐."

이렇게 해서 오게 된 공연이었던 것이다. 나는 그날 손민서가 나보고 '사랑에 빠진 김연지'라는 말을 했을 때의 그 이상한 기분을 아직도 잊을 수 없다. '사랑' '좋아한다'도 아닌 '사랑에 빠졌다'라는 어감이 주는 느낌은 정말로 묘했다. 어쩜 내가 아직은 이슬이나 손민서만큼은 아니지만 제법 어른이 된 것인지도 모른다는 그 느낌……

#59

드디어 공연이 끝났다. 나는 비로소 길고 어두운 터널을 겨우 벗어난 것 같은 기분이 들기도 했고 동시에 모든 것이 찰나처럼 짧게 지나가버린 것 같은 느낌에서도 벗어날 수 없었다. 나는 객석에 불이 환하게 들어오자 서둘러 자리에서 일어났다. 무대 위에서는 밴드 모든 멤버가 아직도 계속 박수를 치고 있는 관객들에게 연신 인사를 하고 있는 중이었다.

"왜? 벌써 가려고?"

"다 끝났잖아. 당근 가야지."

"강철민이 안 기다리고?"

"내가 걔를 왜 기다리니?"

"얘, 화내는 것 좀 봐. 알았으니까 나중에 후회하지 말고 이 언니 하는 대로 가만히 있어."

"그럼 나 먼저 간다."

나는 민서와 인영을 뒤로 하고 공연장을 빠져 나왔다. 나는 화단에 걸터앉아 마구 떠들어 대며 공연장을 나오는 사람들을 쳐다보면서 정말로 먼저 갈까? 아니면 기다려야 하는 걸까? 하고 잠시 망설임에 빠졌다. 곧 민서와 인영도 나왔다.

"너, 정말 이상하다?"

"뭐가?"

"야, 사람을 보러 왔으면 만나고 가야지. 안 그래?"

"나는 사람 보러 온 게 아니고 공연 보러 왔거든."

"너, 정말 후회한다?"

"내가 후회를 왜 하니?"

"야, 김연지, 우리 친구지? 친구 맞지?"

"……."

"그럼 가끔은 솔직할 줄도 알아야지."

"내가 뭘? 뭘 어쨌는데?"

민서는 그런 나를 보고 귀엽다는 듯 웃었다.

"알았다, 가자. 아니야, 요 옆에 우리 아빠 노래방 있는데 우리 거기나 갈까?"

"쌤들 2차 간 그 노래방?"

"응. 왜? 싫어?"

"나야 좋지. 그런데 연지 얘는 기분이 별로인 거 같은데?"

사실 엄마와 약속한 시간이 다가오고 있었으나 인영이한테 기분이 별로라는 소리를 듣고선 차마 집에 가야 한다는 소리는 할 수 없었다. 여기서 그런 소리를 하느니 집에 가서 엄마한테 혼나는 게 백 번 나은 것이다.

"내 기분이 뭐? 어디니? 가자."

나는 앞장서는 나를 보고 민서와 인영이 눈을 마주치며 웃는 것을 보았다. 한 마디 해주고 싶었으나 이번에는 참았다. 민서의 우리 친구지? 하던 말이 생각났기 때문이다. 그러니 말 그대로 더 이상 오버를 해서 거꾸로 내 마음을 들키는 바보 같은 짓은 더 이상 안 해야겠다는 마음이 들었다.

"너흰 어땠니? 나는 노래를 몰라서 그런지 별로더라."

"무지 열심히 쳐다보더니 뭔 딴소리야?"

"맞아. 연지 너, 완전 꿈속을 헤매더라."

"내가? 내가 언제?"

"여보세요. 우리가 너보고 막 웃고 그런 거 모르지?"

"……"

"나는 붉은 노을이 제일 좋더라. 와, 보컬 하는 언니 완전 멋있는 거 있지?"

"그래, 나도 그건 정말 좋더라. 연지, 너는?"

붉은 노을, 나는 이 아이들에게 내가 그 노래를 들었을 때의 그 엄청난 전율과 충격에 몸을 떨었으며 슬이에 대한 그리움 때문에 몰래 눈물을 흘렸다는 이야기는 절대 할 수 없었다. 물론 내가 공연을 보면서 비로소 내가 꿈꾸던 것이 무엇이었는지를 희미하게나마 깨닫게 되었다는 이야기 역시 하지 않았다.

"나? 나는 다 그게 그거 같던데?"

"별로라며?"

"다 별로인 거 같다고 바꿀게. 됐니?"

"그래 됐어. 에이, 아빠한테 전화나 해 봐야겠다."

"왜?"

"노래방 간다고."

"그런 것까지 보고해야 되면서 가자고 그랬니?"

"가만히 있어 봐. 맛있는 거 시켜달라고 그럴 거니까."

민서는 정말로 자기 아빠한테 전화를 걸었다. 나는 아빠를 마치 친구 대하듯 편안하게 이야기를 하는 민서가 부럽다는 생각이 들었다. 물론 우리 아빠도 나의 말을 아주 잘 들어주는 편이다. 또한 격식 같은 것도 별로 따지지 않는다. 엄마는 다 큰 게 아빠에게 말하는 것 좀 봐, 하면서 나의 반말에 늘 못마땅해 하지만 아빠는 존댓말을 쓰면 좋지만 꼭 그걸 써야만 부모 자식 간의 예의가 존재하는 건 아니다, 나는 소통 없는 권위

보다는 딸과 사랑, 믿음으로 통하는 게 더 중요하다고 생각한다. 밖에 나가서 예의와 배려를 베풀 줄 안다면 집안에서의 반말 정도라면 그냥 친밀함의 표시일 수도 있다고 생각한다. 늘 이런 식으로 나로 하여금 여태 부모에게 반말을 쓰는 철부지라는 자책에서 벗어날 수 있게 해준다.

하지만 민서가 자기 아빠를 대하는 태도는 분명히 나와는 뭔가가 다른 게 있었다. 뭐라고 표현을 해야 될까? 끈끈함? 속까지 통한다는 느낌? 어쨌든 나는 민서의 통화 태도를 보면서 나와 우리 아빠와의 사이는 뭔가 2% 정도는 부족하다는 걸 새삼 깨달아야 했다.

'블루문', 민서네 노래방은 여태 우리가 알고 있던 그런 노래방이 아니었다. 으리으리하다는 게 딱 이럴 때 쓰는 말이라는 생각이 들 정도로 화려했고, 까만 대리석이 깔린 바닥 위로 분명 손님이 아닌 것으로 보이는 예쁜 젊은 여자들이 술이 놓인 쟁반을 들고선 바쁘게 오가고 있었다.

"헐, 괜찮니? 여기 노래방 맞아?"

"어허, 간판 못 봤어?"

"와, 노래방 완전 대박이다."

"촌티 내지 말고 따라 와."

카운터에 앉아 있던 예쁜 여자는 민서의 아빠로부터 전화를 받았다며 우리를 구석진 방으로 안내했다.

"편하게 놀아. 참, 너네 뭐 시켜줄까?"

"뭐 되는데요?"

"글쎄? 중국집은 끝났을 것 같고, 뭐 치킨이나 피자, 스파게티 같은 건 될걸?"

"우리 뭐 먹을래?"

"아무거나."

"아무거나는 파는 데 없을 거니까 그냥 치킨 먹자. 언니, 치킨이요."

"그래. 재미있게 놀고 있어."

"언니, 잠깐만요, 저 캔 맥주 좀 주시면 안 돼요?"

"얘, 사장님한테 걸리면 난 완전 죽음인 거 모르니?"

말은 그렇게 했지만 여자는 생글거리고 있었다.

"딱 두 개만 주세요. 셋이 나누어 마시게. 그 정도는 괜찮지요?"

"난 모르는 일이다?"

"걱정 마세요, 언니. 제가 어린애인가요 뭐?"

"네가 어린애 아니면? 그럼 내가 어린애니?"

"됐거든요."

여자가 나가자 인영이 놀란 목소리로 물었다.

"너, 정말 술 마시려고?"

"응."

"괜찮아?"

"야, 우리는 세 명이고 캔 맥주는 겨우 두 개인데 그게 표시나 나니?"

"그래도……."

"연지야, 괜찮지?"

"당근이지."

나는 이번에는 진짜로 SC라는 걸 해보기로 했다.

#60

나는 진즉부터 내 핸드폰에 불이 나고 있음을 알고 있었지만 분위기를 깰 마음은 절대 없었던 터라 계속 무시하고 있었다. 하지만 노래방을 나오자마자 집으로 전화부터 걸었다. 그건 솔직히 엄마에게 미안하기도 했지만, 집에 가서 혼날 걸 미리 좀 혼남으로써 조금 더 편안한 밤을 보내기 위한 얄팍한 술수이기도 했다. 엄마는 예상 외로 차분했다.

"어디니?"

"아직 금촌이야, 공연이 늦게 끝났어."

"알았어. 엄마가 차 가지고 데리러 갈까?"

"버스 타고 금방 갈게."

"조심해. 조심, 알지?"

"알았거든."

"그래. 내가 죄인이다. 죄인이야."

"뭐?"

"하필 이런 세상에 딸 낳은 내가 죄인이라고."

"금방 들어간다니까."

"밥은 먹었냐?"

"응, 치킨 먹었어."

"공연이 금방 끝난 게 아니라 실컷 돌아다닌 거네."

"누가 금방 끝났다 그랬어? 늦게 끝났다, 그랬지? 하여튼 금방 갈게."

나는 그래, 내가 죄인이다, 라고 하던 엄마의 힘없는 목소리를 듣는 그 순간 울컥한 마음에 이미 눈물을 흘리고 있었다. 나는 내가 두 명의 친구가 뜨악한 표정을 지으며 바라보고 있는 휜한 밤거리에서 왜 그런 멍청하고 황당한 짓을 했는지는 모른다. 나는 노래방에서 제일 열심히 놀았다. 노래도 제일 큰 소리로 제일 많이 불렀고, 민서가 아이돌 노래를 할 때는 나가서 그 노래의 안무도 땀까지 흘려가며 열심히 따라 했다.

하지만 사실 나는 내가 뭘 하는지도, 왜 이리 들떠서 오버를 하는지도 모른 채였다. 내 머릿속에는 온통 꽃을 들고 있던 백정미, 사람을 보러 왔으면 만나고 가야지 하던 민서의 이야기뿐이었다. 맛이 없기만 했던 맥주 한 모금을 들이켤 때도, 노래방 계단을 내려 올 때도 나는 뭔가에 쫓기는 듯 마구 초조했다. 그리고 도통 잡히지 않는 그 뭔가의 정체 때문에 줄곧 짜증이 나 있었다. 절망스러워 하고 있었다. 그러던 차에 엄마의 목소리를 듣게 된 것이었다.

엄마는 지금 그 딸이 엄마 말만큼이나 절망스러워 하고 있다는 걸 알기나 할까? 열다섯 살 딸을 가진 것도 절망스런 죄이지만, 열다섯 살, 중 2 여자아이라는 것만으로도 절망스럽기는 마찬가지라는 걸 엄마는 알고 있을까?

"혼났니?"

"뭐?"

"엄마한테 혼났느냐고?"

"혼나기는."

"그런데 왜 그러는 건데?"

"내가 뭘?"

"왜 울었는데?"

"안 울었거든."

"내가 본 게 눈물이 아니라 빗물이었나 보지?"

"야, 박인영, 쓸데없는 소리 그만하고 빨리 가자."

"내가 뭘?"

"어허."

민서는 버스에서 먼저 내리는 나를 보고 인사 대신 웃으며 윙크를 보냈다. 정류장에선 엄마가 기다리고 있었다.

"뭐 하러 나왔는데?"

"그냥 산책 겸 나왔다, 왜?"

"어련히 알아서 잘 갈까 봐 그래."

"그걸 누가 모르니? 그냥 밤공기나 쐬려고 겸사겸사 나온 거라니까."

엄마는 과연 내가 이렇게 퉁명스럽게 나오는 게 내가 진짜로 그러려고 한 것이 아니라는 건 알까? 나는 말없이 앞장을 섰다.

"아빠 훈련 가신 거, 알지?"

"응."

"아까 슬이 엄마 왔다 갔어."

슬이? 나는 귀가 번쩍 뜨이는 듯했다.

"왜? 슬이한테 무슨 소식 있대?"

"아니, 전화가 왔길래 내가 오늘 아빠 집에 못 들어오신다고 하니까 그냥 왔대, 엄마랑 맥주 한 잔 하고 갔어."

어쩜 그 시간에 나도 맥주를 마시고 있었는지 모른다.

"슬이 소식은 없고?"

"응, 삼척 가서 허탕치고 와서는 한동안 앓았다고 하더라. 얼굴이 완전 반쪽이 된 거 있지?"

"……."

"무심한 것들. 지네 엄마 애간장이 녹아내리는 걸 어쩜 그렇게 모를까?"

"전에 잘 있다고, 걱정 말라고, 곧 들어오겠다고 소식 보냈잖아."

"그럼 너 같으면 그 말만 믿고 잘 먹고 잘 살고 있을 수 있겠니?"

"엄마, 슬이는 나랑 달라. 걔는 완전 어른이야."

"그건 너네 생각이고. 몸만 크다고 나이만 먹는다고 어른이 되는 거면 좋게?"

엄마와 나는 집 마당에 아빠가 사병 몇 명과 함께 힘들여 가져다 놓은 넓은 돌 위에 앉았다.

"시골인데도 대전보다 별이 별로 많지도 않아."

"시골은 거기가 더 시골이지. 여긴 그냥 전방이지, 시골 아니거든. 저 아파트들 봐, 이게 시골인가."

"하긴 시골은 아니긴 하지."

"안 들어 가?"

"연지야, 엄마의 엄마, 그러니까 너네 외할머니가 엄마 세 살 때 돌아가신 거 알지?"

"그랬다며."

"엄마가 가끔 우리 엄마 보고 싶어서 우는 것도 알고?"

"얼굴도 기억 안 난다면서 울긴 왜 우나?"

"아빠도 그렇고 엄마도 그렇고, 이런 말 백 번 해보아야 넌 못 알아듣 겠지만 엄마는 네가 정말 부러워."

"됐거든."

엄마도 그렇지만 경찰관이었던 아빠의 아빠, 그러니까 할아버지는 아빠가 두 돌이 갓 지났을 때 돌아가셨다고 한다. 아빠는 술이 많이 취한 날이면 툭하면 노래를 하면서 운다. 나이를 먹어 갈수록 얼굴도 모르는 아버지 생각이 더 많이 난다고, 정말로 보고 싶다고 하면서 운다. 나는 그럴 때마다 아빠가 부르는 노래, 청승 좀 그만 떨라는 엄마의 구박에도 아랑곳하지 않는 아빠의 노래, '어매, 어매, 우리 어매, 뭣 할라고 나를 낳으셨나?…… 살자 하니 고생이요, 죽자 하니 청춘일세,' 하는, 절대 노래 같지도 않던 그 괴상망측한 노래를 때론 나 혼자서도 흥얼거린다. 워낙 많이 듣다 보니 멜로디가 귀에 박혀버린 탓이다.

"사람들이 엄마, 아빠를 얼마나 부러워하는지는 알고?"

"누가 나를 부러워하는데?"

"알면서…… 다른 아이들 엄마, 아빠들이지 뭐. 나만 보면 와, 너네 부모는 얼마나 좋겠니? 하면서 부러워한다니까."

"공부? 그래, 그 점은 너한테 고맙기는 하지."

"이슬이 말이야, 걔, 1학년 때 올백 받은 거 알아? 2등이랑 평균이 엄청 차이가 났다고 하더라고."

"이슬이? 그래, 걔가 그렇게 공부를 잘한다며?"

"만약에 걔가 있었으면 나는 2등이야. 나는 말이야, 언제나 그게 찜찜해."

"그래?"

"응, 꼭 세계 기록 갖고 있는 선수가 갑자기 다쳐서 못 나왔을 때 1등

한 기분, 엄마도 알지? 학교 아이들도, 선생님들도 나를 보고선 '넌 이슬이 덕을 무지 본 아이야.' 이렇게 쳐다보고 있는 듯한 그 느낌, 알아?"

"짐작은 가지. 그래도 나중에 기록으로는 네가 1등으로 남는 거야. 세상은 남의 사정 같은 건 신경 안 쓰거든. 나중엔 그런 건 아무도 기억하지 못하는 것이고. 설령 기억을 하고선 안 다쳤으면 네가 1등일 텐데, 이런 소리 들으면 자기만 더 초라해질 뿐이고."

"걔는 말이야, 노래도 무지 잘해."

"들어봤어?"

"응, 동요를 부르는데도 듣는 내가 눈물이 다 날 것 같더라니까."

"아빠가 말하던 하늘에서 특별히 선택해서 복을 준 사람이 있기는 있잖아. 아주 예쁘게 생겼는데 머리까지 좋아 서울대나 카이스트 같은 데 척척 붙으면서 또 문학, 음악, 미술, 운동 이런 것도 뛰어나게 잘 하는 사람들 말이야. 슬이도 그런 거랑 비슷하겠지 뭐."

"세상 참 공평하지 않지?"

"슬이를 두고서 할 이야기는 아니지만 당연하지. 세상이 공평하니, 기회는 누구한테나 주어지느니, 진정한 노력은 배신치 않느니 하는 이런 말들 다 헛소리라는 거, 너도 알잖아."

"그걸 인정해야 한다면 좀 서글퍼지잖아."

"아빠가 늘 이야기했잖아. 우리나라 허재가…… 알지? 농구대통령이라고 부르던 아빠 고등학교 후배 허재. 그 허재가 미국의 마이클 조던만큼 노력을 안 하는 게 절대 아니라고. 아니, 너는 마이클 조던 모르겠네. 그럼 야구 생각해 봐. 똑같이 땀 흘리는데 누군 1년에 수십억 받고 누구는 수백만 원 받고. 그러니까 도저히 안 되는 거, 따라갈 수 없는 거, 이런 걸 불평만 한다거나 노력이 부족해 그렇다고 자책한다거나 그래선 안 되고, 쿨하게 받아들이고 상대를 인정하는 것도 용기라고 말이야."

"난 안 돼, 라고 포기하면 비겁하다며?"

"아빠 이야기 기억 안 나? 군대에서는 훈련을 시키면서 '안 되면 되게 하라, 라고 말은 그럴듯하고 멋있게 하지만 실제로는 안 될 사람은 그 어떤 노력을 해도 안 되더라' 하던 말 말이야. 때론 포기를 할 줄 아는 게 똑똑한 거지 뭐."

"엄마 아빠 이야기는 그때그때마다 앞뒤가 안 맞는다는 거 알아?"

"엄마랑 아빠만 그러는 게 아니라 세상이 원래 그렇다니까. 그러니까 모순이란 말이 생겼지."

"하여튼 다른 사람은 몰라도 엄마는 특히 일관성이 없거든?"

"내가 정말 그러니? 할 수 없지 뭐. 너 같이 똑똑한 척하는 아이 키우려니 그렇게 돼 버린 건데 뭐. 그나저나 슬이가 빨리 와야 할 텐데."

"올 거야. 오겠지, 뭐."

"너한테 따로 소식 온 건 없지?"

"있었으면 벌써 말했지."

"너는 엄마 아빠 생각해서 절대로 철없는 짓 하면 안 돼. 알지?"

"엄마, 슬이가 철이 없어서 집을 나갔을 것 같아? 엄마는 몰라. 걔는 절대 나 같은 어린 애가 아니라니까."

'연지야, 나 이해천이 그 새끼랑 했다. 그 좆같은 새끼가 좋아서 내가 하자고 한 거야.'

"그렇게 똑똑한 애가 집을 나갔으면 이유야 당연 있겠지. 그렇지만 결과를 봐. 그게 철없는 짓 아니면? 어버이날에 부모가 집나간 딸을 찾겠다고 길도 제대로 모르는 동네를 헤매게 만드는 게 철없는 짓이 아니라고?"

"엄마, 나 내일부터 드럼 배울 거야."

"드럼? 공연 한 번 가더니 너 완전 미쳤구나. 말이 되는 소리를 좀 해라."

"배운다니까."

"난 몰라. 배우든 말든, 공부를 하든 말든 네 맘대로 하세요."

"알았어. 허락한 거다?"

나는 강철민의 공연장에서 문득 깨달은 걸 당장 실현할 생각이었다.

#61

정류장에 내리니 박인영이와 손민서가 함께 기다리고 있었다.

"민서, 너는 웬일이니?"

"오늘은 아예 엄마한테 여기서 내려 달라고 그랬어."

"왜?"

"까칠하긴? 가자."

"민서야, 우리 밴드 하자."

"뭐?"

"밴드 하자고."

"너, 아침에 뭘 잘못 먹었구나? 아님 굶었던지?"

나는 내 제안이 이 아이들에게 얼마나 밑도 끝도 없이 들릴 것이라는 건 잘 알고 있었다.

"내가 어저께 곰곰이 생각해 봤거든. 그래서 결론을 내렸지. 우리도 밴드를 해야겠다고."

"우리? 우리가 누군데?"

"일단 우리 셋."

"야, 하면 멋있겠지만 그걸 아무나 하니?"

"배우면 되지. 배우면 되잖아?"

"나는 건반."

"뭐?"

"내가 피아노는 조금 치거든. 그러니까 나는 건반을 맡겠다고. 나, 악보 볼 줄도 알아."

"민서, 너는?"

"너 정말이구나?"

"당근이지. 너는 뭐 할래?"

"나? 내가 그런 걸 어떻게 하니? 나는 못 해. 나는 음악엔 젬병이잖아."

"배우면 된다니까. 내가 어저께 인터넷 찾아 봤는데 베이스 기타는 배우기 좀 쉽다더라."

"너 미쳤니? 약 올리는 것도 아니고. 야, 내가 기타 메고 무대에 서면 사람들이 뭐라고 그러겠니?"

"왜? 작아서? 초등학교 밴드도 있는데 뭐."

"하여튼 난 기타는 안 해."

"맞아, 민서는 드럼하면 되겠네. 어저께 봤잖아. 드럼 치는 데는 좀 높은 거."

"그거 앉아서 하는 거 맞지?"

"그걸 말이라고 하니?"

"말이 아니면 막걸리니? 알았어, 드럼은 내가 맡을게."

"……."

"김연지, 말 꺼내 놓고서 왜 갑자기 말이 없어?"

"드럼은 내가 하려고 했거든."

"너, 강철민이 때문에 완전 맛이 갔구나? 야, 밴드도 그래서 하자고 한 거니?"

"알았어. 그럼 내가 베이스 기타 할게."

"그럼 기타 잘 치는 사람 하나 있어야 하는 거 아니니?"

"퍼스트라고 하던가? 하여튼 메인이 한 명 있어야지. 누구 아는 애 있어?"

"백정미."

"뭐? 걔가 기타 칠 줄 알아?"

"몰랐어? 작년 축제 때 걔가 혼자서 기타 연주 했었잖아?"

"그랬나?"

"백정미, 걔 피아노도 잘 친다던데?"

"야, 왕년에 체르나나 쇼팽 정도 안 쳐 본 아이가 어디 있냐? 인영이 너나 나나 어렸을 때 다 배웠잖아 연지도 그럴 거고."

"난 피아노 안 배웠어."

"너네 집에 딸 너 혼자라며?"

"응."

"그런데 피아노도 안 배웠다고? 이상한데?"

"뭐가 이상하니? 안 배울 수도 있는 거지."

"어렸을 때 뭐 배웠는데? 무용? 발레?"

"난 아예 유치원에도 안 다녔어."

"……."

"어쨌든, 그래도 백정미는 안 돼. 좀 그렇잖아?"

"야, 김연지, 말은 네가 꺼냈어도 리더는 나야. 알지?"

"너 원래 그런 거 좋아하잖아. 반장 하겠다고 척 나오고. 그러니까 리더고 매니저고 간에 다 네가 하지 그래."

"야, 반장은 반의 평화를 위해 이 언니가 희생한 거잖아. 하여튼 리더는 나다?"

"그러라니까. 대신 팀 이름은 내가 지을게."

"나는 뭐 하고?"

"인영이 너는 힘이 좋으니까 악기 나르는 거 담당하면 되겠네."

"힘은 너네 집안이 파주에서 제일이면서 뭘 그러니?"

"알았어. 알았고 하여튼 리더인 내가 백정미 꼬셔볼게."

"야, 아무리 그래도 백정미는 좀 아니지 않니?"

"너랑 싸운 것 때문에? 괜찮아. 괜히 SC 좋아해서 그런 거지 알고 보면 걔도 너처럼 나름 순진한 아이야. 겁도 많고."

"야, 걔가 송기열이한테 하는 거 못 봤어? 그게 순진한 거니? 그게 겁이 많은 거야?"

"그러니까 순진한 거지. 지들끼리 정한 거 그냥 순번대로 한 거잖아. 정말로 나쁜 아이들 같으면 그러지도 않아. 야, 내 말 이해 안 되면 그냥 철 없는 걸로 바꿀게."

"그건 철이 없는 게 아니라 잔인한 거거든?"

"연지야, 우리 몇 살이니? 이제 15살 겨우 된 거거든? 아직도 집에 가면 지네 엄마 젖 만지는 아이가 수두룩한 열다섯이라고."

"너, 정말 웃긴다. 어른인 척은 다 하더니 웬 엄마 젖?"

"원래 열다섯은 어른이면서 어린애인 거야. 나, 아직도 우리 아빠가 생선 발라주고 그러거든. 이해 안 돼?"

"응, 나는 너처럼 속이 안 넓어서 이해 안 돼."

"미치겠네. 아가, 넌 그래가지고 어떻게 전교 1등 한 거니? 너 정말 완전 순진한 거 아니니?"

"나, 안 순진하거든?"

"하기는, 드럼 치겠다고 했을 때 너 안 순진하다는 건 알긴 알았지만."

"관두자. 난 안 해."

"삐치기까지 하니? 하여튼 백정미는 이 언니한테 맡겨 둬. 연지, 네가 겪어본 후에 그래도 아니다 그러면 그땐 또 내가 알아서 할게."

"야, 어제 밤에 백정미는 그 꽃 누구한테 준 걸까?"

"당근 강철민이지. 다른 멤버들은 다 대딩이나 고딩이었잖아."

"야, 박진영이랑 백정미가 강철민이한테 개쪽이 된 지 얼마나 되었다고 걔가 강철민이한테 꽃다발을 주냐?"

"겨우 그런 생각밖에 못하니까 너네들이 아직 어린애라는 거잖아. 야, 사랑은 속수무책이란 말 못 들어봤어? '내가 왜 이러는 줄 몰라, 도대체 왜 이런지 몰라' 너네 이런 트로트 모르지?"

"아빠가 발라주는 생선 받아먹는 너는 어른이고. 맞지?"

"야, 그거 몰라? 우리 땐 엄마 아빠 앞에서는 어린애로 살고, 밖에서는 어른으로 사는 거라니까."

"그럼 정말 안 되겠다."

"왜?"

"한 밴드에 연적이 같이 있으면 화음이 맞겠니?"

"잘 됐네. 너네들끼리 해."

"교통정리는 원래 이 언니가 전문이잖아."

조례 시간엔 교감이 담임 대신 들어왔다.

"여러분도 대충 소식 들었겠지만 말이야, 여러분들 담임이시던 황 선생님께서 일신상의 이유가 있어 어제 교직을 떠나셨다. 이런 걸 유고라고 하지. 어찌 됐거나 여러분들이 좀 안정을 찾으려 하면 꼭 일이 생기는 바람에 자꾸 담임이 비는 사태가 난 것에 대해선 참으로 유감스럽게 생각한다. 학교에서도 새로운 담임을 빨리 모시려고 노력할 것이지만 어쨌든 그때까지는 내가 임시 담임이다. 알다시피 내가 조금 바쁘니까 내가 좀 신경을 못 쓰더라도 반장, 그래, 저기 손민서 반장을 중심으로 해서 여러분들이 학교생활을 잘 알아서 해주었으면 한다. 할 수 있겠지?"

"예-"

"자식들, 내가 바쁘다니까 좋지?"

"예-"

"임시 담임 반이라고 어디 가서 얕보이는 행동 하고 다니면 안 돼. 알지? 교실도 항상 청결하게 유지해야 하고."

"예-"

"아, 잊은 게 하나 있네. 2학년 4반, 축하한다!"

아이들은 뜬금없는 교감의 말에 어리둥절해졌다.

"너네들 말이야, 가장 짧은 시간에 담임이 가장 많이 바뀐 반으로 기네스북에 오른 거 축하한다고. 내가 지금 선생이 된 지 37년 됐거든? 하여튼 이런 황당한 일은 내 평생 들은 적도 없고 본 적도 없다, 이 말씀이라고. 기네스에 오를 만도 하지? 자, 어쨌거나 이 일을 결과적으로 좋은 일로 만드는 건 여러분들 몫이라는 거, 잊으면 안 돼!"

"예-"

교감이 반을 나가자 손민서가 강철민의 책상으로 가는 게 보였다. 내 귀는 저절로 그쪽으로 쫑긋거렸다.

"야, 어저께 너, 멋있더라."

"괜찮았어?"

"멋있었다니까."

"멋있긴? 하여튼 고마워."

"야, 너 격투기 선수가 왜 이렇게 귀여운 척하니?"

"됐거든."

"알았어, 야, 강철민, 이 누나가 드럼 좀 배워야 하겠는데 좀 가르쳐줘라."

"저번에 말했잖아? 우리 교회로 오면 배울 수 있다고."

"야, 그런데 나같이 작아도 드럼 칠 수 있니?"

강철민이 비로소 웃었다.

"일단 교회로 한 번 와 봐."

"기타 같은 것도 배울 수 있다고 그랬지?"

"응, 그런데 조건이 있어."

"뭐? 강습비?"

"아니라니까. 일요일 예배에 반드시 참석해야 하는 거."

"야, 예수도 안 믿는데 거길 어떻게 참석하니?"

"강습이 다 전도 활동이거든."

"알았어. 그런데 드럼은 내가 사야 하는 거지?"

"나중에. 좀 배운 뒤에 사면 돼."

"드럼은 네가 가르쳐 줄 거니?"

"아니. 대학생 형 있다고 그랬잖아."

"걔 잘생겼니?"

"……."

"알았고, 너, 베이스기타 칠 줄도 알지?"

"응, 조금. 그건 코드만 잡으면 돼. 뭐 전문연주자들은 베이스가 더 힘들기도 하지만."

"야, 우리 반에 베이스 기타 배워야 되는 아이가 있는데 네가 가르쳐 줄래?"

나는 쫓아가서 민서의 입을 막고 싶어졌다.

"나는 남 가르쳐 줄 실력은 못 돼. 그리고 운동 때문에 시간도 없어."

"그래도 이 누나가 부탁하는 거니까 무조건 네가 가르쳐. 알았지?"

"그게 누군데?"

"그런 애 있어."

나는 황급히 시선을 돌렸다. 강철민이가 나를 바라보았기 때문이다.

"싸움만 잘하는 게 아니라 눈치도 빠르네. 하긴 눈치가 빨라야 선빵도 놓지."

"선생님 오신다."

"알았어. 너 이따 학교 끝나면 나 좀 기다려."

"왜?"

"뭘 왜야? 기다리라면 기다리면 되지."

#62

급식 시간, 밥을 타 와 보니 손민서의 옆자리에는 백정미가 앉아 있었다. 나는 잠시 망설이다가 그쪽 테이블로 가 빈자리에 앉았다.

"어, 연지도 왔네."

"왜? 여기 앉으면 안 돼?"

"황공해서 그렇지."

백정미는 분명 불편한 기색이 역력한데도 아무 말 없이 태연한 척 밥만 먹고 있었다.

"백정미, 너, 어제 봤다?"

"나도 너네들 봤거든."

"너, 기타 잘 친다며?"

"아니거든."

"너, 밥 먹고 나랑 이야기 좀 하자."

"나는 할 말 없거든."

"내가 할 말이 있어서 그래. 밥 먹고 우리 벤치로 와."

"학교에 너네 벤치가 어디 있니?"

"미안! 됐니? 하여튼 그 벤치에서 기다릴게."

그 벤치라니! 아마도 손민서는 백정미와 그 벤치에 같이 앉은 적이 있었던 모양이었다. 손민서가 자리에서 일어나자 이제 밥을 먹기 시작한 나는 백정미와 마주 보고 밥을 먹어야 된다는 사실에 당황스러워지기 시작했다.

이 아이, 백정미와 싸우고 간 날 나는 얼굴의 상처를 아빠한테 들키는 바람에 자초지종을 이야기해야만 했다. 뭐 속일 수도 있었으나 굳이 속이지 않고 솔직히 이야기해 버린 것이다. 아빠는 내게 말했다. '잘했어. 약자를 괴롭히는 걸 가만히 보고 있으면 너도 똑같은 가해자야. 그런데 연지야, 네가 봐서 그 아이가 정말 나쁜 아이가 아니라는 판단이 들면 먼저 화해를 청해. 무시해 버리고 그러는 게 왠지 불편하면 먼저 손을 내밀라고. 아빠 말 알지? 항상 너는 큰사람이 될 사람이다, 라는 아빠의 말을 언제 어디서든 생각하라는 것도 기억하고 있지?'

내가 정말로 큰사람이 될지는 모르겠고 솔직히 그럴 자신도 없지만 나는 내 앞의 백정미, 공연장 제일 앞자리에 꽃을 든 채 얌전히 앉아 있던 이 아이가 어쩜 민서 말대로 나쁜 애가 아닐 수도 있다는 생각은 해보았다.

"다 나았네."

백정미는 나의 느닷없음에 조금 놀라는 듯했다.

"뭐?"

"얼굴 말이야. 다 나은 것 같다고."

나는 아직 상흔이 희미하게 남아있는 상태였다.

"나, 안 다쳤었거든. 그냥 따끔거려서 반창고 붙였던 거지."

"나는 무지 쓰라렸거든."

"내가 원래 나서는 애들을 좀 안 좋아하거든."

"책상 위를 닦아 준 것뿐인데 뭘."

"야, 김연지, 이슬이 걔, 영영 사라져 버린 거니?"

"곧 온다고 집으로 소식을 보냈다더라."

"그런데 금방 손민서랑 붙어 다니니?"

나는 속이 좀 꼬이기 시작했으나 한 번 더 참기로 했다.

"둘 다 친구잖아. 왜? 안 좋아 보여?"

"나는 그런 거 신경 안 써."

"너, 작년 학교 축제 때 기타 연주 했었다며?"

"봤을 거면서 뭔 소리니?"

"나 전학 왔잖아. 알잖아?"

"……."

"밥 다 먹었니? 우리 민서한테 가 보자."

"거길 내가 왜 가니? 내가 누가 오라 그러면 가고 그러는 애인 줄 아니?"

"너랑 상의할 게 있어서 그래."

"나랑? 나랑 뭘?"

"가보자니까."

나는 쭈뼛거리는 백정미의 손을 잡아끌다시피 하였고 그 아이는 나를 뿌리치지 않았다.

"어, 같이 왔네? 야, 니들은 뭘 밥을 그렇게 느리게 먹냐?"

"너 나간 지 3분도 안 됐거든."

"이 언니가 기다리다 늙는다, 늙어. 앉아라. 앉아."

떨떠름한 표정의 백정미도 손민서의 능글능글한 태도에 질렸는지 마지못해 자리에 앉았다.

"백정미, 우리 밴드 할 건데 너도 같이 하자."

"밴드를 한다고?"

"응, 나랑 여기 김연지, 그리고 박인영, 이렇게 셋이 생각한 건데 너도 같이 했으면 해서 말이야."

"됐거든. 나는 싫어."

"야, 백정미, 네 기분 아는데 풀어라. 우리들 사이에 그런 일이 한두 번이니? 너는 네 입장이 있었겠지만 나는 또 명색이 반장으로 내 입장도 있는 거잖아. 너, 나 어떤 애인 줄 알지? 딴 소리 말고 우리랑 같이 하자."

"……."

"너같이 기타 같은 거 제대로 할 줄 아는 애가 필요해서 그런 거야. 부탁할게."

"난 그런 거 한 번도 생각 안 해보았는데?"

"지금 생각하면 되지. 너 기타 완전 잘 치잖아. 네가 퍼스트 기타, 그러니까 기타 리더 해."

"그냥 기타 치는 거랑 전자 기타는 다르거든."

"다르긴? 나도 다 알거든. 조금만 익숙해지면 된다는데 뭘."

"너는 뭐 맡을 건데?"

"내 키에 할 게 드럼밖에 더 있니? 난 그래서 드럼, 연지는 베이스 하고 박인영이는 피아노, 아니 키보드 건반."

"너, 그래서 아침에 강철민이한테 그런 거니?"

"응, 배워야 되잖아."

"그럼 너 드럼 하나도 못 치면서 밴드 하자고 그러는 거니?"

"왜? 배우면 되잖아."

"다른 애들은 할 줄 알고?"

"박인영이는 피아노 잘 친다고 했으니까 조금만 배우면 되고 연지, 얘는 베이스 배울 거야."

"너네들 진짜 웃긴다, 야, 악기 배우는 거 그게 그렇게 쉬운 줄 아니?"

"서너 달만 배우면 된다던데?"

"너네 그거 왜 하려고 하는 건데?"

"왜? 뭐 멋있는 이유라도 있어야 하는 거니? 우린 그냥 해보고 싶어서 하려는 거야."

"내가 조금 아는데 처음엔 멋으로 시작했다가 금세 관두는 아이들 무지 많거든?"

"야, 관둘 때 관두면 또 어떠니? 그건 나중 이야기고 하고 싶으면 일단 시작해 보면 되는 거 아니야?"

"……."

"시작해보고서 안 되면 만다, 이건데 뭘?"

"솔직히 내가 안 될 걸 알면서 그런 거를 할 정도로 마음이 한가하지가 않거든."

"왜? 공부 때문에?"

"아니거든."

"야, 멋있을 것 같지 않니? 가을 학교 축제 때 우리가 무대 위에 서 있는 모습 상상해 봐. 완전 대박이잖아."

"나는 좀 그렇다니까."

"왜? 우리 이 정도 대화 나눴으면 화해한 거 아니니? 설마 너 지금 유아틱하게 노는 거는 아니지?"

"아니거든. 그게 아니라……."

"그럼 뭐가 문젠데?"

"우리 집, 음악 하는 거에는 좀 예민하거든. 그럴 이유가 있어."

"그래? 그런데 너는 기타를 어떻게 배웠는데?"

"아빠한테."

"너 무지 잘 친다던데 아빠한테 배운 게 그 정도라면 너네 아빠 기타 완전 잘 치는 분인 모양이네?"

"……."

"너, 대고 갈 거니?"

"성적 되면."

"너, 중간고사 때 몇 등 했니?"

"야, 쪽팔리게 뭐 그런 걸 물어보니?"

"야, 그게 뭐가 쪽팔리냐? 그렇게 생각하는 게 쪽팔리지. 너 이번에 반에서 4등 했지?"

"그걸 네가 어떻게 아는데?"

"야, 내가 반장이잖아. 봤지."

"그게 뭐?"

"그 성적이면 일단 목표대로 대고 가는 데는 전혀 문제없잖아. 그러니까 밴드하면서 스트레스도 풀고, 또 우리랑도 친해지고, 가을 축제 때 무대 위에도 서 보고, 여유 좀 갖자 이 말이야. 중2가 언제 또 오는 게 아니거든. 아까 말로 하다가 안 되면 마는 거고, 복잡하게 따질 것 없이 그냥 널널하게 생각하면 되잖아. 그래도 할 생각 없니?"

"……."

"그럼 같이 하는 거다?"

"민서, 너는 고등학교 괜찮니?"

"전교 1등이 이제야 언니 걱정이 되는 모양이네. 나는 대고 못 가면 유학 갈 거야."

"외국으로?"

"응, 집에 돈은 있는데 공부 못하면 일단 유학 가야지 뭐."

"어디로?"

"몰라. 오빠가 중국에 있으니까 나도 거길 가든지."

"그런데 학원엔 뭐 하러 다니니?"

"헐, 얘 좀 봐. 야, 나도 일단 대고가 목표라니까."

"정미야, 민서 말대로 같이 하자."

"너네 화해한 거니?"

"……."

"안 했구나. 야, 니들, 이 언니가 보는 데서 악수해라. 빨리."

나는 백정미에게 손을 내밀었다. 그 아이 역시 내 손을 꼬옥 쥐었다.

#63

방과 후 우리 셋에다 백정미, 그리고 강철민은 '베스킨 라빈스'(엄마는 이 집이 있는 걸 보고 우리가 사는 동네가 시골이 아님을 인정했다)에서 아이스크림을 앞에 놓고 앉았다.

"야, 강철민, 오늘은 이 누나가 쏘는 거니까 더 먹고 싶은 거 있으면 먹어라."

"됐거든."

나는 백정미의 눈길을 놓치지 않고 있었다. 그 아이는 우리가 밖에서는 이제 두 번째 만나는 것 일뿐인 강철민이와 상당히 친한 걸로 생각되었을 것이다. 나는 만약에 어젯밤 이 아이가 들고 있던 꽃다발의 주인공이 강철민이라면 지금 심정이 굉장히 복잡하고도 미묘할 것이라 추측했다. 단지 내가 늘 그러하듯 이 아이, 정미 역시 어쩌면 속내를 드러내 보이지 않기 위해 지금 무척 애를 쓰고 있을지도 모른다는 생각이 들었다.

"야, 강철민, 넌 지금 밴드를 하고 있으니 솔직히 말해 봐. 우리 말이야, 밴드를 만들기로 했거든. 되겠니? 안 되겠니?"

"이렇게 네 명이서?"

"응."

"야, 너네 참 신기하다. 저번에 완전 원수 같이 싸우지 않았었니?"

"야, 우리가 너처럼 속 좁은 남자아이들인지 아니?"

"악기는 어떻게 편성할 건데?"

"퍼스트, 베이스, 건반, 드럼. 됐지?"

"노래는? 노래는 연주하면서 하고?"

"어? 그 생각은 아직 안 해 봤는데?"

민서는 나를 쳐다보았다. 나는 오늘 아침에야 불쑥 꺼낸 나의 제안을 가지고선 이렇게 설레발을 잘 피우는 민서가 신기해 혼자 웃고 있던 참이었다.

"우선 악기 배우는 게 급하니까 보컬은 천천히 찾아보지 뭐."

나는 민서에게 아직은 내 속마음을 말할 때가 아니라고 생각했다.

"연지 이야기 들었지?"

"응."

"되겠어? 안 되겠어?"

"악기들은 연주할 줄 알고?"

"야, 아침에 말했잖아. 나랑 연지는 처음부터 배우고, 여기 정미는 원래 기타 잘 치니까 퍼스트 할 거고, 인영이는 피아노 잘 치거든. 그럼 된 거 아냐?"

"배우면 되긴 되지만 시간이 걸릴 텐데."

"얼마나?"

"연습하기에 따라 다르지 뭐. 그리고 목표를 어느 수준까지 잡느냐에 따라 또 다를 거고."

"으음, 10월 달 학교 축제에서 두 곡 정도 연주하려고 그러거든."

"미리 두 곡을 선곡해서 지금부터 그것만 연습하면 충분할 거 같은데."

"됐네, 그럼."

"밴드는 경험 있는 선생님이 중요해. 각자 악기만 연주해선 소용없거든."

"야, 네가 가르쳐주면 되잖아."

"나는 아직 실력이 안 된다니까. 그리고 주중에는 훈련해야 되거든."

"너, 매일 격투기 훈련하니?"

"응."

"오늘도?"

"응, 조금 있다가 가 봐야지."

"우리 너네 체육관 한 번 구경 갈까?"

"됐거든."

"왜? 부끄러워서?"

"……."

"아무튼 네 생각에 우리가 어떻게 하는 게 제일 낫겠니?"

"일단 학원에 가는 게 제일 빠르지."

"너네 교회에서 가르쳐 준다며?"

"교회 다닐 거야? 그리고 거긴 단계별로 천천히 나가서 좀 그럴 텐데?"

"정미랑 인영이도 학원 나가야 되니?"

"악보 볼 줄 알면 일단 혼자 연습해도 돼. 나중에 서로 맞춰 볼 때엔 누군가가 지도해 주어야 되고."

"그러니까 너는 바빠서 드럼이고 베이스고 간에 못 가르쳐 주니까 학원에나 다녀라, 이거네."

"……."

"알았어. 야, 연습실 같은 것도 있어야 되니?"

"당연하지."

"악기도 비싸지?"

"처음엔 중고를 사는 게 좋아. 중고도 좀 비싸지만. 드럼은 좀 천천히 사도되고."

"왜?"

"드럼은 일단 고무판 같은 거 가지고 연습하면 되거든."

"얼마나 비싼데?"

"기타는 중고로 사도 초보용이 한 십만 원 넘을걸? 키보드도 비슷하고."

"새 거는?"

"초보자들이 치는 것도 두세 배 될 거야."

"야, 그럼 처음부터 새 거로 사지 뭐 하러 두 번 사냐?"

"……."

"알았어. 너 가끔 우리 하는 거, 와서 봐 줄 수는 있지?"

"어디서 할 건데?"

"어디든. 올 수 있어? 없어?"

"글쎄?"

"글쎄는 뭐가 글쎄니? 오면 되지."

"……."

"바쁘면 먼저 가 봐."

철민은 기다렸다는 듯 황급히 자리를 떴다.

"자식, 볼수록 귀엽다니까."

"어련하시겠니?"

"너네들 이야기 들었지? 일단 각자 악기를 장만한다, 그리고 배운다, 다음엔 모여서 연습한다. 별 거 없지?"

"민서, 너는 어떻게 배울 건데? 학원 다닐 거야?"

"나? 생각해 봐야지. 그러는 너는?"

"나야 아무래도 학원 다녀야겠지."

"정미, 너는?"

"나? 난 사실 일렉트릭도 좀 치기는 하거든. 기타도 집에 있고."

"전자기타가 집에 있다고? 야, 너 이제 보니까 완전 전문가네. 우와, 그런 걸 언제 다 배웠냐?"

"……."

"그럼 정미랑 연지는 됐고, 인영이 너는? 집에 건반 악기는 없지?"

"당근이지."

"피아노랑 건반이 많이 다른가?"

"코드 잡는 것만 배우면 될걸? 나, 쉬운 악보는 볼 줄 안다니까."

"그러니까 어떻게 배울 거냐고?"

"내가 알아서 할게."

"됐네, 그럼."

"야, 손민서, 너는 내가 오늘 아침에 밴드 하자는 말 안 꺼냈으면 큰일 날 뻔했겠다."

"야, 마음을 정했으면 후다닥 밀고 가야지. 안 그래?"

"그럼 너네 밴드하기로 했다는 거, 겨우 오늘 아침에 정한 거야?"

"응, 연지가 하자고 해서 그 자리에서 정해버렸지."

"헐, 니들 정말 대단하다."

"너도 같이 할 건데 뭘."

"노래는 누가 하지? 그것도 빨리 정해야 하는 거 아니니?"

"우리 중에 노래 잘하는 애가 있으면 그냥 하면 되지 않나?"

"야, 아무리 노래를 잘해도 그렇지, 우리가 이제 악기를 배워야 하는 주제에 어떻게 연주도 하고 노래도 하니?"

"그것도 그러네. 어떻게 하지? 야, 전교 1등, 이럴 때 네 생각 좀 말해 봐."

"너는 우리의 목표를 언제 그렇게 네 마음대로 정했냐?"

"무슨 목표?"

"축제 때 두 곡 연주하는 게 목표라며?"

"그게 뭐 어때서? 현실적이잖아."

"네 말대로 한다면 우리는 기본을 배우고선 두 곡을 정하고 그것만 계속 연습하는 거야. 아까 철민이도 그런 이야기 했잖아. 노래만 부를 사람이야 그때 가서 데리고 와도 될 거고."

"말 되네. 역시 전교 1등은 다르다니까."

"자꾸 꼬면 나, 간다?"

"백정미, 우리 팀 리더는 이 언니다. 괜찮지?"

"너, 원래 그런 거 좋아하잖아. 마음대로 해."

"그럼 됐고. 우리 팀 이름은 뭐라고 짓지? 연지야, 아까 네가 짓는다고 했잖아. 말해 봐."

"야, 그게 뭐가 바쁘니?"

"당근 바쁘지. 딱 이름을 붙여놔야 한 마음이 되고 연습도 열심히 하는 거라고. 몰라?"

"알았어. 생각해보지 뭐."

나는 사실 어젯밤에 우리 밴드의 이름을 생각해 놓은 게 있었다.

#64

그날 밤, 학원을 마치고 온 나는 이미 늦은 시간임에도 악착같이 아빠를 기다렸다. 엄마에게만 할 말과 아빠가 있을 때 해야 할 말은 늘 다른 법, 내가 하고자 하는 이야기는 반드시 아빠가 있어야만 할 그런 내용이기에 그랬던 거다.

"또 술 마셨어? 어휴, 냄새."

"인마, 넌 딸이 되가지고 어떻게 점점 마누라 노릇을 하려고 그러냐? 그렇지 않아도 기죽어 사는 아빠한테."

"자기가 기죽어 산다고 그러면 남들이 욕하는 거 몰라? 하여튼 아빠나 딸이나 전부 호강에 겨워 가지고선."

"연지야, 아빠 심부름."

나보고 냉장고에서 맥주를 꺼내 가지고 오라는 소리였다. 다른 때 같으면 엄마와 입을 맞춰 '또 먹게?' 하다가 아빠의 독촉을 듣고서야 가지고 오곤 했지만 오늘은 아니었다. 나는 쟁반 위에다 맥주 두 병과 아빠가 좋아하는 땅콩까지 얌전히 가져다 바쳤다.

"이래서 딸이 좋다니까."

"아들은 맥주 한 병도 못 가져온대?"

"맛이 다르잖아, 맛이. 어? 엄마 잔은?"

"나는 됐거든."

"무슨 소리야. 연지야, 잔 하나 더 가지고 와."

나는 맥주잔을 하나 더 가지고 와서 두 분에게 술을 따랐다.

"아빠, 나 기타 배울 거야."

"뭐? 기타? 기타 좋지."

"얘는 어젯밤엔 드럼을 배운다고 말도 안 되는 소리를 하더니 뜬금없이 무슨 기타야?"

"드럼에서 기타로 바꿨거든."

"너, 정말이니? 정말이야?"

"그럼 내가 엄마한테 농담 하겠어?"

"야, 네가 지금 한가하게 기타 배울 때니? 나 참 어이가 없어서."

"한가하지 않으니까 기타 배우려고 하는 거거든."

"말도 안 되는 소리."

"아빠, 나 배운다?"

"기타 좋다니까. 야, 연지야, 공부만 잘하는지 알았던 여자애가 딱 다리를 꼬고선 그 위에 기타를 얹고 한 곡 연주해 봐. 남자 아이들 다 쓰러진다, 너?"

"이 양반이 술에 취해 가지고선."

"자기도 기타 좀 쳤으면서 왜 그래?"

"엄마가 기타를 쳤다고?"

"몰랐어? 너네 엄마 기타 좀 치잖아. 지금도 집 어디에 기타 있을 텐데 뭘."

"넌 지금 공부하는 것도 쩔쩔매는 판인데 기타는 무슨 기타를 친다고."

"아빠, 나 있잖아, 그냥 기타 배울 게 아니라 전자기타 배울 거야. 베이스."

"와, 베이스? 너, 그거 정말 멋있는 거다? 원래 그게 퍼스트나 세컨 기타보다 더 중요한 거라고. 알아?"

"나, 그거 배워서 밴드 할 거야."

"얘가 정말 보자보자 하니까."

"밴드? 누구랑?"

"반 친구들이랑."

"걔네들 다 악기 연주할 줄 아나보지?"

"아는 애도 있고, 나같이 배워야 하는 애도 있고."

"와, 멋있겠네. 아빠는 연지 정말 부럽다 부러워."

"자기는 애를 말리지는 못할망정 뭐 멋있겠다고? 부럽다고? 어이구."

"말려? 왜 말려? 연지가 무슨 나쁜 짓 하겠대? 나는 말이야, 악기 하나 연주할 줄 알면서 성적 좀 떨어지는 게, 아무것도 못하고 전교 1등 되는 것보다 훨씬 중요하다고 생각하거든. 알잖아? 나 원래 그런 거."

"아무리 그래도 그렇지 웬만한 고등학교 경쟁률이 얼마나 높은지 알고 그런 소리 하는 거야?"

"왜? 연지가 기타 치면 고등학교 못 갈 정도야?"

"고등학교라고 다 똑같나?"

"일류? 일류 나와서 서울대 가면? 그럼 인생 성공한 거네?"

"적어도 삼류대학 나오는 것보다는 확률은 높지. 자기가 늘 하던 소리 잖아. 아닌가? 늘 때라는 게 있다며?"

"때? 당연히 때라는 게 있지. 중2면 딱 기타 같은 악기 하나는 배울 때 잖아."

"그건 자기가 원하는 고등학교에 가서 해도 안 늦거든."

"자기 분명 그때 가서는 원하는 대학 가서 하라고 그럴 거잖아?"

"하여튼 내 생각에 지금은 아닌 거 같아. 그냥 취미로 하는 것도 아니 고 밴드가 뭐니, 밴드가?"

"연지야, 너, 엄마가 무슨 걱정하는 건지 알지?"

"당연하지."

"기타 친답시고 공부 소홀히 하면 안 돼?"

"알았다니까. 내가 알아서 할게."

"엄마 아빠가 대신 살아 줄 것도 아니고 네 인생이니까 당연히 알아서 해야지. 약속했다?"

"알았어. 만약에 기말고사 성적 많이 떨어지면 딱 그만둘게."

"너무 그럴 필요까지는 없고. 기타는 어떻게 할 건데?"

"사야지. 내가 알아서 살게."

"돈 있어?"

"응, 저번에 병원 큰아빠가 준 거 있어."

"설날 때 준 걸 아직도 가지고 있어?"

"별로 쓸 데도 없었잖아."

"자기 봤어? 우리 딸이 이런 애라고."

"……"

"연지야, 기타는 엄마 아빠가 사 줄 테니 그 돈은 다른 데 너 필요한 거 생기면 그때 써."

"됐어."

"아빠가 사 준다니까."

"또 아무거나 사오면 안 돼. 내가 알아볼게."

"어디서?"

"내일 학원에 가서 물어 보려고."

"아니, 너 기타 배우려고 학원에도 간다는 소리니?"

"당연하지. 혼자 어떻게 배워?"

"지금 다니는 학원은 아예 안 다니고?"

"학교 끝나고 막 바로 음악학원 갔다가 집에 와서 밥 먹고 학원에 가면 돼."

"피곤해서 학교에 가선 만날 잠만 잔다면서 그게 말이 되니?"

"성적 떨어지면 안 한다니까."

"학원비는? 학원비는 얼마인데? 그건 누가 낼 건데?"

"생각보다 안 비싸대. 그건 엄마가 줘."

"한 달에 얼마라는데?"

"내일 가서 알아본다니까."

"하여튼 나는 몰라. 너네 아빠랑 알아서 해."

"연지야, 한 잔 받아라, 아빠랑 한 잔 하자."

"싫어. 맛없어."

"너, 맥주 마셔 봤어?"

"그럼, 아빠가 가끔 줬었잖아."

나는 차마 노래방에서 맥주를 마셔봤다는 이야기는 할 수 없었다. 아빠에게 맥주를 받았다. 이번에는 노래방에서보다 맛이 훨씬 달았다.

"아빠, 우리 공연하면 꽃다발 가지고 올 거지?"

"인마, 내가 꽃을 왜 드니? 네 남자친구가 가지고 와야지."

강철민이는 과연 꽃다발을 가지고 올까? 그 생각을 하자 나는 정말 열심히 배우고 연습해야 하겠다는 다짐이 생겼다.

"연지야, 아까 너 한가하지 않아서 기타 배우고 싶다고 했던 거 기억해?"

"응."

"왜 한가하지 않으니까 기타 배울 생각이 난 건데?"

"그냥. 그래야만 숨통이 좀 트일 것 같아서."

"얘 말하는 것 좀 봐. 네가 숨통 막힐 일이 어디 있다고 그러니?"

"연지야, 힘들 땐 어떻게 한다고?"

"정면으로 맞선다."

"생각은 어떻게 하고?"

"이 또한 지나가리라."

"그래. 우리 집 가훈 알지? 아니 가훈까지는 아니지만 하여튼 일체유심조(一切唯心造)랑 호연지기(浩然之氣), 알지?"

"모든 것은 마음먹기에 달렸다, 어떤 일에도 당당히 맞서라, 그거잖아?"

"잘 아네. 자, 찡 한번 하자."

나는 아빠와 술잔을 부딪쳤다.

"잘들 한다. 연지야, 너, 그럼 내일부터 당장 교복 치마나 내려 입어. 너도 주는 게 있어야지."

"됐거든."

"왜? 연지 치마가 유난히 짧아?"

"짧지. 허벅지가 훤히 다 나오는데 그게 미니스커트지 학생 교복이니?"

"다 그렇게 입거든."

"다른 아이들이랑 비슷하면 내버려 둬. 얘네 나이 때는 비슷하게 묻어

가야 돼. 안 그러면 정을 맞는다고."

"소신이 있어야 된다며?"

"그것도 다 때가 있는 거잖아. 대학교 때는 짚신이나 고무신 신고 다니면 멋있다고 하지만 얘네 나이 때 그러면 미쳤다고 한다고."

"그래도 그렇지. 아유, 나는 보는 내가 다 민망하더라고."

"엄마, 속바지 다 입는데 뭐가 민망하냐?"

"관둬라. 너네 아빠 인심 안 잃으려고 하는 거 보니까 국회의원 나갈 모양이네 뭐."

"내 주제에 무슨. 가서 술이나 더 갖고 와."

#65

다음 날 우리는 등교하자마자 구석 진 백정미의 자리로 모였다. 그러고 보니 그 자리는 강철민의 바로 옆 자리였다. 강철민은 아직 모습을 보이지 않았다.

"연지야, 어떻게 하기로 했니?"

"오늘 학원 알아보려고."

"연지야, 너 버스 내리는 네거리에서 대고 쪽으로 조금 가다보면 음악학원 있어. 거기선 다 가르친다고 하더라."

"베이스 기타도?"

"그건 기본이잖아."

"그러는 인영이, 너는?"

"나? 아직 엄마 아빠한테 말 못했어?"

"야, 팀워크 좀 맞추자, 맞춰. 정미 너는?"

"나는 그냥 집에서 연습하면 된다니까."

"집에서 그런 거 하는 거 반대한다고 하지 않았나?"

"엄마한테 말했어. 머리 아프고 그러면 가끔 기타 치겠다고."

"그랬더니?"

"후회할 짓 말고 알아서 하라고 하더라."

"걱정했던 거보다 괜찮네 뭐. 그럼 인영이만 허락받으면 다 된 거네."

"너는?"

"나? 나는 내가 알아서 연습할게."

"어떻게?"

"어허, 언니가 알아서 한다니까. 연지야, 기타는 어떻게 할 거야?"

"오늘 그것도 알아 봐야지. 사 준다고 했으니까."

"야, 너네 집 진짜 신기하다."

"뭐가?"

"원래 공부 잘하는 애들 그런 거 한다면 난리 치지 않나?"

"우리 집은 나한테 별 관심 없는 모양이지 뭐."

"너 정말로 어렸을 때 유치원도 안 다니고 피아노니 발레니 이런 것도 하나도 안 배웠어?"

"응, 그랬다니까."

"왜?"

"뭘 왜야? 그냥 안 배웠지."

나는 이 아이들에게 아직은 그 이유를 말하고 싶지는 않았다.

"공부만 시켰나? 그래서 전교 1등인가?"

"내가 너랑 무슨 이야기를 하겠니? 관두자."

그때 강철민이가 교실로 들어섰다.

"야, 너 일찍 일찍 안 다닐래?"

"나 지금 무지 피곤하니까 관심 끄고 너나 잘해."

"야, 너 이 누나가 반장인 거 모르니?"

"좋겠다, 반장이라서."

"너, 얼굴 왜 그래? 맞았네?"

"……"

"어제 시합 나갔었어?"

"아니, 훈련하다가 좀."

"야, 너는 그거 때려치우고 그냥 음악가로 나서라. 뭐 하러 사서 매를 맞니?"

"나 피곤하다니까."

"그래, 누나가 책임질 테니 하루 종일 푹 자라."

뜻하지 않은 나의 밴드 제안으로 가장 덕을 본 아이는 송기열이었다. 왕따를 주도하던 박진영과 백정미의 궁파가 이제 풀어주기로 한 것이다. 물론 또 다시 싸가지 없는 짓을 안 할 때까지 말이다. 사실 송기열이에 대한 궁파 및 일부 아이들의 왕따는 이미 그동안 상당히 느슨해지기는 했었다. 물론 강철민이의 소문을 확인한 박진영, 백정미에 대한 나의 당찬 대응, 그리고 반 아이들에게 강력한 카리스마를 발휘하는 손민서의 영향이 컸지만, 나는 아이들이 조금씩 어린애 틀을 벗어나고 있기에 그런 측면도 상당히 크다는 생각을 했다. 아예 반항을 포기했기에 그럴 수도 있을 것이라는 생각도 들었다.

그랬다. 왕따가 시작된 후의 송기열이는 항거를 하기를 아예 포기한 듯 보였는데 나한테는 그것 또한 풀기 힘든 의문점이었다. 학급부장 이슬이한테도 덤비던 기세나 자기가 반장을 해보겠다고 나왔다가 망신을 당하자 담임에게 서슴없이 덤벼 함께 뒹굴고, 결연하게 112와 119에 전화 신고를 해 선생님들을 경악케 하던 그 송기열이가 아이들에게 왕따를 당하자 아예 항거할 의지가 꺾여버렸는지 늘 보기만 해도 가슴이 아픈 쓸쓸한 표정으로 그 굴욕을 감수하고 있는 게 나는 도저히 이해가 안 갔다.

물론 맞는지는 모르겠지만 나 나름대로의 짐작은 있었다. 일단 송기열이 걔는 수업을 전혀 따라오지 못했다. 영어 알파벳은 물론이거니와 국어 교과서까지 제대로 읽지 못해 선생님의 짜증을 돋우고 결국 반 분위기를 냉랭하게 만들어 버리는 그를 보면 솔직히 측은함이나 이해보다는 우리까지 짜증스러웠다. 그러니까 학업 능력으로만 보면 호프 김기성이보다도 훨씬 떨어졌다.(이상하게도 김기성이는 공부는 나름 조금은 하는 것 같았다.) 게다가 그는 전 담임을 때리기도 하고 나이가 제일 많은 사회 선생님께 덤비기도 한 일종의 전과가 있는지라 어떤 선생님들은 얄밉게도 너무 하다시피 그 아이를 가만히 놔두지 않았다.

왕따가 시작된 이후에는 선생님들에게 덤비지도 않았는데 그 낌새를 눈치 챈 그런 약삭빠른 선생님들은 그 아이를 마음껏 괴롭히면서 즐기는 것같이 보였다. 때론 아이를 잔인하게 하지만 꼬투리 잡기 뭔가 애매하게끔 비열한 방법으로 아이를 괴롭히는 선생님을 손민서가 항의를 하고 나아가 나무라기까지 하는 어처구니없는 일이 벌어지기도 했다.

언젠가 내가 그 이야기를 아빠에게 했을 때 아빠는 다 자업자득이라고 했다. 선생님을 선생님으로 대해주지 않는 쌍놈의 세상, 지 새끼만 귀한 줄 아는 더러운 세상, 자기가 선생님인지 노동자인지도 모르고 설치는 선생이 더 대접을 받는 개 같은 세상, 평등이랍시고 대학생과 초등학생을 한 반에 가둬 놓고선 중학교 과정을 가르치는 어처구니없는 세상, 모든 게 다 그런 것들의 결과이니 학생이고 선생이고 간에 누가 누굴 나무라지도 못하는 그런 세상이 되어버렸다는 것이다.

아빠가 말한 선생님다운 선생님, 물론 아직 나는 그 뜻의 정확한 의미는 모른다. 하지만 이 학교로 전학을 와서 그런 느낌을 조금이나마 가졌던 선생님은 휴직을 한 첫 번째 담임밖에 없었다는 것은 아빠의 말이 일리가 있다는 걸 깨닫게 해준다.

아빠는 이런 이야기들도 하였다. 지금도 수많은 선생님들께서 나름의 신념과 사명감을 가슴에 간직하면서 뜻을 펴고 싶어 하고는 있지만 선생님이란 직업 자체를 예전과 같이 성스러운 직업, 존경스러운 직업으로 봐주지 않고 그저 지식을 팔아먹는 사람 정도로만 여기고 철없는 아이들은 물론 부모까지 학교로 몰려가 마구 행패를 부리고 닦달을 하는 세상이니 누가 열정을 가지고 아이들을 대하겠는가? 누가 아이들을 스승의 마음으로 사랑하겠는가?

그러니까 선생님들이 그저 아무 말썽 없이 지나가기를 바라면서 아이들을 소가 닭 쳐다보듯 하는 것이다. 대접해주지 않는 것이다. 또 아이들이나 부모들은 이런 선생님을 보면서 존경과 존중의 필요를 느끼지 못하게 되는, 즉 아주 심각한 악순환이 이루어지고 있는 것이다.

아빠 봐라, 식당 같은 데 가면 종업원들을 아주 예의 바르고 정중하게 대하지 않느냐? 그건 아빠가 점잖고 교양 있는 사람이어서가 아니라 하인 부리듯 잔소리, 상소리나 해가며 무시하는 손님들보다는 훨씬 더 친절하고 마음이 담긴 서비스를 받을 수 있고, 훨씬 더 깨끗하고 정성이 담긴 음식을 먹을 수 있게 되기 때문이다. 결국 세상은 자기하기에 달린 것이고, 자신의 가치는 자신이 정하는 것이다, 라면서 문제는 아주 간단하게 해결할 수 있다, 학생은 선생님을 존경하고 복종하고, 부모들은 선생님을 믿고, 선생님들은 사명감과 사랑으로 아이들을 대하고, 말 그대로 공자님 말씀 같은 이 아주 당연한 기본만 따르면 모두에게 윈윈 게임이 되는 것인데도 사람들이 그 간단한 원리를 모른다, 아니 알면서도 실천해 보려 하지 않는다, 그러니 우리는 모두 바보들이다, 바보들이 판치는 세상인 것이다, 라고 말이다. 아빠는 그걸 정명사상(正名思想) 또는 '답게 사상'이라고 했다. 학생은 학생답게, 교사는 교사답게, 어른은 어른답게, 경찰은 경찰답게, 목사는 목사답게……

나는 송기열이가 왕따에 항거하지 않고 감수하는 것만큼이나 이상하게 생각되는 게 또 있었다. 백정미, 몇 번 말도 나누고 어울리며 보니까 그 아이는 전혀 괜히 남을 괴롭히거나 그럴 아이 같아 보이지 않았다. 그런 아이가 왜 교실에서 엎드려있는 아이에게 물을 붓는 등의 잔인한 행동을 서슴지 않았을까? 이게 나는 좀체 이해할 수 없었다. 그것 역시 풀어보아야 할 숙제였다.

송기열이는 아마도 닥치는 대로 일을 하고 있는 모양이었다. 아이들은 알코올 중독자인 자기 아빠가 하는 슈퍼에서 그 아이를 보기도 했고, 때론 밤늦은 주유소에서 그 아이를 본 적도 있다고 했다. 게다가 그 아이는 이혼 후 집을 나간 엄마 대신 초등학생 동생도 돌보면서 집안 살림도 해야 하면서도 자기네 아빠에게는 수시로 매까지 맞는다는 소문도 들려왔다. 어쨌거나, 생각하면 측은하고, 보면 짜증나고, 그 횡설수설의 서툰 연애편지는 황당하고, 때론 비겁한 나 자신을 책망하게 되는 송기열이에 대한 왕따가 해제가 된 건 그 아이뿐만 아니라 나를 위해서도 아주 다행한 일이었다. 아마 왕따를 시키면서 통쾌하면서도 마음 한쪽이 불편했을 아이들에게도 다행스런 일이기도 했을 것이다.

그날 방과 후, 박인영이와 함께 찾아 간 학원은 건물도 허름하고, 원장이라는 사람도 담배 냄새 풀풀 풍기는(얼핏 술 냄새도 나는 것 같기도 했다), 머리를 길러 뒤로 묶은, 아빠보다도 나이가 더 많아 보이는 못생긴 아저씨여서 영 탐탁지 않았으나 우리가 말한 모든 악기를 가르칠 수 있고, 심지어는 밴드도 지도해 주겠다고 한데다 우리에게 과시를 하고 싶어서인지 뜬금없이 색소폰까지 아주 능란하게 연주해주는 바람에 우리는 덜컥 등록을 해버렸다.

다행인 것은 학원에 칠이 다 벗겨지긴 했지만 베이스 기타와 낡은 키보드가 있어 우선은 악기 살 돈을 절약할 수 있었다는 건데 덕분에 나는 인영이에게 학원비를 빌려주기까지 할 수 있었다. 원래 일주일에 두 번이라는데 우리의 끈질긴 고집으로 월, 수, 금 이렇게 세 번씩 교습을 해주기로 한 원장은 우리에게 아빠와 비슷한 말을 했다. '멋있겠네.'

아, 반드시 짚고 넘어가야 할 게 또 하나 있다. 학원 창문을 여니 아름다운 갈대밭 사이를 흐르는 공릉천이 한눈에 내려다보이고 멀리 슬이와 내가 먹먹한 가슴으로 바라다보던 임진강 쪽 하늘이 한눈에 다 들어오

는 것이었다. 그 풍경은 '멋있겠네'가 아니라 지금 당장도 정말로 멋있었
다.

　다음 날인 금요일, 박인영과 나는 그 음악학원에서 첫 교습을 받았다.
인영이는 키보드를 피아노 식으로 잘 연주하여 기계 조작법, 코드 잡는
법이라든지 악보에 따른 연주 방법만 간단히 익힌 후 계속 연습을 하면
밴드를 하는 데 무리가 없을 것 같다는 진단을 받았으나 문제는 나였다.
코드의 종류 등 가장 기초적인 교습을 마친 원장은 학원 기타를 들고 다
니든지 아니면 중고 기타 하나를 장만하여 집에다 두고 시간이 날 때마
다, 손가락 끝이 벗겨져서 피가 몇 번이나 나고 거기에 새 살이 돋아 결
국 굳은살이 될 때까지 연습, 또 연습을 하여야만 할 것 같다고 했다.
　학원 기타를 메고서 학교로, 학원으로 그리고 집으로 헤맬 수는 없는
노릇인지라 나는 아예 기타를 사서 집에 둘 작정을 했다. 그날 저녁 학원
간식 시간에 우리 셋은 다시 편의점에 모였다.
　"너네 오늘 학원 다녀왔다며?"
　"응."
　"인영이는 자기는 그런대로 진도가 나갈 것 같은데 네가 좀 고생하겠
다, 라고 하던데?"
　"기타 줄이 말이야, 손가락으로 몇 번 누르니까 거기가 엄청 아픈 거
있지? 장난 아니겠어."
　나는 겨우 한 시간 정도 원장의 말에 따라 코드를 잡아봤음에도 왼손
손가락 끝들이 어디에건 닿기라고 하면 절로 비명이 나올 정도로 아픈
참이었다.
　"야, 나도 죽겠더라. 팔 아픈 건 둘째 치고 지루해서 미치겠어."
　"너도 배우기 시작한 거야?"

"당근이지."

"어디서? 누구한테?"

"오부리한테. 우리 집에서."

"오부리가 누군데?"

"그건 사람 이름이 아니라 하는 일을 말하는 거야."

"무슨 일? 직업으로 연주하는 사람?"

"비슷해. 설명 복잡하니까 나중에 인터넷으로 찾아 봐."

"뭔데? 말해 봐."

"알았어. 오부리가 뭐냐 하면 술집 같은 데서 혼자 연주하는 사람이야. 연주도 하고 노래 반주도 하고 그러는 사람."

"그 오부리라는 사람이 너네 집에 와서 널 가르치는 거야?"

"오부리라는 사람이 아니라 그 사람이 하는 일을 오부리라고 한다니까, 우리 아빠 룸살롱도 있잖아."

"그 사람이 드럼을 잘 치나 보지?"

"야, 나도 인제 알았는데 연주하는 사람들은 웬만한 악기는 다 할 줄 알더라?"

"맞아. 우리 원장도 못하는 게 없더라고."

"오부리 오빠도 그런 말을 하긴 하더라. 자기도 조금씩은 다 할 줄 안다고 하면서."

"그럼 잘 가르쳐 줄 텐데 뭐가 지루한데?"

"드럼 채 쥐어주고선 똑같은 박자만 계속 두드리게 하거든."

"고무판에?"

"고무판에도 하고 드럼에도 하고 하여튼 아무 거나 막 두들겨."

"드럼을 벌써 샀어?"

"아니, 오부리가 쓰던 북 하나 가지고 왔거든."

"야, 돈 무지 많이 들겠다."

"왜?"

"선생을 집으로 불러서 배우니까 말이야."

"우리 아빠 가게에서 일하는 사람이라니까. 어차피 술집은 낮에 놀잖아."

"매일 배울 거니?"

"응."

"금방 늘겠네?"

"문제는 악보 보는 법이래. 어쨌든 월요일부터는 학교에도 드럼 채 가지고 다니려고."

"야, 아이들이 되게 유난 떠네 그러겠다."

"그러거나 말거나. 그리고 학교 가면 강철민이도 있잖아. 걔한테도 배울 수 있으니 좋고. 안 그래?"

"그것도 말 되네."

"이 언니는 원래 되는 말만 하거든."

"너네 이번 일요일에 특별한 일 있니?"

"나는 없는데?"

"왜? 나도 아직은 별일 없어."

"기타 사러 가려고."

"정말? 새 기타 살 거야?"

"응. 어차피 살 거 빨리 사서 집에서도 연습하려고."

"어디로 갈 건데?"

"학원 원장이 서울 종로에 악기 상가 있다고 하더라. 그래 인터넷으로 찾아보니까 낙원상가라는 곳에 기타 같은 것만 전문으로 파는 집이 무지 많더라고."

"거길 같이 가자는 거니?"

"응. 왜? 안 돼?"

"갈 수는 있지."

"그런데 뭐?"

"야, 우리끼리 가서 어떤 걸 사야 될지 어떻게 아니? 그냥 장사하는 사람이 주는 대로 사려고?"

듣고 보니 맞는 말이기도 했다.

"……."

"가만히 있어 봐. 우리 오부리 오빠한테 같이 가자고 부탁해 볼까?"

"민서야, 강철민이한테 같이 가자고 그래 보는 건 어떠니?"

"맞아, 강철민 걔랑 같이 가면 되겠네."

"걔는 일요일에 교회 다니잖아?"

"교회를 하루 종일 가니? 가만 있어봐. 아예 내가 지금 걔한테 전화해 볼게."

"헐, 걔 전화번호 알아?"

"당근이지."

"……."

"야, 김연지, 오해마라. 이 언니가 반장이잖아. 비상연락망 가지고 있는 거 당연한 거거든?"

"내가 오해를 왜 하니?"

그날 철민은 전화를 받지 않았다. 토요일, 집에서 빈둥거리던 나는 뜻밖의, 전혀 예상치도 못한 전화를 받았다. 다름 아닌 철민이었다.

"나야, 강철민."

"너는 갑자기 전화를 막 하면 어떻게 하니? 내 번호는 어떻게 알았는데?"

"손민서가 알려 줬지."

"걔는 미쳤나? 왜 남의 전화번호를 아무한테나 막 알려주고 그러냐?"

나는 이럴 때면 좀 솔직해도 좋을 것 같은데 내가 왜 이러는지 이해할 수가 없었다.

"갑자기 전화해서 화났어?"

"화난 건 아니지만 놀랐잖아."

"너, 내일 기타 사러 간다며?"

나는 또 다시 가슴이 콩닥거리기 시작했다.

"응, 그러려고."

"나는 내일 하루 종일 일이 있어 같이 못 가거든?"

실망이었다.

"언제 누가 같이 가자고 그랬니?"

"내가 민서한테 우리 밴드 가는 집 다 알려줬어. 그리고 그 집에 전화해서 어떤 것 달라고 말해 놨거든. 아마 서너 개쯤 보여줄 건데 그중에서 네 맘에 드는 것 고르면 돼. 한 이십오만 원 정도만 가지고 가고, 혹시 거기 사람들이 이게 훨씬 낫다고 비싼 거 자꾸 보여줘도 그냥 내가 추천한 것 중에서 고르겠다고 그래. 너무 좋은 건 아직 소용없거든."

"알았거든."

"내가 다 말해 놨으니까 케이스니 줄이니 이것저것 다 줄 거야. 케이블선 같은 건 중요한 거니까 잘 챙겨 오고."

"알았다고."

"그래, 너 베이스기타 하면 정말 멋있을 거야. 내가 언제 한번 봐줄게."

나는 혹시나 붉어진 내 얼굴을 누가 보기라도 할까 봐 주위를 두리번거렸다.

"됐거든. 아무튼 고마워."

"그래. 잘 갔다 오고 월요일 날 학교에서 보자. 끊는다."

나는 전화를 끊고서야 겨우 숨을 몰아쉴 수 있었다.

#*07*

일요일, 백정미까지 우리 넷은 아침 일찍부터 부산을 떨었다. 민서의 제안대로 종로에 가서 영화를 한 편 보고, 동대문으로 가서 옷 구경을 한후 점심을 먹고선 내 기타를 사가지고 오기로 뜻을 모았기 때문이다. 엄마는 인상을 찌푸리면서 여기저기 쓸 돈과 함께 자기의 신용카드를 내밀었다. 버스나 지하철 탈 때 쓰고 특히 큰돈을 가지고 다니면 위험하니까 기타는 그 카드로 계산을 하라는 말이었다.

부끄러운 것까지는 아니지만 어쨌든 내가 마지막으로 서울을 가 본 것은 초등학교 4학년 때였다. 솔직히 나는 지하철이나 에스컬레이터에 익숙지도 못했다. 아마 엄마의 신용카드가 아닌 현금으로 지하철 표를 사거나 그랬으면 무척 고생을 했을 것이고 엄마는 그걸 알고 있었던 거다. 사실 엄마는 죽어도 같이 가야겠다고 우겨 내 속깨나 썩게 만들었다. 내가 아무리 지하철도 혼자 탈 줄 안다, 인터넷으로 길도 다 찾아봤다, 서울에서 살다 온 아이도 함께 간다고 설득을 해도 위험해서 도저히 혼자보낼 수 없다며 엄마는 막무가내였다. 만약에 아빠가 집에 없었다면 나는 분명 엄마와 함께 가는 굴욕을 택하든지 기타를 포기하든지 해야 했을 것이다.

나는 아이들에게 촌티를 내지 않으려고 무진 애를 썼다. 웃기는 것은 비록 시내는 아니지만 그래도 명색이 대도시인 대전에 살 때에는 파주라는 도시에 대해선 거의(전혀, 라고는 할 수 없다. 아빠의 고향이기도 하고 신문이나 방송 같은데서 가끔 들어보긴 했으니까) 알지 못한 채 그냥 시골이구나 하는 정도로만 생각했던 동네의 아이들이 나와는 비교도 안되게 도시화되어 있다는 것과 서울에 대해 모두 꿰고 있는 바람에 내가 촌티를 보일까 걱정해야 한다는 것이었다.

그러니까 나는 이 아이들에 비해 정말로 우물 안의 개구리였던 셈이다. 건물 하나에서 여러 편의 영화를 상영하는 멀티플렉스 영화관도 그렇고, 특히 말로만 들어왔던 동대문의 의류 상가들은 나에겐 완전 충격이었다. 내가 그렇게 태연하려, 담담하려, 익숙한 척하려 노력을 했어도 아이들은 분명 나의 넋 나간 표정을 보았을 것이다. 자존심 상하지만 내 정체를 들키고 나선 차라리 마음이 편해지는 바람에 우리는 실컷 보고, 실컷 먹고, 실컷 떠들고, 실컷 웃으면서(가장 많이 웃은 건 우리가 14세 이하 금지 영화를 보러 들어가다가 민서 때문에 애를 먹은 일이었다) 즐겁게 보내고선 드디어 종로 2가 낙원상가 안의 악기점 상가에 도착했다.

별천지이기는 그곳도 마찬가지였다. 오케스트라 연주회를 안 가본 건 아니지만 나는 그렇게 많은 종류의 악기를 그렇게 많이 본 것은 처음이었다. 강철민이 알려줘 우리가 찾아간 악기점에서 종업원은 강철민이 추천한 모델의 기타 한 개 한 개를 선을 앰프에 연결하여 차례로 소리를 들려주며 직접 고르라고 했다. 물론 내 귀에는 다 똑같이 경이로운 소리로만 들려왔고 그건 전자기타를 칠 줄 안다는 백정미 역시 마찬가지였든지 그 아이도 내내 얼굴이 상기되어 있었던 것 같다.(나중에 그 이유가 자기가 꿈꾸던 기타들이 수도 없이 있는 것을 보고 가슴이 설레서 그랬다는 걸 알았다.)

모든 걸 주도한 아이는 손민서였다. 악기점 종업원은 처음에는 대꾸조차 잘 안 하며 무시하던 초등학생 정도의 땅꼬마 아이가 아주 깐깐하게, 아주 위엄 있게 돈 들고 온 손님 노릇, 우리의 언니 노릇을 하는 걸 보고선 나중엔 민서를 찬탄해마지 않았고, 결국 드럼 앞에 앉아서 온갖 폼을 잡으며 이것저것 묻는 민서의 옆에 서서 연신 예, 예, 하며 대답과 설명을 해야만 하는 굴욕을 감수해야만 했으니 역시 대 대군중학교 2학년 4반 반장이자 왕초이며 우리의 리더다웠으며 제왕의 딸이 확실함을 보여 주었다.

민서 덕분에 정미도 샀으면, 가졌으면 하는 마음으로 침을 삼켜가며 바라만 보고 있던 고급 기타의 시험 연주 기회를 잡을 수 있었고, 그 아이는 중2 여자아이의 실력이라고는 믿기 힘들 정도의 멋진 연주로 우리는 물론 그곳의 종업원들의 눈까지 경악과 감탄으로 동그랗게 만들어버리는 쾌거를 이룩했다. 그 연주 덕에 우리는 아주 놀라운 사실 하나를 알게 되었다. 언제부터 누구에게 배웠냐며 꼬치꼬치 캐묻는 그곳 사장이라는 사람으로 인하여 백정미의 아빠가 아주 유명한 기타 세션(연주자라고 해도 될 것 같은데 그곳에선 꼭 세션이라고 했다)이라는 걸 알게 된 것이었다.

사장은 정미에게 역시 호랑이는 호랑이를 낳는구나, 하면서 표지에 정미 아빠의 사진이 들어있는 CD를 들고 와서는 우리에게 너네들 친구의 아빠가 얼마나 유명한 분인지 아느냐며 엉뚱한 종주먹을 들이대 우릴 어리둥절하게 만들었는데 오히려 정미는 사장의 흥분에도 내내 심드렁한 표정이었다. 정미는 요새 그분 뭐하고 지내시냐는 사장의 끈질긴 물음에도 우물우물, 정확히 대답치 않고 넘겨 버렸다.

나는 아주 진한 녹색으로 예쁘게 칠해진 기타를 선택했다. 아니 내가 선택했다기보다는 정미 아빠 이야기가 나온 후에 우리 백 선배님이 초보용으로서는 아주 잘 샀다고 할 것이라며 사장이 반강제로 쥐어 준 것이었다. 반짝거리는 멋진 새 기타가 든 검은색 가방을 어깨에 메니 내가 벌써 한 밴드의 당당한 일원이나 된 것만 같은 착각이 들었다. 아이들도 번갈아 가며 메고선 거울 속의 자기 모습을 황홀한 표정으로 바라보았는데 민서는 거울을 들여다 본 순간 기타를 벗어버렸다.

우리는 개선장군이 되어 돌아오는 버스에 올랐다. 강철민으로부터 또 전화가 온 것은 버스 창가에 기대어 밖을 내다보다가 밀려오는 잠에 굴복해 고개로 방아질을 해대고 있던 때였다. 나는 처음엔 그게 내 전화 소리인지도 몰랐다. 그냥 버스 안에서 꿈결과도 같이 아련한 음악, 내 귀에 아주 익숙한 음악이 들려오는구나, 하면서 더 깊은 나락으로 빠져가는 것을 즐기고 있다가 어느 순간 그게 나의 핸드폰에서 울리는 소리라는 걸 불현듯 깨닫고선 번쩍 눈을 뜬 것이었다.

"왜?"

"샀어?"

"응."

"와, 보고 싶다."

나는 자칫 강철민이 나를 보고 싶어 한다는 말로 해석할 뻔했다.

"네가 그게 왜 보고 싶니?"

"지금 어디인데?"

"버스 안."

"이쪽으로 오는 버스?"

"이쪽이 어느 쪽인데?"

"파주 말이야."

"응."

"어? 나 지금 교회에 있는데."

"그런데? 오늘 바쁘다며?"

"어, 봉사활동 가기로 했었는데 일이 생겨서 취소됐거든."

"그래서? 어쩌라고?"

"지금 누구랑 같이 있니?"

"다 같이 있지. 왜?"

"그럼 우리 교회로 올래? 버스에서 내리면 바로인데. 기타 소리 한번 듣자."

내 옆의 민서는 자는지 알고 있었는데 우리의 대화를 다 듣고 있었던 모양이었다. 민서는 내 전화기를 가로채갔다.

"야, 강철민, 너 지금 우리보고 너네 교회로 오라고 한 거니?"

나는 민서가 통화 내용을 다 알고 있는 걸 이해했다. 내 귀에도 민서가 들고 있는 내 핸드폰에서 흘러나오는 강철민의 목소리가 다 들려왔기 때문이다.

"왜? 바빠?"

"야, 바쁘긴 네가 바쁘다며? 알았어, 갈게. 여기가 으음, 구파발이네. 한 삼십 분 있으면 도착할 거야."

민서가 전화를 끊더니 내게 돌려주었다.

"넌 남이 통화 중인데 갑자기 전화기를 뺏어 가면 어떻게 하니?"

"야, 듣다듣다 답답해서 그랬다. 넌 맨 왜? 응, 왜? 응, 그러고만 있더라."

"걔 네 교회 가려고?"

"오라잖아? 가보지 뭐."

"네 맘대로 정하니?"

"내가 리더거든? 언니가 리더라는 거 잊지 말라니까."

#68

강철민이네 교회 수련관 건물에는 밴드 연습실이 따로 있었다. 그날 우리는 그곳에서 또 몇 곡의 연주를 들었다. 무대와 조명은 없었지만 같은 방 바로 옆에서 듣는 소리는 공연장의 그것과는 아주 다른 느낌, 마치 스피커를 통해 나오는 소리가 공중을 통해 나를 향해 밀려오는 게 느껴지는 듯해 우리 모두를 또 한 번 전율에 떨게 만들었다(진동 때문에 몸이 떨리는 느낌이 드는 게 당연하다는 소리를 듣고선 조금 실망했지만). 소리를 시험해 준다며 내 기타로 연주를 하던 베이스 주자는 대학생이라 했는데 난 그녀의 연주 모습에서 나의 미래 모습이 투영되어 얼마나 흐뭇하고 뿌듯했는지 모른다. 아마도 하얀 블라우스에 청바지, 그리고 생머리가 아주 어울리는, 나와는 감히 비교도 안 될 정도로 매력적인 용모 때문에 기타를 들고 연주하는 게 더 멋있어 보였을 것이건만 나는 내 용모 따위는 아예 잊은 채 나도 분명 저렇게 보일 것이라는 착각에 빠졌던 모양이다.

"기타, 괜찮은데? 열심히 해 봐. 베이스 재미있어"

그 언니는 내게 기타를 돌려주며 그렇게 말했다. 그런 말을 안 해주어도 나는 이미 그럴 심산이 단단했지만 의욕을 한층 더 부추겨 주는 말이었으니 내 입에서 살아있는 사람에겐 생전 거의 써 본 기억이 없는 '언니'라는 단어가 자연스레 나온 건 당연했는지도 모른다.

"고마워요, 언니."

"너, 김연지 맞지?"

"예."

"야, 철민이가 네 이야기 무지 하던데? 너, 그렇게 깡도 세고 정의로우면서도 공부까지 잘한다며?"

"누나, 내가 언제……."

"아닌데요."

나는 이젠 별 수 없이 내 얼굴이 붉게 물든 것을 들켜야 한다는 걸 알았다.

"언니, 얘가 연지 이야기 많이 했어요?"

"교실에서 싸운 이야기고 뭐고 다 했지."

"누나!"

"야, 강철민, 정의로운 싸움은 내가 더 많이 했거든. 그런데 너, 내 이야기는 안 했지?"

"……."

"하여튼 요새 애들은 보는 눈이 없다니까. 언니, 얘가 연지 이야기 다른 건 안 했어요?"

"다른 거 뭐?"

"에이, 있잖아요. 마음에 든다든지, 짝사랑을 하고 있는데 어떻게 표현해야 할지 몰라 고민이 된다든지, 그런 거요."

"글쎄."

"야, 손민서, 빨리 가라."

"연지는 두고?"

"민서야, 너 왜 그래? 빨리 가자."

"그리고 강철민 너, 왜 저 오빠 잘생겼다는 말 안 했어?"

"뭐?"

"내가 물어봤잖아? 드럼 가르치는 대학생 잘생겼냐고?"

오늘은 강철민 대신 드럼 강사라는 대학생이 연주를 했었던 거다.

"빨리 가라니까. 아니 같이 나가자."

"어머, 너 진짜 재미있다. 너, 교회 다니니?"

"아니요. 그런데 저 드럼 오빠 보고서 오늘부터 당장 다닐까 하고 생각 중이에요."

"아하, 이제 알았다. 너 철민이네 반 반장이지?"

"내 이야기도 했어요?"

"대충."

"설마 난쟁이 똥자루 이런 이야기는 안 했지요?"

"호호, 안 했어. 네버."

"안 했지만 보니까 그런 생각은 들었고요?"

"어머, 얘 왜 이러니? 아니거든."

손민서는 아직도 드럼 앞에 앉아 빙그레 웃음을 지은 채 민서가 하는 꼴을 바라보던 드럼 강사라는 사람에게 다가갔다

"안녕하세요. 손민서라고 합니다."

"어, 안녕? 나는 으음, 난 최현이라고 해."

"대학생이라면서요?"

"응, 3학년."

"어느 대학 다니는데요?"

"나? 연대 다니는데 왜?"

"SKY 연세대요?"

"응."

"아, 그래서 그렇구나?"

"뭐가?"

"공부 좀 잘한다고 그런 거라고요."

"내가 뭘?"

"저를 오늘 처음 보는데 막 반말이잖아요."

"어, 기분 나빴니? 미안."

"지금도 반말인데요?"

"너 중2라며?"

"중2면 막 반말하고 그래도 돼요? 그럼 오빠보다 나이 좀 많은 한 서른 살 정도 되는 사람이 오빠 보면 처음부터 반말 써도 되겠네요?"

"짜식, 인마 미안하다고 했잖아. 죄송합니다. 됐습니까? 손민서 씨."

"이제 마음에 좀 드네."

"마음에 들어 주셔서 감사합니다, 손민서 씨."

"존댓말 쓰니까 불편하지요?"

"괜찮습니다, 손민서 씨. 저는 원래 이런 게 더 익숙하거든요."

"괜찮은 얼굴이 아닌데?"

"정말 괜찮거든요. 헤헤."

"알았어. 불편하면 뭐 반말 쓰면 되지. 오빠, 그럼 이제부터 반말 써. 나도 반말 쓸게."

"어이구, 황송합니다."

나는, 아니 우리는 계속 쩔쩔매는, 그리고 계속 낄낄거리는 밴드 단원들로부터 겨우 민서를 떼어내 황급히 교회 밖으로 나왔다.

"야, 왜 벌써들 가려고 그러는데?"

"손민서, 내가 너 때문에 못 산다, 못 살아."

"내가 뭘?"

"어휴 창피해. 뭐? 오빠, 이제부터 반말 써? 하여튼 내가 미친다니까."

"야, 이름 멋있지 않니? 최현."

"헐, 멋있긴 뭐가 멋있니?"

"난 말이야, 옛날부터 내 남자는 뭐 얼굴은 기본이지만 일단 이름도 멋있어야 된다고 생각했거든. 그런데 오늘 여기서 만날 줄 어떻게 알았겠니?"

"내 남자? 잘 논다. 이름이 왜 중요한데?"

"너, 우리 아빠 이름이 뭔지 알아? 손병진이야, 손병진, 죽이지 않니?"

"전혀 안 죽이는데?"

"아예 병신이라고 하던지 병진이 뭐냐? 그렇지만 최현, 느낌이 완전 다르잖아?"

"니 남자인데 이런하시겠니? 잘해 봐라."

"걱정 마. 네가 그런 말 안 해도 이 언니는 잘할 거니까."

"정미야, 아까 기타 치는 사람 내가 보기엔 너보다도 못하는 것 같더라."

"아니야, 말도 안 되지."

"야, 아까 악기점 사장이라는 사람 감탄하는 거, 니들 봤지? 역시 호랑이는 호랑이를 낳는다면서 말이야. 완전 대박."

"……."

"정미야, 너는 우리랑 같이 말고 제대로 해보지 그러니?"

"너 다니는 학원 원장이 우리 아빠야."

"정말?"

"……."

"왜 미리 말 안했어? 몰랐잖아."

"야, 너 같으면 아빠가 만날 술에 절어서 촌구석에서 그 쬐끄만 학원 한다고 말하겠니?"

"그게 뭐? 우와, 너네 아빠 색소폰 정말 죽음이더라. 연지는 울었다니까."

"내가 언제? 말도 안 되는 소리."

"연지 걘 원래 잘 울잖아?"

"내가 우는 걸 언제 봤다고……."

"야, 한두 번 본 줄 아니?"

그렇게 감추고 또 감춘다고 해도 아이들은 다 알고 있었던 모양이다.

"그래서? 너네 아빠 때문에 정식으로 음악 안 하려고 그러는 거야?"

"그러기도 하고, 또 자신도 없고."

"혹시 엄마 아빠가 반대하는 거니?"

"취미로, 딱 취미로만 하면 반대 안 한다고 했거든."

"정미야, 너 노래도 잘하지?"

"그냥 조금."

"오디션 프로그램 같은 것도 한 번도 안 나갔어?"

"응."

정미를 제외한 우리 셋의 눈길이 마주쳤다.

"정미야, 오해하지 말고 들어. 나는 말이야, 네가 우리 밴드 하다가 시시하다고 생각되면 언제든지 마음 편하게 관두어도 괜찮아. 정말이야."

"성적만 아주 안 떨어지면 안 관둘 거거든."

"넌 성적 꼴찌 해도 괜찮아. 너는 아예 공부 안하는 게 낫다는 게 내 생각이거든."

"너같이 공부 잘하는 아이들은 우리 마음 절대 몰라. 부모들 마음도 모르고."

"공부보다도 더 확실한 길이 보이는데 아까워서 그러지."

"맞아, 정미는 조금 아깝긴 하다."

"조금 뿐이니? 완전 아까운 거지."

"그럼 이렇게 하자. 학교 축제 때까지는 우리 코치 겸 해서 같이 하고 그 다음부터는 정미 놔주기로."

"정미가 원한다면."

그날 밤, 우리 집은 나의 새 기타를 차지해 보려고 치열한 다툼을 벌여야 했고 결국 최종 승리한 나는 내 침대 옆에 그걸 세워 놓고선 계속 쳐다보며 온갖 상상 속을 헤매다가 잠이 들었는데 깊은 잠에 빠지지 못하고 몇 번이나 깨선 기타를 바라보곤 했었다. 그럴 때마다 기타는 정원의 외등 불빛 속에서 요염한 빛을 발하고 있었다.

#69

이틀을 쉬고 학교에 나가는 월요일에는 작은 것이라 할지라도 늘 새로운 변화와 소식이 기다리고 있게 마련이었다. 교실에 들어서자 제일 먼저 눈에 띈 것은 담임 책상을 낯선 사람이 차지하고 있었던 거다. 나는 우리가 또 새로운 담임을 맞이하였다는 걸 직감했다.

8시.

아이들의 등교가 다 끝나자 새 담임이 교탁 앞에 섰다.

"벌써 짐작들 했겠지만 오늘부터 여러분들의 담임을 맡게 된 나성은입니다. 담당 과목은 국어고요."

담임은 돌아서서 칠판 위에다 크고 반듯하게 '나성은'이라고 쓴 후 다시 돌아섰다. 아빠는 상대편에 대한 평가는 대부분 첫 대면을 하고서 3초 정도면 판단이 선다는 말을 했다. 내 판단은 '최상'이었다. 내가 새 담임을 보면서 제일 놀라웠던 건, 생긴 건 휴직을 한 첫 번째 담임과 분명 많이 달랐음에도 마치 그분이 다시 돌아온 듯한, 그런 느낌을 받는다는 것이었다. 어쩜 뒤를 올려 목덜미가 온통 드러나게 한 머리 스타일과 금테 안경이 일치하기에 그런 느낌을 받은 것인지는 모르나 하여튼 나는 우리 반도 이제부터는 믿고 의지할 수 있는 담임을 가지게 됐구나 싶었다.

"으음, 우리 4반에 대해서는 새 학기 들어서 제가 벌써 네 번째 담임이라는 것, 즉 여러분들이 짧은 기간 동안 그만큼 많은 일을 겪었다는 것을 듣게 돼서 담임을 맡는다는 게 조금 걱정부터 되었다는 것을 솔직히 말씀드리는데, 신문에서 흐뭇하게 소개된 반이 바로 우리 4반이라는 것을 알고선 희망도 동시에 가지게 되었다는 말도 하고 싶어요."

"나거든요?"

김기성이가 손을 번쩍 치켜들고선 자리에서 벌떡 일어나 외쳤다. 여기 저기서 '헐, 대박, 쟤 왜 저러니?' 하며 수군거리는 소리가 들렸으나 그래도 우리는 또 그런 녀석 덕분에 다 같이 웃을 수 있었다. 새 담임의 표정도 한결 더 부드러워졌다.

"그래, 김기성, 선생님도 알아. 자리에 앉아 줄래?"

"저, 부반장이거든요."

"그래, 그것도 잘 알아. 앞으로 선생님 좀 많이 도와 줘."

"예."

녀석이 의기양양한 미소로 우리를 둘러보더니 자리에 앉았다.

"선생님은 만 5년 만에 다시 학교로 돌아 온 거야. 선생님이 좀 늦은 나이에 아이를 가지게 되는 바람에 너무 힘이 들어서 사직을 했었는데 올해 초등학교에 입학을 하고 나니까 여러분들과 같은 아이들이 있는 학교가 자꾸 그리워지기에 복직을 해서 이렇게 여러분 앞에 서게 된 거거든. 그런데 말이야, 5년이 그렇게 긴 시간도 아닌데 선생님이 있던 때랑은 또 다른 것 같아. 뭐라고 그럴까? 학생 간에도 그렇고, 학생과 선생님들 간에도 그렇고 따뜻한 정이 덜 보인다고나 할까?

으음, 짧은 기간 동안 여러분들은 친구의 불행한 죽음, 학교 폭력, 이념 교육, 교사의 성적 추문 등등 다 경험한 걸로 알고 있어. 학교가 아무리 어지럽다 해도 한 학기에 네 번째 담임이라는 건 확률로 봐도 거의 있을 수 없는 거거든? 그러니까 마치 우리 4반이 요즘의 학교 모습을 단적으로 보여주는 표본과도 같이 돼 버린 거지. 그 과정에서 여러분들도 많은 고통을 받았을 것이라는 거, 선생님은 충분히 짐작할 수 있고 그런 점에서 여러분들에게 여태까지 잘 버텨줘서 고맙다는 말을 하고 싶어. 여러분들도 이젠 거의 어른이나 다름없으니까 잘 이해하겠지만 원래 삶이란 게, 세상살이라는 게 참 녹록지 않거든.

여러분들은 앞으로 더 큰 일들을 수없이 겪을 거야. 우리가 그걸 헤쳐 나갈 수 있는 방법은 단 하나라고 선생님은 믿어. 그건 오직 '사랑'이야. 사랑으로 서로 이해하고, 사랑으로 서로 배려하고, 사랑으로 서로 양보하고 존중하면 여러분들은 그 어떤 어려움이 다가와도 함께 이겨낼 수 있어. 물론 그게 말같이 쉽지는 않겠지. 그래서 노력을 해야 되는 거지. 잘 안 되도 포기하지 말고 사랑할 줄 아는 사람, 사랑 받을 수 있는 사람이 되도록 노력을 해야 하는 거라고. 첫날부터 선생님 말이 너무 길지? 오랜만에 교단에 서서 그런 거라고 이해해 줬으면 하고……. 으음, 조례는 여기까지만 하고 마침 첫 시간이 내 시간이니까 쉬었다가 수업하면서 다시 이야기하자. 이상! 반장."

손민서가 일어나 차렷, 경례! 인사를 하자 담임은 교실을 나갔다.

"연지야, 우리 아빠가 오늘 나 키보드 사준다고 하더라."

"잘됐네."

"학원비도 주셨어. 이따가 갚을게."

"응."

손민서가 내 쪽으로 다가왔다.

"민서야, 인영이 오늘 키보드 산대."

"그러니? 야, 신기하다. 우리 아빠도 오늘 드럼 사 가지고 온다고 했는데."

민서는 그런 말을 하면서 인상을 찌푸렸다.

"왜?"

"또 제일 비싼 거 사올 게 뻔하거든."

"그게 뭐? 자랑하니?"

"야, 오부리 오빠가 실력도 안 되면서 고급 악기 쓰면 사람들이 웃는다고 했거든."

"실력을 늘리면 되지."

"그게 쉽니? 손 아파 죽겠는데."

"드럼 채 가지고 왔어?"

"당근이지. 짠."

민서는 허리 뒤편 치마 춤에서 드럼 채 두 개를 꺼내 우리의 눈앞에 대고 흔들었다.

"헐."

"담임, 맘에 들지?"

"응."

"5년 만에 다시 와도 잘 가르칠까?"

"야, 박인영, 너나 나나 실력도 없으면서 뭔 그런 걱정을 하냐? 연지라면 모를까?"

"실력이 없으니까 잘 가르치는 쌤이 와야지."

"남이 보면 너 공부 무지 열심히 하는지 알겠다?"

"열심히 하거든?"

그때 수업 시작을 알리는 벨이 울렸다. 곧 이어 담임이 들어왔다.

"인사는 아까 했으니까 됐고, 응, 나한테는 5년 만에 첫 수업인데 교과서부터 펴면 좀 그렇지 않니? 그래서 이 시간엔 여러분들의 이야기나 들었으면 좋겠어. 자기가 그동안 느낀 것, 하고 싶었던 말, 장래 희망, 고민 등등 아무 거나 좋으니까 부담 없이 이야기를 나누어 보자고. 괜찮지? 누구부터 해 볼래?"

아이들은 서로를 돌아보기만 하고 아무도 손을 들지 않았다.

"뭐 그러면 그냥 수업할까?"

"저요."

또 김기성이었다.

"그래, 부반장. 할 말 있으면 나와서 해 봐. 그냥 편하게 하면 돼."

아이들이 또 수군거렸다. 역시 미소를 지으며 우리의 호프 김기성이가 또 무슨 엉뚱한 말로 우리를 웃겨줄까? 잔뜩 기대에 부풀어서 말이다. 김기성이가 교탁 앞에 섰다.

"안녕하세요? 부반장 김기성입니다."

고개를 숙여 인사를 한 녀석은 나는 지금부터는 뭘 해야 되는 줄 모른다는 표정으로 담임을 바라보았고 아이들은 폭소를 터트렸다.

"그게 다야?"

"아니요."

"그럼 말해 봐. 아무 거나 괜찮으니까 긴장 풀고 편하게."

그러고도 녀석은 한참을 망설여 우리를 초조하게 만들었다.

"저는 앞으로 선생님이 되고 싶습니다. 그러기 위해서 저는 일반계 고등학교에 갈 겁니다. 그래서 공부를 열심히 하고 있습니다. 지난 번 중간고사 때 저는 반에서 27등을 했습니다. 우리 엄마 아빠는 저를 껴안아 주면서 정말 잘했다고 칭찬을 해주면서 또 울었습니다. 원래 우리 엄마 아빠는 잘 웁니다. 제가 학교에서 다른 아이들을 때려도 울고, 안 때려도 울고, 노래방에 가서 노래를 해도 웁니다. 내 이야기가 신문에도 났었는데 그날도 엄마, 아빠는 많이 울었습니다. 우리 엄마 아빠는 내 동생을 잘 혼냅니다. 나는 안 혼내는데 내 동생만 자꾸 혼냅니다. 어떤 때는 엄마는 형을 잘 돌보지 않았다면서 내 동생을 때린 적도 있습니다. 나는 우리 엄마 아빠가 우는 게 싫습니다. 내 동생을 혼내는 것도 싫습니다. 나는 그래서 공부를 열심히 해서 일반 고등학교에 갈 겁니다. 왜냐하면 엄마가 울면서 내가 일반 고등학교에 가기만 한다면 울 일이 뭐가 있겠냐? 네 동생을 혼낼 일이 뭐가 있겠냐고 해서입니다. 나는 또 의젓합니다. 왜냐하면 아빠가 술 마시고 울면서 자꾸 나보고 언제나 의젓해야 된다고 했기 때문입니다. 의젓해서 나는 부반장이 되었습니다. 내가 부반장이 되었을 때도 엄마 아빠는 또 울었습니다. 나는 엄마 아빠가 우는 게 싫어서 부반장을 안 하려고 했습니다. 그런데 엄마는 친구들이 부반장으로 뽑아주었으면 열심히 해야 되는 것이라고 해서 부반장도 열심히 하고 있습니다. 김연지 머리 잡아당겼다고 엄마가 울어서 오유진 머리는 안 잡아당겼습니다. 나는 앞으로 공부도 열심히 하고 부반장도 열심히 하겠습니다. 친구들에게 늘 고마워해야 한다고 엄마가 그래서 나는 늘 우리 반 친구들을 고마워합니다. 나는 선생님이 되고 싶습니다. 이게 나의 장래희망입니다."

녀석은 담임을 슬쩍 돌아다보았다.

"다 했니?"

"예."

"그래, 잘 들었다. 네 말대로 앞으로도 공부 열심히 하고 의젓하게 부반장도 열심히 해. 인사하고 들어가야지."

"이상입니다. 안녕히 계십시오."

녀석은 꾸벅 고개를 숙여 인사를 한 후 자기 자리로 들어갔다. 아이들은 이 엉뚱한 이야기에 웃지 않았다. 나는 김기성이가 말을 할 때 담임이 계속 안경을 벗어 눈물을 닦아내는 걸 보았다. 물론 나도 울면서 본 것이었다. 나나 담임뿐만이 아니라 많은 아이들이 휴지로 눈물을 닦아내고 있었다. 나는 김기성이가 내 머리를 잡아당겼던 며칠 후 아이들에게 피자를 돌리고 나에겐 사과와 함께 간절한 눈빛으로 이해를 해 달라며, 잘 돌보아 달라며, 부탁을 하던 그 아이의 엄마를 잘 기억하고 있었다.

나는 눈매가 서글서글한 미모에 웃을 때마다 보조개가 파이면서 하얀 이가 가지런히 드러나던 그녀가, 일산에서 아주 커다란 가구점을 하고 있다는 그 아이의 아빠가, 다른 아이들과 너무나도 다른 아들을 껴안고 우는 장면을 떠 올렸다. 또 눈물이 났다. 나는 내가 비록 아직은 중2에 지나지 않지만 그 아이의 부모가 겪었을 수많은 고통이 이해가 되는 것 같았다.

#70

점심을 먹은 우리들은 또 '우리' 벤치에 모였다. 나 혼자서는 '슬이 벤치'라고 부르고 있던 그 벤치였다.

"야, 이 언니가 깜빡 잊고 말 안 한 게 있거든. 빅뉴스."

"뭔데? 말해 봐."

"인영이, 너 키보드 산다며?"

"응, 아까 말했잖아."

"그럼 매점 가서 월드콘 좀 사 와 봐. 내가 다 말해 줄게."

"야, 나한테 셔틀 시키는 거니? 싫어."

"야, 셔틀은 무슨 셔틀이니? 그냥 기분 좋으니까 쏘라는 거지. 우리도 우아하게 디저트 좀 먹자 이 말인데 싫어?"

"너도 드럼 산다면서? 그럼 네가 갔다 오면 되겠네. 먹고 싶은 사람이 갔다 와야지."

"이 언니는 크게 쏠 거거든."

"그럼 부탁해 봐."

"인영이 언니, 저 아이스크림 좀 사주면 안 돼요?"

"돼."

인영이 매점 쪽으로 달려가더니 곧 아이스크림을 들고 나타났다.

"봐, 점심 맛있게 먹고 딱 북한산 바라보면서 아이스크림 먹으니까 그림이 나오잖아. 안 그래?"

"너만 빠지면 정말 그림 나올 텐데."

"박인영, 너는 네가 내 덕을 얼마나 많이 보는지 모르지?"

"헐, 내가 네 덕 보는 게 어디 있니?"

"너, 키 몇이야? 160 겨우 넘지? 그런데 나랑 다니니까 무지 커 보이잖아. 그게 덕 보는 거지 뭐가 덕 보는 거니?"

"그래, 네 똥 굵다."

"어허, 언니 앞에서 똥 이야기 하지 말라니까."

"민서야, 아침에 김기성이 이야기하는데 좀 그렇더라."

"야, 울었다고 해도 괜찮아. 나도 울었거든."

"그래도 그렇지 그런 이야기를 왜 하냐? 창피한 줄도 모르고."

"야, 박인영, 너 웃긴다. 솔직한 게 왜 창피하니?"

"솔직하다고 다 괜찮니? 숨길 건 숨겨야지. 나는 아까 오글거려서 혼났거든."

"이 언니가 이야기하는데 너네들 부모님께 잘해라."

"헐, 진짜 못 말린다니까."

"야, 아까 내가 빅뉴스 있다고 한 거 잊어버렸어?"

"맞아. 뭔데?"

"이해천이 소식."

"이해천? 무슨 소식?"

"별건 아니고 걔 요번에 소년체전에 경기도 대표로 나간다더라. 뽑혔데."

"그게 무슨 빅뉴스니?"

"야, 생각해 봐. 혹시 체전하는 데 거기에 이슬이가 나타날 수도 있잖아."

"뭐라고? 이슬이가 왜?"

"연지, 너 이슬이랑 붙어 다녔으면서 몰랐어? 이슬이가 이해천이 무지 좋아한 거?"

"나, 걔랑 안 붙어 다녔거든. 그리고 그것도 전혀 몰랐거든."

"몰랐으면 말고."

"그 좆같은 새끼 말이야, 정민지 죽여 놓고, 이슬이는 가출 시켜놓고 자기는 전학 가서 잘 먹고 잘 있다는 거 생각하니까 완전 열 받는 거 있지?"

나는 정민지의 죽음까지는 이해를 했지만 이슬이의 가출을 이해천이와 엮는 게 굉장히 큰 모욕감으로 느껴졌다.

"야, 손민서, 너는 무슨 말을 그렇게 하니? 모르면 가만히 있지 않고."

아마도 두 아이에게는 나의 목소리가 무척이나 컸고 그 안에 들어있는 분노까지 느껴졌던 모양이다.

"야, 뭘 그렇다고 그렇게 화를 내냐?"

"화 안 났거든?"

"화를 내면서 화 안 났거든 이러면 이 언니 섭섭하다?"

"네까짓 게 언니는 무슨 언니?"

나는 버럭 고함을 지르고 자리에서 벌떡 일어나 교실로 들어와 버렸다. 슬이가 고작 이해천이 때문에 가출을 하다니! 설령 진실이 그렇다고 하더라도 나는 절대 인정할 수 없었다. 손민서가 곧 따라 들어왔다.

"화났구나?"

"안 났다니까."

"너 기분 나쁘면 미안하다."

"기분 안 나쁘거든?"

"나는 말이야, 이해천 그 새끼가 얄미워서 그런 거야."

"……."

"이해천이 그 새끼 말이야, 겉으로는 학년부장이니 뭐니 하면서 무게 잡았지만 알고 보면 무지 더러운 새끼거든."

"더러워?"

"그 새끼가 따먹은 아이들이 한둘이 아니라 이 말이지. 개새끼."

'연지야, 나 이해천이 그 새끼랑 했다.' 나는 이슬이 생각에 가슴이 먹먹해 왔다.

"그런 이야기를 왜 나한테 하니?"

"야, 우린 친구잖아. 그럼 지나가는 사람 아무나 붙잡고 그런 이야기를 하니?"

"……"

"너, 내가 왜 이슬이한테 시비 건 줄 몰랐지?"

"……"

"그 새끼 그런 거 다 알면서 멍청하게 짝사랑하고 있는 주제에 반장이랍시고 설쳐대는 게 웃겨서 그런 거거든."

"짝사랑은 누가 짝사랑했다고 그러니?"

"너, 이슬이랑 나랑 친했던 거도 모르지?"

"……"

"1학년 때 나랑 나름 친했었어. 솔직히 나 혼자 그렇게 생각한 건지는 모르지만 말이야. 하여튼 나는 키도 그렇게 크고, 공부도 진짜, 진짜 잘하고, 나름 카리스마도 있고, 그런 아이가 이해천, 그런 새끼 따라다니는 게 무지 싫더라고. 이해도 안 가고."

"헐, 너도 키 같은 건 신경 쓰나 보네?"

"왜? 내가 태연하니까 나는 키 같은 거 신경 안 쓸 것 같으니?"

"넌 늘 당당하잖아."

"늘 당당하다고? 내가? 야, 내가 바보니? 그런 척하는 거지. 나는 솔직히 이제 더 이상 안자란다는 소리 듣고 확 죽어버릴까 고민까지 해 봤거든. 야, 149가 뭐니? 149가?"

"152라며?"

"그건 프로필 상 그런 거고."

"죽어버릴까 고민했다는 소리 들으니까 좀 안 어울리는 것 같다야."

"헤헤, 그건 딱 한 번 그런 거고. 암튼 나도 말이야, 너네들이 아는 것처럼 아무 생각 없고 그런 거 절대 아니거든. 나도 나름 이런 저런 걱정이

나 고민 무지 많다고. 너네들한테 티를 안 내려고 그래서 그렇지."

"화내서 미안해."

"아직 언니 맞지?"

"좋겠다, 언니라서."

"좋지. 반장이지, 밴드 리더지, 너네들 언니지, 거기다가 제왕 딸. 당근 좋잖아?"

"그럼 공주네 뭐."

"공주? 그것도 맞지. 우리 아빠도 나보고 만날 공주라고 하거든."

"또 있네. 대학생이랑 반말도 하는 거."

"응, 대학생 애인도 있는 거."

"관두자. 끝."

나는 늘 당당하게 아이들을 휘어잡고 있는 손민서, 이 아이가 자기의 작은 키에 그렇게 많은 고민과 열등감을 느끼고 있으리라고는 생각지도 못했다. 어쩜 손민서는 그런 열등감에서 벗어나기 위해서 일부러 강한 척, 당당한 척 하고 있을 것이라는 생각도 들었다. 그러니까 SC는 손민서의 생활일 터였다.

오후 시간에는 내내 이슬이 생각에 빠져 있어야 했다. 그러고 보니 초등학교 정글짐에 올라 보랏빛 노을을 바라보며 '붉은 노을'을 들은 지도, 이슬이에게 전화를 해본 지도 제법 됐다는 걸 깨달았다. 나는 시간이 흐르고 내가 어른이 돼 갈수록 누군가가 그런 식으로 계속 잊힌다는 사실이 가슴 아팠다. 급기야 나는 소년체전을 한다는 수원에 정말 한번 가볼까 하는 미친 생각까지 해 보았다.

#71

수업이 끝나자마자 나와 박인영은 서둘러 학원으로 향했다. 나는 불과 사흘 전인 지난 금요일에 봤던 그 담배 냄새로 찌든 꽁지머리 원장이 그때처럼 결코 못생기지도, 지저분하지도, 초라해 보이지도 않는다고 생각했다. 그냥 털이 좀 빠져 버린 '호랑이'로 보였다.

"우리가 정미랑 같은 반이라는 거 모르셨어요?"

"같은 학년인 줄은 알았지만 같은 반인지는 몰랐었어. 걔가 4반이라는 것도 처음 알았는데 뭐."

"원장님, 정미 걔 기타 무지 잘 치던데요."

"잘 쳐? 아, 작년 학교 축제 때 기타 연주했던 거?"

"그게 아니고요. 어저께요, 얘 기타 사러 종로에 같이 갔었거든요."

"김연지! 기타 샀어? 종로에 나가서?"

"예, 거기서 정미가 연주를 했거든요. 사람들이 완전 놀랐잖아요. 아마추어 수준이 아니라고 하더라고요."

"그랬어? 아마추어 수준이 아니긴. 그냥 그렇게 말을 해주는 거지. 장사하는 사람들이잖아."

"원장님도 알던데요?"

"누가?"

"거기 주인이라는 사람이요."

"……."

"정미한테요, 기타 누구에게 배웠냐고 꼬치꼬치 캐묻더니 뭐라고 그랬는지 아세요? 호랑이는 역시 호랑이를 낳는 거래요. 원장님이 호랑이란 말이잖아요."

"어느 악기점인지 기억나니?"

"예, 깁슨사든가 그랬거든요."

"새끼, 별소리 다 했네."

"정미는 그쪽 길로 나가는 게 좋다고 하던데요?"

"미친 새끼, 그게 어떤 길인지 잘 아는 새끼가 낮술 처먹고 애한테 헛소리를 했네."

"정미도 우리 밴드인 거 아세요?"

"인마, 밴드는 무슨 밴드야? 악기 연주야 배우면 되지만 밴드라는 게 그냥 하면 막 되는 건줄 알아?"

"저번에 우리가 밴드하려고 한다니까 멋있겠네, 그러셨잖아요."

"인마, 그때는 그때고. 원래 여긴 너네들같이 겉멋 든 놈들이 오는 데라고. 그럼 돈 내고 배우겠다는 데 하지 마라 그러니?"

"밴드가 그렇게 어려워요?"

"뭐, 열심히 하면 되기야 되겠지만 너네들은 아무것도 모르고 완전 날로 먹는 건 줄만 알잖아."

"그러니까 배우러 온 거거든요?"

"악기만 배워서 되는 문제가 아니라고."

"그럼 다른 것도 가르쳐 주면 되지요. 혹시 정미랑 저희들이랑 너무 수준 차가 나서 그러시는 거 아니에요?"

"너네들 앰프 있어? 아니 앰프가 뭔지 알기나 해?"

"우리 집에 오디오 시스템 있거든요. 초등학교 때에 방송반도 해 봤고요. 앰프 모르는 사람이 어디 있다고."

"관두자. 너 전교 1등이라면서?"

"……."

"밴드라는 게 말이야, 공부 잘하거나 돈 좀 있는 집 아이들이 그냥 멋있어 보여서 하려고 하는 경우가 대부분이거든. 공부나 돈 빼고는 머리에 똥만 든 놈들이 순 허영심으로 말이야. 그런 건 생각해 봤어?"

"저, 정말 열심히 할 거거든요."

"내가 아무리 이렇게 되었다고 해도 그런 아이들 가르치고 있으면 정말 초라해져서 그래. 아저씨 말 이해하니?"

"우리도 지금 장난하는 거 아니거든요. 정미한테도 물어보세요. 그럼 아실 거예요."

"왜? 밴드 안하면 죽을 것 같니?"

"……."

나는 정미 아빠의 느닷없는 타박에 분하기도 하고, 밴드 안 하면 죽을 것 같니? 라는 말에 가슴이 덜컥 내려앉는 충격도 받아서 그런지 꼭 눈물이 나올 것만 같았다.

"전 솔직히 그런 생각이 더 웃기거든요? 음악하고 그러는 게 엄청나게 대단한 일, 신성한 일 하는 것같이 생각하는 거 말이에요. 머리에 똥이 들었어도 그냥 하고 싶어 하면 되는 거 아니에요?"

"자식, 정색은? 전교 1등이 다르긴 다르네."

"……."

나의 충격은 좀체 가시지 않았다. '허영심으로 하는 경우가 대부분이거든. 밴드 안하면 죽을 것 같니?' 나는 강철민의 공연을 한 번 본 후 고작 하룻밤을 생각했던 일이고, 다른 아이들은 나의 제안에 거의 1초의 망설임도 없이 덜컥 응한 일이었다. 나는 비로소 어쩜 정미 아빠의 허영심 이야기가 딱 우리에게도 들어맞을지도 모른다는 생각이 들었다.

"인마, 갑자기 표정이 왜 그래? 너네 말이야, 연습실 아직 없지?"

"예."

"그럼 기본을 어느 정도 익히면 여기 와서 맞춰봐라."

"정말이요? 고맙습니다."

"내가 좀 봐 줄게. 내가 어차피 가르치게 된 팀이 너무 못하면 그것도 쪽팔리잖아."

"감사합니다."

"너네들 말이야, 아까 내가 앰프 이야기 왜 했는지 알지?"

"예, 준비할 게 많다고……."

"맞아. 연습이야 대충 여기 와서 하면 되지만 어차피 밴드를 하려면 이 것저것 있어야 될 게 장난 아니게 많다고."

"앰프랑 스피커 같은 것들도 다 사야 되지요?"

"사든 얻어오든 기본적으로 있을 건 있어야지."

"우리는 잘 모르니까 원장님께서 좀 적어주세요. 그럼 내일 우리 리더랑 상의해 볼게요."

"리더도 있어?"

"예."

"자식들. 왜? 매니저도 미리 구해놓지? 아예 밴도 한 대 사고."

"걔네 아빠는요, 밴을 꼭 사야 하는 거라면 사줄지도 몰라요. 헤헤."

"돈 좀 있는 모양이네."

"왕이거든요. 파주의 제왕."

"룸살롱이랑 오락실 많이 한다는 집 말이냐? 식당에다 노래방도 여러 개 하고?"

"식당이랑 노래방은 하나씩일걸요? 아무튼 그 집 맞아요."

"그럼 장비 걱정은 없겠네."

"왜요? 원장님도 걔네 아빠 아세요?"

"다른 건 잘 모르고 딸 바보로 유명하다는 건 알지."

"원장님은요? 정미는 노래도 잘하고, 기타도 잘 치잖아요. 원장님은 딸 바보 아니세요?"

"나는 딸 바보가 아니라 그냥 바보거든? 그냥 바보, 쪼다, 병신, 개새끼."

"수업은 안 해요?"

"수업? 수업은 별거 없어 그냥 코드에 따라 손가락이 자연스럽게 따라 갈 때까지 연습, 또 연습하면 되는 거야."

"그러면 혼자서 책보고 하지 학원엘 뭐 하러 나와요?"

"짜식. 인마, 돈을 내면 아까워서 다 저절로 연습하게 돼 있다고. 빨리 연습해."

정미 아빠는 내가 손가락을 옮겨가며 코드를 잡는 걸 한참이나 바라보았다.

"주말에 연습 좀 했나 보네."

"손가락 아파서 많이 못 했어요."

"내가 말했잖아. 아픔 없이 실력 없다. 악기도 똑같아."

"인영이 쟤요, 오늘 키보드 산데요."

"그래? 내가 가르쳐 준 모델로?"

"예, 아빠가 일산에서 악기점하는 분 중에 아는 분 있다고 거기서 사온대요."

"그럼 스탠드고 뭐고 다 알아서 사오시겠네."

정미 아빠는 열심히 건반을 누르고 있는 인영에게 다가가 연신 '맞아, 응, 아니, 그게 아니지, 잘하네.'를 연발하며 가르치는 데 열중을 했다.

"원장님."

"왜? 너 벌써 지루해졌구나?"

"그게 아니라요. 동요 '노을' 알지요?"

"어떻게 하는 건데?"

"바람이 머물다 간 들판에 모락모락 피어나는 저녁연기……."

나는 이슬이가 정글짐에 올라 앉아 노을에 물든 학교를 바라보며 쓸쓸히 부르던 그 노래 한 대목을 나지막이 불렀다.

"그런데 그 노래가 왜?"

"밴드에서 이런 노래 불러도 돼요?"

"부르면 부르는 거지 못 부를 게 어디 있다고. 왜? 그 노래 부르고 싶어?"

"예."

"인마, 폼 잡으려고 밴드 하는 마당에 그래도 동요는 너무 유아틱하잖아."

"원장님이 편곡 좀 해주세요. 유아틱하지 않게."

"왜? 다른 노래도 많은데 편곡까지 해가면서 그 노래를 불러야 될 이유라도 있는 거야?"

"그냥이요. 그냥 부르고 싶어서요."

"너, 남자 친구 있구나? 걔가 그 노래 좋아하지?"

"이문세의 '붉은 노을'은 어때요?"

"뭐가?"

"우리가 부르기에 말이에요."

"왜? 아예 노을 시리즈로 쭉 가려고? 내가 노을 나오는 노래 또 알려줄까? 짜식."

"어떤데요?"

"인마, 세상엔 안 좋은 노래는 없거든?"

그날 밤은 학원에서도 손민서와 박인영이, 둘 다 만나지 못했다. 기말고사가 아직 꽤 남았건만 학원은, 아니 우리 심화반은 엉뚱하게도 우리보다도 훨씬 더 비장함을 보이는 선생님들의 휘몰아치는 열기 때문에 늘 숨이 훅훅 막혔는데, 사실 나는 그런 분위기가 좋았다. 아니 그런 분위기 속에 앉아 있으면 적어도 이런저런 불안함은 잊을 수 있었다. 나는 쉬는 시간에 정말 오랜만에 초등학교를 찾았다. 정글짐 위에 앉아 노을도, 별빛도 아닌 그냥 도심의 불빛으로 윤곽이 어렴풋이 드러나 보이는 먼 건물들을 바라보며 나는 저 모든 것들이 영화 촬영을 위해 가짜로 세워놓은 세트 같다고 느껴졌다.

#72

"연지야, 니 서방 안 왔다."

"뭐?"

"송기열이 말이야. 결석했다고."

"그런데?"

"너, 걔가 어저께도 결석한 거 아니? 지난 금요일에도 결석했고?"

"그랬어? 난 몰랐는데. 그게 뭐?"

"하여튼 무심하기는."

"반장인 너나 신경 쓰면 됐지 나까지 걔한테 신경 써야 되니?"

"너, 걔가 너한테 실연당한 걸 비관해서 학교에 안 나오는 거면 어떻게 할래?"

"헐, 너 완전 미쳤구나?"

"사실은 말이야, 어저께 담임이 송기열이네 집 찾아갔었다고 그러더라."

"그래? 그걸 어떻게 알았는데?"

"학교 오는 길에 김윤빈이 만났는데 담임이 걔네 집 안내를 부탁해서 같이 갔었대."

"그래? 무슨 일 있대?"

"가출했다더라. 야, 우리 반 왜 이러니?"

"반장이 이 모양이니까 그렇지."

"반장이 나나 되니까 그나마 이 정도라는 건 모르지?"

나는 5년 만에 복직을 하고서 담임을 맡은 첫날 결석한 아이의 집을 찾아 간 담임을 두고서 역시 내 느낌이 맞았구나, 하는 생각이 들어 가슴이 훈훈해졌다.

"다른 소식은 없고?"

"무슨 소식 기대하는데? 강철민이 귀에 또 상처가 생겼다는 소식이면 되겠니?"

나는 강철민의 책상 쪽을 돌아보고 싶었으나 이내 이 순간에 그건 미친 짓이라는 걸 깨닫고선 애써 참았다. 담임의 표정에서는 아무런 변화도 없었다.

"아직 꽤 많이 남아있긴 하지만 그래도 기말고사가 다가오고 있다는 거 다들 알지? 선생님은 공부가 제일 중요하다는 말은 못하겠지만 그렇다고 공부가 인생의 전부가 아니라느니, 행복은 성적순이 아니라느니 이런 말도 솔직히 못 해. 단지 여러분은 이제 자기 자신을 책임질 줄 알아야 되는 나이이고, 책임지는 방법을 깨달아야 할 나이라는 것, 그것만 말할게. 다른 일 없지? 자, 오늘도 되도록 즐겁게 생각하면서 보내자."

이게 조례 때 담임이 한 말의 전부였다. 나는 내가 점심을 먹고 여느 때처럼 '슬이 벤치'로 가지 않고 담임을 찾은 이유를 지금도 잘 모른다. 단지 그녀가 풍기는 분위기가, 내가 그녀에게 느낀 따뜻함이 그렇게 만들었을 것이라고 짐작만 하고 있다. 담임에게 가면서 나는 똑같은 일을 가지고, 거의 똑같은 분위기를 풍기던 예전 담임에게 찾아갔던 날을 떠올렸다.

"그래, 여기 앉자. 밥 먹은 거지?"

"예, 식사하셨어요?"

"응, 너네 먹을 때 급식실에서 같이 먹었어. 급식 괜찮더라?"

"예, 다들 급식은 먹을 만하다고 그래요."

"그래, 왜? 뭐 할 말 있어?"

나는 조심스레 이슬이의 이야기를 꺼냈다.

"그래. 선생님도 대충 들었어. 너랑 친했다며? 또 연락 온 거는 없니?"

"없어요. 다름 아니고요, 이슬이 계속 안 오면 어떻게 되는 건가 해서요?"

"그렇지 않아도 그것 때문에 오늘 아침에 이슬이 엄마가 다녀가셨거든. 아주 안 나오면 제적 처리될 것이고, 이제라도 나오면 수업일수를 따져 봐야 할 거야."

"지금까지는 어떤 상태인데요?"

"무단결석이지 뭐."

"저번에 중간고사도 안 봤거든요. 혹시 학교에 다시 와도 그런 것 때문에 문제가 되지 않을까 해서요?"

"당연히 문제가 되지. 연지야, 이슬이라는 애, 작년에 성적이 아주 좋았더라."

"예, 올백 맞은 애는 개밖에 없거든요."

"그래서 말인데 좀 이상하게 들릴지는 몰라도 선생님 생각은 학교는 너무 걱정 안 해도 될 것 같아. 무사히 잘 지내고 있느냐, 집에 돌아오느냐, 나는 이거 말고는 별로 심각하게 생각하지 않거든."

"……"

"이슬이 같은 아이는 검정고시 공부하면 다른 애보다 고등학교도 1년 더 먼저 들어갈 수도 있거든. 대안학교도 있고, 아니면 유급해서 2학년 다시 다녀도 되고."

검정고시, 대안학교. 나는 여태 슬이가 빨리 돌아와야 한다는 생각만 했지 그런 것까지는 미처 생각지 못했었다.

"걱정 많이 되지?"

"예."

"기다려 봐. 원래 똑똑한 아이들이 더 혹독하게 거치는 거거든. 그래도 심성이 고운 아이들은 금방 제자리로 가. 그게 선생님 경험에서 나온 판단이야."

"예."

"연지 너, 송기열이 책상 닦아주었다가 싸웠다며?"

담임은 벌써 우리 반에 대하여 꿰뚫고 있는 모양이었다.

"선생님은 그 이야기 듣고선 너네 부모님께서 참 잘 키우셨구나, 그런 생각이 들었어. 그게 전교 1등 하는 것보다 훨씬 더 중요한 거거든."

그때 '나 선생, 나성은 선생님' 하며 담임을 부르는 소리가 들렸다.

"경찰서랍니다. 전화 당겨 받으세요."

담임이 책상 위의 전화기 버튼을 누른 후 수화기를 들었다.

"예, 맞습니다. 저희 반 학생입니다."

"은평경찰서 여성청소년계요? 예."

담임은 나를 보고 가 보라는 듯 손을 흔들었다. 나는 고개를 숙여 인사를 하고 교무실을 나서다가 다시 교무실로 돌아갔다. 그새 담임의 통화는 끝나 있었다.

"왜? 잊은 거 있어?"

"저어 죄송한데요. 지금 무슨 전화인가 해서요."

"응, 아무것도 아니야. 점심시간 다 됐는데 가보지 그래?"

"저어 혹시 송기열이랑 상관있는 전화 아니에요?"

담임은 나의 얼굴을 찬찬히 살피는 듯했다.

"그건 왜?"

"다름이 아니라요, 혹시 송기열이가 은평경찰서에 있는 건가 해서요. 조금 아까 통화하시는 걸 들었거든요."

"그런 모양인데 왜?"

"우리 반에 박인영이라고 있거든요. 걔네 아빠가 서울의 은평경찰서 형사예요."

"그러니? 그럼 너 가서 걔 좀 불러올래?"

"점심시간이라 어디에 있을지 모르니까 혹시 여기서 전화해도 돼요?"

"그럼 빨리 해 봐라."

나는 의아해하는 박인영이와 통화를 끝냈다.

"연지야, 박인영이라는 아이가 저번 담임선생님 문제, 걔니?"

"예, 맞아요."

박인영이 교무실로 들어왔다.

"박인영이가 너구나? 인영아, 아빠가 은평경찰서에 근무하신다며?"

"예."

"그래, 함자가 어떻게 되지?"

"박 자, 철 자, 수 자, 요."

"아빠 핸드폰 번호 좀 알려줄래?"

인영이 근심어린 표정으로 자기 아빠의 핸드폰 번호를 담임에게 알려

줬다.

"선생님이 부탁이 있는데, 너 말이야, 아빠한테 전화해서 내가 전화 한 번 드려도 되냐고 여쭤 봐줄 수 있니? 너 때문에 그러는 건 아니니까 걱정 말고."

"지금요?"

"응, 선생님이 지금 나가봐야 할 것 같거든."

박인영이 자기 아빠와 통화를 하더니 전화를 끊지 않은 채 담임을 보고 말했다.

"선생님, 따로 전화 하실 것 없이 괜찮으시면 지금 통화하자고 그러시는데요?"

"그래? 전화 좀 줘 봐."

담임이 인영으로부터 인영의 핸드폰을 건네받았다.

"예, 아버님, 인영이 담임 나성은입니다. 갑자기 통화를 하게 되서 죄송합니다."

"아닙니다. 인영이 문제는 아니니까 걱정 마시고요. 예, 예, 그런 일 아닙니다."

"제가 조금 있다가 은평경찰서를 갈 일이 있는데 혹시 도움을 받을 일이 있으면 찾아 봬도 될는지요?"

"아닙니다. 제 문제가 아니라 우리 반 아이가 지금 거기 여성청소년계라는데 있다고 연락이 와서요."

"예, 그건 아니고요. 하여튼 혹시 도움 받을 일 있으면 경찰서에서 다시 전화 드리겠습니다."

"아닙니다. 불쑥 전화 드린 거 정말 죄송하고요."

"예, 정말 감사합니다."

담임이 인영에게 전화를 돌려주었다.

"김연지, 박인영, 어차피 너네들은 알게 되었지만 말이야, 이 이야기 다른 아이들한테는 안 했으면 좋겠는데."

"예."

"그래, 가 봐라."

우리는 교무실을 나섰다.

"무슨 일이니?"

"송기열."

"송기열이가 왜?"

"나도 걔가 너네 아빠 경찰서에 있다는 거밖에 몰라. 여성청소년계인가 뭔가 그러더라."

"그 병진, 사고 친 모양이네."

"좋은 일이면 경찰서에서 담임을 부르겠니?"

교실에선 손민서가 우리를 기다리고 있었던 모양이었다.

"담임이 너네들 왜 불렀니?"

"나는 부른 게 아니고 일이 있어서 내가 갔던 거야."

"인영이는?"

"민서야, 담임이 아무한테도 말하지 말라고 했지만 말이야, 너는 어차피 반장이고 그러니 알고 있어도 될 것 같아서 말하는 건데 절대 다른 아이들한테는 말해선 안 돼."

"뭔데? 너 그런 식으로 나오면 나 안 듣는다?"

"송기열이가 지금 인영이네 아빠가 근무하시는 은평경찰서에 있대."

"왜?"

"그건 모르겠고."

"경찰서에서 담임을 부른 거야?"

"그런 것 같아."

"야, 우리 굿 한번 하자."

"뭐?"

"야, 어떻게 우리 담임만 되면 경찰서를 가냐? 정말 굿이라도 한판 해야 되는 거 아니냐고?"

"너 지금 개그 친 거니? 하나도 안 웃기거든?"

"야, 장난인 줄 알아? 북한산에 가면 우리 엄마 단골로 다니는 집 있거든? 거기가 얼마나 용한데……."

"용한 게 뭔데?"

"박인영, 너를 데리고 참……."

#73

그날 방과 후 우리는 그대로 헤어지기가 뭔가 미진해서 학교 입구의 분식집으로 향했다.

"야, 3학년들 무지 많다. 다른 데 가자."

"3학년들이 많으면 어떠니? 괜찮아. 들어가."

"괜히 시비 걸면 어떻게 하니?"

"야, 이 언니 있잖아. 따라 와."

손민서는 가게 안으로 들어서자마자 마치 국회의원 선거에 나온 사람처럼 이 자리 저 자리를 돌며 열심히 인사를 했다.

"쟤, 왜 저러니?"

"원래 저렇잖아. 쟨 모르는 선배들이 없다니까."

민서가 의기양양한 표정으로 우리 자리로 돌아왔다.

"나한테 인사하는 거 너네들도 봤지?"

"야, 조용히 말해. 다 들려."

"괜찮다니까."

손민서는 말은 그렇게 했지만 목소리는 나와 박인영이처럼 소곤거리고 있었다. 우리는 떡볶이와 순대를 시켰다.

"담임 어떻게 됐을까?"

"어떻게 부모를 안 부르고 담임을 부르지?"

"불렀겠지. 설마 담임만 불렀겠니?"

"그 병진, 무슨 사고 친 걸까?"

"연애편지 답장 안 해준다고 자살하려고 했나보지 뭐."

"너 죽는다?"

"얘가 백정미를 한 번 밟더니 완전 겁이 없어졌네."

"밟긴 뭘 밟니?"

"넌 한 개, 정미는 두 개."

"뭐가?"

"반창고. 네가 이긴 거잖아?"

"야, 그건 됐고 너 반에서 그놈의 드럼 채 좀 그만 두드려라. 그 소리 무지 신경 쓰이거든."

"네가 리듬을 몰라 그렇지. 그나저나 밴드 이름은 어떻게 됐니? 네가 짓는다며?"

"생각 중이야."

"야, 대충 지으면 되지 뭘 그렇게 오래 생각 하나?"

나는 이 기회에 나의 생각을 말해 버리기로 했다.

"정글짐 밴드. 정글짐 밴드 어떠니?"

"무슨 밴드?"

"정글짐 밴드."

"그게 뭐야? 정글짐이 왜 들어가는데?"

"그냥."

"그냥 아무 의미 없이?"

이 아이들에게 내게 있어 정글짐이 어떤 의미인지를 설명하기는 어렵다는 생각이 들었다.

"그래. 그냥 아무 의미 없이."

"우리 초등학교 다닐 때 그 정글짐?"

"응, 어렸을 때 거기서들 많이 놀았잖아."

"우리 학교엔 그거 없었거든?"

"야, 전교 1등, 너 정체성이란 어려운 말 모르지?"

"그게 왜?"

"알아? 이름에 우리 정체성이 안 들어 있잖아. 딱 이름만 들어도 우리를 생각나게 만들어야지."

"그럼 손민서 밴드 그럴까?"

"손민서와 동생들. 아니면 손민서와 아우들. 아우 대신 아이들도 괜찮고."

"나는 네 동생이나 아우 하기 싫거든."

"민서야, 나는 연지 말대로 정글짐 괜찮은 것 같은데?"

"너한테 안 괜찮은 게 있니?"

"너."

"뭐라고?"

"네가 안 괜찮다고."

"내가 뭘?"

"하여튼 넌 모든 게 안 괜찮아."

"야, 우리 아빠는 난 모든 게 괜찮은 아이라고 그랬거든?"

"키도 괜찮대?"

나는 손민서, 이 아이가 겉으론 대수롭지 않게 여기고 있는 듯 보여도 속으로는 그 작은 키 때문에 엄청난 고민과 좌절에 빠져 있다는 걸 알았기에 박인영이가 손민서의 키에 대해 거리낌 없이 농담을 던지는 게 좀 아슬아슬하다는 기분이 들었다.

"키? 내 키가 어때서? 이 정도면 준수한 거 아니니?"

"인영아, 너네 아빠한테 전화 한번 해 보지 그래."

나는 화제를 돌리려고 했으나 손민서는 내 말은 아랑곳하지 않았다.

"나는 말이야, 대학은 기수대학 갈 거야."

"무슨 대학?"

"기수 대학. 경마장에서 말 타는 기수 되는 대학 말이야."

"헐, 그런 대학교도 있어?"

"당근이지. 너네 경마 기수가 돈 얼마나 많이 버는지 모르지?"

"월급이 많나?"

"야, 김연아가 월급 받니? 프로는 상금 받는 거잖아."

김연아. 나는 순간적으로 속이 뜨끔거렸다. 우리 엄마, 아빠를 늘 울게 만드는 이름, 김연아.

"상금이 얼마인데?"

"1년에 우승 한 두 번만 해도 수입이 몇 억은 되지."

"헐, 정말?"

"야, 우리 아빠 스크린경마장도 하잖아. 무슨 소리인줄 몰라?"

"정말 말 타는 사람이 되는 대학교가 있을까?"

"야, 거기는 말이야, 키가 크면 못 들어간다고. 알아? 너네 같은 아이들은 가고 싶어도 못가는 학교라니까."

"너, 거짓말이면 완전 죽음이다."

"야, 내 말 못 믿겠으면 당장 인터넷으로 찾아 봐. 하여튼 파주 촌아이들이랑은 못 놀겠다니까."

인영은 정말로 궁금했는지 자기의 핸드폰으로 한참을 찾더니 '어, 이건가?' 하면서 화면을 우리에게 보여줬다.

'경마교육원'

민서의 말은 사실이었다.

"거 봐, 그러니까 이 언니 말은 무조건 믿으라고."

"맞아, 진짜 신기한 거 배우는 대학도 무지 많더라."

"또 뭐가 신기한데?"

"죽은 사람 얼굴 화장하는 거 같은 거 있잖아."

"김연지, 너, 순결학과가 있는 건 모르지? 순결하라는 것만 가르치는 대학."

"헐, 야, 그게 말이 되니? 우리나라에 정말 그런 학교가 있다고?"

"박인영, 너는 툭하면 헐이니? 여기 연지가 안 믿으니까 그것도 한번 찾아봐라. 아마 너네 같은 어린애들이 보면 깜짝 놀랄 말이 있을 거다."

"무슨 말인데?"

"나의 생식기의 주인은 나의 배우자다, 하는 말."

"헐, 말도 안 돼."

"그놈의 헐 소리 그만 하고 찾아보라니까."

민서의 자신 있는 태도에도 불구하고 나는 그저 농담을 하는 것인지 알았으나 역시 사실이었다. 순결학과라니! 게다가 나의 생식기의 주인은 나의 배우자다라니! 말 그대로 '헐'이었다.

"우와, 완전 대박. 으하하, 정말 대박. 야, 이 대학 이거 완전 미친 거 아니니?"

인영은 정말 그 자리에서 완전 자지러졌다.

"다 먹었니? 나가자."

"야, 너네 오유진이 이야기 모르지?"

"왜? 요새 걔 학교 잘 나오는데 뭐? 보건실도 안 가잖아."

"걔 말이야, 소속사랑 싸움이 붙어서 이제 아무 데도 못 나간다더라."

"그게 무슨 소리니?"

"걔 있잖아, 알고 보니까 드라마 같은 데 나갈수록 손해라는 거 있지. 뭐냐 하면 말이야 처음부터 소속사랑 그렇게 계약을 맺었대. 키워주는 대신 몇 년 동안은 드라마고 가수고 간에 방송 아무리 타도 차비랑 용돈 조금만 받고 출연료는 안 받기로 말이야."

"미쳤니? 그럼 뭐 하러 그 고생인데?"

"그렇게 해서 뜨면 그때부터 돈 버는 거지 뭐."

"그런데 싸움은 왜 붙었는데?"

"걔가 초등학교 6학년 때 지금 소속사 들어갔거든. 그런데 계약이 아직도 4년이나 남았다는 거야. 그러니까 앞으로 4년은 죽어라고 여기저기 나와도 돈은 못 받는다 이거지. 그게 억울하니까 싸움이 붙은 거지 뭐."

"어떻게 싸우는데?"

"몰라. 하여튼 재판 받고 그래야 하는데 소속사에서는 재판 걸었다고 절대 출연 안 시키기로 했다지 아마."

그러고 보니 요즈음에는 부쩍 말과 웃음이 없어진 오유진이가 거울을 들여다보는 모습을 본 기억이 별로 없다는 생각이 들었다.

"한 마디로 좆 된 거네."

"야, 손민서, 제발 그딴 욕 좀 하지 마라."

"좆이 뭐? 그게 욕이니? 내가 정말 제대로 된 욕 한번 들려줄까?"

"됐거든."

"야, 우리는 소속사를 아예 만들자."

"뭐라고?"

"오유진 봐. 우리가 회사를 차리면 그럴 일은 없을 거 아니냐고?"

"우리가 회사를 왜 차리는데?"

"야, 밴드 할 거잖아. 몰라?"

"그래. 네가 회사 차려서 네가 사장해라."

"당근이지. 리더가 사장 하는 거 당근 아니니?"

"야, 민서 네가 사장에다 리더니까 우선 밴부터 한 대 사라."

"밴? 아, 연예인 차? 정말 그럴까?"

"그러자니까. 너네 아빠 딸 바보로 아주 유명하던데 뭐."

"누가 그러는데?"

"정미 아빠도 너네 아빠 알더라고."

"이것들이. 너네, 나 없을 때 내 이야기 하고 다니니?"

"당근이지. 넌 뒷담화 안 하고 다니니?"

"얘들 진짜 안 되겠네."

"민서야, 뒷담화한 거 아니니까 신경 꺼. 그나저나 오유진 정말 방송 못 타고 가수도 못 하면 어떻게 하냐?"

"뭘 어떻게 해?"

"완전 스타였다가 그냥 우리랑 똑같은 학생이 되는 거잖아."

"걔, 원래 학생 맞거든?"

"야, 공부가 제대로 되겠니?"

"놔 둬. 걔네 엄마 아빠 무지 극성이라 걘 또 그 길로 빠지게 돼 있거든."

"맞아. 걔 네 엄마 무지 웃기는 거 있지? 자기가 완전 연예인병에 걸렸잖아."

"연예인병?"

"스타 엄마라고 쌀이랑 김치도 일산 나가서 백화점에서 산대."

"헐, 백화점에서 쌀을 판다고?"

"그럼 쌀을 팔지, 안 파니?"

나는 사실 백화점에서 쌀을 파는지 안 파는지 몰랐다.

"정글짐 어떠냐니까?"

"우리가 대답 안 했었나? 너, 정말 우리 이름을 그걸로 짓고 싶으면 나한테 언니라고 한 번 해 봐."

"미쳤니?"

나는 손민서가 나한테도 한때 언니가 있었다는 것, 그 언니가 유치원 통학버스에서 내리다가 그 차에 끌려가는 바람에 죽었다는 것, 그래서 나는 유치원도 못 다니고 누구나 배우는 피아노도 못 배웠다는 것, 언니가 그렇게 죽은 지 거의 20년이나 지났지만 우리 엄마 아빠는 아직도 언니의 생일 상을 차리고선 운다는 것, 그래서 나는 '언니'라는 단어를 잘 쓰지 않으려 한다는 것을 안다면 나에게 그런 농담을 안 할 것이라 생각했다.

"그럼 정글짐 밴드로 결정된 거다?"

#74

다음 날 아침, 박인영이에게서 들은 말은 내게도 사람을 판단하는 눈이 생겼다는 걸 말해주는 것 같아 골고다 언덕이 힘든 줄도 모르게 걸음이 가뿐해졌다.

"야, 우리 아빠가 나한테 뭐라고 그랬는지 아니?"

"……."

"우리 담임 같은 사람 처음 봤다고 그러더라고."

"담임이 어떤 사람인데?"

"송기열 그 병진 말이야, 오토바이를 훔쳐서 잡혀간 거였대. 그런데 담임이 막 사정을 해서 데리고 나왔다고 하더라."

"담임이 왜 사정을 하니? 걔네 부모도 있을 텐데."

"걔, 원래 엄마는 없잖아. 걔네 아빠도 경찰서에 오기는 왔었대. 그런데 완전 술이 취해 가지고 오자마자 자기 아들만 막 때리다가 형사들한테 무지 혼났다고 하는 거 있지. 완전대박 아니니?"

"그래서?"

"걔네 아빠는 처 넣든지 말든지 마음대로 하라고 소리 지르고 있는데 부르지도 않았던 담임은 계속 자기가 잘 맡아서 가르칠 테니까 한 번만 용서해 달라고 울면서 막 빌더래."

"거기서 담임을 부른 게 아니래? 이상하다. 아까 분명히 전화 왔었는데?"

"부른 게 아니고 정말 우리 학교 다니는 학생이 맞는지만 확인하려고 전화한 건데 담임이 찾아간 거래."

"그래서? 송기열이는 나왔대?"

"담임이 뭐라 그러더라? 하여튼 뭘 써주고 데리고 나왔대."

"걔네 아빠는?"

"자기는 모른다고 하면서 먼저 가버렸다고 그러더라고. 대박!"

나는 그 광경을 상상해 보았다.

"우리 아빠가 나보고 정말 좋은 분이라고, 요샌 선생님들을 잘 부르지도 않지만 불러도 거의 다가 '내가 거길 왜 가느냐? 그냥 법대로 처리하면 될 거 아니냐?'고 하는데 하여튼 정말 존경할 만한 분이라고 하더라. 담임이 하도 그래서 우리 아빠도 거기 형사들한테 봐 주자고 사정을 했다는 거 있지."

"……."

"요샌 담당 형사가 봐주고 싶어도 그게 굉장히 복잡하고 서류도 많이 써야 한다고 그러더라고. 검사한테 허락 받는 게 그렇게 어렵대. 그래서 같은 형사라도 부탁을 하거나 그러지 않는다고 하더라고."

"……."

"하여튼 거기 형사들도 그렇고, 우리 아빠도 그렇고, 완전 감동 먹어 가지고 송기열이 그 병진을 내보내 준 거라나 뭐라나."

송기열이는 제 자리에 있었다. 나는 조례 때 민서의 구령에 따라 담임에게 인사를 할 때 정말 온 교실이 다 울리게 큰 소리로 '안녕하세요?'를 외쳤다. 모든 아이들이 아침부터 튀는 나를 의아한 눈으로 바라보았지만 담임은 마치 내 속마음을 알아차리기라도 한 듯 나를 보고 웃어 주었다. 나는 그 순간 뿌듯한 마음으로 내가 행복한 아이라는, 내가 행복한 학생이라는 생각이 들었다.

그날 밤, 음악학원에, 학원수업에 지칠 대로 지쳐 몸이 물먹은 솜처럼 늘어졌지만 나는 엄마 아빠의 늦은 술자리에 끼어들어 인영이한테 들은 이야기를 했다.

"그러니까 담임을 맡자마자 그랬다는 거 아니야. 거 봐, 내가 그랬잖아. 표가 안 나서 그렇지 아직도 좋은 선생님이 굉장히 많다고. 그나마 그런 분들 때문에 이 쌍놈의 세상이 그래도 안 망하는 거라니까."

"그런 양반이면 학교 한 번 가봐야겠네."

"엄마, 행여나 학교 오고 그러지 마. 할 말 있으면 오지 말고 전화 주면 된다고 그랬거든."

"야, 성의 없게 전화하는 거랑 직접 찾아가는 거랑 같으니?"

"찾아오고 그러는 거 부담 가지는 분이면 안 찾아가는 게 더 예의지."

"돈 봉투 들고 찾아가는 것도 아닌데 부담될 게 뭐가 있다고."

"특별한 일 아니면 학부모 상담 일 같은 거 따로 지정해서 한꺼번에 오시게 한다고 그랬단 말이야."

"어쨌든 아주 특별한 일 아니면 연지 말대로 가지 마. 2학년 완전히 끝나면 그때 한 번 가서 고맙다고 말씀드리고."

"안 찾아가면 애가 공부 좀 한답시고 배짱부리는 거 같아서 더 이상하잖아."

"여태 연지 이야기 안 들었어? 그런 오해하고 그럴 분이 아닌데 뭘 자꾸 그래."

"아참, 슬이 엄마, 너네 담임 만나고 왔다 그러더라."

"응, 나도 들었어."

"너네 선생님이 너한테 그 이야기를 했어?"

"아니. 네가 어저께 담임선생님을 찾아갔었거든."

나는 혹시 아빠 앞에서 '담임'에다 '선생님'을 안 붙인 채 말이 나올까 봐 신경을 썼다.

"왜?"

"그냥. 슬이 어떻게 되는 건가 걱정이 돼서."

"슬이 걔, 잘못하면 퇴학당한다는 소리도 하든?"

"제적이 될지도 모른대. 아니면 수업일수 부족으로 유급이 되거나."

"맞아, 그랬다더라."

"선생님은 별 걱정 안 해도 된다더라."

"슬이 엄마도 그 소리를 하긴 하더라만."

"걱정을 안 해도 된다니 그게 무슨 소리인데?"

"슬이가 원체 머리가 좋으니까 검정고시 보고 그래도 아무 문제없다고 그랬대."

"그건 아니지. 학교가 뭐 공부만 하려고 다니는 줄 알아?"

"누가 그걸 몰라서 그러나? 어차피 학교 못 다닐 입장이니까 그런 소리 하는 거지."

"설령 2학년을 한 번 더 다녀도 학교는 다녀야지."

"자기는 참……. 아니 언니, 누나, 이런 소리 하던 후배랑 한 반에서 공부가 돼?"

"……."

"참, 주임원사님 전역한 거 아니라며? 나는 처음 들었네."

"사단장이 전역신청서 가지고 있다가 반려해 버렸지. 잘됐지?"

"당연히 잘됐지. 딸 찾겠다고 무작정 전역을 해버리면? 당장 사택에서도 쫓겨날 거고, 또 갑자기 뭐 해먹고 사냐?"

"뭘 또 그렇게까지 이야기하냐? 사택 아파트 아니면 길바닥에서 잘 거 같아서 그래? 사람은 다 살게 마련이야."

"애가 언제 돌아올지 모르는데 집을 옮기는 게 말이 돼?"

"지금이 옛날이냐? 서로 전화하면 되지. 왜? 슬이 걔가 나중에 집 못 찾아갈까 봐?"

"어쨌든 아직 정년도 많이 남았는데 연금도 그렇고 전역은 아깝잖아."

"사실은 나도 한몫 했지. 사단장을 좀 설득했거든. 아니 부탁했다고 하는 게 맞겠다. 어쨌든 그 친구가 전역신청서를 낸 걸 알고 사단장한테 일단 보류 좀 해 달라고 했지. 그 후에 딸한테 편지 온 날, 내가 그 친구에게 물어봤거든. 잘 있다고 하니까 그냥 근무하는 게 어떠냐고 했더니 솔직히 그랬으면 하면서 이야기하더라고. 그래서 사단장한테 정식으로 반려시키는 게 어떻겠느냐고 부탁을 했더니 고맙게도 순순히 들어 주더라고. 주임원사에서는 직위해제 당하긴 했지만 말이야."

"자기가 사단장한테 부탁을 했다고?"

"응."

"왜?"

"주임원사 그 친구 아까운 사람이라는 건 자기가 더 잘 알면서 그래."

"자존심 안 상했어?"

"자존심? 상관한테 무슨 자존심?"

"고등학교 후배잖아."

"이 사람아, 군대가 무슨 동창회인 줄 알아? 고등학교 후배를 찾게?"

나는 아빠가 말은 그렇게 해도 진급이 늦어 고등학교 후배를 상관으로 모시고 있다는 것에 대해 속으로는 무척이나 자존심 상해하고 있다는 걸 아주 잘 안다. 아빠는 제대 후 정착을 위해 고향인 이곳 파주로 올 때도 어쩔 수 없이 그의 도움을 받는 것에 대해 무척 힘들어 했었다. 그런 아빠가 후배인 사단장에게 슬이 아빠 문제로 부탁을 했다는 것은 그만큼 슬이 아빠를 좋은, 아까운, 사람이라 생각하고 있다는 증거였다.

"자기가 실수한 거 아닐까?"

"뭐가?"

"슬이 아빠 말이야. 혹시 부대에서 무슨 일이라도 생기면 사단장이 자기 원망할 거 아니야?"

"이 사람이 어째 점점 더 얍삽해져 가냐? 아, 그리고 사단장이 바보야? 그 친구가 워낙 성실하고 그랬으니까 자기가 판단을 해서 보류시켜놨다가 반려한 거지, 내 말만 듣고 무조건 그랬겠어?"

"그래도 난 좀 찝찝하다."

"됐어, 이 사람아. 연지야? 기타 열심히 치니?"

"응."

"손가락 많이 아프지?"

"응."

"원래 그래. 그 단계만 넘어가면 괜찮아질 거야."

"나도 알거든."

"친구들도 열심히 하고?"

"응. 아빠, 백정미라고, 우리 퍼스트 기타 치는 애는 완전 프로더라. 내 기타 사러갈 때 같이 갔었는데 악기점 사람들이 걔 연주를 듣고 완전 넋이 나간 거 있지?"

"그래? 중2 여자아이가 그러기는 쉽지 않을 텐데? 중2치고는 잘 친다는 거겠지."

"그게 아니거든. 당장 프로로 나가도 될 실력이라고 그랬다고. 그런데 알고 보니까 걔네 아빠가 우리 음악학원 원장인 거 있지. 되게 신기하더라. 우리 원장, 그러니까 걔네 아빠도 유명한 사람이었대. 가수들 CD 내고 그럴 때 연주 많이 했다고 그러더라니까."

"잘됐네. 이왕이면 실력 있는 사람한테 배우는 게 좋잖아?"

"아빠, 내가 한 가지 더 이야기해 줄까?"

"뭐?"

"그 기타 잘 친다는 아이 말이야, 나랑 저번에 싸운 바로 그 아이다?"

"그래? 화해하고 친해진 거야?"

"친한 건 아직 잘 모르겠고 화해는 했지."

"네가 먼저 손 내밀고?"

"응."

"잘했어. 사람은 말이야 사귀어 보면 다 좋은 사람들인 거거든."

"아빠, 우리 밴드 이름 가르쳐 줄까?"

"이름도 지었어? 뭔데?"

"정글짐 밴드."

"누가 지었는데? 잘 지었네."

"내가. 그런데 왜 잘 지은 건데?"

"너네들 나이랑 정글짐 이미지가 맞잖아. 올라가다가 옆으로 빠지기도 하고, 내려오기도 하고, 떨어져 다치기도 하고, 정상은 딱 한 칸이고, 어떨 땐 서로 먼저 올라가려고 경쟁도 하고. 그런 거 생각해서 지은 거야?"

"뭐 그런 의미도 좀 있고."

내가 과연 그런 의미까지 생각했던 걸까?

"어감도 좋네. 그런데 요즘도 정글짐이 있나? 난 요새는 못 본 것 같은데?"

"우리 학원 옆의 초등학교에도 있어. 그런데 아빠, 밴드 하려면 기타만 있어서 되는 게 아니라는 거 있지?"

"당연하지. 제대로 하려면 앰프나 믹서, 스피커 같은 것도 있어야 할걸?"

"돈이 또 들면 어떻게 하지?"

"그건 그때 가서 걱정하고 지금은 기타 실력 걱정이나 하지 그래?"

그날 밤, 나는 공부나 잠, 둘 중 하나를 빨리 선택하라는 엄마의 잔소리를 악착같이 견디면서 오랫동안 기타 연습을 한 후에야 잠자리에 들었다. 조금씩 부드러워지는 내 손놀림이 뿌듯하고 대견해서였다.

제6장

7월

제6장 7월

눈에 흘러내리는 못 다한 말들, 그 아픈 사랑 지울 수 있을까!

#75

우리 반의 불운도 이제 때를 다하였는지 하루하루가 평범한 일상의 모습으로 지나가고 있었다. 그새 두 명의 여자아이가 전학을 와서 이제 아이들 숫자도 다른 반과 비슷해졌다. 오유진이도 그렇고 송기열이도 학교에 잘 나오고 있었다.(담임이 송기열이 아빠를 찾아가 학교에 안 보내고 딴 일 시키면 경찰에다 신고를 하겠다고 겁을 주었다는 소문이 돌았었다.)

강철민은 학교에선 여전히 대부분 잠이었다. 그 아이가 정신이 말똥말똥해질 때는 어이없게도 매 쉬는 시간이었는데 그건 툭하면 흉기로 변하고 마는 드럼 채를 손에 쥔 손민서의 등쌀 때문이었다. 철민은 민서의 구박과 앙탈을 다 받아주면서도 덤덤히 잘 가르치고 있는 듯 보였다. 나는 때때로 그런 철민을 넋을 잃고 바라보곤 했다. 그건 물론 민서가 곁에 붙어있기에 가능한 일이었다. 결코 잘생겼다고 할 수 없는 얼굴, 평범함 그 자체일 뿐인 철민에게 나는 늘 혼란스러웠다.

민서는 내가 철민을 '사랑한다'는 표현을 하고는 있지만 사실 나는 어떤 게 사랑인지, 지금과 같이 눈이라도 마주칠 것을 걱정하면서도, 그리고 아이들의 눈길을 의식하면서도 그쪽으로 고개가 절로 돌아가는 게 사랑인지 잘 모르겠다. 밥을 먹다가도, 늦은 밤 지친 몸을 이끌고 멍한 머리로 집에 돌아오는 길에서도 문득문득 생각나는 게, 백정미가 원수나 다름없을 그에게 박진영이의 뱀눈 정도는 아랑곳하지 않고 말을 시키고선 억지로 대답을 이끌어 낸 후 까르르 웃는 것을 그냥 지켜보고 있어야 한다는 사실에 가슴이 먹먹해지는 게 사랑인지 정말 잘 모르겠다.

정미는 민서로부터 철민이가 나에게 관심이 있다는 소리를 들었던 날부터 나를 유독 의식하는 게 눈에 보였다. 나는 '사랑은 속수무책'이라는 말 몰라? 원래 그게 그런 거야, 라는 민서의 말을 잘 기억하고 있었지만 그래도 정미와 같이 아이들이 '쟤, 왜 저러니?' 하는 유의 수군거리는 그런 굴욕적인 사랑이라면 절대 하지 않으리라 늘 마음을 굳게 먹고 있었으며, 실제로 그럴 자신도 있었다. 한 남자아이를 두고 경쟁을 벌인다는 것도 나는 생각하기도 싫은 치욕이라고 믿었다. 따라서 적어도 정미라는 아이가 철민의 눈앞에서 알짱거리고 있는 상황에선 철민은 어디까지나 가슴 깊은 곳에서만 존재했다.

나는 겉으로는 늘 그 아이에게 무덤덤했고, 무관심한 것처럼 보이려 노력했으며 냉담했다. 민서와 함께 있지 않을 때 그 아이가 앉아 있는 곳으로 고개를 돌리거나 하는 일은 절대 하지 않았다.

나는 안다. 내가 원하는 건 철민, 그 아이의 강한 결단으로 자기는 나를, 나만을, 반 친구 아닌 여자로 생각하고 있다는 것을, 정미 같은 아이에는 결코 아무런 관심이 없다는 것을 보여주는 것이다. 내 마음은 늘 한결같이 열려 있다는 확신을 그가 가지는 것이었다. 나는 강철민이의 친구 따위가 되고 싶은 마음은 추호도 없었다.

물론 나도 철민이 나에게 상당한 호감을 가지고 있다는 것 정도는 알고 있다. 하지만 나에겐 그런 호감만으로는 부족했다. 나는 그깟 사랑이라는 걸 얻으려 낭비할 감정은 없어야 된다고 믿고 있었다. 나는 그깟 사랑을 위해 절대로 먼저 손을 내밀 수 있는 여유나 절박함 따위는 절대 내겐 없다고, 없어야 된다고 생각하고 있었다. 나는 자존심을 위해서라면 내 영혼 정도는 언제든지 팔 수 있다고 믿고 있었다.

대가는 늘 뼈아프긴 했다. 손만 내밀어도 덥석 잡을 것 같은 아이가 다른 아이의 교태와 수다를 받아주고 있는 것을 지켜보고 있어야 하는 아품. 그래도 내 선택은 늘 똑같았다.

기말고사가 다가올수록 학교 수업은 더 지루하게 느껴졌다. 학원에서 선행학습 대신 1학기 전 과정을 보고 또 보고, 혹시나 너무 쉬워서 틀리게 될 일이 없을지, 중요하지 않다고 생각하여 대충 넘어간 것은 없는지, 허를 찌르는 엉뚱한 문제로 모습을 바꿔 당황케 만들 만한 문제는 없는지를 훑고 또 훑기 때문이었다.

문제는 전교 1등, 모범생이라는 원죄로 내 자리가 바로 교탁 앞에 있다는 것이었다. 나는 억지로 그 무겁기만 한 눈꺼풀을 치켜세우고 선생님들과 눈싸움을 벌여야 했으며, 선생님의 느닷없는 질문에 정확한 답을 말함으로써 마치 반의 모든 아이가 자기의 수업을 이해하고 있다는 착각 속의 만족감을 선생님들에게 줄 수 있도록 늘 준비되어 있어야 했다. 가장 괴롭고 질색인 것은 다른 아이들에게 실컷 물어 봐 놓고서는 혀를 차다가 마지막에 나한테 묻고선 회심의 미소를 지으며 '니들도 제발 김연지, 1/10만이라도 닮아라.'라는 등의 말로 아이들의 속을 긁어놓는 일이었다.

그렇게 나의 역할은 선생님에겐 가장 이상적인 학생으로, 반 아이들에게는 절로 입이 튀어나오게 만드는 악역으로 굳어졌다. 때론 그런 연기를 해야 되는 게 너무나도 짜증스러워 일부러 오답을 말하곤 해봤지만 그럴 때마다 당황한 표정을 지으며 마치 큰일 난 것처럼 설레발을 피우며 내게 그 문제를 이해시키려는 선생님들 때문에 더 피곤해진다는 것을 깨닫고선 그 후부터는 될 대로 되라는 심정으로 정답을 말하면 아이들은 '오', '와', '왜 저러니?'와 같은 탄성을 지르고 나는 그게 듣기 싫어 책상에 얼굴을 묻고 하면서 하루하루는 참으로도 길게 지나갔다.

그나마 다행인 것은 민서나 인영이, 그리고 나까지 우리 모두 악기 연습에 한창 재미를 붙인 것이었다. 나는 왼손으로 코드 잡는 연습만 하던 것을 끝내고 이제 오른손까지 사용해 정말로 그냥 소리 아닌 멜로디가,

음악이, 서툴게나마 나오는 것을 즐기면서 어서 빨리 앰프와 스피커에 선을 연결하여 어떤 소리가 나는지를 확인하고픈 열망에 빠져있는 중이었고, 인영이는 벌써 키보드를 제법 능숙하게 연주하고 있었으며, 민서의 그 지겹고 시끄러운 고무판질도 눈에 띄게 달라졌다. 철민도 민서의 잽싼 손놀림에 가끔 감탄을 하는 것으로 보아 그의 오부리 독선생 과외는 아마도 아주 효과적이었던 것 같았다.

내가 그런 민서의 손놀림 이야기를 음악학원 원장인 정미 아빠에게 한 날, 정미 아빠는 처음으로 내가 쓰는 기타의 선을 앰프에 연결해 소리를 들어 보더니 처음으로 실제 연주를 해 흥분에 빠져있는 나에게 다음 주 일요일, 학원에서 첫 번째 합주를 해 볼 것을 제안했다.

7월의 두 번째 일요일, 기말고사를 하루 앞둔 날이었다. 아마도 정미 아빠는 우리의 시험 일정을 잘 모르고 있는 듯했다. 알고 있다면 절대로 그 날로 정할 리가 없었을 테니까. 하지만 우리는 그 누구도 그분에게 시험 이야기를 하지 않았다. 그깟 시험 때문에 꿈에 그리던, 우리에겐 올 것 같지도 않던 연습실에서의 합주 기회를 미루고 싶은 생각이 전혀 없는 우리가 그분에게 시험 이야기를 먼저 꺼내는 것은 그야말로 미친 짓이었다.

곡목은 동요 '노을', 정미 아빠는 내 부탁대로 그걸 어느새 록(Rock) 버전으로, 그리고 우리와 같은 초보자가 연주하기 쉽도록 편곡을 해 놓았으며 그때까지 남은 열흘 동안에는 각자 자기 악기를 가지고 그 곡을 집중 연습하기로 하고 민서에게도 악보가 넘겨졌다.

노래는 '우선' 정미가 맡기로 했다. 음악가의 딸답게 그 아이는 빼어난 노래실력을 가지고 있었으며 무엇보다도 우리 중 악기를 연주하면서 노래를 부를 수 있는 아이는 그 아이밖에 없었기 때문이다. 물론 내가 정미가 보컬까지 맡게 된 것을 '우선'이라 표현한 것은 나 나름대로의 계획, 아니 희망을 가지고 마음속에 간직하고 있기 때문이었다.

학원의 수업 강도는 이제 우리의 운명이 온통 그 기말고사에 있는 것처럼 비장함까지 느끼게끔 강해졌다. 특히 우리 심화반은 밤 10시 이후부터는 학원 건물 옥상에 있는 조립식 건물로 자리를 옮긴 후 옥상으로 통하는 문에는 자물쇠를 채우고선 교실에서 불빛이 새 나가지 않도록 창문에는 두터운 커튼을 친 상태로 거의 새벽 1시까지 수업을 받았는데, 원장은 '등화관제'라고 옛날에 전쟁을 할 때 비행기로부터의 폭격을 막기 위해 딱 이렇게 했다면서 우리도 지금 전쟁 중이라는 말을 하곤 했다.

원장의 말은 옳았다. 우리는 성적, 점수와의 전쟁, 원장은 학원 교습 시간 단속반과의 전쟁, 선생님들은 특별 수당과의 전쟁, 엄마 아빠들은 짜증을 내는 아이들과의 눈치 전쟁. 그래도 나는 그나마 아주 씩씩하고 용감한 병사로 그 치열한 전투를 치를 수 있었다. 나에겐 내 손놀림에 따라 노을의 반주음이 흘러나오는 기타가, 여전히 귀에 붕대를 맨 채 학교에 나오는 강철민이, 대장 손민서의 능글능글한 수다가 있었고, 그 늦은 시간에 소파에 앉아 나를 기다리고 있는 엄마 아빠가 있었으며, 무엇보다도 급기야는 닭살까지 만들어 버리는 빵빵한 학원의 에어컨도 있었다. 또한 고맙고 또 고맙게도 다른 것과는 달리 그나마 공부에는 마음만 먹으면 나름 오랜 시간 집중할 수 있는 DNA가 내 몸에 흐르고 있기도 했다.

#76

그리고 보니 학교 안에선 작은 사건이 있기는 했다. 전학생 중 한 명인 이선영이라는 아이가 '감히' 손민서의 권위에 도전한 일이었다. 우리 학교의 전학생들은 서울이나 일산과 같은 도시에서 학교를 다니다가 농어촌 특별전형이나 내신 상승을 노리고 오는, 그러니까 공부깨나 하는 아이들이 대부분이었고, 아주 가끔은 다니던 학교에서 뭔가 말썽을 피우고 강제로 또는 자의로 전학을 오는 경우도 있었다.

의정부에서 왔다는 이선영이가 바로 그런 아이였다. 그 아이는 담임이 교실로 데리고 온 바로 그 아침에, 학교 폭력 일제 단속 때 일진으로서 아이들을 때리고, 돈과 옷을 빼앗고, 심부름을 시키고 한 일들 때문에 잡혀서 조사를 받은 후 결국 우리 학교로 쫓겨 오게 된 것이라고 자기 입으로 천연덕스럽게 말해 담임과 우리를 경악케 만든 아이였다. 하복을 입은 터라 그 아이의 팔뚝에 흉하게 자리 잡고 있는 두 개의 담배빵 자국과 칼로 그은 상처의 흔적이 분명한 여러 개의 가는 선들이 우리 눈에 선명했던 터라 우리의 경악이 아마도 더 컸는지도 모른다.

첫날, 예전에 슬이의 책상이 있던 맨 뒷자리를 배정받은 그 아이는 오전 내내 조용했다. 내 생각으로는 분명 자기가 새로 속하게 된 반이 어떻게 돌아가나, 강자는 누구일까, 이런 것들을 살피고 있었을 것이다. 그리고 그 아이는 반에서 제일 작은 여자아이가 반장이기도 하면서 드럼 채를 쥔 채 그 걸걸한 목소리와 커다란 웃음으로 교실을 온통 헤젓는 것을 보고, 또 특별히 눈에 띄는 남자아이들이 없는 것을 보고, '모두 좆밥들이네.' 하면서 회심의 미소를 지었을 것이다.

"야, 손민서, 너 걔 담배빵 봤지? 헐, 완전 죽이더라."

"또, 헐이니? 그게 뭐가 죽이니? 나는 양아치입니다, 하고 광고하고 다니는 거지."

"지 입으로 일진이었다고 그랬잖아."

"야, 모르면 좀 가만히 있어. 요새 담배빵하고 다니는 일진이 어디 있니? 그건 찌질이들이나 하는 거거든."

"양아치든 찌질이든 만만치 않을 것 같던데? 키도 크고."

"야, 박인영, 이 언니가 저번에 뭐라고 했니? 싸움은 뭐로 한다고?"

"……."

"야, 전일(전교 1등), 너는 내 말 기억하지?"

"너네 아빠가 했다는 말? 힘이 안 되면 깡으로, 깡이 안 되면 악으로, 그리고 연장으로. 그 말 말하는 거야?"

"역시 전일이라니까."

"걔가 너보다 더 깡이 세거나 칼 같은 걸 더 잘 쓴다면 어떻게 할 건데?"

"너 웃긴다? 뭘 어떻게 해? 걔랑 나랑 왜 자꾸 엮는 건데? 지금 나랑 붙는 거야?"

"아니, 만약에 걔가 너한테 도전을 하면 말이야."

"야, 내가 챔피언이니? 도전을 하게."

"어쨌든."

"기선 제압!"

"뭐?"

"이것도 우리 아빠 명언집에 있거든. 선빵을 날려라. 즉 기선제압을 하라."

"그래서? 선빵을 날리겠다고?"

"야, 선빵이 뭐 주먹만 말하는 줄 아니? 하여튼 신경 꺼."

"민서야, 우리 반 알지? 웬만하면 조용히 좀 지내자."

"애 좀 봐. 내가 뭘 어쨌길래?"

이게 점심시간에 우리가 우리의 벤치에서 나눈 말들이었다. 나는 정말 이제 재수 없다는 우리 반도 그냥 보통 중학교 2학년 아이들처럼 웃고 떠들고 그러면서 별 탈 없이 지내길 바라고 있었다.

하지만 이선영이라는 아이는 그럴 마음이 전혀 없었던 모양이었다. 우리가 그런 대화를 나누고 교실로 들어 왔을 때 그 아이는 애꿎은 오유진이를 붙잡고 시비를 걸고 있었던 거다. 우리의 눈에 들어온 광경은 오유진이는 엎드려 울고 있고, 그 아이는 그 앞에 서서 팔짱을 낀 채 우리가 들어오는 모습을 보자 바닥에 침을 뱉은 것이었다.

"뭐야? 야, 오유진, 왜 그래?"

오유진이는 고개를 들지 않았다.

"야, 너 이름이 뭐더라? 하여튼 오유진 애, 왜 이러는 거냐?"

아이들은 모두 숨을 죽인 채 권력이 교체될지도 모르는 이 순간을 흥미진진하게 바라보고 있었다. 이선영이는 민서의 말에 아무 대답 없이 가소롭다는 표정으로 옅은 웃음을 지으며 민서를 내려다보면서 또 바닥에 침을 뱉었다.

"침, 닦아라?"

'침 닦아'와 '침 닦아라?'는 아주 커다란 차이가 있다. 묻는다는 듯 끝을 올리면 '만약에 침을 닦지 않으면 너에게 무슨 일이 일어날 줄 모른다'는 경고와 위협인 것이다.

"못 닦겠다면?"

"SC하면 죽는다?"

"난장이 똥자루만한 게 꼴값 떨고 있네. 너 죽는 게 뭔지……."

이선영이는 말을 끝내지 못했다. 나는 보았다. 민서가 그 아이의 뺨을 후려치는 동시에 이마로 코를 들이받으면서 발로 아랫배를, 그러니까 성기가 있는 곳을 차 버리자(나는 여자아이들도 싸울 때 그곳을 찬다는 것에 경악했다.) 그 아이가 두 손으로 아랫배를 감싸 쥔 채 스르르 무너져 저절로 무릎을 꿇는 것을.

그 아이는 그런 자세로 옅은 신음소리를 내고 있었는데 민서가 발로 어깨를 차버리자 그대로 옆으로 나둥그러졌다. 그 아이는 아마도 빨리 일어나 반격을 취하려 했던 모양이었다. 그 아이가 바닥에 팔을 짚고 자세를 바꾸며 일어나려는 순간 민서의 발이 또 날아갔고 다시 넘어진 그 아이는 이제 똑바로 누운 자세가 되었는데 어느새 민서의 발이 그 아이의 목을 누르고 있었다. 민서는 한 발로 그 아이의 목을 밟은 채 허리춤에 꽂고 있던 2개의 드럼 채를 꺼내 그걸로 그 아이의 볼을 톡톡 두드렸다. 그 아이의 코에서는 뒤늦게 코피가 조금 비치고 있었다.

이 모든 게 그야말로 순간적으로 벌어진 광경이었다.

"여기는 파주야. 알아? 파주."

나는 이선영이라는 아이의 짧은 치마 안에서 버둥거리는 다리를 보다가 민망함에 얼굴이 화끈거림을 느꼈다. 속바지를 입지 않아 그대로 드러난 그 아이의 작은 팬티 틈으로 거뭇거뭇 털이 빠져나와 있는 게 내 눈 안에 들어 온 것이다. 내가 원래 이렇게 빨랐던가? 나는 바로 옆자리 아이의 책상에서 잽싸게 무릎 담요를 꺼내 이선영의 다리를 덮어주었다.

사실은 싸움을 말리거나 그 아이를 부축해 일으켜야 맞는 거였지만 손민서, 그 작은 아이의 입에서 흐르는 잔인한 미소가 섬뜩하게 느껴져 나는 그러지를 못하고 꼴만 더 이상하게 만들어 버린 것이었다. 그 짧은 교복을 입고 다니면서 속바지를 안 입다니!

"알았으니까 비켜."

이선영, 그 아이도 내가 자기 다리에 담요를 덮어주는 순간 수많은 남자아이들이 지켜보고 있는 데서 지금 자기가 어떤 모습인가를, 자기가 버둥댈수록 더 부끄러운 꼴을 보여야 한다는 걸 깨달았던 모양인지 얌전히 있었다.

"여기가 어디라고?"

"파주."

"그래. 양아치가 SC하면 죽는 파주야."

"……"

"내가 그 파주의 손민서다. 알아? 내가 손민서라고!"

나는 하마터면 웃음이 터질 뻔했다. 아이들 몇은 킥킥거리기까지 했다. 파주 손민서라니! 나는 분명 민서가 강철민과 홍정표의 싸움 이야기를 듣고선 자기도 기회가 생기면 그런 식으로 멋을 부려봐야 하겠다고 진작부터 생각하고 있었을 것이라 생각했다.

민서가 발을 치우자 이선영이가 담요를 들고 부스스 일어났다. 그 아이는 분명 몸을 일으키면서 자존심을 위해 이 무모할 것만 느껴지는 싸움을 계속해야 할 것인지 아니면 새로운 곳의 강자에게 굴욕으로 굴복할 것인지 머리를 굴렸을 것이다. 다행히도(?) 이선영은 일단 굴욕을 택한 듯했다.

"침 닦아."

손민서가 다시 굴욕을 요구했다. 나는 이선영이가 또 선택에 고민하여야 하는 그 찰나에 뒤에서 대걸레를 가져와 내가 침을 닦아버리고 말았다.

"민서야, 그만 해라."

"야, 이선영. 전교 1등이 그만 하라는데 그만 할까?"

이선영은 대답 없이 밖으로 나가버렸다. 분명 나의 걸레질에, 그만 할까? 하는 민서의 말에 안도를 하면서 말이다.

"자알 논다."

뜻밖의 강철민이었다.

"짜식, 좀 귀여워 해주니까 막나가네. 너 누나한테 혼난다?"

아이들이 일제히 웃음을 터트렸다.

"야, 손민서. 다 끝났는데 또 '침 닦아!' 그러면 어떻게 하니?"

"연지 너 잘 들어 둬. 밟을 때 완전히 밟아버리지 않으면 또 꿈틀거린다는 거."

"그것도 너네 아빠 명언집에 있겠네?"

"당근이지. 야, 그런데 아까 이선영이가 오유진이한테 뭘 어떻게 한 거래니?"

"거울 빌려달라고 했는데 안 빌려주니까 욕을 했다나 봐."

"그렇다고 우냐?"

"원래 우는 연기 잘하잖아."

"헐."

77

"야, 우리 잠깐만 여기 있자."

내가 몇 달 전에 3학년 아이들에게 옷을 뺏겼던 그 골목 입구에서였다.

"왜?"

"이선영이 좀 기다리려고."

"뭐야? 아직 안 끝난 거야?"

"끝났으니까 기다려야지."

"왜?"

"오늘 이 언니가 롯데리아 쏠게."

"야, 집에 빨리 가서 학원에 가야지."

"오늘 음악학원 가는 날이니?"

"아니, 그냥 학원. 시험 얼마 안 남았다고 수업 일찍 시작하잖아. 얘는 꼭 남 이야기 하는 것 같다니까."

"박인영, 너는 공부도 못하면서 되게 공부 많이 하는 척한다?"

"헐, 너보다는 잘할걸?"

"야, 나보다 못하면 그게 공부니?"

"이선영이 왜 기다리는데?"

"롯데리아 데리고 가려고."

"왜?"

"뭘 왜야? 자존심 까였으니 달래줘야지."

"그러니까 병 주고 약주고 그러는 거네?"

"원수로 만들면 안 되는 거거든."

"그건 또 무슨 소리니? 또 너네 아빠 명언이니?"

"당근이지. 뭐냐 하면 원수로 만들어 놓으면 편하게 밤길 못 다니니까 절대 만들지 마라, 이거야."

아빠는 늘 적으로 남겨둬서는 안 된다, 라고 말했다. 나는 아마도 민서 아빠나 우리 아빠의 말 모두 같은 이야기일 것이라 생각했다.

"진짜 너네 집 가지가지 한다."

"원래 우리 집 가지가지 하잖아. 술집에다 오락실에다 식당, 노래방."

"그래, 네……."

"너, 또 똥 이야기 하려고 그러지. 하지 마라?"

"야, 걔도 자존심이 있지, 우리랑 같이 가겠니?"

"바보. 하기는 너네들이 뭘 알겠니?"

"우리가 뭘 모르는데?"

"룰. 그런 게 있어."

"야, 저기 이선영이 내려온다. 그 뒤에 강철민이랑 백정미도 오고."

"잘됐네. 전부 데리고 가면 되겠네 뭐."

"강철민이를 뭐 하러 데리고 가니?"

"연지, 너 그러면 더 이상한 거 몰라? 왜 그렇게 의식을 하니? 그럼 더 티 난다고."

"……."

"야, 이선영!"

이선영은 우리 셋이 모여 있는 것을 보고선 흠칫 하는 표정이었다.

"바쁘니?"

"조금."

"코 괜찮지? 우리 너 기다리고 있었던 거야. 같이 가자."

"어디를 가는데?"

"롯데리아. 거기 햄버거 먹을 만해."

"나는 됐거든."

"야, 이선영, 놀아 본 애가 왜 그러니? 그냥 같이 가."

"……."

"야, 강철민, 백정미, 빨리 와라."

"왜?"

"인마, 롯데리아 쏠 거니까 그냥 누나 쫓아 와."

"나, 시간 없어. 빨리 가야 돼."

"연지도 가는데?"

나는 백정미의 눈길을 놓치지 않았다.

"야, 나는 왜 끼워 넣니?"

"오늘 스파링이 있거든."

"운동? 그래, 그럼 나중에 보자."

"나도 좀 그런데."

"왜?"

"오늘 아빠 학원에 가서 연습 좀 하려고."

"야, 우리도 노는 판에 네가 무슨 연습을 하니?"

"아냐, 음향 넣고 제대로 해 봐야지. 아빠가 합주 연습 하자고 그랬지?"

"응, 그러시더라."

"내가 끌고 가려면 나도 좀 해 놔야 돼."

"어허, 내가 리더라니까."

"내가 리드 기타잖아."

"뭔 소리야? 야, 내가 인터넷에서 보니까 밴드는 드럼이 끌고 가는 거라고 하던데?"

"그래도 리드 기타가 멜로디를 가지고 가야지."

"야, 그 말 좀 바꿔야겠다. 리드 기타하면 헷갈리니까 그냥 퍼스트 기타라고 해. 헤헤."

"암튼 나는 먼저 가볼게. 너네들끼리 가."

"알았어. 그럼 내가 한 번 쏜 거다?"

우리는 입구 계산대 앞에 겨우 자리를 잡을 수 있었다.

"야, 여기 안 왔어야 되는 거 아니니? 저 언니들 있잖아."

박인영이 속닥였다. 민서는 말없이 그쪽으로 다가가 소란하게 인사를 하고 우리 자리로 돌아왔다.

"민서야, 여학생부장이지?"

"응, 여학생부장 조혜실 언니. 연지도 알지?"

"응, 나도 몇 번 봤어."

"야, 박인영! 너, 저 언니한테 고맙다고 인사 했지?"

"아닌데."

"뭐? 야, 너 때문에 학교에서 짤릴 뻔했는데 아직 인사도 안 했다고?"

"기회가 없었거든."

"그래? 그럼 기회가 왔으니까 가서 인사하고 와. 제가 손민서 따까리 박인영입니다, 하고."

"싫어, 무섭게 뭐 하러 가니?"

"언니!"

민서가 그쪽을 보고 소리를 질렀다.

"얘네가 인사드리고 싶다는데 괜찮지요?"

인영의 얼굴이 파랗게 질렸다.

"괜찮다니까. 가서 인사만 하고 와. 이선영! 너도 같이 갔다 와라. 우리 학교 찐짱 언니니까. 아니야, 잠깐 기다려 봐."

"왜?"

"기다려 보라니까. 됐다. 자리 비었으니까 다 일어나. 저리로 자리 옮기자."

우리는 민서를 따라 조혜실 일행이 앉아 있는 곳 옆 테이블로 자리를 옮겼다.

"언니, 얘들 언니한테 인사 좀 시키려고요."

"그래, 어서들 와. 아직 아무것도 안 시켰니?"

"나올 거예요. 연지야, 인사 드려. 언니, 얘가 그 김연지예요. 연지 너,

조혜실 언니 알지?"

"안녕하세요?"

민서와 함께 '날건이 변태'를 쫓아낸 조혜실, 먼발치로 볼 때마다 절로 존경심이 나오던 여학생부장 조혜실에게 나는 공손히 인사를 했다.

"응, 네가 그 유명한 김연지구나. 반가워."

그 유명한 김연지라니! 나는 어안이 벙벙해졌다.

"언니, 얘는 그 박인영."

"안녕하세요?"

"이제 마음 좀 가라앉았니?"

"예, 괜찮아졌어요."

"언니, 얘는 이번에 의정부에서 전학 온 이선영이에요."

"안녕하세요?"

일어서 인사하는 이선영이를 보고 조혜실은 눈살을 좀 찌푸리는 것 같았다.

"언니, 거기 아이들은 이렇게 노나 봐요. 신경 쓰지 마세요."

"너 왜 전학 왔는데?"

"저번에 일제 단속에 걸려서요."

"그래? 겁난다야. 너 보니까."

조혜실이 이선영의 팔을 힐끗 쳐다보며 한 말이었다.

"죄송합니다."

"아니야, 농담한 거야. 앉아."

조혜실과 같이 앉아 있던 3학년들은 우리는 신경도 안 쓰는 듯 한 번 힐끗 쳐다본 후 자기들 이야기에만 열중했다.

"민서야, 너네 반에 강철민이라고 있지?"

"예, 언니."

"걔, 학교에선 어떠니?"

"그냥 평범한데요."

"걔가 금촌 홍정표 밟아버렸다는 이야기 들었니?"

"대충요."

"걔, 나이도 열일곱이라며? 어떤 애지?"

"언니 걔한테 관심 있나 봐요? 그럴 줄 알았으면 강제로 끌고 오는 건데."

"뭐?"

"요 앞까지 같이 왔었거든요. 언니, 내가 전화해서 오라고 할까요?"

"미쳤니, 너?"

"언니, 그런데요, 걔는 여친 있거든요?"

"손민서, 너 또 까분다? 이 언니한테 죽을래?"

"헤헤, 여기 김연지가 걔 여친이거든요."

나는 손민서에게 눈을 흘겼다.

"그러니? 그래도 걱정 마라 너. 나는 2학년한테는 관심 없으니까."

"아니에요. 민서 얘가 괜히 그러는 거예요."

"그런데 걔는 뭐 하다가 2년이나 꿇었다니?"

"1년 꿇은 건데요?"

"열일곱이라고 그러던데?"

"아니에요. 우리보다 그냥 한 살 많은 열여섯이에요."

그때 자기들끼리 떠들고 있는 거로만 알았던 조혜실의 일행 중 한 명이 갑자기 이야기에 끼어들었다. 아마도 우리의 이야기를 듣고 있었던 모양이었다.

"야, 너, 손민서!"

"예, 언니."

"강철민이가 열여섯이라는 거 진짜니?"

"우리는 그렇게 들었거든요."

"확실하지? 자기가 자기 입으로 그렇게 말한 거야?"

"예."

나는 왜 저렇게 종주먹을 들이대는지 이해할 수 없었다. 어쨌든 나는 그 선배의 말하는 태도를 보고선 순간적으로 강철민의 나이 이야기에 우리가 휩쓸린 것은 실수였다, 라는 생각이 들었다.

"우리 다 먹었거든. 먼저 갈게."

#78

우리는 모두 일어나 일어서 나가는 그녀들의 뒤에 대고 민서가 하는 대로 깊게 고개를 숙였다. 나는 그러고 있는 내가 너무나도 웃겼다.

"야, 이게 뭐니? 영화 찍는 것도 아니고."

"야, 이래야 뭔가 있어 보이는 거거든. 재미있잖아. 앉아. 우리도 이젠 마음 편히 먹자."

"민서야, 아까 그 언니가 한 말 기억하니? 김연지가 유명하다는 말?"

"당근이지."

"얘가 왜 유명한데?"

"내년 여학생부장 될 거니까."

나는 깜짝 놀랐다. 여학생부장이라니!

"정말이야? 연지를 찍었대?"

"현재까지는."

"왜?"

"뭘 왜야? 여학생부장 감이니까 찍은 거지."

"연지가? 얘가 무슨 여학생부장 감인데?"

"야, 우리 학교 일진은 일단 공부를 잘해야 돼. 깡도 있어야 되고, 리더십도 당연히 있어야 하고 말이야. 딱 연지잖아."

"깡도 있고 리더십도 있다고?"

"야, 3학년 불개미한테 반말하면서 덤벼가지고선 옷도 다시 빼앗았고, 백정미도 눌렀고, 연지가 전에 설쳐대는 정민지한테도 어떻게 하는지 못 봤어? 연지, 얘, 오늘도 어디서 담요 주워가지고 왔지? 전에 송기열이 책상도 닦아주고. 그런 게 다 깡이고 리더십이라고. 알아?"

"그게 무슨 깡이고 리더십이니?"

"어이구, 그러서? 너는 연지처럼 할 수 있어?"

"어쨌든 우리 학교 일진, 불개미, 그거 다 없어졌잖아. 전학도 많이 가고."

"얘가 왜 이러니? 불개미는 찌질이들이고 학생부 있잖아, 학생부."

"지난번에 학생부도 해체됐잖아."

"야, 박인영, 너, 어디 갔다 왔니? 그 학생부가 아니라 정식으로 학생회로 됐잖아. 우리 학교 학생회 선거 했어, 안 했어?"

"학교가 어지럽다고 선거운동 이런 거 없이 그냥 교실에서 막바로 투표했잖아."

"그때 입후보 한 사람들이 누군데? 학생부장이랑 조혜실 언니, 둘뿐이었지?"

"응."

"그게 다 학교에서 그렇게 만든 거라는 거 정말 몰라? 전교회장은 학생부장, 부회장은 여학생부장, 이렇게 된 거 아니냐고?"

그랬다. 조혜실과 손민서가 교장실로 들어가 날건이 변태 퇴출 건의를 하던 날 이후 교장은 이젠 학교에선 실체가 없는 것으로 간주되는, 음성 서클로 전락한 학생부의 파워를 인정하고선, 아예 학교 학생회로 변모시키기 위해 변칙적인 선거를 실시했다. 실제 학교를 장악하고 있는 권력자들을 음지에서 양지로 끌어내기 위함이었던 것이다.

하지만 워낙 학교가 들끓고 있던 때라 그 누구도 그런 선거에 이의를 제기할 수도 없는 상황이었고, 학생회장을 하겠다고 갑자기 나올 사람도 없었던 터라 학생부장이 자연스레 학생회장이 되었고, 여학생부장인 조혜실이 부회장이 된 터였다. 물론 각 학급부장들도 학생회장의 임명에 따라 정식으로 학생회 임원이 되었다.

그러니까 아이들에게 학생부비라는 명목으로 조직적인 갈취를 했다고 경찰서까지 다녀온 후, 순 형식적인 것이기는 하지만 어쨌든 해산 명령도 받았고, 학생부장은 유기정학 처분까지 당해 몰락한 권력이었던 학생부는 그렇게 합법적인 권력이 되어 다시 학교에서 위세를 떨게 된 것이었다. 하지만 아이들은 여태껏 회장, 부회장이란 용어보다는 학생부장, 여학생부장, 이런 식의 예전 명칭으로 그들을 불렀다. 왠지 그게 더 은밀하고 그럴 듯해 보였기 때문이었다.

"그럼 저 조혜실 언니도 공부 잘 하겠네?"

"당근이지. 반에선 1등인데 전교 등수는 좀 왔다 갔다 하는 것 같아. 그래도 어쨌든 5등 안에는 들어."

"저 언니, 영어도 무지 잘한다고 그러더라."

"그건 어떻게 아네. 어렸을 때 외국에서 살다 왔잖아. 야, 이선영, 왜 우리 학교는 일진들이 공부도 잘해야 되는지 아니?"

"……"

"그건 말이야, 그래야만 아이들뿐만 아니라 쌤들도 포함해서 학교 전체를 지배할 수 있기 때문이야. 학교랑 쌤들도 곤란한 게 있으면 걔네들을 통해서 문제를 해결할 수도 있고. 너네 학교는 안 그랬니?"

"우린 재수 없어서 범생이들이랑은 안 놀았거든."

"야, 여기도 무조건 공부만 잘한다고 되는지 아니? 내가 이야기했잖아. 공부도 잘하고, 깡도 있어야 하고, 리더십도 있어야 한다는 말."

"그런데 너는? 네가 2학년 짱 먹고 있다고 그러던데? 그럼 너도 공부 좀 하겠네?"

"얘가 미쳤구나. 내가 무슨 짱을 먹니? 나는 그런 거 싫어하거든."

"민서야, 그럼 진짜 연지가 여학생부장 되는 거야?"

"그거야 그때 가봐야 알지. 하여튼 지금까지는 거의 그렇게 가는 분위기라니까."

"이슬이는?"

"뭐?"

"이슬이는 어떻게 되고?"

"원래 걔가 되는 거였겠지만 지금은 어쨌든 가출한 상태잖아. 학교도 안 다니는데 무슨 학생부니?"

"다 먹었니? 가자."

"야, 김연지, 왜 그래?"

"말도 안 되는 소리만 하고 있으니까 그렇지. 내가 무슨 여학생부장이 되니?"

나는 솔직히 나를 여학생부장으로 찍었다는 말에 잠깐이나마 가슴이 두근거렸었다. 학교 전체 여학생들은 물론 남자아이들도 누구든 꼼짝 못하는 여학생부장. 그 자리는 선생님들은 물론 교장조차도 함부로 대할 수 없는 자리라는 걸 나는 알고 있었다. 그러나 박인영이의 입에서 이슬이라는 말이 나오는 순간 나는 비로소 정신을 차릴 수 있었다. 전교 1등도 슬이 대신인데 그럴 수는 없었다. '만약에 이슬이만 있었다면 너는' 이런 모멸스러운 소리를 3학년 가서도 들을 수는 없는 노릇이었다.

"야, 그건 나중 일이니까 우리 딴 이야기나 하자. 이선영, 아까는 미안했어. 늦었지만 우리 풀자."

"끝난 일인데 뭘."

민서가 손을 내밀자 선영이 그 손을 잡았다. 엉겁결에 우리도 선영과 악수를 나눠야 했다.

"여기 애들도 사귀면 좋은 아이들 많아. 우릴 보면 알잖아."

"어디 가나 다 똑같지 않나?"

"의정부, 무지 험악하다는 데 거기서 일진하려면 장난 아니었겠다, 너?"

나는 이슬이로부터 작년에 경기도 짱이었다는 아이가 의정부의 어느 중학교 아이라는 말을 들었던 것을 기억해냈다.

"학교마다 다르거든. 우리 학교는 잘 못 나간 편이야."

"그런데 흉터 남는데 징그럽게 담배빵은 왜 했냐?"

"이거? 거긴 좀 그렇다니까. 지금은 좀 후회해."

"그럼 너, 담배 피우겠네?"

"응, 가끔."

"하여튼 학교엔 담배 가지고 오지 마. 아니 학교에선 피우지 마. 너도 우리 학교 분위기 익숙해지면 내 말 알게 될 거야."

"쌤들이 잡나? 우리 학교는 안 잡거든."

"아니, 학생부."

"학생이 학생을 담배 피운다고 잡는다고?"

"학교 안에서만. 하여튼 지나보면 안다니까."

"헐, 무슨 학생이 선생 노릇을 하냐? 대박이다, 너네 학교."

"우리 학교."

"……."

나도 제법 한참 동안이나 우리 학교라는 말 대신 너네 학교라는 말이 나왔던 기억이 났다.

"그런데 어떻게 의정부에서 여기로 오게 된 거니?"

"우리 아빠가 여기 부대에 계시거든."

"뭐? 너네 아빠 군인이야?"

"응."

"어디 근무하시는데?"

"여기 사단 수색대장이야. 얼마 전에 발령 나서 온 거거든."

우리 집에 와서 무릎을 꿇고 울던 김남실의 아빠, '골고다 언덕의 행진'

을 만든 그 사람의 후임이 이선영의 아빠였던 것이다.

"되게 웃긴다."

"뭐가?"

"수색대장 말이야. 무서운 사람들만 가는 데라 그러던데 그래서 그런가?"

"그게 뭐?"

"아니, 전에, 그러니까 너네 아빠 전에 수색대장 하던 사람 딸도 우리 학교에서 불개미라고 좀 놀던 언니였거든."

"그랬니?"

"우와, 그 아저씨 완전 죽였는데."

"뭐가?"

인영이 이선영에게 열심히 '골고다의 행진'에 대해 떠벌였다.

"아, 나도 그 이야기 들은 것 같은데 여기가 그 학교구나. 대박."

"야, 인터넷에 완전 도배가 되었는데 당연히 들었겠지. 지금도 동영상이 얼마나 많이 돌아다니는데."

"너네, 밴드 한다며?"

"어떻게 알았어?"

"네가 반에서 드럼 채 들고 설치고 다니잖아. 그래서 물어봤지."

"야, 설친 게 아니라 어떻게 하니? 반장인 걸."

"너, 정말 공부 잘하나 보다?"

"아니라니까. 공부는 얘가 전교 1등이라고."

"그런데 어떻게 반장이 된 건데?"

"당근 선거로 됐지. 내가 입후보한 다음에 아이들 한 번 쫘악 째려 봤잖아."

"오유진인가 뭔가 하는 애는 왜 그러니? 걔, 졸라 재수 없더라."

"오유진 몰라? 탤런트 오유진. 은장도?"

"은장도?"

"그래, 은장도에서 세자빈 했었잖아?"

"걔가 그 탤런트 오유진이었어? 몰랐는데? 얼굴 별로던데."

"요새 좀 말라서 그렇지 걔가 얼마나 예쁜데."

"그래도 그렇지 무슨 거울을 그렇게 자주 보냐? 재수 없게."

"야, 그것도 옛날에 비하면 안 보는 거다, 너?"

"그랬어? 완전 볼 만했었겠네."

"야, 이선영, 너 왜 속바지 안 입고 다니니? 나 아까 민망해서 죽을 뻔한 거 아니?"

"촌스럽게 속바지를 누가 입고 다니니? 우린 이러고 교실에서 말 타기도 하고 그랬거든."

"남자아이들이랑?"

"당근이지."

"헐, 그럼 다 보일 텐데?"

"보이면 보래지 뭐."

"SC하네 야, 아까 너도 창피하니까 담요 덮고 가만히 있었던 거잖아."

"모르는 애들이잖아."

"아는 애들은 괜찮고?"

"……."

"하여튼 잘됐네. 너, 연지 얘랑도 친하게 지내라."

"뭐가 잘된 건데?"

"연지네 아빠도 군인이시거든. 연지야, 무슨 참모라고?"

"군수참모인가 그럴걸?"

"그러니? 민서, 너네 아빠는 뭐 하시는데?"

"우리 아빠? 우리 아빠 깡패야."

"……."

"왕 깡패. 인영이네 아빠는 경찰이고. 됐니?"

"야, 아빠 보고 깡패가 뭐니? 깡패가. 얘네 아빠 여기서 사업하서. 식당, 오락실, 노래방, 이런 거."

"그런 게 원래 깡패가 하는 거거든. 나는 우리 아빠 깡패라 그래도 괜찮으니까 신경 쓰지 마. 왜냐하면 그냥 시시한 깡패가 아니라 왕 깡패거든."

"왕은 무슨? 야, 왕이 아니라 제왕이잖아?"

"맞아. 나는 공주고."

"엄지 공주?"

"아니. 152짜리 난쟁이 땅꼬마 공주."

나는 악착같이 152라고 말하는 민서를 보며 웃어야만 했다. 정말로 여러모로 우리의 리더가 될 자격이 충분하고도 남는 아이였다.

"너네 아빠는 왕 딸 바보고?"

"당근이지. 왕 딸 바보. 아차, 딸 바보 이야기가 나오니까 이제 생각났다. 우리 아빠가 밴드 할 때 악기 말고 또 필요한 장비들 있잖아? 그거 다 사준다고 했어. 그래서 오부리 오빠가 정미 아빠랑 통화도 했거든."

"키보드 괜히 샀네."

"왜?"

"돈이 없어 못 산다고 했으면 너네 아빠가 사줬을 거 아니야?"

"맞아. 너네 아빠 경찰이니까 다른 애는 몰라도 너는 무조건 사 주었을 텐데. 헤헤."

#79

다음 날, 오전 쉬는 시간이긴 했는데 몇 번째 수업 후의 쉬는 시간이었는지는 기억이 안 난다. 화장실에서 나오니 강철민이가 서성거리고 있는 게 눈에 띄었다. 여자 화장실만 있는 곳이라 철민은 눈에 확 들어왔다. 우습게도 나쁜 일이라도 하다 들킨 것같이 깜짝 놀란 나는 애써 그와 눈을 마주치지 않으려고 고개를 숙이고 잽싸게 발걸음을 옮겼다.

"김연지! 야, 김연지!"

수많은 아이들이 뒤엉켜 있는 쉬는 시간의 복도에서 그게 남자 아이의 부름일지라도 누가 신경 쓸 사람은 하나도 없다는 걸 알면서도 나는 이상스레 망신을 당하는 것만 같은 기분이 들어 짜증이 났다.

"왜?"

내가 갑자기 홱 돌아서면서 자기를 쨰려봐서 그런지 철민은 주춤거렸다.

"왜? 사람을 불렀으면 말을 해야 될 거 아니니?"

"연지야, 너 내일 오후에 뭐하니?"

내일은 토요일이었다.

"왜? 내가 뭘 하든 네가 뭔 상관인데?"

"너, 우리 도장 옆에 공설운동장 실내체육관 알지?"

알다마다. 우리 집에서 걸어서도 불과 5분도 안 되는 거리에 있는 곳이었다.

"너네 아빠가 하는 도장이 거기에 있니?"

"응. 몰랐어?"

물론 나는 잘 알고 있었다. 늦은 밤에도 불을 훤히 밝힌 그 앞을 지날 때마다 어쩜 지금 누군가가 저곳에서 또 상대편에게 짓눌려 귀에 피를 흘리고 있을지도 모른다는 생각으로 한번 들어가 보고 싶은 유혹을 어렵게 떨쳐내며 지나다니던 곳이었다.

"내가 어떻게 아니?"

"너네 집 들어가는 길에 있는데."

"뭐? 너 우리 집도 알아?"

"대강."

"헐, 네가 그걸 왜 알고 있니? 그런데 왜?"

"내일 5시에 나 그 체육관에서 시합 있거든. 시간 나면 오라고."

"거길 내가 왜 가니? 너 진짜 웃긴다?"

"알았어. 와 줘. 꼭 와 줘. 됐니?"

"나만?"

"응. 너한테만 이야기한 거야. 아무도 몰라."

내가 그동안 설렘으로, 분노로, 좌절로, 기다리고 기다리던 게 바로 이런 거였다. 나는 순간 하마터면 눈물을 쏟을 뻔했다.

"무슨 시합하는데?"

"격투기. 그런데 나는 번외경기야."

"그게 뭔데?"

"아직 나이가 안 돼서 정식 시합은 못 나가잖아."

수업 시작을 알리는 벨이 울렸다.

"너, 교실에선 나한테 말 붙이지 마라?"

"올 거지?"

나는 서둘러 교실을 향했다. 나는 그날 수업을 또 다 망쳤다. 급식실에서도 밥만 타다 놓고선 제대로 못 먹었다. 가고 싶다는 생각, 가야 한다는 생각이 머릿속을 가득 채우고 있음에도 가도 되나? 하는 생각 또한 쉽게 버릴 수 없었기 때문이다. 만약에 그곳에서 백정미라도 마주치면? 물론 철민은 나에게만 이야기하는 것이라 말했으나 멀지 않은 곳에서 격투기 대회가 열린다면 아이들이 모르고 지나갈 리가 없다는 생각이 들었다.

혹시라도 백정미도 그 이야기를 듣게 된다면 철민의 초대 따위는 아랑곳하지 않고 분명 나타날 터였다. 문제는 또 있었다. 내가 혼자서 거길 다녀오게 된 사실을 아이들이 알게 된다면? 아마도 민서나 인영에게 나는 두고두고 배반을 때린 불여우로, 아닌 척만 하는 위선자로 남을 게 뻔했다. 나는 결국 내 나름대로의 가장 최선의 방법을 생각해냈다. 나는 민서와 인영을 매점으로 데리고 가 손에 아이스 콘 하나씩을 쥐어 준 후 우리 벤치로 데리고 갔다.

"웬일이니? 이 언니가 셔틀 시킬까 봐 알아서 바치는 거니?"

"야, 너들 잘 들어 봐. 아까 복도에서 우연히 강철민이를 만났었거든."

"행여나 우연히 만났겠다. 내가 너 화장실 갈 때 걔가 따라가는 거 다 보고 있었거든."

"야, 손민서, 너 웃긴다? 뭘 그런 걸 감시하고 있니?"

"아니거든. 나도 화장실 가다가 우연히 본 거거든?"

"관둬라. 기분 무지 더러워지네."

"삐치기는. 뭔데?"

나는 다시 한참을 망설여야 했다.

"뭔데? 강철민이 뭐?"

"으음, 걔 말이야, 내일 시합 있다고 그러더라."

"격투기 시합?"

"응, 그런가 봐."

"그래서? 너보고 오래?"

"그건 아니고 그냥 자기는 아직 나이가 안 돼서 진짜 시합 못 나간다는 말만 하던데?"

"얘가 웬 횡설수설일까? 너보고 오랬구나?"

"아니, 우리보고 오래."

"언제 어디서 하는데?"

"다섯 시에 공설운동장 실내체육관이라던데?"

"그런데 그 이야기를 왜 너한테만 했는데? 그것도 화장실까지 따라 가서."

"그걸 내가 어떻게 아니? 너네한테도 이야기하겠지 뭐."

"그 자식 귀여워 해줬더니 안 되겠네. 저번에 공연 초대장도 너한테만 주고 말이야."

"우리 가 볼까?"

"야, 박인영, 난 안 가. 너나 연지랑 갔다 와."

"왜?"

"야, 내가 미쳤다고 쪽팔리게 꼽사리 끼냐? 연지만 오라고 한 건데?"

"우리보고 같이 오라고 그랬다 하잖아?"

"야, 척보면 모르니? 걔가 행여나 같이 오라고 그랬겠다. 내 말 못 믿겠으면 강철민이한테 가서 물어 봐."

"헐, 그런 건가? 그럼 나도 당근 안 가지."

나는 순간적으로 당황해졌다.

"야, 김연지, 너 정말 완전 큰일 났구나?"

"뭐가?"

"야, 내일이 토요일이니까 오후 내내 학원에 붙잡혀 있어야 되는 날 아니니? 전교 1등이 그런 것도 생각 못할 정도면 큰일 난 거지. 숙, 수, 무, 책."

"야, 언제 내가 간다고 그랬니? 걔가 나한테 우리 보고 오라고 했다고만 했지."

"여보세요, 아줌마. 지금 무지 횡설수설 하고 계시거든요?"

"알았어. 들어가자."

"야, 김연지, 너, 내가 강철민이한테 우리도 같이 오랬냐고 정말 물어 본다? 괜찮지?"

"네가 리더라며? 마음대로 하지 그래?"

"야, 어디 가는데?"

"교실 가지, 어디 가니?"

"삐치기는? 알았어. 이 언니가 잘못했어. 야, 내일은 꽃 사가지고 가자."

"안 간다며?"

"또 그런다. 이 언니가 같이 안 가주면 너도 못 갈 거 아니야. 안 그래?"

"야, 됐거든?"

"알았어. 이따 다시 이야기하자. 김연지, 너 수업에 집중해라?"

"너도 백정미 꼴 한 번 나야 정신 차리지?"

"너, 이선영이 못 봤구나? 아차, 맞다. 빨리 들어가자"

"안 들어 갈 것 같더니 또 왜 서두르는데?"

"1반이랑 축구 시합 있잖아. 명단 짜야지."

"남자아이들 하는 걸 왜 네가 명단을 짜니?"

"야, 이 언니가 감독이거든."

"감독 같은 소리하네. 너 진짜 오지랖 넓다?"

"그거 이제 알았니? 그게 내 단점이고 장점이잖아. 니들 이따가 응원 열심히 해라?"

"만날 지는데 응원은 무슨 응원을 하니?"

"그러니까 응원해야지. 어, 가만히 있어 봐. 걔, 내일 시합이면 오늘 축구도 못하는 거 아닌가? 그럼 큰일인데."

"너, 걔한테 쓸데없는 소리하면 죽는 거, 알지?"

"야, 나는 말이야, 내가 오는지 모르고 있을 때 '짠' 하고 나타나는 게 더 좋거든. 원래 주인공들은 그렇잖아? 아무 소리 안 할게. 됐니?"

나는 이 손민서라는 아이는 그 누구도 못 말릴 것이라는 생각이 들었다. 누구도 미워할 수 없을 거라는 생각도 들었다. 비라도 한소끔 뿌릴 양인지 슬이의 북한산은 한낮답지 않게 어둡고 음산한 구름으로 덮여있었다.

#80

"왜? 어디 가게?"

"예, 가볼 데가 있거든요."

"어디인데 엄마 몰래 가려고?"

"별일은 아닌데 엄마가 알면 또 이야기 길어지거든요."

"알았어. 나는 모르는 일이다?"

나는 내가 학원에서 없어진 사실을 두고 엄마에게 전화를 걸지 않도록 원장에게 부탁을 한 것이었다. 물론 군이 엄마를 속이고 싶은 생각은 없었다. 나는 명색이 토요일 오후이기까지 한데 한두 시간 정도의 다른 짓을 용납 못 할 엄마는 아니라는 건 물론 잘 알고 있다. 하지만 엄마는 행선지나 이유를 분명 꼬치꼬치 캐물을 것이었다. 그리고선 영화 한 편도 아닌 뜬금없는 격투기 구경이라면 아마도 절대 허락지 않을 것이고, 그럼 또 엄마와의 피곤한 전쟁이 시작될 것이기에 아예 말하지 않고, 모르게 넘어가는 방법을 택한 것이었다.

학원 밖은 휘몰아치는 바람과 함께 비가 무섭게 쏟아지고 있었다. 뉴스는 때 이른 장마라고 했다. 맞지 않고 바라볼 때의 비는 늘 가슴을 먹먹하게 만든다. 늘 말을 잊게 만들고 왠지 혼자이고 싶어지게 만든다. 때로는 그 빗발 속으로 뛰어 들어가 옷이 몸에 착착 감기도록 흠씬 맞아보고 싶게도 만든다. 휘몰아치는 세찬 비바람을 온몸으로 느끼며 마냥 걷고 싶게 만든다. 민서나 인영 또한 나와 비슷한 생각을 하고 있었는지 우리 셋은 학원 현관 앞에서 한참동안이나 망연히 쏟아지는 비를 바라보고 있었다.

"야, 안되겠다. 내가 택시 부를게."

아무래도 읍내만 벗어나도 읍내 전체보다도 넓은 것만 같은 논들이 펼쳐져 있는 이곳에서는 아이들에게도 전화로 택시를 부르는 게 어색하지 않았다. 고층아파트와 번화한 거리, 있을 건 다 있으면서도 어쩔 수없이 시골은 시골인 것이다. 택시를 기다리는 시간은 20분이나 됐지만 탄 시간은 거의 10분 정도, 우리는 철민이 시합을 벌인다는 실내체육관에 도착했다. 비 탓인지 아니면 알려지지 않아서 그런지 체육관 안은 비교적 한적했다.

"야, 우리 저기 앉자."

"너무 앞 아니니?"

"앞에 앉아야 잘 보이지."

우리는 링에서 멀리 떨어지지 않은 곳에 자리를 잡았다. 링 안에서는 벌써 두 명의 선수가 치열한 싸움을 벌이고 있었다. 나는 가끔씩 아빠와 함께 TV로 격투기를 본 경험이 있는지라 서서 치고받고 하다가 바닥에서 뒤엉켜 구르고 하는 선수들의 모습이 별로 새롭지는 않았다.

"어휴, 징그러워. 저게 싸움이지, 무슨 운동이니? 저 피 좀 봐."

"야, 박인영, 촌스럽게 굴지 말고 조용히 좀 해라. 원래 저런 피 보려고 오는 거거든."

"저런 걸 돈 내고 와서 보냐?"

"야, 여긴 공짜지만 유명한 선수들 시합은 엄청 비싼데도 표가 없어서 못 살 때도 많거든."

"어? 야, 민서야, 민서야. 저기 너네 아빠 아니니? 너네 아빠 같은데? 맞지?"

"야, 조용히 좀 하라니까. 맞아, 우리 아빠."

"너네 아빠도 이런 거 보는 걸 좋아하나 보지?"

"야, 이 시합 우리 아빠가 연 거야."

"열어?"

"우리 아빠가 주최하는 거라고."

나는 인영이 호들갑 떨며 가리키는 곳을 바라보았다. 그곳에는 다른 곳과는 달리 위에 과일과 생수 같은 것들이 놓인 탁자를 앞에 두고 다리를 꼰 채 푹신한 의자에 등을 기댄 하얀 양복 차림의 뚱뚱한 남자가 앉아 있었다.

"너네 아빠 무지 웃긴다?"

"뭐가?"

"야, 비가 이렇게 오는데 웬 하얀 양복이냐? 패션 감각 완전 죽음 아니니?"

"야, 보스는 원래 저렇게 입는 거야."

"보스?"

"응, 보스. 제왕."

"그런데 너네 아빠가 이런 걸 왜 여니? 이런 걸로도 돈을 벌 수 있나 보지?"

"야, 돈은 무슨 돈이니? 협회 회장이니까 돈 들여가면서 여는 거지."

"협회 회장? 보스라며? 제왕이고?"

"그런 게 있어. 야, 김연지, 강철민이는 언제 나오니?"

"그걸 내가 어떻게 아니?"

"얘가 벌써 뻗어가지고 갔나? 야, 다섯 시까지 오라고 한 거 맞지?"

"맞는다니까."

"그럼 아직 안 나온 건가?"

"기다려 봐. 기다리면 나오겠지 뭐."

"우리 학교 아이들도 좀 왔네."

"백정미는 안 왔나 찾아 봐."

인영이 정말로 사방을 열심히 둘러보았다.

"안 온 거 같은데?"

"야, 왔으면 왔지 뭘 그렇게 보냐? 촌스럽게."

"야, 김연지, 원래 여기가 촌이거든. 여긴 너같이 눈 내려 깔고 신발만 보면서 다니면 재수 없다고 그러는 촌 동네라고."

"나 안 그러거든?"

"너, 말 나온 김에 언니가 이야기하는데 여긴 너무 조신 떨면 내숭 떤다면서 재수 없다고 그런다 너."

"내가 언제 조신 떨었니?"

"너 혼자 다닐 때 어떻게 걷는지 알아? 완전 재수야."

"마음대로 생각해."

"야, 선수들이 너네 아빠한테 인사 무지 깊숙이 하는 거 있지."

"우리 아빠가 후원하는 선수들일걸?"

"그런 것도 해?"

"원래 우리 아빠 정도 되면 다 하는 거야. 그 대신 명함이 멋있어지거든."

"민서야, 너네 아빠는 키 안 작은 것 같은데?"

"170. 난 엄마만 닮았다니까."

"야, 저러다 죽는 거 아니니? 우와, 무서워."

"야, 이 맛에 보는 거라고. 저 사람들 좀 봐. 완전 난리도 아니잖아?"

"강철민이도 저렇게 맞는 거 아닐까?"

"그럴 수도 있는 거지 뭐."

링은 계속 다른 선수들로 채워지고 있었다.

"이런걸 뭐 하러 하니?"

"야, 박인영, 연지처럼 얌전히 좀 보고 있어라. 너 진짜 말 많다?"

"연지는 걱정이 돼서 말이 없는 것이고."

"박인영, 말 만들어 내지 마라?"

"내가? 너 강철민 걱정하는 거 맞잖아. 아니야?"

"아니거든?"

나는 정말 철민을 걱정하고 있던 게 아니었다. 그냥 정신없이 경기에 몰입하고 있었던 거다. 나는 격렬하게 치고받는 선수들을 보면서, 그들의 기합과 몸을 때릴 때마다 나는 소리를 들으면서, 흐르는 피와 튀는 땀을 보면서 말할 수 없는 쾌감과 매력에 흠씬 젖어있던 터였다.

"다음은 신인 유망주들의 번외 경기입니다. 지금 나올 두 선수 모두 연령 미달로 아직은 협회에 선수 등록은 안 됐습니다만 모두 앞날이 기대되는 유망주이니 여러분들께서도 적극적으로 응원 및 격려를 해주시기 바랍니다. 선수 입장!"

"야, 야, 강철민이다. 강철민."

강철민이가 앞뒤로 주먹을 번갈아 뻗으면서 어깨에 수건을 두르고 양동이를 손에 든 사람과 함께 링을 향해 빠른 걸음으로 다가오고 있었다.

"야, 인마, 강철민! 누나 왔다."

민서였다. 철민이 우리 쪽을 바라보고선 미소를 지었다. 나는 맹세코 우리 쪽을 바라본 게 아니라 나를 바라본 것이라고 말할 수 있다.

"강철민, 파이팅!"

민서와 인영의 소란에 철민은 손을 들어 우리에게 흔들더니 링으로 오른 다음 한손으로 줄을 잡고 훌쩍 뛰어넘어 링 안에 선 후 연신 허공에 대고 주먹질을 해대었다.

"그럼 선수를 소개해 드리겠습니다. 청 코너 파주 팀브레이크짐 소속 64Kg, 강철민, 홍 코너……."

나는 침을 그야말로 꿀꺽 삼켰다.

"우와, 강철민, 이렇게 보니까 좀 짱인데?"

"야, 저 사람이 강철민 아빠인가 보다. 완전 닮았지 않니?"

"딱 보니 그러네 뭐."

강철민의 아빠는 링 구석의 작은 의자에 앉아 있는 철민의 얼굴에 무슨 연고 같은 걸 발라 주면서 계속 말을 하였고 철민은 다 알아들었다는 듯 연신 고개를 끄덕였다.

"세컨 아웃!"

강철민의 아빠가 철민의 입에 마우스피스를 물려 준 후 의자를 들고 링에서 내려왔다.

"자, 준비 됐지?"

심판이 철민과 그의 상대의 주먹과 얼굴을 차례로 살피더니 '팔꿈치 사용은 안 돼. 낭심도 가격해서 안 되고…….' 나는 알아듣기 힘든 규칙을 설명해주고선 둘에게 번갈아가며 묻자 둘 다 고개를 끄덕였다.

"땡!"

드디어 시작종이 울리고 두 사람은 서로를 향해 돌진을 했다. '퍽! 퍽!' 철민과 상대 선수가 내 눈앞에서 어지럽게 돌아갔다. 나는 도대체 무엇을 보았는지 기억할 수 없다. 그저 글러브를 낀 주먹이 몸을 때릴 때마다 나는 '퍽! 퍽!' 그 소리만이 내 뇌리에 남아있을 뿐이다. 민서와 인영은 일어서서 두 손을 모아 입에 대고 마구 소리를 지르고 있었다. 하지만 나는 꼼짝도 못한 채 자리를 지켰다. 일어설 수도 없었고 소리를 지르지도 못했다. 민서가 그런 나를 보고선 뭐 하느냐는 듯 내 어깨를 툭툭 치며 일어나라는 손짓을 몇 번이나 하고 심지어는 잡아끌기까지 했지만 나는 요지부동이었다. 드디어 1회전이 끝났다.

"야! 쟤, 눈 부은 것 좀 봐."

"아까 저 새끼가 머리로 받아서 그런 거잖아."

"피도 나는데?"

"어떻게 하니? 완전 장난 아니다, 얘."

철민의 아빠가 철민을 자리에 앉힌 후 마우스피스를 뺄게 하고선 입에 물을 넣어주자 철민은 입안을 몇 번 헹구는 것 같더니 그 물을 다시 뱉어냈다. 철민의 아빠가 눈가에서 피를 닦아낸 후 그 자리에 아까 얼굴에 발랐던 연고를 발라주고선 자신이 직접 권투 동작을 취하면서 철민에게 뭐라고 지시를 했고, 철민은 시작하기 전과 마찬가지로 연신 고개를 끄덕였다.

2회전이 시작되었다. 내내 서서 치고받던 1회전과는 달리 두 사람은 잠깐 선 채로 치고받더니 곧 링 바닥에서 서로 엉킨 채 엎치락뒤치락하면서 거친 숨을 내뿜었다.

"야, 저 새끼 완전 센데?"

"……"

어느새 민서도 나처럼 말이 없어졌다.

"야, 아까 피 난 데서 또 피 난다. 우와, 피 장난 아니게 많이 나는데."

그랬다. 철민의 눈가에서 흘러내리는 피는 이제 그의 얼굴을 거의 다

덮었고, 링 바닥 매트 위에다 수많은 무늬를 만들어 내고 있었다. 섬뜩하게 붉은 피 사이로 간간이 보이는 철민의 눈은 무섭게 빛이 나 보였다. 심판이 경기를 중지시킨 후 링 옆으로 올라 온 의사에게 철민을 데리고 가자 의사가 피를 닦아낸 후 상처를 들여다보더니 고개를 끄덕였고, 그의 아빠가 그 상처에 또 연고를 발라준 후 경기는 다시 시작되었다. 2회전이 끝났다. 의자에 앉아 숨을 몰아쉬는 철민의 눈가에서는 또 다시 피가 흐르고 있었다.

"가자."

민서가 소리를 지르며 링 쪽으로 뛰쳐나갔고 나 또한 민서를 따라 달려 나갔다. 나에게 어디서 그런 용기가 나왔는지는 지금도 나는 알 수가 없다.

"야, 강철민! 지면 너 나한테 죽음이다?"

민서의 고함은 체육관에 쩌렁쩌렁하게 울려 퍼졌다. 철민은 한쪽 눈이 퉁퉁 부어 거의 감겨져 있었다. 철민이 바삐 상처를 치료하는 자기 아빠의 손길을 피해 고개를 돌려 우리를 바라보았다. 아니 나를 바라보았다. 철민은 분명 웃고 있었다. 하지만 나는 아무 말도 하지 못했다. 그와 눈이 마주친 순간 터져 나와 버린 눈물 때문에 바로 앞의 그의 모습조차도 흐릿했다.

"야, 강철민, 연지까지 왔는데 지면 나한테 죽는다고. 알아?"

나는 민서도 울고 있다는 걸 알았다.

철민의 아빠는 그런 우리를 보고 웃고 있었다. 3회전이 시작되고 우리는 다시 자리로 돌아왔다.

"야, 너네 웬 난리니? 어휴, 창피해."

시작하자마자 철민의 눈에서 다시 피가 흐르기 시작하자 심판은 곧 경기를 중지시켰고 철민의 아빠는 어깨에 걸치고 있던 타월을 링 안으로 집어 던졌다. 그걸로 경기는 끝이었다.

81

강철민은 자기 아빠와 함께 쓸쓸히 퇴장을 했다. 아니 내 눈에 그 뒷모습이 쓸쓸하게 보였을 뿐인지도 모른다. 그의 모습이 완전히 사라지자 내 머릿속에 떠오른 것은 한 가지, 내 난데없는 울음이 이 아이들에게 어떻게 비쳐졌을까, 어떻게 빨리 이 어지러운 마음을 추슬러서 이 아이들 앞에서 담담해 보일 수 있을까, 하는 걱정이었다.

나는 허겁지겁 그런 생각부터 하고 있는 내가 참으로 가증스럽게 느껴졌다. 그런 나 자신을 싫어하면서도 늘 나 자신이 남에게 어떻게 비쳐질까, 그것에만 모든 신경이 집중되곤 하는 나. 나는 작년에 등굣길 버스에서 내리다가 그 버스가 갑작스레 출발하는 바람에 중심을 잃고 넘어져 도로 바닥에 나둥그러져서 발목을 크게 다쳤음에도 태연히 일어나 횡단보도를 다 건너간 적도 있었다. 내가 바닥에 주저앉은 것은 옆을 지나던 한 아줌마가 소스라치게 놀라 '어머, 학생 발에 피 나는 것 좀 봐' 하고 소리를 치는 바람에 내가 비로소 내 발목을 쳐다본 후였다. 나는 그날 열세 바늘이나 꿰매는 수술을 받아야 했다.

나는 아무리 지각을 할 것 같아도 어지간해서는 버스를 뛰어가서 타지 않는다. 달려갔음에도 버스를 놓치고선 허탈해서인지 아니면 민망한 마음에서인지 딱 바보같이 보이는 웃음을 짓는 사람들을 볼 때마다 화가 나기 때문이다. 나는 어쩜 하루에 수십, 수백 번은 거울을 들여다보고 있는 오유진이보다 더 많이 얼굴에, 머리에, 표정에 신경을 쓰고 있는지도 모른다.

민서는 나한테 내가 혼자 걸을 때의 모습이 참 재수 없어 보인다고 말했다. 나는 민서의 따끔한 지적이 나를 정확히 본 것이라는 걸 잘 알고 있다. 나는 모든 사람들의 시선을 의식하며 절대 흐트러지지 않으려 하면서, 그 어떤 것도 나의 관심을 끌 수 없다는 것을 보여주기라도 하는 양, 눈을 내리깐 채 앞만 보고 다니고 있기 때문이다.

나는 나 자신에게 솔직해야 할 때, 솔직해도 될 때도 전혀 솔직하지 못하는 바보, 멍텅구리이고 아주 사악하고 교활하며 가증스러운 위선자인 것이다. 나는 한 마디로 꼴값이고 재수였다. 나는 남에게서 한 번도 자유로운 적이 없었다. 자유로운 것은 오직 생각뿐이었다. 그나마 오늘 아주 다행스러운 것은 천하의 손민서가 처참한 강철민의 몰골을 보고선 내 바로 옆에서 울었다는 것이다. 만약에 그 아이들 앞에서 나 혼자 울었었다면 정말 큰일 날 뻔한 거다.

"야, 우리 가볼까?"

"어디를?"

"선수들 대기하는 데 있을 거 아니야?"

나는 강철민의 얼굴을 마주할 자신이 없었다.

"민서야, 우리 나가자."

"지금? 철민이 보러 안 갈 거야?"

"안 갈래."

"너 좀 그런 거 아니? 저번에 공연장에서도 그렇고. 야, 좀 솔직하면 안 되니?"

"나는 원래 그렇거든. 가자니까."

"알았어. 그럼 잠깐만 있어 봐."

민서가 쪼르륵 딸 바보에게 달려갔다가 언제 울었나 싶게 입을 귀에 건 채 자리로 돌아왔다.

"야, 가자."

"어디를?"

"따라 오기만 해."

체육관 입구에는 민서 아빠의 커다란 승용차가 우리를 기다리고 있었다.

"타!"

나와 인영은 서로의 얼굴을 바라보며 잠시 망설였다.

"어디 갈 건데?"

"야, 저 비 좀 봐라. 버스 정거장까지 가려면 한참 걸어야 하니까 어차 피 택시 불러야 되잖아. 우리 아빠가 기사 아저씨한테 태워다 주라고 했 어. 내가 부탁했거든."

"연지네 집, 이 부근 아닌가?"

그 말을 듣자 민서가 나를 그윽한 눈으로 바라보았다. 나는 그 눈빛을 이겨내고 우리 집이 코앞이라고 말을 할 수는 없었다.

"가자."

우리는 모두 차에 올라탔다.

"손민서, 아까 걔, 니 애인이니?"

"누가?"

"아까 완전 박살난 애 말이야."

"헐, 내 눈이 그렇게 낮은지 알아요?"

"애인인 거 같던데? 눈물을 펑펑 쏟으면서 '야, 너 지면 죽음이다.' 나 참 웃겨서. 그래도 그놈 격투기에 소질은 있어 보이더라."

"아저씨, 비 많이 오는데 운전에나 신경 쓰지 그래요?"

"야, 회장님이 아까 너보고 얼마나 웃으셨는지 알아? 우리 딸 영화 데 뷔 시켜야겠다고 하시더라고."

"아빠 원래 아무거나 보고도 잘 웃거든요?"

"어디에 내려줄까? 어차피 나도 회장님 모시러 다시 가야 하니까 너무 멀리는 못가거든. 금촌에서 저녁 먹을래?"

"예. 오늘 같은 날엔 등심에다 소주 한 잔 해야 되는 거 아니에요?"

"자식, 뭘 모르네. 인마, 비 올 때는 빈대떡이나 파전이거든. 막걸리에다."

"그건 아저씨같이 늙은 사람들이나 그렇고."

"나, 서른하나밖에 안 됐거든."

"어려서 좋겠네 뭐."

"민서야, 어디 갈 건데 그래?"

"금촌, 우리 식당. 왜? 싫어?"

"야, 연지는 학원으로 가야 되지 않나?"

"연지야? 괜찮지?"

이 맹랑한 아이는 나야 말로 생전 마셔보지도 않은 소주 생각을 하던 참이라는 걸 알기는 알까?

"당근이지."

"거 봐. 아무리 전일이라도 오늘 같은 날 학원에 가서 공부를 하고 있으면 그건 사람도 아니지."

"야, 손민서, 전일이 뭐냐?"

"아저씨는 왜 자꾸 남의 이야기를 엿듣고 있어요? 아빠한테 이른다?"

"야, 좁은 차안에서 엿듣긴 뭘 엿들어? 전일이 뭔데?"

"전교 1등."

"공부 전교 1등?"

"당근이지."

"그래? 나랑 똑같네. 나는 싸움 전교 1등이었거든."

"그 몸매로?"

"야, 유도하면 원래 이렇게 되는 거거든?"

"헐, 말도 안 돼."

"쟤가 정말 공부로 전교 1등이야?"

"딱 보면 몰라요? 답이 안 나와?"

"그런데 어떻게 너 같은 아이랑 친구냐?"

"나 같다니? 아주 막 가네. 내가 애들 리더인 건 모르지요?"

"네가 짱이야? 너 싸움 잘해?"

"어이구, 만날 싸움 타령은? 밴드 리더라고. 정글짐 밴드 리더!"

우리를 태워다 준 민서 아빠의 운전기사는 창문을 열고선 차에서 내린 우리에게 한마디를 던지고서 떠났다.

"야, 손민서. 아까 걔 말이야, 졌다고 진짜 죽이면 안 되는 거 알지?"

그날 저녁 우리는 민서네 식당에서 고기를 실컷 먹은 후, 또 민서네 노래방에서 신나게 놀고선 집으로 돌아왔다. 하지만 나나 민서, 인영도 우리가 지금 진짜로 신이 나서 이러고 있는 게 아니라는 걸, 때문에 우리가 다른 때보다도 더 오버를 하고 더 신이 난 듯 악악 대고 있다는 걸 함께 느끼고 있었을 터였다.

학원 원장은 내가 약속한 시간보다도 훨씬 늦게 나타났음에도 나무라지도 묻지도 않았다. 물론 엄마에게 전화도 안 했다. 나는 어쩜 그게 옥상 위 조립식 건물 지붕으로 떨어지는 빗소리, 교실 안을 꽉 채운 에어컨 소리와 숨 막힐 듯한 열기, 언제 나타날지 모르는 단속반원들, 매일 밤 그들에게 걸릴까봐 심화반원들에게 어두컴컴한 학원을 하나둘씩 소리 없이 빠져 나가게 하고선 옆 아파트 주차장에 모이게 하여 그곳에 대기 중인 학원 버스에 태우는 비밀 작전을 수행하여야만 비로소 끝나는 일상 등등으로 겉보기와는 달리 지칠 대로 지쳐있는 탓에 그렇게 너그러웠는지도 모른다고 생각을 했다. 아빠의 말대로 공부를 하겠다는 걸 법으로 막는 이상한 세상에서는 학원 원장 노릇하기도 참 팍팍한 것이다.

집으로 돌아오니 새벽 1시 20분. 기타고 뭐고 간에 나는 그대로 침대에서 골아 떨어졌다.

제7장

에필로그_이별

제7장 에필로그_이별

내 지친 시간들이 창에 어리면 그대 미워져
너무 아픈 사랑은 사랑이 아니었음을……

#82

"연지야, 김연지, 그만 자고 일어나 전화 좀 받아라. 아무리 일요일이라도 그렇지 지금 시간이 몇 시인데 아직도 안 일어나니? 전화 불나겠다, 애."

나는 아래층에서 들려오는 엄마의 목소리에 비몽사몽 겨우 눈을 떴다. 나는 전화가 아닌 내 몸이 불타고 있는 것 같았다. 온몸이 축축 늘어지면서 머리는 머리카락에 손만 스쳐도 절로 신음소리가 나올 만큼 깨질 듯 아프고, 온몸은 열기로 가득하고, 나는 거울에 비춰보지 않아도 내 얼굴이 달아올라 붉게 물들어 있음과 두 눈이 퉁퉁 부어 있음을 알 수 있었다. 나는 절대 침대 위에서 몸을 일으키지 못할 것만 같은 느낌이 들어 다시 눈을 감았다. 서너 달에 꼭 한 번은 앓고 지나가는 몸살이 또 온 것이었다.

또 다시 잠으로 빠져드는 순간, 나는 어디선가 '붉은 노을'이 흘러나오고 있다는 것을 깨달았지만, 그리고 그게 전화가 왔음을 알리는 나의 핸드폰 소리라는 걸 이내 알아차렸지만 좀체 정신을 가다듬지 못하고 결국에는 소리를 놓치고 말았다.

"연지야, 연지야! 어머, 얘 열 좀 봐. 연지야, 일어나 봐."

나는 결국 눈을 떴다. 어느새 엄마가 내 침대에 걸터앉아 있었다.

"많이 아프니? 또 몸살 온 거야?"

"그런 거 같아."

"어떻게 하니. 너는 무슨 애가 꼭 시험 때가 되면 아프고 그러니? 못 일어나겠어?"

"일어날게."

나는 겨우 몸을 일으켰다.

"엄마, 몇 시야? 나 물 좀."

"11시 다 됐잖아. 너 말이야, 아무리 아파도 손민서라는 아이에게 전화부터 좀 해 봐. 너한테 핸드폰을 열 번도 더 했는데 전화를 안 받아서 집으로 전화를 하는 거라고 하더라."

"무슨 일 있대?"

"죄송하다면서 너 깨워서 빨리 전화 좀 해달라고 하던데?"

나는 흐트러진 생각을 모으려고 한 건데 엄마는 자기를 멍하니 쳐다보는 내가 이상했나 보다.

"왜 그러니? 너네 무슨 일 있는 거야?"

나는 아주 불길한 예감에 몸을 떨었다. 일요일 아침에 전화를 열 번도 넘게 하다니? 늘 밝고 긍정적인 손민서가 급기야 핸드폰 아닌 집으로까지 전화를 했다면 뭔가 큰일, 안 좋은 일이 생긴 게 틀림없었다.

"엄마, 내 전화."

엄마가 책상 위에서 핸드폰을 집어 나에게 건네주었다. 엄마의 말은 사실이었다. 부재 중 전화로 민서의 번호가 화면을 가득 메우고 있었던 거다. 나는 무서워서 차마 전화를 걸 수 없을 것 같았다.

"왜 그래? 무슨 일인가 전화 해보지 않고."

"엄마, 나 무서워서 전화 못 하겠어."

"왜? 왜 그러는데?"

"몰라. 그냥 무서워 죽겠어."

"어머, 얘 몸 떠는 것 좀 봐. 안 되겠다. 일요일이니까 동네 병원은 문 닫았을 거고 어디 응급실이라도 가야겠다. 잠깐만 있어봐. 나 내려가서 아빠 들어오라고 전화할게. 너네 아빠는 만날 테니스는 무슨 테니스니?"

"엄마, 물."

"그래."

곧 엄마가 물 잔을 들고 다시 나타났다. 나는 그때까지도 민서의 번호가 가지런히 적혀있는 내 핸드폰 화면만 들여다보고 있었다. 물을 한 잔 마시고선 나는 드디어 민서가 연결되도록 '통화'를 눌렀다.

"연지야, 왜 이렇게 연락이 안 돼?"

"……"

"연지야, 강철민이, 철민이가 죽었어."

"……"

"연지야, 듣고 있니? 듣고 있는 거지? 철민이가 어젯밤에 자기네 체육관 앞에서 칼에 찔려서 죽었다고. 나 지금 시청 옆에 도립병원에 와 있거든……"

나는 민서의 오열이 점차 아득하게 느껴지면서 그대로 핸드폰을 떨어트리고 말았다.

"연지야! 연지야……"

핸드폰 속에서도, 내 옆에서도 소리쳐 나를 부르고 있는데 점점 멀어져 가고 있었다. 모든 것이 무너져 내리고 있었다.

'알았어. 와 줘. 꼭 와 줘. 됐니? 나만? 응, 너한테만 이야기한 거야. 아무도 몰라.'

나는 엄마의 비명 속에서 결국 정신을 잃었다.

눈을 뜨고 둘러보다가 나는 내가 병원 침대에 누워있다는 것을 알았다. 엄마는 내 발치에 앉아 잡지를 읽고 있느라 내가 잠에서 깨어났다는 걸 모르는 것 같았다.

"엄마, 물."

"깼네. 좀 괜찮니?"

엄마가 준 물을 마시고 나니 조금씩 기억이 되살아나는 것 같았다.

'연지야, 강철민이, 철민이가 죽었어.' 민서의 오열과 절규, 나는 몸이 또 마구 떨려왔다.

"또 떨려? 그렇게 심하게 떨더니. 누워. 누워서 생각해."

나는 엄마의 손에 이끌려 다시 자리에 누웠다.

"아침에 담임선생님이랑 손민서, 박인영이라는 아이 왔다 갔어."

"엄마, 지금 몇 시야?"

"지금? 4시 좀 넘었네."

"아직 일요일이지?"

"월요일이잖아. 너 꼬박 하루 넘게 잔거거든."

나는 민서와 통화를 하였던 게 분명 꿈일 것이라는 생각이 들었다. 나는 몸살을 앓을 때마다 늘 그런 이상한 꿈을 꾸는 바람에 엄마 아빠를 놀라게도 하고 웃기기도 했었다. 언젠가는 내 강아지를 품에 안고 있으면서도 이름을 부르면서 서럽게 울어 엄마를 자지러지게 한 적도 있었다. 꿈에서 내 강아지는 분명히 차에 치어 죽었었다. 그러니 민서와 전화를 한 것도, 내 기억에 남아 있는 그 아이의 무서운 이야기 역시 또 꿈일 터였다.

"연지야, 오늘 아침에 장례식 치렀어."

엄마가 울기 시작했다. 나는 이딴 이야기는 절대 믿지 않기로 했다. 지금 엄마의 말도 분명 그냥 꿈일 터였다. 나는 심한 몸살 환자이고, 내 몸살의 가장 큰 증상은 이 따위 꿈을 꾸는 것이니까. 나는 미동도 않고 천장만 뚫어지게 바라보았다.

"그런 새끼들은 씨를 말려야 하는데. 어떻게 한데? 불쌍하고 아까워서."

나는 그게 내 옆 침대에 누워있는 아줌마가 하는 소리라는 걸 알았다.

"연지야, 그 아이가 너 좋아했다며? 너도 걔 좋아하고."

"......"

"어떻게 하니? 어떻게 해?"

"......"

"그래. 울어라, 울어. 실컷 울어."

엄마가 휴지로 나의 볼과 눈가를 닦아주었다.

"우리 연지 가여워서 어떻게 하나? 가여워서……"

엄마는 소리 내어 흐느끼고 있었다.

'엄마, 울지 마. 꿈이라니까. 꿈이라고.'

나는 또 다시 정신을 잃었다. 아니 잠이 들었던 모양이었다. 눈을 떴을 때 분명 내가 꿈속을 헤매다가 잠이 깬 것이라는 걸 알았으니까. 창밖엔 어느새 밤이 와 있었다. 나는 내가 방금 전에 꾼 꿈을 기억해내려 무진 애를 썼다. 분명히 잠에서 깨기 전만 해도 '이건 꿈이야, 빨리 깨어나야 해'라는 생각이 들 정도로 아주 선명한 꿈을 꾸고 있었는데 눈을 뜬 순간 모든 내용이 송두리째 사라져 버릴 때의 그 허망함. 나는 못내 아쉽고 억울했다.

엄마는 내 발치에 엎드려 잠이 들어있었다. 나는 엄마가 깨지 않도록 조심해서 몸을 일으켜 창가에 섰다. 창밖은 어둠 속으로 펼쳐진 너른 논이었고, 그 너머 멀리 학교가 있는 읍내가 불 빛 속에 모습을 드러내고 있었다. 이곳 파주의 삼릉읍이라는 곳으로 온 지 벌써 다섯 달. 나는 이제 어떤 방면에서도 우리 학교를 찾을 수 있었고, 정민지가 뛰어내린 설악아파트도 어디 정도에 있을 것이라 가늠할 수 있었으며, 이슬이의 정글짐이 있는 초등학교도, 심지어는 강철민이 다녔던(과거형을 써야 된다는 게 너무나도 슬프다) 교회까지 대충 저기쯤에 있을 것이라고 짐작할 수 있었다.

그 순간, 나는 문득 깨달았다. 내가 꿈속에서 분명 정글짐을 봤다는 걸. 나는 때때로 잠을 깨면서 잊었던 꿈이 어느 정도 시간이 지난 후 기억나는 경우가 있다. 그런데 이번에는 다른 내용도, 장면도 전혀 생각이 나지 않고 오직 어렴풋한 정글짐만 기억이 난 것이었다. 나는 어쩜 슬이에게, 정글짐에게 너무 무심했었기에 그게 꿈속에서 나타난 것일지도 모른다는 생각을 했다. 그때 민서가 병실로 들어섰다.

#83

민서와 나는 엄마에게 허락을 받고선 병원 1층의 커다란 로비에 있는 의자에 자리를 잡았다. 진료를 받길 원하거나 입, 퇴원 수속을 밟는 사람도 없는 한밤중의 병원 로비는 비상등을 빼고선 불을 모두 꺼버려 귀기가 서릴 정도로 어두컴컴했다. 아마도 겁 많은 나는 이런 일만 아니라면 절대 그런 곳에 혼자 가지도, 있지도 못할 터였다.

"괜찮니?"

"응, 괜찮아. 학원은?"

"야, 김연지가 이러고 있는데 지금 언니가 학원 생각할 때니?"

"학원 생각할 때 맞거든?"

"철민이 말이야, 화장해가지고 연천인가 하는 데 한탄강에다 뼛가루 뿌린다고 하더라. 거기가 걔네 아빠 고향이래. 걔도 거기 초등학교 다녔었고."

어떤 영화에서 본 장면이 생각났다. 강가에서는 엄마가 땅을 치고 절규하고, 아빠는 작은 배를 타고선 노를 저어 강 중간으로 간 후 하얀 장갑 낀 손으로 뼛가루를 한 움큼씩 쥐고선 뿌리면 강물을 타고 흩어지며 흘러가고, 아주 조금은 바람에 휘날리기도 하고, 아빠는 '편한 곳에 가서 잘 살아라' 하며 눈물을 뿌리고……

"홍정표, 그 새끼는 잡혔어."

"……"

"좆같은 새끼. 그 새끼 철민이 왜 죽였는지 아니? 나이 속여서 죽였대."

"……."

"그 병진 새끼가 철민이가 학년은 아래지만 나이는 자기랑 같은지 알았대. 그런데 중3도 아닌 중2인데다 자기보다 나이가 어리다는 걸 알고선 전에 임진각에서 무릎 꿇고선 형님이라고 그런 게 너무 분해서 죽였다는 거 있지?"

"그랬어?"

"응, 근데 자기는 죽일 마음은 없었다고 그런다더라. 그냥 겁만 주려고 한 건데 철민이가 덤비는 바람에 엉겁결에 찌른 거라나 뭐라나. 개새끼. 야, 엉겁결에 목을 세 번이나 찌르니? 세 번이나?"

"……."

"장례식 때 철민이 엄마가 뭐라고 그랬는지 알아? 겨우 살려 놨더니 몇 년도 못 버티고 가버렸다고 엄청 울더라. 얼마나 슬프게 우는지 나도 무지 많이 울었잖아."

"겨우 살려 놔?"

"걔가 초등학교 2학년 때 암에 걸려서 죽다가 살았다 그러더라고. 그래서 1년 꿇은 거고. 운동도 그래서 시작한 거래."

"……."

"아참, 철민이 동생도 우리 학교 2학년인 거 있지? 강지민이라고 8반 아이더라고. 내가 웬만하면 우리 학교 아이들 거의 다 아는데 얼굴 봐도 잘 모르겠더라. 하여튼 내가 걔한테 앞으로 친구하자고 그랬어. 나이는 우리보다 한 살 어리지만 말이야. 생일이 빨라서 일찍 들어왔다고 그러더라고. 잘했지? 언니답지?"

"그래, 언니답네."

"그 새끼 오늘 밤에 구속은 된대. 일단 살인죄로. 연지야, 너 정말 괜찮니? 괜찮은 거야?"

"응, 나 이젠 정말 아무렇지도 않아."

"그래. 이럴 땐 SC라도 하는 거야. 왜? 넌 약한 모습 보이면 절대 안 되는 김연지거든. 내년 여학생부장 김연지라고."

"그 김연지는 전부 가짜거든?"

"뭐?"

"다 척했던 거라고. 척."

"척? 야, 누군 안 그러니? 너, 네가 내 키 이야기했지? 149 내 키 이야기 했잖아? 우리 아빠 깡패라는 이야기, 내가 뭐 아무 생각이 없어서 한 건지 아니? 척한 거라고. 쿨한 척한 거. '파주의 제왕'이라는 말도 안 되는 별명, 그거 내가 만들어서 내가 시작한 거야. 무슨 뜻인지 알지? 우리는 다 그러거든. 왜? 우리 중2잖아. 거기다가 여자잖아. 여자라고."

"……"

"연지야, 강철민이 걔, 여기에 있었다?"

"뭐라고?"

"오늘 아침까지 이 병원에 있었다고. 내가 너한테 전화로 말했었잖아. 도립병원에 있다고."

"그랬었니?"

"내가 담임한테 너랑 강철민 이야기했거든. 미안해. 하여튼 담임한테는 그냥 이야기하고 싶더라. 근데 담임이 뭐라고 그랬는지 알아?"

"……"

"네가 이 병원으로 실려 온 게 우연이 아닐 거래더라."

엄마는 내가 정신을 잃자 119에 신고를 했고 그래서 나는 그나마 파주에서 제일 큰 이 병원으로 실려 온 터였다. 아마도 철민 역시 그렇게 이 병원으로 와서 생을 마감하고, 내가 누워있는 곳에서 몇 층 아래 지하실에서 이틀을 머물다 떠난 것일 거였다.

"오버야. 담임이 열라 오버한 거라고."

"야, 담임이 그걸 몰라서 그런 말을 했겠니?"

"민서야, 너네 아빠 명언 많지? 내가 우리 아빠 명언 말해볼까?"

"기운 좀 나는 모양이네. 뭔데 그러니? 그냥 말해 봐. 폼 잡지 말고."

"나는 원래 폼에 살고 폼에 죽거든."

"너네 아빠 명언이 뭐냐고?"

"다 부질없다! 너 부질없다는 말 아니?"

"대충."

"내가 강철민이가 와서 죽은 병원에 실려 온 것, 내가 정신을 잃고 누워 있는 침대 바로 아래에 걔는 죽어서 누워있었다는 것, 이딴 것 담임 말이 랑은 전혀 상관없이 그냥 우연일 뿐이니까 거기다가 무슨 말이나 의미를 갖다 붙이는 것 같은 건 다 부질없단 소리다. 이게 우리 아빠가 만날 하는 이야기거든, 내 말 이해하겠어?"

"너네 아빠 좀 짱이네. 뭐 어쨌거나 연지야, 강철민이 말이야, 우리 왜 저번에 롯데리아 간 날 있지? 그날 3학년 선배 하나가 자꾸 강철민 나이 이야기 캐물었잖아. 알고 보니까 그 좆같은 년이 홍정표 여친이었던 거 있지? 조혜실 언니도 그건 몰랐대. 씨발년."

"……."

"그 씨발년이 홍정표 걔를 부추긴 거더라고. 겨우 열여섯짜리 중2한테 쪽 다 팔리고 가만히 있느냐고 말이야."

"……."

"야, 솔직히 나는 말이야, 홍정표 그 씨발새끼 좀 이해하거든? 여태까지 굴욕을 당했어도 나이가 같다는 생각으로 참고 넘겼는데 알고 보니 학년 도 2년 낮지, 동갑이라고 생각했는데 나이도 어리지, 얼마나 쪽스러웠 겠니? 걔도 금촌에선 몽타주깨나 팔리고 나름 잘나가는 아이인데 여친 한테 그 말 듣고서 가만히 있으면 걘 그 순간 좆밥이 되는 거 아니냐고? 내 말 듣고 있니?"

"응."

"거기다가 여친이란 년은 완전 병진같이 그걸 가지고 쪽팔린다고 졸라 쪼고. 그럼 너 같으면 어떻게 하겠니?"

나는 민서의 말을 들으면서 어쩜 홍정표라는 아이도 달리 선택할 건덕지가 없었을지도 모른다는 생각이 들었다.

"연지야, 너 정말 확실히 괜찮은 거지?"

"그렇다니까. 괜찮다고 몇 번이나 말했잖아."

"미안. 연지야, 너 괜찮다니까 내가 마저 말할게. 나 말이야, 솔직히 어제 오늘 가끔 몸이 떨리는 거 있지? 무슨 말이냐 하면 그날 우리가 노래방에서 신나게 놀 때 철민이 걔는 칼에 찔려서 죽어가고 있었다는 걸 생각하면 좀 그렇더라고. 너는 어떻게 생각할지 모르지만 나는 말이야, 솔직히 그게 제일 가슴 아파. 걔한테 미안하기도 하고."

"야, 민서야, 솔직히 우리 신나게 놀고 있긴 했지만 너나 나나 우리 모두 다 강철민 생각하고 있었지 않냐?"

"너도 그랬니?"

"당근 아니니? 나는 솔직히 또 울기 싫어서, 너네들한테 계속 쪽팔리는 게 싫어서 신나게 논 척한 거거든."

"야, 너는 울면 사람들이 그러려니 하고 말지만 난 뭔데? 뭐일 것 같니? 내가 걔 여친이니? 나는 말이야, 나나 강철민이 같은 건 절대 신경 안 쓴다는 걸 보여주려고 열심히 논 거거든."

"나도 너랑 인영이 표정 보면서 대충 짐작은 했거든?"

"야, 김연지, 너 그래도 이거 하나는 꼭 알고 있어야 된다. 내가 그날 체육관에서 왜 울었는지 아니? 너 모르지?"

"왜 울었는데?"

"네가 이 말 어떻게 받아들일지는 모르는데 솔직히 말하면, 너, 너 불쌍해서 운 거야. 니 표정 보다가 너무나 네가 불쌍해서 나도 모르게 운 거라고."

"그랬니? 그랬던 거야?"

"난 말이야, 금방 울음이 터질 것 같은 네 얼굴을 보니까 나도 모르게 마음이 짠해져서 아, 나도 친구가 있구나, 이런 생각이 들었다니까? 그러니까 금방 눈물이 나더라고. 웃기지?"

"아냐. 나도 전에 슬이 때문에 운 적 있는데 뭘."

"나는 말이야, 너를 위해 복수할 거야. 아니 미안. 그냥 복수할 거야."

"뭘? 뭘 나를 위해서 복수할 건데?"

"너를 위해서가 아니라고, 아니라고 했잖아? 어쨌든 그날 조혜실 언니 옆에 있던 졸라 재수 없던 그 좆같은 년 말이야. 복수할 거라고. 백정미도 좀 그렇고."

"헐, 웬 백정미. 백정미가 왜?"

"너도 알지? 백정미가 너만큼 강철민 그 병신 새끼를 좋아했다는 거 말이야. 이 좆밥이 그 언니, 아니 그런 건 언니도 아니지. 하여튼 홍정표 여친인지 애인인지 하는 그 씨발년이랑 친했던 모양이더라고. 같은 궁파라는 거야. 나는 알거든. 백정미 걔가 살살 꼬신 거라는 걸."

"왜? 백정미 걔가 왜 그 선배를 살살 꼬셨는데?"

"그것도 복수라면 복수지 뭐. 아무리 메시지를 보내도 자기한테는 관심을 안 보이는 것도 속상한데 바로 자기 옆의 여자에게는 뜨거운 관심을 보내는 거, 복수할 만하지 않니? 정민지 기억 안 나? 물론 걔는 죽는 것으로 복수했지만 이해천이 봐라. 잘 먹고 잘 살지? 죽으면 복수고 뭐고 간에 아무 소용없잖아. 그러니까 백정미는 다른 방법으로 복수한 거라고."

백정미의 복수라는 말을 듣자 문득 가출하기 전날, 정글짐 위에서 이슬이가 나에게 했던 말이 떠올랐다.

'연지야, 이해천 그 새끼 왜 나랑 했는지 알아? 그 새끼 민지 보라고 그런 거야. 진짜 좆같지 않니? 민지한테 복수하려고 나랑 한 거라고.'

"민서야, 봐 봐. 난 말이야, 나를 보니까 그 선배고 백정미고 간에 다 이 해해. 이해가 된다고. 더더군다나 정미가 그런 건 확실치도 않잖아. 너 혼자 상상한 거면서 뭘 그래?"

"정말? 너 너무 위선 떠는 것 같아서 재수라는 소리 내가 했던가?"

"위선이라도 좋은데, 나는 말이야, 정말 그 선배도 백정미도 이해되거 든. 나랑 똑같은데 뭘."

"그러니? 하지만 말이야, 그래도 내가 파주 손민서거든. 여기서 가만있 으면 내가 아니라고. 하여튼 그 선배 같지도 않은 씨발년은 내가 다 알아 서 할게. 내가 다 알아서 할 테니까 너는 나 말리지도 말고 그냥 모른 척 해. 너 때문에 그러는 거 절대 아니니까 말이야."

"뭐 하려고? 어떻게 할 건데?"

"이 언니가 알아서 한다고 했잖아. 너는 알 필요도 없어."

"민서야, 내가 관두라고 했잖아. 나는 말이야, 아무도 안 미워. 왜냐? 어쩜 나도 그 선배처럼 했을지도 모르거든. 아니, 분명히 나도 똑같이 했 을 거야. 나는 이해가 된다고 그랬잖아? 그러니까 우리 이제 피곤한 일은 그만 벌이자. 나 정말 아무렇지도 않다니까."

"너 때문이 아니라고. 야, 김연지, 너 너무 착각하는 거 같은데 이 언니 가 다시 말할게. 너 때문에 너를 위해 복수를 하는 게 아니고 내가 그래 야 된다는 생각이 들어서 그러려고 하는 거거든. 너, 우리 아빠 명언 또 이야기해 볼까? 의리, 원하든 안 원하든 반드시 대신이라도 복수는 해 주 는 게 의리. 이해하지?"

"그러니까 그게 누구한테 의리냐고?"

"꼭 너 때문은 아니지만 어쨌든 너한테, 내 동생 강철민이한테."

"야, 손민서. 난 말이야, 솔직히 말해서 이렇게 갑자기 어른이 되는 게 너무 힘들어. 너네 세계 받아들이고, 이해하고 그러는 게 너무 싫고 피곤 해. 뭐가 이렇게 복잡하고 힘드니? 원래 나이만 먹으면 그냥 되는 거 아

니었니? 나는 말이야, 무조건 그냥 다 잊어버리고 싶거든. 내가 너무 유아
틱하지? 그래도 나는 나니까 잠시 동안만이라도 내 말대로 해줬으면, 아
니 아무것도 안 해줬으면 좋겠어. 우리 친구라며?"

"넌 잊어. 나는 안, 아니 못 잊거든. 어쨌든 내가 알아서 할 거야. 내가
리더라는 거 기억하지?"

"리더? 야, 손민서, 정미 아빠가 나보고 그랬거든. 밴드 안하면 죽을 것
같으냐고? 난 그때 솔직히 자존심 상했었어. 괜히 음악 좀 한답시고 똥
폼 잡는다고 생각했다고. 그런데 이제 와 생각해 보니까 정미 아빠 말이
100% 맞는 거야. 똥폼은 우리가 잡았던 거더라고. 그러니까 밴드고 정글
짐이고 다 때려치우자. 솔직히 지금 우리가 그거 할 때도 아니잖아?"

"그랬니? 아, 그랬구나? 그런데 너는 폼 잡고 싶어서 하자고 한 건지는
모르지만 나는 안하면 죽을 것 같아서 하는 거거든. 하기 싫으면 너나
관둬. 베이스는 원래 금방 배울 수 있다고 하니까 걱정은 말고."

"……."

"야, 김연지, 너, 내가 너 무슨 생각하는지 모르고 있을 것 같지? 네가
이슬이 생각하고 그래서 밴드 만들자고 한 거, 모를 것 같으냐고? 착각하
지 마라. 네가 아무리 전교 1등이라 그래도 나도 만만치 않다고 그랬잖
아. 정 하기 싫으면 너는 절대 걱정하지 말고 빠져. 이 언니는, 아니 우리
는 계속 할 거니까."

"백정미는? 백정미 때문에 강철민이가 죽은 거라고 할 수도 있다고 그
랬잖아. 그런데 같이 밴드를 하니? 아무런 내색도 안 하고 같이 밴드를
할 수 있겠냐고?"

"백정미가 뭐? 아까 네가 그랬잖아. 걔, 이해할 수 있다며? 너도 걔처럼
했을 거라며? 뭐야? 위선 떤 거야? 말만 그렇게 해 본 거냐고? 하긴 넌 원
래 좀 그렇긴 하지만."

"……."

"야, 김연지, 내 말 섭섭했니? 섭섭했지? 그러나, But, 나는 네가 아무리 섭섭해도 난 할 수 없다고 생각하거든. 너는 말이야, 네가 이 세상에 주인 공이라고 생각하지? 그런데 말이야, 사실은 나도 주인공이거든. 149짜리 난쟁이 똥자루인 나도 너만큼 주연이라고. 인영이는 또 인영이가 사는 세상에서 주인공이고. 그러니 너무 심각하게 생각하거나 걱정하거나 그러지 마. 우리 아빠 명언 여섯 번째, 세상은 나 없어도 아무 일 없이 잘 돌아간다. 됐니?"

나는 민서의 거침없는 이야기를 들으면서 내가 얼마나 어린아이인 줄을 또 깨달아야 한다는 게 너무 가슴이 아팠다. 손민서뿐만 아니라 내 주변의 아이들은 도대체 나와는 비교도 할 수 없는 어른이었다. 뭐가 잘못 됐을까? 우리 엄마 아빠가 나만 아직 어린애로, 바보 같고 덜 떨어진 어린 아이로 키운 것일까? 나는 민서를 보면서 내가 정말 외롭고 슬픈 아이라는 생각이 들었다.

'하기 싫거든 너나 관둬.'

나는 너무나도 가슴이 아팠다.

"하여튼 강철민과 정미 문제는 그건 그거고 밴드는 밴드니까 두 가지 다 내가 알아서 할게."

"……."

"미안하다. 너무 몰아 붙여서."

"아냐, 솔직히 말해줘서 고마워."

"연지야, 오늘 아침 강철민이 장례식 할 때 말이야. 너네 엄마 아빠도 왔다 가셨다? 너네 엄마 얼마나 많이 우셨는지 아니? 나중에는 담임이랑 철민이 엄마랑 너네 엄마, 이렇게 세 분이서 서로 안고 막 우셨어. 그것 때문에 우리도 더 울었잖아."

84

나는 발걸음 소리만으로도 그게 아빠인 줄 알아차렸다.

"연지니? 여기 있었구나? 좀 괜찮니?"

"안녕하세요?"

민서가 벌떡 일어나 아빠에게 인사를 했다.

"그래, 네가 민서구나. 맞지? 손민서?"

"예."

"고맙다, 민서야. 정말 고마워."

"아니에요."

"새벽 1시도 넘었는데 민서 너, 어떻게 가려고? 집이 부근인가?"

"아니에요. 택시 부르면 돼요."

"이 시간에? 집이 어디인데? 아저씨가 태워다 줄게."

"가깝거든요. 걱정 안 하셔도 돼요."

민서는 택시 대신 철민의 경기가 끝나고 노래방에 갈 때 같이 타고 간 자기 아빠네 커다란 승용차로 아빠의 배웅을 받으며 떠났다.

'연지야, 내가 깜빡 잊고 있었는데 말이야. 생각해 보니까 정민지도 여기에 있었더라고. 간다, 라는 말을 남겨 놓고서…….'

"연지야, 늦었는데 올라갈까?"

"아빠, 조금만 더 있다 가면 안 돼?"

"아빠가 늘 이야기했잖아. 세상엔 안 될 게 없거든."

"아빠, 밖에 별 많지?"

"글쎄? 별로 신경 안 쓰고 왔는데 아빠가 다시 나가서 보고 올까?"

"아빠, 우리 나가자."

"엄마가 기다릴 텐데?"

"전화하겠지 뭐."

"그럼 그럴까?"

아빠와 나는 건물을 벗어나 넓은 정원의 한 벤치에 나란히 앉았다. 나는 슬이의, 또는 우리의 벤치를 생각했다.

"정말 별 많네."

"그래도 대전보다는 별로야."

"그래? 아빠는 생각하고 별을 본 지가 언제인지도 모르겠네."

"만날 술 마시고 다니니까 그렇지."

"술? 연지야, 아빠, 아니 우리 맥주 한 잔 할까?"

"있어야 마시지."

"아빠가 요 앞 편의점에 가서 사올게. 오징어 사올까?"

"아무거나."

총총히 사라진 아빠가 다시 모습을 드러낸 것은 내가 엄마의 짜증스런 전화를 받은 후였다.

"빨리 올라 오래지?"

"응."

"엄마한테 내려오라고 그럴까?"

"마음대로 해. 아빤 원래 엄마가 옆에 있어야 안심하잖아."

"왜? 닭살 돋니?"

"아니, 난 그런 거 신경 안 쓰거든."

아빠가 캔 맥주를 따서 나에게 건넸다.

"야, 엄마가 알면 아빠 잡아먹으려고 하겠다. 마실 수 있겠어?"

"마셔봤다고 그랬잖아."

"아빠랑 먹은 거?"

"아니거든. 지난달에 어떤 밴드 공연 갔었는데 그날 친구들이랑 이런 거 두 개 가지고 셋이서 나눠 먹었지. 맛도 하나도 없더라."

"강철민이라는 아이가 그 밴드에서 드럼 쳤지?"

"응, 그 병진."

"병진?"

"병신을 우리끼리는 그렇게 말하거든."

"연지야, 너 걔 좋아했었다며? 잘생겼었던 모양이지?"

"그랬나? 나는 모르겠던데?"

"우리 연지 첫사랑이었겠네?"

"모르겠어, 아빠. 나는 정말 모르겠어. 그런 게 첫사랑인지."

"처음 사랑한 거면 첫사랑이지 뭐."

"아빠, 아빠도 죽을 거지? 엄마도 죽을 거고?"

"왜? 그게 슬퍼?"

"아니. 슬프다기보다는 나는 말이야, 일단 죽는다는 게 뭔지 잘 모르겠어."

"연지 책 많이 읽었잖아. 죽는 건 사람들에게서 잊히는 거지 뭐."

"아빠는 언니 못 잊고 만날 울잖아. 엄마도 그렇고. 내가 왜 언니라는 단어를 안 쓰려고 하는 줄 모르지?"

"아빠나 엄마가 우는 건 못 잊어서 우는 게 아니라 자꾸 잊히는 게 무서워서 그런 거거든. 아니, 엄마는 잘 모르겠어. 하여튼 아빠는 그래. 아빠는 말이야, 만날 아빠 무릎에 앉아 밥을 먹고, 아빠 배 위에서 엎드려 잠이 들고, 깨물어도 안 아프다는 말 시험해 보려고 볼도 가끔 깨물어 보고 그러던 아이의 얼굴이 막상 머릿속에 그려보려고 하면 잘 기억이 안 나는 게 너무나 속상하고 슬퍼. 참 이상한 거 있지? 그럴 때마다 사진도 꺼내보고 그러거든? 그런데 그 사진만 치우면 또 기억이 안 나는 거야, 분명히 눈도, 코도, 입도 어떻게 생겼는지 다 알고 있는데 얼굴을 그려보려고 하면 그려지지가 않는다고. 아빠는 그게 너무 슬퍼. 또 기껏 어렵게 세상에 나온 아이를 제대로 키워주지 못한 게 너무 분하고, 너무 미안하고, 그런 병신 같은 아빠가 너무 싫어서 우는 거야."

나는 아빠의 울음을 말리지 않았다. 나도 울고 있었으니까.

"아빠는 말이야, 우리 연지가 고등학생만 되었어도 이렇게 가슴이 먹먹하지는 않았을 거야. 이렇게 울지는 않았을 거라고."

"왜?"

"네 나이는 말이야, 사랑이라는 게 뭔지도 모르고, 어떻게 해야 할지도 모르면서 그저 가슴앓이만 하거든. 그렇지? 그렇게 좌절하고 절망하면서 차츰 배워가고 사랑이 주는 기쁨과 감동, 이런 걸 하나씩 깨달으면서 세상이, 삶이 만만치 않다는 것도, 하지만 충분히 아름답다는 것도 알게 되는 것인데 우리 연지는 어떻게 해보지도 못하고 꺾여버렸잖아."

"아빠, 나는 이상하게 별로 안 슬프다? 왜 그러지? 내가 어려서 그런가?"

"매 맞는 건 당장 아프지만 사랑하는 사람과의 이별은 차츰 아프게 되거든. 처음에는 잘 못 느끼다가 하루하루 지나면서 가슴이 텅 비었다는 걸 실감하게 된다고."

"아빠, 아빠는 천국이니 극락이니 이런 거 안 믿는다고 했지?"

"응. 솔직히 아빠는 아직도 안 믿어. 그런데 연지야, 우리 집 가훈 생각해 봐."

"모든 것은 마음먹기에 달렸다."

"당연하지. 네가 그 강철민이라는 아이가 천국에 가 있다고 믿으면 걔는 천국에 있는 거거든."

"아빠, 나는 말이야, 걔랑 별로 이야기도 못 해봤어. 만날 짜증만 냈었잖아."

"괜찮아. 걔도 네 눈길 보면 다 알고 있었을 거야."

"난 말이야, 정말 위선자거든. 속으로는 그렇지 않은데 겉으로는 다른 행동만 한다고."

"아빠가 말했지? 그 아이는 네 눈, 네 목소리, 네 얼굴만 봐도 네 마음을 다 알 수 있었다니까? 너도 그렇지 않니?"

"그렇기는 하지만 내가 화나는 건 개한테 좀 솔직했었을 수도 있었는데, 하는 그런 생각이 자꾸 드는 거야. 나 자신한테 정말 화가 난다니까. 걔한테 너무 미안하고."

"그 아이 시합하는 날 체육관 갔었다며? 너, 걔가 보는 데서 많이 울었다고 하더라. 그럼 네 마음 충분히 전한 거야. 적어도 너도 자기를 자기만큼 생각하고 있다는 건 알았잖아. 그럼 된 거지 뭐."

"아빠, 우리 반에 나한테 몇 번 편지 보낸 애가 있거든?"

"그런데?"

"이제는 답장을 보내줄까 생각 중이야."

"왜 그런 생각이 들었는데?"

"그냥. 그냥 걔 가슴 덜 아프게 해줘야겠다는 생각이 들었어."

"그래. 좋건 싫건 네 뜻을 분명히 밝혀주는 것도 그 아이에 대한 예의지."

"아빠, 나는 말이야, 강철민이라는 애도 나한테 복수한 거라는 생각이 들어."

"복수? 왜 너한테 복수를 한 건데?"

"내가 못되게 굴어서. 위선 떨면서 눈길 한 번 안 주어서. 그러니까 나한테 어떻게 할 기회도 안 주고 죽어버리는 것으로 복수한 거지."

"걔는 너한테 안 그랬나 보지?"

"그건 걔도 마찬가지야. 만날 내 속을 끓게만 만들었었는데 뭘."

"그럼 너는 용서를 하든지 그게 안 되면 복수를 해. 너도 걔처럼 복수하면 되잖아."

"죽었잖아. 죽어서 없는데 어떻게 용서를 하고 어떻게 복수를 해?"

"잊는 걸로 용서도 하고 복수도 하는 거지. 잊으면 그게 걔를 용서하는 것이고 또 걔한테 복수하는 거라고."

"……"

"그리고 더 중요한 건 말이야, 사랑에는 누구나 서툴다는 거야. 너는 지금 네가 성격이 못돼서, 솔직하지 못해서, 위선을 떨어서, 이런 식으로 자책을 하는데 사실은 너만 그런 게 아니야. 그건 나이도, 머리 같은 거랑도 아무 상관이 없어, 너는 믿지 않겠지만 아빠 나이가 되도 사랑을 시작하면 다 그렇게 바보가, 멍청이가, 위선자가 된다고. 거기다가 뭐가 더 문제냐면 그 사랑이 진실하면 할수록 그런 정도가 더 심해진다는 거야. 바람이나 피우고 다니는 것들은 얼마나 매끈매끈한 지 알아? 진실성이 없으니까 그러는 거라고. 그러니까 그런 거 가지고 너무 자책하지 마. 내 마음이 정말 풋풋하고, 싱그럽고, 진솔했구나 하면서 뿌듯해 해도 돼. 이거 너를 위로하려 하는 말이 하니라 진짜로 그렇다는 말을 하는 거야. 너도 곧 알게 돼."

아빠와 나의 대화가 잠시 끊겼다. 그러고 보니 우리 바로 옆에서 풀벌레들이 아주 커다란 소리를 내며 울고 있었다.

"그런데 아빠, 내가 체육관에서 울었다는 소리 누구한테 들었어?"

"너 잠잘 때 사람들 많이 왔다 갔잖아. 담임선생님은 진짜 많이 우시더라."

"아빠, 나는 말이야, 우리 학교 2학년 아이들 중에서 제일 어린애야. 애들은 다 어른이더라고. 내가 절대 따라갈 수 없는 어른."

"아빠 닮아서 그런 모양이네. 아빠도 늘 어린애였거든. 사실은 아직도 그래. 아빠는 지금도 사람들 생각을 절대 못 쫓아가는데 뭘."

"아빠, 별 참 예쁘다. 그렇지?"

"연지야, 아빠는 아직도 신기한 게 태어날 때부터 죽을 때까지 사람은 해, 달, 별, 이런 것들을 늘 보잖아. 그런데도 한 번도 질리지 않고 볼 때마다 새롭고 예쁘다는 게 정말 신기해. 특히 달은 만날 봐도 만날 가슴이 아리고 그러거든?"

"어? 그러고 보니 그러네."

"연지 너는 진짜 예쁜 별, 못 본 거야. 아빠는 많이 봤는데 말이야. 아빠는 가끔 너한테 그런 걸 한 번 보여줘야 하는데 이런 생각하거든?"

"진짜 예쁜 별?"

"옛날에는 별이 정말로 많았거든. 이런 하늘이 아니야. 밤하늘을 보면 하늘보다 별이 더 많았다고. 아빠 옛날 소위 때 대간첩 작전하다가 설악산 옆에서 고립된 적이 있었는데 말이야. 언제 죽을 지도 모르는 상황인데 하늘을 보다가 운 적도 있어."

"왜?"

"너무 예뻐서. 웃기지?"

"아니. 나는 이해해."

"연지야, 너 어렸을 때 아빠랑 밤에 만날 하던 노래 기억하지?"

"저 별은 나의 별?"

'저 별은 나의 별, 저 별은 너의 별…….'

아빠는 나지막이 노래를 시작했고 곧 나도 따라서 함께 불렀다.

'별이 지면 꿈도 지고 슬픔만 남아요. 창가에 지는 별들의 미소 잊을 수가 없어요.'

초등학교 때 아빠와 또는 엄마도 같이, 밤에 집 부근을 산책하거나 캠핑을 갔을 때 수백 번도 더 넘게 함께 부르던 그 노래. 그러고 보니 중학교 들어와서는 아빠와 함께는 물론 나 혼자서도 처음으로 불러보는 것 같았다. 노래가 끝났다. 아빠와 나는 여전히 울고 있었다.

"연지야, 원래 아빠 뜬금없는 이야기 잘하는 줄 알지?"

"응."

"또 그러려니 하고 들어, 하나의 사랑이 가면 새로운 하나의 사랑이 오는 거거든. 그럴 때 나중에 온 사랑에 충실한 것을 가지고 괜히 배반, 이런 거 생각할 필요 없어. 무슨 말이지 잘 이해가 안 가지?"

"그래도 너무 빨리 잊으면 좀 그렇잖아."

"아빠는 말이야, 운명적이니 이딴 말 써가면서 막 그럴듯한 의미를 가져다 붙이고 그러는 거 별로 안 좋아하거든? 그런데 사랑이라는 것만은 분명히 어느 누가 딱 주관하고 앉아서 주기도 하고 빼앗아가기도 한다는 건 믿어. 그 누가 예수라도 좋고, 부처라도 좋고 조물주라고 상관없어. 하여튼 아빠는 그렇게 믿어."

"……."

"아빠가 언제부터 그렇게 믿었냐 하면, 연아 언니 있잖아? 우리 연아가 가고 나서 3년 뒤에 네가 생겼다는 거 너도 알지? 네가 태어나던 날 엄마 아빠는 정말 깜짝 놀랐었어. 왜냐면 네가 연아랑 똑같이, 완전 똑같이 생겼더라고. 돌아가신 할머니가 뭐라고 했는지 아니? 연아를 잘못 데리고 간 것을 깨닫고선 다시 세상에 돌려보낸 게 너라는 거야. 말도 안 되지? 그런데 엄마 아빠는 그걸 믿었잖아, 네 이름도 다시 연아라고 하려고 했었는데 이미 언니가 호적에 있어서 안 된다고 하더라. 어쨌든 아빠는 지금도 그걸 믿으려고 노력하고 있어. 왜? 아까 말했지? 연아 언니랑 너랑 생긴 거. 하는 짓, 하여튼 모든 게 똑같았다고. 아빠는 그때 알게 되었지. 하늘이건 어디서건 간에 하나를 빼앗아 가면 반드시 다른 하나를 준다고 말이야. 무슨 말인지 알겠니? 너한테도 한 사람을 빼앗아 갔으니 또 새로운 사람을 금방 보내준다는 말이야. 그러면 그 사람을 진정으로 사랑하는 게 먼저 데려간 사람을 사랑하는 것이랑 똑같으니까 이번에는 절대 후회하지 않게끔 최선을 다해 사랑하면 된다. 어때? 아빠가 너무 횡설수설했지?"

"아냐, 아빠. 연아 언니가 결국 나라는 소리잖아? 나를 사랑하는 게 연아 언니를 사랑하는 거라는 거고."

"엄마 아빠가 왜 너를 유치원에도 안 보내고 그런 건지 이해하지?"

"당연하지."

"엄마 아빠는 연아 언니를 줬다가 뺏어간 것처럼 너도 다시 뺏어갈까 봐 정말 무서웠거든. 네가 유치원 통학버스 이딴 거 타는 거 정말 무서웠다고. 그런데 지금도 너를 볼 때마다 때때로 무서워. 너는 잘 모르겠지만 말이야. 아빠는 가끔 네 방에 몰래 들어가서 너 잘 자고 있는 건지, 숨 쉬고 있는 게 맞는지 막 확인하고 나오고 그래. 무서워서 말이야."

내가 모르다니! 한밤중, 문득 눈을 뜨면 수염 난 턱으로 얼굴을 부벼대는 바람에 나를 질색케 하고선 방을 나서곤 하는 아빠의 버릇을 나는 잘 알고 있다. 나는 요새는 잠이 깬 기색을 보이면 또 술 냄새와 까칠한 수염 공세를 당할까 봐 그냥 자고 있는 척을 한다. 그러면 아빠는 나를 한참 동안이나 내려 보다가 이불을 다시 덮어주고선 계단을 내려가고, 나는 다시 이불을 걷어 차 버린 후 잠을 청하곤 한다. 뭔가 따뜻하고 위안 받은 가슴이 되어서 말이다.

"아빠가 왜 이렇게 길게 말하는지 알지? 너무 상실감이나 죄책감에 빠져만 있어서는 안 된다는 거, 언제 어떤 식으로 올지 모르는 새로운 사랑에 최선을 다하는 게 보낸 사랑에 대한 예의라는 거, 이게 아빠 이야기야."

"……."

#85

"아빠, 걔 화장해서 그냥 강에 뿌린대. 한탄강이라나."

"원래 아이들이 죽으면 대부분 그렇게 하거든."

"아빠, 아빠도 죽는 게 무서워?"

"당연하지. 아빠는 밤에 잠이 들 때 가끔씩 이대로 깨어나지 못하면 죽는다는 생각에 벌떡벌떡 일어나잖아. 너도 아빠가 그런 거 엄마한테 들었지?"

"뭐가 제일 무서운데?"

"못 본다는 거. 너도 엄마도. 하여튼 이 세상 모든 걸 영원히 못 본다는 거. 다른 사람들도 나를 못 보고. 그러니까 내가 세상에 존재하지 않는다는 거."

"아빠도 교회 다녀보지 그래?"

"가끔 그런 생각도 해. 하지만 아빠는 안 다닐 것 같아."

"왜?"

"교회고 성당이고 간에 어쨌든 죽는 건 마찬가지니까. 아빠는 죽기 전에 위안 받고 이런 거 아무 소용없다고 생각하거든. 쓴 약을 캡슐에 담는다고 변하는 건 아니라는 거지."

"그래도 저번에 문상 갔다 와서는 교회가 참 좋더라는 이야기했었잖아?"

"살아 있는 사람, 남아 있는 사람에게 좋다는 거지, 이미 죽은 사람이야 많은 사람이 와서 슬퍼하는지, 자기가 좋은 옷을 입었는지, 뜨거운 불로 화장을 하는지 이런 거 절대 모르거든. 따지고 보면 장례식 이런 게 모두 다 살아있는 사람을 위해서 하는 거라고. 그리고 아빠가 교회를 안 다니는, 아니 못 다니는 진짜 이유가 또 하나 있어."

"그게 뭔데?"

"연지야, 만약에 아빠가 교회를 다니면 연아를 하나님이 데려갔느니 이딴 말들을 할 거잖아. 그러면 아빠는 그 하나님이란 존재를 평생 원망하고 증오하면서 살아야 할 것이고 말이야. 아빤 그냥 냉정하게 누구에게나 언제 일어날지도 모르는 불행한 사고였다, 이 이상 생각하는 게 싫어. 무서워."

"아빠, 연아 언니 죽었을 때 엄청 슬펐겠다."

"슬펐지. 아주 많이. 아빠는 말이야, 연아가 가고 네가 다시 올 때까지 4년 동안 술 마시고 우는 것밖에 아무것도 못 했어. 아니, 안 했어. 그 전까지는 아빠가 동기생들 중에서 진급 선두였거든? 그게 무슨 소리인지 연지도 알지? 사람들은 아빠보고 못나서 그렇다고 하더라? 그러면서 무슨 극복이니 이딴 소리들 하는데 아빠는 그런 거 하고 싶은 마음도 없었어. 남의 일이라고 태연하게 그런 이야기하는 잘난 놈들, 철 난 놈들도 무지 싫었고."

"그래도 결국은 극복이란 걸 한 거잖아?"

"극복했다고? 아빠는 그런 걸 할 수 있을 정도가 못 되거든? 극복한 게 아니라 시간의 때가 낀 거야. 세월이 저절로 해결해 버린 거라고. 아빠가 늘 하는 말 알지?"

"이 또한 지나가리라?"

"응, 이 또한 지나가리라. 지금 너한테 딱 필요한 말이기도 하지?"

"그래도 나는 한 번 다녀볼까 하거든."

"교회? 다녀. 아빠는 그렇게 생각한다고 했지 아빠 말이 진리라고는 안 했잖아. 아빠보다도 훨씬 많이 배우고 똑똑한 사람들도 다니는 걸 보면 분명 뭔가 있겠지 뭐."

"아빠, 내가 우리 밴드 이름 정했다고 했나?"

"정글짐 밴드라고 했잖아. 아참, 연지야, 이 노래 들어 봐."

아빠는 주머니에서 USB 한 개를 꺼내 나에게 주었다.

"뭔데 이게?"

"아빠가 그거 녹음하느라고 얼마나 고생했는지 아니?"

"뭐냐고?"

"응, 네가 이때 들으면 좋을 것 같은 노래. 아빠가 집에서 가끔 불러서 너도 대부분 귀에 익숙할 거야."

"이걸 아빠가 녹음했다고?"

"사실은 사병들한테 부탁했지. 어쨌든 선곡은 아빠가 했거든."

"불법이거든."

"아빠도 들어. 그래도 첫사랑에 실패한 외동딸 주려고 그런 거라면 용서해주겠지 뭐."

"어떤 노래인데?"

"잘 못 부르긴 하지만 아빠가 한 곡 불러볼까?"
아빠는 아주 나지막이 노래를 불렀다.

사랑의 기쁨은

어느덧 사라지고

사랑의 슬픔만 영원히 남았네

어느덧 해 지고 어둠이 쌓여오면

서글픈 눈물은 별빛에 씻기네

사라진 별이여

영원한 사랑이여

눈물의 은하수 건너서 만나리

그대여 내 사랑

어데서 나를 보나

잡힐 듯 멀어진 무지개 꿈인가

사라진 별이여

영원한 사랑이여

눈물의 은하수 건너서 만나리

사랑의 기쁨은

어느덧 사라지고

사랑의 슬픔만 영원히 남았네

(Nana Mouskouri, 트윈폴리오, '사랑의 기쁨')

아빠는 마지막 절은 목이 메어서 제대로 하지도 못했다.

"좋지?"

"응."

"아빠도 좋기는 한데 좀 그렇긴 하네."

"뭐가?"

"또 울었잖아. 아빠 꼭 이런다? 완전 바보라니까."

"아빠만 그러는 거 아니거든?"

"연지, 너, '트윈폴리오' 알지?"

"응, 윤형주, 송창식."

"나나 무스쿠리'라고 유명한 그리스 가수가 불렀던 노래인데 우리나라에서 그 '트윈폴리오'가 번안해서 다시 부른 거거든. 아빠 대학교 다닐 때 무지 많이 듣기도 하고 부르기도 했었던 노래야. 그런데 원래 그 가수는 이제 죽었을지도 몰라."

"왜?"

"늙어서."

"슬프다."

"원래 아빠 나이 되면 주위 사람들이 하나둘 씩 죽어. 너무 슬프지?"

"아니, 가사 말이야."

"거기에 영화 〈클래식〉에 나왔던 김광석 노래 '너무 아픈 사랑은 사랑이 아니었음을'도 있거든. 그건 너도 원래 좋아하지?"

"응."

"들어갈까?"

"아빠, 나 지금 퇴원할래."

"안 돼. 지금 시간이 몇 시인데."

"나 이제 완전 괜찮거든. 집에 가서 편히 잘래. 엄마도 괜히 고생만 하잖아."

"그래도 혹시 모르니까 오늘은 그냥 자."

"아빠, 나 내일 학교 갈 거거든. 여기서 자면 못 가잖아."

"학교는 내일 하루 더 쉬고."

"시험 얼마 안 남았거든. 아빠도 알면서 그래."

"아빠가 시험 같은 거엔 너무 목매지 말라고 그랬잖아. 정말 집에 가고 싶은 거야?"

"그렇다니까. 퇴원 수속은 내일 낮에 엄마가 와서 하면 되잖아."

"그렇기는 하지만 무슨 야반도주 하는 것도 아니고……."

"아빠, 솔직히 말할게. 나 여기서 자는 거 무서워."

"뭐가?"

"내가 누워있는 침대 저 아래에 걔가 냉동실 안에 누워있었잖아. 그 생각하면 무서워서 못 잘 것 같아. 저번에 자살한 아이도 이 병원에 있었대."

"……."

"아빠."

"그래? 알았어."

나는 고집대로 집으로 돌아왔으나 그날은 아빠는 거실에 남겨두고 안방에서 엄마와 함께 잤다. 나는 도저히 나 혼자 쓰는 2층 내 방에서 잠을 잘 자신이 없었던 거다. 또 밤새 어지러운 꿈에 시달렸고 아침에 일어나서는 또 꿈이 좀체 기억이 나지 않았다.

#86

수요일 아침.

나는 집을 나서 버스 정거장으로 가면서 강철민의 체육관 쪽을 보지 않으려 다른 길로 돌아서 갔다. 불과 이틀 결석한 것인데도 이상하게 버스도, 골고다 언덕도, 하다못해 아이들까지 모두 낯설어 보였다. 인영은 기다리고 있지 않았다. 아마도 내가 오늘도 학교에 나오지 못할 것이라 생각하고 있을 터였다.

나는 교실로 들어가지 않고 곧바로 교무실로 향했다. 엄마의 당부도 있긴 했지만 교실에서 처음 만나게 되면 아이들 앞에서 괜스레 곤란한 대화가 오갈 것 같아 그런 것이었다.

"어? 연지, 학교 왔네? 괜찮니?"

"예, 안녕하세요?"

"뭐 하면 그냥 쉬지 그랬어?"

"괜찮아졌어요."

"선생님에게 할 말이 있어서 온 거니?"

"아니요, 인사드리려고요."

"교실에서 얼굴 보면 인사지 뭐."

"병원에도 오시고, 고맙습니다."

"어차피 강철민 장례식 때문에 갔던 길이었는데 뭘."

"아, 예. 그럼 저 가 볼게요."

"연지야, 너무 가슴앓이하면 안 돼? 알지?"

"예."

"손민서한테 이야기 많이 들었거든. 괜히 너 혼자 너무 자책하고 그러지 마."

"안 해요."

나는 곧 울음이 터져 나올 것 같아 빨리 자리를 벗어나고 싶어졌다. 손수건을 꺼내든 건 엉뚱하게도 담임이었다.

"첫사랑은 늘 슬퍼. 거의 다 새드엔딩이야. 그렇기 때문에 더 소중한 거래."

"……."

"미안하다. 선생님이 연지를 보니까 아침부터 괜히 센치해지네."

"……."

"연지, 영화 좋아하니?"

"조금요."

"시간나면 〈클래식〉이라는 영화 한 번 봐봐. 우리나라 영화야. 못 봤니?"

"봤어요."

"그러니? 또 봐도 좋아. 매번 새로운 걸 느낄 거야."

나는 어제 밤에도 아빠에게 〈클래식〉 이야기를 들었는데 오늘 아침에 또 비슷한 이야기를 듣게 될 줄은 몰랐다. 아빠랑 케이블 TV로 몇 번이나 같이 본 영화, 나는 그 영화 때문에 '김광석'이란 가수도 알게 되었고 '너무 아픈 사랑은 사랑이 아니었음을'이라는 노래도 좋아하게 되었다.

"그래, 가 봐라. 나도 조례해야 하니까 곧 따라갈게."

내가 교실에 들어서자 내가 그렇게 생각해서인지 교실이 일순간에 조용해지는 것 같았다. 아이들도 모두 나를 바라보고 있는 것만 같았다. 나는 나에게 쏟아지는 그 아이들의 눈길이 너무나도 버겁고 싫었다. 나는 꼿꼿함을 유지하려 애쓰며 가운데 줄 제일 앞자리인 내 자리에 가 앉았다. 아이들이 나에 대한 눈길을 거두고 자기들끼리 다시 웅성거리기 시작했다.

"왔네? 괜찮아진 거야?"

민서였다.

"응."

곧 담임이 들어왔다.

"별일들 없지? 그래. 참, 우리 오늘은 저 꽃 치우자. 괜찮지? 사실은 선생님이 볼 때마다 마음이 좀 그래서 그러는 거야. 사진이니 꽃이니 이런 거 가지고 감정을 자꾸 되살리려고 하는 거 별로라고 생각하거든. 어때?"

나는 뒤돌아보지 않았다. 교실에 들어설 때 못 보기는 했지만 아마도 강철민의 책상에 꽃이 놓여 있을 터였다.

"예, 선생님. 치울게요."

역시 또 손민서였다.

"그래. 오늘 하루도 즐겁게 보내. 너네 나이 때는 그럴 권리가 있으니까 즐거운 것만 생각하면서 보내라고. 알지?"

"예."

담임이 교실을 나갔다. 나는 그날 정말 모처럼 수업에 집중할 수 있었다. 점심시간에 우리는 자연스레 '우리의 벤치'에 모였다. 민서는 백정미와 함께 뒤늦게 어슬렁거리며 나타났다.

"야, 장마가 끝나서 그런지 저기 북한산 좀 봐. 무지 가깝게 보이지 않니?"

"야, 박인영, 오늘 너네들 음악학원 가는 날이지?"

"응."

"이따 나도 같이 가자."

"왜?"

"거기 드럼도 있지?"

"당근이지."

"정미야, 오늘 너도 같이 가자. 너네 아빠 학원에 네 기타 있지?"

"내 건 아니지만 기타야 있지. 왜?"

"야, 우리 다 모였는데 같이 한 번 해보자는 거지 뭐."

"합주 연습 이번 일요일부터 하기로 했잖아."

"연지 못 봤어? 언제 누구한테 무슨 일이 생길 줄 모르니까 기회만 있으면 무조건 해봐야 하는 거라고."

"연지야, 미안해."

"뭐가?"

"알잖아?"

"……."

"야, 너네들 미안할 게 뭐 있니? 원래 사랑은 그런 거라고, 속수무책이라고 이 언니가 몇 번이나 말했잖아."

나는 정미, 이 아이가 나보다 훨씬 심한 열병에 시달렸을 것이라는 걸 짐작할 수 있었다. 아닌 게 아니라 얼굴도 무척이나 핼쑥해진 듯했다.

"아냐, 내가 미안해."

"야, 그만들 해라. 정 미안하면 빨리 악수하고."

"민서야, 내가 콘 사올까?"

"좋지."

인영이 쪼르르 매점 쪽으로 달려갔다.

"야, 백정미, 어떻게 할래? 같이 갈래?"

"그러지 뭐."

"너, 노을 많이 연습했니?"

"조금."

"기타 치면서? 너네 아빠가 만든 악보 가지고?"

"응."

"노래 좋던? 우리가 같이 연주할 수 있겠어?"

"나는 괜찮은 거 같던데? 드럼은 되디?"

"응, 되는 것 같기는 하더라. 우리 오부리 오빠가 올겐 치고 해서 몇 번 맞춰 보기도 했어."

"오부리? 술집에서 혼자 연주하는 그 오부리?"

"넌 별걸 다 안다?"

"우리 아빠 그거 많이 다녔거든."

"정미야, 너 노래엔 너무 부담 갖지 마."

"……."

"어차피 보컬은 따로 있는 게 낫잖아. 곧 생길 거거든?"

나는 민서가 무슨 말을 하고 있는 줄 이내 알아차렸다.

'연지야, 사랑이 가면 또 하나의 새로운 사랑이 오는 거거든?'

'연지야, 연아 언니 대신에 너를 이 세상에 보내준 거라고 아빠는 믿거든.'

그날 오후, 우리는 비록 짧은 시간이긴 하지만 경이로움과 흥분 속에서 아주 즐겁게 합주를 했다. 물론 정미를 빼 놓고서는 수없이 틀려 정미 아빠에게 혼깨나 나긴 했지만, 그래도 우리는 우리가 내는 저마다의 소리들이 하나씩 뭉쳐져 '하나의 음악'으로 다시 태어나는 게 너무나도 신기하고 뿌듯했다.

끝나고 나서 정미 아빠는 그래도 처음에 맞춰보는 것치고는 제법 하는 편이라고, 희망이 있다고 해주어서 우리의 사기는 더욱 올라갔던 것 같다. 나는 그 모든 게 정미 아빠의 지도에도 힘입었겠지만 무엇보다도 우리를 끌고 가는 정미의 능숙한 리드 덕이라는 걸 안다. 나는 코드라도 잘못 짚을까봐 내내 고개를 숙여 내 손의 위치를 확인하고 때때로 악보도 보고 하느라 계속 쩔쩔매야 했는데 어느 순간 눈을 감고 연주를 하는 정미를 쳐다보게 되었다.

내 눈에는 분명 그 아이의 볼이 반짝거리고 있었다. 정미는 울고 있던 거다.

#87

내가 학원을 4일이나 빠졌다는 게 뭐 그렇게 심각한 사태였는지 학원 원장은 나를 보고 한숨부터 쉬었다.

"어떻게 따라갈래?"

"못 따라가면 말지요 뭐."

"얘 말하는 것 좀 봐. 너 이게 얼마나 중요한 시험인지 몰라? 상위권 아이들은 0.1 점 차이로 당락이 결정된다고."

"알았어요 열심히 할게요."

"너 같은 아이들, 다 열심히 하고 있거든? 그러니까 너는 그냥 열심히 해서는 안 되는 거, 알지? 너는 죽기 살기로 열심히 해야 되는 거라고."

하고픈 말이 많았으나 나는 잘 참았다.

"하여튼 연지, 너. 나 또 곤란하게 만들면 안 된다. 알지?"

"……."

"지난 토요일 날 말이야, 너 겨우 격투기 보러 간 거라며? 너네 엄마가 전화 안 해줬다고 되게 서운해 하시더라고."

"죄송해요."

"죄송하면 이제부턴 다 잊고서 정말 죽기 살기다?"

나는 죽기 살기로 열심히 하고픈 생각이 절대 없었나 보다. 학원 2교시 영어시간, 나는 무심코 창밖을 바라보다가 하늘이 불타고 있다는 것을 깨달았다. 나는 의아한 표정으로 묻는 선생님에게 '화장실이요.' 한 마디 하고선 잽싸게 교실을 빠져 나왔다.

붉게 물든 서쪽 하늘은 위에서부터 이미 조금씩 보랏빛으로 변하고 있었다. 나는 서둘러 초등학교로 발길을 옮겼다. 교문을 지나 운동장 구석의 나의 정글짐으로 향하다가 나는 온몸에 돋는 소름과 함께 그 자리에서 발길을 멈추었다. 정글짐으로부터 노래가 들려오고 있었기 때문이다.

나는 다시 재게 발걸음을 놀렸다. 나는 보았다. 정글짐 맨 꼭대기에 걸터앉아 있는 이슬이, 분명 이슬이가 예전의 나와 처음 이곳에 온 날 그 모습 그대로 바람에 머리를 휘날리며 노을을 바라보면서 노래를 하고 있었다. 나는 더 이상 가까이 가지 못하고 어느새 먹먹해진 가슴으로 망연히 그 노래를 듣고 서 있었다.

"…… 저 대답 없는
노을만 붉게 타는데

그 세월 속에 잊어야 할

기억들이 다시 생각나면

눈 감아요 소리 없이

그 이름 불러요

아름다웠던 그대 모습

다시 볼 수 없는 것 알아요

후회 없어

저 타는 노을 붉은 노을처럼

난 너를 사랑해 이 세상은 너뿐이야

소리쳐 부르지만 저 대답 없는

노을만 붉게 타는데